Erde 2.0

MARGIT SCHMIED

ERDE 2.0

Kati in der neuen Welt

Bibliografische Information der Deutschen Nationalbibliothek:
Die Deutsche Nationalbibliothek verzeichnet diese Publikation in der Deutschen Nationalbibliografie; detaillierte bibliografische Daten sind im Internet über <u>dnb.d-nb.de</u> abrufbar.

TWENTYSIX – der Self-Publishing-Verlag
Eine Kooperation zwischen der Verlagsgruppe Random House
und BoD – Books on Demand, Norderstedt
© 2019 Margit Schmied
Coverdesign, Satz, Herstellung und Verlag:
BoD – Books on Demand, Norderstedt
Covergrafik: Triff/ buradaki/ sersupervector/ ReVelStockArt/ Anna de la Cruz/ Noart/ Shutterstock.com
ISBN: 978-3-7407-4868-5

Prolog

Es gibt eine neue Welt, die bevölkert werden soll, vorerst mit Menschen, die sich freiwillig bereit erklären, in dieser neuen Welt zu leben und zu arbeiten, nach neuen Regeln und einheitlichen Gesetzen. Damals war es ein geheimes Projekt, ein paar Wissenschaftler haben nachgewiesen, dass der Planet Erde in naher Zukunft nicht mehr bewohnbar sein wird. Von sieben Planeten, die der Erde am ähnlichsten sind, wurde der beste ausgesucht.

Eine verhältnismäßig kleine Anzahl Menschen aller Nationen, speziell ausgebildete Pioniere, sind schon vor einigen Jahren in die neue Welt gereist, um sie zu testen und vorzubereiten. Diese Pioniere haben eine Grundausstattung mitgenommen, die den Aufbau und die Sicherheit von Siedlungen gewährleistet.

Der neue Planet ist fast ein Abbild der alten Erde, die Erde 2.0. Die Länder und Städte sollen so heißen wie auf der alten Erde, allerdings werden anfangs nur die größeren Städte aufgebaut. Es gibt ein Zeitfenster, demnach kann man nur etwa alle sechs Jahre in die neue Welt reisen, eine Rückreise ist bislang unmöglich.

Informationsheft: Es wurden Häuser und Geschäfte gebaut, Felder angelegt und in Fabriken wurden Möbel produziert. Diese ersten hier lebenden Menschen übernehmen zumindest anfangs die Leitung, sozusagen die Regierung. Im Internet kann man in einer Stadt spazieren gehen, auf einem Markt einkaufen, die Häuser bestaunen und Leuten bei der Arbeit zusehen. Jeder soll sein Können und Wissen beruflich und privat einsetzen und weitergeben. Man soll seine Arbeit machen, eine Arbeit, die einem Spaß macht, die man auch so gut wie möglich ausführen will. Jeder in der Familie, im Haushalt, in der Gemeinde, im Beruf, sogar im Hobby findet seine Aufgabe, kann lernen und lehren.

Neue Technologien, Energiegewinnung, neue Autos sollen entwickelt werden. Auf jeden Fall gibt es nur Dinge, die den Mensch und die Umwelt nicht belasten. Das Leben soll einfach sein, ohne Probleme und ohne Stress. Anfangs muss man mit einer Minimalausstattung zurechtkommen, es gibt noch keinen Komfort. Neue Städte und eine florierende Wirtschaft zu errichten ist viel Arbeit. Nur wer dazu bereit ist, darf in die neue Welt reisen, anders funktioniert es nicht.

Etwa 10 % der Erdbevölkerung reisen im nächsten möglichen Zeitfenster in die neue Welt. In den größeren Städten wurden Portale errichtet, durch die man gehen muss, um in die neue Welt zu gelangen. Unsere Familie hat lange diskutiert, unser Entschluss steht fest, wir wollen auch in die neue Welt, fast alle gemeinsam. Meine Eltern wollen nicht mitkommen. Auch die meisten anderen weitläufigeren Verwandten wollen nicht mitkommen, schade.

Ich denke, da gibt es für Architekten ja gewiss genug Arbeit, somit auch für mich als Innenarchitektin. Wenn nötig, kann ich auch als Krankenschwester arbeiten, das wäre aber erst meine zweite Wahl. Neue Technologien und Materialien entwickeln und verwenden, das könnte mir Spaß machen. Gott sei Dank habe ich noch ohne Computer gelernt, den gibt es ja dann wohl auch noch nicht, oder nicht mehr? Wir haben alle einen langen Fragebogen ausgefüllt, um uns zu qualifizieren, dann bekamen wir eine Flüssigkeit injiziert mit einer Art Nano-Chip. Ohne diesen Chip ist die Reise nicht möglich. Die ganze Familie freut sich schon auf das Leben in der neuen Heimat.

Kapitel 1

Mittwoch, 29. September (Jahr 1, September bis Dezember)

An einem Mittwochvormittag komme ich, Katharina, im neuen Sindelfingen an. Ich bin 55 Jahre alt, habe mittellanges, brünettes, leicht gelocktes Haar und blaue Augen. Ich stehe vor dem alten Rathaus, dicht gedrängt, mit vielen anderen Menschen, Jung und Alt. Erst weiß ich gar nicht, was los ist. Ich schaue mich um. Ich bin in der neuen Welt angekommen. Aber ist es wirklich Sindelfingen? Das Rathaus jedenfalls sieht aus wie das alte Sindelfinger Rathaus am Marktplatz. Der Rest ist mir unbekannt, oder zumindest ungewöhnlich. Ich suche nach meiner Tochter und meinem Sohn und ihren Familien, kann sie aber nirgends entdecken.

Heute Vormittag, etwa um 10 Uhr, ertönten die Sirenen, das Zeichen für unsere Abreise in die neue Welt. Ich zog mich an, und dann schnell auf die Straße, dort stieg ich in einen Bus, der uns auf eine Wiese außerhalb der Stadt brachte. Es standen schon viele Menschen vor Ort. Wir wurden alle registriert und bekamen Anweisungen, was wir zu tun hätten. Mitten auf der Wiese stand ein Portal, ohne Haus drum herum, in das wir immer zu fünft eintreten sollten. Auf der anderen Seite haben wir den Raum wieder verlassen.

Und jetzt bin ich hier, in Sindelfingen, vor dem Rathaus. Alle Häuser, die ganze Gegend, sind völlig anders. Ein Mann erscheint auf dem Balkon des Rathauses, auf den Rathausstufen stehen ein paar Leute mit Plakaten.

»Willkommen im neuen Sindelfingen, ich hoffe, es geht allen gut!«, ruft er in ein Megafon. »Dies ist für uns alle eine vollkommen neue Welt. Sie werden hier alles vorfinden, was die Umwelt nicht belastet und außerdem Mensch und Tier nicht gefährlich werden könnte. Teilweise auch neuere Technologien, aber kein Auto, kein Fernsehen.

Bitte halten Sie sich genau an unsere Anweisungen, um einen möglichst reibungslosen Ablauf zu gewährleisten, und folgen Sie der Dame oder dem Herrn mit dem Plakat A, wenn Ihr Familienname mit A beginnt, der Familienname mit B beginnend folgt dem Plakat B und so weiter. Wenn Sie als Familie hier sind, ist der Familienname der ältesten Frau der Familie maßgebend, die in der neuen Welt anwesend ist. Jeder Buchstabe trifft sich auf einem anderen Platz, von dort aus bekommen Sie weitere Anweisungen. Außerdem erhalten Sie dort eine Anleitung, der Sie unbedingt Folge leisten müssen. Wir bitten Sie, Kinder, die nicht in Begleitung Erwachsener sind, direkt hier ins Rathaus zu bringen, wir suchen dann schnellstmöglich nach der Familie. Bitte gehen Sie zügig weiter, um für die nächsten Reisenden Platz zu machen.« Dieser Aufruf wird laufend wiederholt, so dass es auch die nächsten Neuankommenden hören.

Ich sehe keine kleinen Kinder ohne Mama in meinem nächsten Umfeld, auch sonst sehe ich kein bekanntes Gesicht, also folge ich der Dame mit meinem Buchstaben. Sie geht etwa zehn Minuten in Richtung Martinskirche, die erkenne ich auch wieder. Hier warten schon zehn Leute an Tischen mit Karteikarten und Stapeln von Büchern.

Irgendwie ist hier alles anders, als ich es gewohnt bin. Es gibt keine Straßen mehr. Nur noch fest gestampften Boden oder Straßen mit Pflastersteinen, keine Autos oder Busse oder so. Es riecht nach Gras, irgendwie ist die Luft richtig frisch, wie frisch gewaschen, ein ganz neues Gefühl.

Die meisten Leute unterhalten sich, manche weinen, andere lachen und scherzen miteinander. Viele sind als Familie angekommen. Ich bin leider allein, keine Ahnung, warum. Wo sind meine Tochter und mein Sohn mit ihren Familien? Ich habe sie noch nicht entdeckt, alles musste so schnell gehen, bei der Sammelstelle auf der Wiese waren sie natürlich auch nicht, sie wohnen ja nicht in Sindelfingen. Womöglich sind sie gar nicht in Sindelfingen, obwohl wir abgemacht haben, uns alle hier zu treffen. Ich muss sie unbedingt finden. Vielleicht sind sie in ihrem Wohnort angekommen oder in einer anderen Stadt.

Es stehen viele Körbe mit Äpfeln herum, mit einem Schild, Selbstbedienung. Ich nehme mir auch einen Apfel, er schmeckt lecker. Die Glocken der Martinskirche haben schon lange 12 Uhr geschlagen, als ich endlich an der Reihe bin. Ich gebe meine Personalien an und sage, wer zu meiner Familie gehört, Tochter und Sohn mit Familien und sämtliche anderen Verwandten meinerseits. Außerdem gebe ich meine Berufe und Fähigkeiten an. Der Fragebogen ist über vier Seiten lang. Dieser Fragebogen ist dem ähnlich, den ich schon auf der alten Erde ausgefüllt habe. Dann bekomme ich, wie alle anderen auch, eine Tablette, die ich auch gleich einnehmen muss. Die Tablette soll bewirken, dass die eventuell auftretenden Nebenwirkungen und Folgen der Reise gelindert oder vermieden werden, der Körper soll damit besser regenerieren können, eine Art Reisetablette, sozusagen eine Tablette danach.

Anschließend wird mir eine Adresse genannt, Hof Sommerhofen, wo ich wohnen soll mit fünf anderen Personen, die ich bis dato nicht kenne. Eine Frau namens Gisela, 45 Jahre alt, mit zwei Kindern, 14 und 16 Jahre alt. Dann werde ich gefragt, ob ich zwei Jugendliche ohne Eltern, Marie, 17, und Lukas, 19, sozusagen in Obhut nehme. Ich bekomme eine Gebrauchsanleitung in die Hand, drei Bücher: Haus, Tiere, Felder, die ich unbedingt befolgen solle, bevor ich irgendwas mache. Die anderen werden nachkommen.

Der Platz leert sich allmählich. Es sind auch Leute hier, die Sindelfingen nicht kennen, deshalb bekommt jeder eine genaue Wegbeschreibung. Obwohl ich Sindelfingen kenne, muss ich erst mal suchen, es sieht alles so anders aus.

Auch ich marschiere los, am Sommerhofenbach und am Klostersee entlang. Vor ein paar Tagen ging ich hier am Klostersee mit meiner Tochter und meinen beiden großen Enkelkindern spazieren, jetzt bin ich allein und alles sieht völlig anders aus. Etwas weiter entfernt stehen neue Häuser, die meisten sind schon fertig, einige sind noch im Rohbau. Auch hier gibt es keine Straßen, nur fest gestampfte Wege, ansonsten sieht die ganze Gegend noch sehr unberührt aus, viele Bäume und Büsche, ein paar Wildblumen, es sieht alles sehr natürlich aus, einfach nur schön.

Ich wundere mich, warum ich Bücher über Tiere und Landwirtschaft bekomme. Nach etwa 20 Minuten, ich folge dem Bach, finde ich das mir zugewiesene Haus. Ich traue meinen Augen kaum, es ist ein Bauernhof, deshalb also die Gebrauchsanweisungen. Und den Hof soll ich bewirtschaften? Das kann ich gar nicht, ich hatte noch nie im Leben mit Ackerbau und Viehzucht zu tun. Aber man kann ja alles lernen, oder?

So kenne ich Sommerhofen gar nicht, alles ist so anders, Sommerhofen ist im alten Sindelfingen eine Art Freizeitpark. Aber ich finde es auch so wunderschön. Viele Bäume, es gibt ein paar leere Felder, oder zumindest sind sie gerodet. Ein Feld mit Zuckerrüben steht noch, dahinter beginnt der Wald. Alles ist fremd und doch irgendwie vertraut.

Schade, dass meine Familie nicht hier ist, denke ich, das würde ihnen bestimmt gefallen. Ein riesiges eingezäuntes Grundstück. Ein großer und ein kleiner Stall. Was da wohl für Tiere drin sind? Ein großes Wohnhaus, bestimmt 200 m² Grundfläche. Na ja, wenn hier sechs fremde Menschen leben sollen, passt es vielleicht.

Ich suche das Gartentor, öffne es und gehe Richtung Haustür. Es gibt keinen Weg zum Haus oder zum Stall, alles ist mit Rasen bepflanzt, es duftet noch frisch gemäht. Mhm, hier kann ich mich wohl fühlen, denke ich. Drei Stufen, ein rotes Geländer und eine weiße Haustür aus Holz mit Glaseinsatz im oberen Bereich. In der Mitte der Tür ein Drehknopf, die Klingel. Ich klingle, aber natürlich ist niemand da. Ich öffne langsam die Tür, mein Herz schlägt bis zum Hals. Mir wird ganz anders.

Wie gern hätte ich jetzt meine Familie bei mir, aber … Zum ersten Mal betrete ich mein neues Haus, ich sehe Holztreppen, die nach oben und unten führen. Links ein Schlüsselkasten an der Wand, ich befolge die Anweisung, nehme den Hausschlüssel und schließe hinter mir die Haustür zu.

Im Treppenhaus steht ein raumhoher Kachelofen. Neben dem Ofen stehen Filzpantoffeln, ich ziehe mir die passendste Größe an. Links hinten ist eine Tür mit einem Nachttopf drauf, da muss ich erst mal hin. Rechts geht's ins Wohnzimmer, rote Sitzecke, runder Glastisch und ein Wohnzimmerschrank mit Glastüren in der Mitte. Auch in diesem Raum steht ein raumhoher Kachelofen. Im Zimmer ist es angenehm warm, obwohl kein Ofen an ist, oder er nicht mehr an ist.

Von hier aus geht's in ein Schlafzimmer, auch mit Kachelofen. Im Kleiderschrank gibt's Bettwäsche, Kissen, Decken, Handtücher und ein paar Hosen und Hemden und so weiter. Jetzt gehe ich in die Küche. Kachelofen, Herd und Spüle rechts, links Unterschränke und Hängeschränke. Hier gibt's Geschirr und Besteck und sonstiges Küchengeschirr und Kochtöpfe und Pfannen. Ich habe sogar ein Waffeleisen entdeckt. Ich liebe frische warme Waffeln mit Ahornsirup. Zu essen gibt's hier nichts. Auf einem großen Esstisch für zehn Personen steht ein Glasteller mit frischem Obst. Ich habe Hunger und nehme mir wieder einen Apfel und inspiziere das Haus weiter.

Es gibt noch vier weitere Schlafzimmer mit jeweils zwei Einzelbetten und Nachttischchen, in einem Schlafzimmer steht noch mal ein großer Kleiderschrank, in den anderen steht jeweils eine Wäschekommode. Alle Betten haben Matratzen, die sich anfühlen wie mit Stroh gefüllt. Decken und Kissen liegen auch hier im Schrank.

Ich gehe in den Keller. Von hier aus können die Kachelöfen beheizt werden, sehr praktisch, dann gibt's keinen Dreck in der Wohnung, denke ich. In einem Kellerraum mit Rutsche ist Holz gestapelt und wohl so was Ähnliches wie Pellets. Drei weitere Räume sind mit Regalen ausgestattet, auf denen Einmachgläser und Obst deponiert sind. Kartoffelkiste, Mehlsäcke, ein Sack Zucker, zwei große Tontöpfe mit eingelegten Gurken und vieles mehr stehen auf dem Boden. Ein Raum hat eine Außentür, von wo aus man über eine Treppe in den Garten gelangt, bzw. zum Stall. Ich geh wieder rein, schließe die Kellertür zu und nehme mir Brot, Wurst und Saft mit nach oben.

Ich will mir was zu essen machen und die Gebrauchsanleitung lesen. Dann hole ich Geschirr aus dem Schrank, setze mich an den Küchentisch, mach mir eine Stulle und beginne zu essen und zu lesen. Ich bin ganz allein in dem großen Haus, neues Haus, neue Stadt, ein ganz neuer Planet.

Nach dem Essen gehe ich in den Garten, von da aus in die anderen Gebäude. Als erstes komme ich in eine Garage, wenn man das so nennen kann. Eine große dunkelblaue Kutsche steht da. Ich bin überwältigt, rechts ist eine Tür, mit einem Fenster mit Gardinen. Ich traue mich kaum, aber ich öffne die Tür und schau hinein. Rechts und links jeweils eine lange Bank, wie eine Couch, mit dunkelblauem Samt oder so bezogen. Wär auch lang genug zum Liegen, wenn es sein muss. Vielleicht ist es ein Reisewagen, sieht sehr schön aus, gemütlich. Unter den Sitzen sind Staufächer, an den Seiten hat es eine Art Taschen. Ich kann mir richtig vorstellen, darin zu reisen. Sogar der Kutscher kann sich vor Regen und Kälte schützen, sehr praktisch.

Dann steht da noch ein kleiner Kutschwagen mit Transportfläche, vielleicht zum Einkaufen oder für den Markttag? Ein hölzerner Heuwagen steht ganz hinten, daneben noch ein paar Ackergeräte, Egge und so weiter. Ich kenne nicht alles, aber es ist alles für Pferdegeschirre ausgestattet. An der Wand hängen noch ein paar große und kleine Kufen, ah, denke ich, für den Winter, darauf kann ich mich jetzt schon freuen.

Wenn ich nur wüsste, wie das alles funktioniert. Ich muss einfach noch mal in die schöne Kutsche schauen, die gefällt mir am besten. Dann gehe ich weiter, in einen Pferdestall, auch hier stehen und liegen diverse Utensilien, Pferdegeschirr, Peitsche, Trensen, Sättel und vieles mehr.

Anschließend komme ich in einen Kuhstall, Gott sei Dank auch ohne Tiere. Im Stall ist eine Milchküche integriert und im Anschluss kommt ein Hühnerstall. Hier ist der große Stall zu Ende.

Ein kleinerer Stall für vier Schweine ist das letzte Gebäude auf meinem Hof. Daneben ist ein kleiner Brunnen mit klarem frischem Wasser. Das Wasser muss man von Hand hochpumpen. Wann und woher kommen die dazugehörigen Tiere? Was muss ich da alles lernen? Das wird eine riesige Aufgabe. Vielleicht ist bei den fünf anderen Mitbewohnern ja ein Landwirt oder eine Bäuerin dabei, denke ich mir.

Ich gehe ins Haus zurück, oben war ich noch nicht. Hier sind nochmals die gleichen Räumlichkeiten wie im Erdgeschoss, mit etwas Schräge, allerdings noch ohne Tapete und Fußbodenbelag. Wenn ich die Zimmer brauche, muss noch viel gemacht werden. Aber wenigstens ist noch Raumreserve vorhanden. Ich habe keine Ahnung, wie viele Leute nötig sind, um die Tiere zu versorgen und das Land zu bewirtschaften. Aber wenn alle in diesem Haus wohnen sollen …

Als ich wieder runterkomme, sehe ich durch das Haustürfenster eine Frau mit zwei Kindern auf das Haus zukommen. Ich öffne die Haustür. Die Frau ist etwas kleiner als ich, hat kurzes, gelocktes braunes Haar. Sie trägt einen langen warmen Mantel und fragt vorsichtig, ob sie hier richtig sind. Ich frage, wie sie denn heißen. »Gisela, Martina und Peter«, kommen die Antworten. Martina ist das Ebenbild ihrer Mutter. Peter hat dunkelblonde Igelhaare, ist mit Jeans und schwarzer Lederjacke bekleidet. »Dann seid ihr hier wahrscheinlich richtig«, sage ich und bitte sie herein. »Sucht euch ein paar passende Hausschuhe und kommt in die Küche.

Ihr habt doch sicher auch Hunger und Durst.« Ich lege noch drei Gedecke auf, dann essen und trinken wir erst mal was, wir sind alle hungrig. Seit dem Frühstück heute Morgen und ein paar Äpfeln haben wir noch nichts gegessen. Es ist schon später Nachmittag.

Wir stellen uns gegenseitig vor. Auch Gisela ist keine Bäuerin, sie ist Köchin und hatte einen schönen großen Garten auf der Erde. Martina und Peter gehen noch zur Schule. Ich überlege mir, wo hier wohl eine Schule sein könnte, auf dem Weg vom Rathaus zu meinem Hof habe ich keine gesehen. Es könnte eine Schule hinter dem Wäldchen bei der Kirche sein, kann man ja bei Gelegenheit mal nachschauen gehen. Gisela vermisst ihren Mann, Paul. Auch sie wollten als Familie hier ankommen.

Wir beschließen die Anleitungen durchzulesen, oder wenigstens mal anzufangen: Machen Sie einen schnellen Durchgang durchs Haus, drehen Sie den Hauptwasserhahn auf, Wasser zur Nahrungsaufnahme unbedingt immer erst abkochen. Stellen Sie alle Sicherungen an und verriegeln Sie alle Türen von innen, die ins Freie führen, um ungebetene Gäste fernzuhalten.

Wir gehen in den Keller und suchen den Hauptwasserhahn und drehen ihn auf. Als wir den Sicherungskasten finden, schalten wir die Sicherungen ein. Dann gehen wir wieder hoch, weiterlesen.

Das einzige Elektrogerät im Haus ist ein Elektroherd mit Backofen. Gisela schaut sich alles genauer an. »Nicht gerade viele Kochtöpfe und Pfannen, wenn hier zehn Leute essen sollen, so viele Sitzplätze gibt es am Tisch«, stellt Gisela fest. »Aber wir haben schönes Geschirr, mit zart blauen Veilchen, gefällt mir«, sage ich. »Ja, das ist schön«, meint Martina, »hier ist eine Etagere, vielleicht darf ich mal Plätzchen dafür backen.« »Backen kann sie gut«, sagt ihre Mutter, »das macht ihr Spaß.« »Was ist denn ein Bauernhof ohne Tiere?«, fragt Peter, »nicht mal einen Hund gibt es.« »Ich bin sicher, das kommt noch alles«, sagt Gisela tröstend.

Gisela erzählt mir, dass sie ihren Mann suchen will, sie hat auch im Rathaus nachgefragt, aber da kann ihr niemand Auskunft geben. Sie sagt: »Ab morgen wird es Pinnwände mit Suchanzeigen geben. Auch Arbeitsstellen und Arbeitssuchende werden hier veröffentlicht.« Jemand dreht an der Türklingel, ich gehe die Tür öffnen.

Zwei Jugendliche stehen draußen und bitten um Einlass. »Das sind Marie und Lukas«, sage ich, als ich die beiden in die Küche geführt habe. Sie sind sichtlich erleichtert, uns endlich gefunden zu haben. Wir stellen uns alle wiederum gegenseitig vor, Gisela holt noch zwei Gedecke, Marie und Lukas setzen sich und essen erst mal, auch sie haben seit heute Morgen nichts mehr gegessen.

Marie ist 17 Jahre alt, Schülerin. Sie hat langes blondes Haar, rote Bäckchen, mit Grübchen, wenn sie lacht. Sie kann reiten, und fürs Backen interessiert auch sie sich. Lukas, 19 Jahre alt, geht auch noch zur Schule. Ein blonder Lockenkopf, kräftig und durchtrainiert gebaut. Er will eigentlich die Schule abbrechen und einen Beruf lernen. Er hört gerne Musik, außerdem baut er Modellautos.

Marie und Lukas kommen aus einer Wohngemeinschaft, betreutes Wohnen für Jugendliche. Sie wollen unbedingt zusammen bleiben, das ist ihre Bedingung, wenn sie hier bleiben. Ich weiß gar nicht, ob sie eine andere Wahl haben. Aber selbstverständlich können sie beide bei mir bleiben, warum sollten sie auch getrennt werden?

Wir lesen die Gebrauchsanweisung weiter, Umgang mit Tieren, jetzt wird's spannend, denke ich, wer kann was und wer ist bereit, was zu lernen. »Ich kann nur Meerschweinchen und Katze«, sage ich. »Bisschen Hund auch noch, aber das ist auch schon alles meinerseits.« Marie sagt, sie hätte ein Jahr Reitunterricht gehabt, sie könne ein bisschen mit Pferden umgehen, aber eine Kutsche kann sie nicht fahren oder einen Acker bewirtschaften. Lukas hatte einen Hund, als er klein war, und Peter einen Goldfisch. Das alles hilft uns nicht wirklich weiter.

Wir ziehen uns Jacken an und gehen in den Hof. Ich zeige den fünf Neuankömmlingen die Ställe. Anschließend begutachten wir alle die Kutsche und all die anderen Fahrzeuge, die in der Garage stehen. »Es ist alles sehr schön, leider habe ich keine Ahnung von einem Bauernhof«, sage ich, »aber vielleicht schaffen wir das ja gemeinsam.« Besonders Martina ist sehr angetan von der blauen Kutsche, genau wie ich.

Dann gehen wir alle wieder in die Küche, es ist kälter geworden. »Wir brauchen unbedingt warme Kleidung«, sage ich, »und heizen sollten wir auch.« Wir alle haben nur die Kleidung, die wir heute Morgen angezogen haben. Ich gehe mit Gisela in den Keller, anhand der Gebrauchsanleitung können wir die Kachelöfen beheizen, geht ganz einfach mit den Pellets, oder so was Ähnliches. Dann setzen wir uns wieder zu den anderen an den Tisch und lesen die Gebrauchs-anleitungen weiter.

»Morgen ist ein Meeting für Bauern mit Tieren, 10 Uhr auf dem Marktplatz«, sagt Lukas, er hat bereits die Anleitung für Tiere weiter gelesen. »Um 15 Uhr Anleitung für Umgang mit Pferden auf Som-merhofen. Das sind doch wir, gell?«, fährt er fort. Er hat Recht. Das passt mir gut, Anleitung vor Ort.

»Am Freitag können wir unsere Kleider-Grundausstattung abholen«, sagt Gisela, »das steht hier, der Geburtstag 1. bis 11. ist am Freitag da-bei, das bist du doch, Katharina, oder?« »Gehören wir jetzt alle dazu?«, fragt Marie. Ich weiß es auch nicht, aber vielleicht steht es irgendwo in der Gebrauchsanleitung. »Im Internet findet sich alles«, scherzt Lukas.

»Wir brauchen auch einen Mülleimer für die Küchenabfälle. Hat je-mand irgendwo einen gesehen?«, fragt Gisela. Sie nimmt einen Eimer, allerdings ohne Deckel, für die Küche brauchen wir aber einen mit Deckel. Ich frage in die Runde, ob jemand was über eine Müllabfuhr oder so ähnlich gelesen hat, alle verneinen.

Nun beratschlagen wir, wer in welchem Zimmer schlafen will. »Ich nehme das Schlafzimmer hinter dem Wohnzimmer«, sage ich. Gisela bezieht das nächste Schlafzimmer neben der Küche, sie meint: »Wir sollten ein Mädchen- und ein Jungenzimmer machen.« Marie und Martina nehmen das Zimmer gegenüber. Peter und Lukas entscheiden sich für das Zimmer daneben.

Wir beziehen die Betten und inspizieren die Kleiderschränke. Neben zweimal Bettwäsche gibt es noch je vier Handtücher und Waschlappen pro Bett. Es gibt auch noch zehn Jogginganzüge, wenn man die so nennen kann. Wir suchen uns die passendsten Größen aus und legen sie in unsere Nachttische.

In jedem Nachttisch steht ein Zahnputzbecher mit Zahnbürste und Zahnpasta und daneben liegen ein Stück Seife und ein Kamm. Mehr ist momentan noch nicht da, na ja, muss eben erst mal ausreichen. Es ist schon lange dunkel.

Wir setzen uns ins Wohnzimmer und erzählen von uns. Die Glocken vom Kirchturm schlagen Mitternacht. »Ich denke, ich sollte zu Bett gehen, war ein langer anstrengender Tag«, sage ich. Gisela erklärt sich bereit zu heizen, falls das morgen früh schon nötig ist, wofür ich ihr sehr dankbar bin. Kachelöfen halten die Wärme ziemlich gut, mal sehen, wie oft man heizen muss.

Alle machen sich nacheinander im Bad fertig. Es ist nur eine Toilette und ein Waschbecken, aber doch mit fließendem Wasser, wenn auch nur kalt. Ich schließ die Kellertür und die Haustür ab, genau nach Anleitung. Endlich kann auch ich mich fürs Bett richten. Keine Dusche, keine Wanne. Das muss sich ändern, überlege ich.

Das Bad ist zu klein für eine Badewanne. Ich denke, in der Waschküche könnte man eine Badewanne aufstellen, da hat man warmes Wasser aus dem Waschkessel, am Wasserhahn vom Waschbecken kann man einen Gartenschlauch befestigen und kaltes Wasser in die Wanne einlaufen lassen, könnte funktionieren.

Ich freue mich auf mein Bett. Das war ein langer Tag. Ich bin immer noch ganz aufgeregt, hoffentlich kann ich überhaupt schlafen. Lukas schnarcht schon. Endlich kann ich in mein Bett, es hat eine weiche Auflage. Mal sehen, wie ich da liegen kann. Ein dickes Federbett liegt ausgebreitet auf dem Bett, ist hoffentlich auch schön warm.

Über dem Kopfende an der Wand gibt es ein Zugband für den Lichtschalter, ich lösche das Licht. Wie soll ich morgen rechtzeitig aufwachen, ohne Wecker? Vielleicht wache ich ja von selbst auf, oder irgendjemand anders weckt mich. Einen krähenden Hahn haben wir ja noch keinen, der uns wecken könnte.

Allein in einem großen Bett, in der alten Welt hatte ich ein Einzelbett, seit ich nicht mehr mit dem Vater meiner Kinder zusammenwohnte. Ich lebte in einer kleinen Zweizimmerwohnung, im zweiten Stockwerk, mit einem kleinen Balkon. Und jetzt habe ich einen großen Garten, Felder und bald wahrscheinlich auch noch Tiere.

Kapitel 2

Donnerstag

Es ist noch dunkel, als ich aufwache und mich schnell anziehe, ich höre jemand am Ofen hantieren. Gisela ist schon dabei zu heizen. Auf dem Kachelofen in der Küche steht ein Wasserkessel mit warmem Wasser, reicht zum Zähneputzen und Gesichtwaschen für Gisela und mich. Für die anderen setze ich Wasser auf dem Herd auf, drei Liter sollten wohl ausreichen.

Gisela hatte im Vorratskeller Kaffeebohnen gefunden. »Haben wir auch eine Kaffeemühle?«, fragt sie mich. »Ja, irgendwo habe ich eine gesehen.« Ich suche und werde fündig. Eine hölzerne Kaffeemühle mit Kurbel und Schublade. Ich setze mich auf einen Stuhl, fülle Kaffeebohnen in die Mühle und beginne zu kurbeln. Ist ziemlich anstrengend, aber es funktioniert. Gisela meint, man könne die Körnung einstellen. Ich solle doch versuchen, das nächste Mal etwas feiner zu mahlen. Wir kochen Kaffee und wecken die anderen.

Jetzt gibt's endlich Frühstück, für jeden ein gekochtes Ei, Bauernbrot mit Butter, und je nach Bedarf Marmelade, Käse und Wurst. Wir haben alle großen Hunger, es schmeckt vorzüglich. Nach dem Frühstück machen wir Bestandsaufnahme unserer Essensvorräte. »Wenn wir Brot backen, können wir über den Winter kommen«, meint Gisela. »Oh ja, backen kann ich«, sagt Marie. »Kann man das auch essen?«, scherzt Peter.

Wir schreiben alles auf, was wir zu essen finden, eine lange Liste entsteht. Ob jeder so viele Essensvorräte hat? Die Glocken der Martinskirche läuten schon 11 Uhr.

Vor dem Mittagessen gehen wir zum Rathaus, um die Jobangebote und -Nachfragen in Augenschein zu nehmen. Es ist nichts für uns dabei, auch Giselas Ehemann hat sich nicht gemeldet bzw. eine

Nachricht zukommen lassen, von meiner Familie gibt's auch keine Nachricht, zumindest ist hier noch nichts angekommen. Wie können die Familien sich finden, ohne Telefon und PC? Dauert bestimmt alles ziemlich lang, so auf dem Postweg. Auf dem Rathaus kann man Post abgeben, insbesondere Suchanzeigen, die mit einer Postkutsche transportiert werden.

Ich schreibe eine Suchanzeige, die nach Herbrechtingen oder in die nächstgrößere Stadt gebracht werden soll: »Suche Vicky, Alessandro, Madison und Pietro Santini. Ich wohne in Sindelfingen, Sommerhofen. Ich komme euch besuchen oder auch holen, wenn ihr wollt, sobald ich es kann. In Liebe Mom, Katharina Klein«. Und eine zweite Suchanzeige, die nach Weinstadt gebracht werden soll: »Suche Michael James, Yvonne, Tim und Tom Klein. Ich wohne in Sindelfingen, Sommerhofen. Ich komme euch besuchen oder auch holen, wenn ihr wollt, sobald ich es kann. In Liebe Mom, Katharina Klein«.

Gisela und ich schreiben Suchanzeigen für unsere Männer, auch wenn ich nicht verheiratet bin. Wo wir suchen sollen, wissen wir allerdings nicht. Dann bringe ich noch einen Ich-suche-Zettel an: »Erntehelfer für Zuckerrüben gesucht«. Eine zweite Suchanzeige: »Suche Landwirt für meinen Hof, zehn Hektar Felder und vier Hektar Wald«.

Ich frage am Schalter, wie es um die Müllentsorgung bestellt ist. Auch hier im Rathaus weiß niemand etwas darüber. Ich frage nach einer Ideenpinnwand, was jeder dringend benötigt, oder sich wünscht. Meine Idee mit dieser Pinnwand soll sofort in die Tat umgesetzt werden.

Es sind viele Menschen unterwegs, die sich die Kleidungs-Grundausstattung holen. »Morgen sind wir dran«, sage ich zu Marie und freue mich schon drauf. Es ist Donnerstag, Markttag, nur drei Leute mit Handkarren stehen da. Man kann Stoffe, Wolle, Honig und Salat kaufen. Ich hätte gern Salat gekauft, aber wir haben leider nichts zum Tauschen und Geld haben wir auch noch keins.

Wir unterhalten uns noch mit ein paar Leuten und stellen fest, uns geht's besser als vielen anderen, wir haben alle unsere Schlafzimmer, das Haus ist gut beheizbar und zu essen gibt es auch. An einem großen Marktstand kann man pro Person Essensrationen holen. Es gibt kein Geld, trotzdem bekommt jeder nur eine Ration für zwei Tage. Man kann auch Familienrationen einkaufen, wir holen Essen für zwei Tage für die ganze Familie.

Warum habe ich einen Bauernhof bekommen, mit fremden Menschen zusammen? Meine Familie hätte hier sein müssen … Andere Familien haben nur ein bis zwei Zimmer in einer Wohnung oder in einem Haus zugewiesen bekommen.

Zum Anziehen gibt's offensichtlich für alle die gleiche Grundausstattung. Die Frau mit Wolle und Stoffen auf dem Karren erzählt, dass sie mit ihren drei Kindern oben in der Webschule wohnt, in zwei kleinen Zimmern, sauber, aber spärlich eingerichtet und wenig beheizt. Sie will so schnell wie möglich eine größere Wohnung mit Ofen und Wasser und Toilette.

Als ich nach ihrem Mann frage, sagt sie mir, dass er nicht mitkommen wollte in diese Welt, zu anstrengend, meinte er, aber sie will unbedingt eine neue Chance, einen Neuanfang. So ähnlich geht es Gisela und mir ja auch, wenn ich nur wüsste, wo meine Familie ist.

Wir wollen uns gerade auf den Weg zum Krankenhaus machen, nur aus Neugier, als jemand meinen Namen ruft. Ich schau mich um und erblicke Ellen, eine Freundin, auch aus Sindelfingen. Sie ist kleiner als ich und etwas pummelig, sie hat langes glattes braunes Haar, früher hatte sie immer eine Kurzhaarfrisur. Sie ist 42 Jahre alt. Ich habe sie schon länger nicht mehr gesehen.

Wir begrüßen uns, Ellen ist mit ihren Kindern hier, ihren Freund hat sie noch nicht gefunden. Was ist bloß mit den Männern los, denke ich, immer das gleiche. Nach einem kurzen Gespräch tauschen wir unsere Adressen aus und gehen jeder unserer Wege.

Im Krankenhaus gibt es einen OP, einen Entbindungsraum und ein paar Untersuchungszimmer, die Patientenzimmer sind bis auf drei noch alle leer. In der Notaufnahme ist ein Arzt mit einer Krankenschwester dabei, Medikamente einzuräumen.

Wenn ein Unfallpatient eingeliefert wird oder eine Frau zur Entbindung kommt, sind sie auf alles vorbereitet. Ob ich wohl je wieder als Krankenschwester arbeiten kann, oder als Innenarchitektin, mit einem Bauernhof?

Wir kommen an ein paar Handwerksbetrieben vorbei. Erst nach 14 Uhr sind wir wieder daheim und können uns unterhalten, was wir gesehen und gehört haben. Von nun an werden wir jeden Dienstag, Donnerstag und Samstag auf dem Markt zum Einkaufen gehen.

Ich hefte ein Blatt aus unserem einzigen Schreibblock an die Tür des Pferdestalls: Erntehelfer für Zuckerrüben gesucht. »Vielleicht klappt's ja«, sage ich zu Lukas. Dann essen wir verspätet zu Mittag. Gisela hat etwas Leckeres gezaubert. Kurz vor dem dritten Glockenschlag kommt eine Schar Leute auf den Hof.

Die »Pferdeschulung«, ein Pferdewirt kommt mit drei Reitern auf wunderschönen Pferden, Trakehner, angeritten. Die Pferde scheinen trotz der vielen Menschen ruhig zu bleiben. Anscheinend sind sie viele Menschen gewöhnt. Zunächst wird das Füttern erklärt, Schnelldurchlauf, dann geht's über zur Pflege und den üblichen Handgriffen, die man so beim Pferd braucht.

Ganz wichtig, nie von hinten an ein Pferd herantreten, das sieht es nicht und es könnte Angst bekommen oder sich erschrecken und ausschlagen. »Steht alles im Pferdehandbuch«, heißt es. Okay, noch eine Bettlektüre, denke ich. Wir hören alle aufmerksam zu und schauen genau hin, wie man was zu machen hat – oder was man nicht tun darf.

Um 17 Uhr ist die erste Lektion vorbei und die Leute verlassen wieder den Hof. »Das sind eure Pferde«, sagt mir der Pferdewirt, »die bleiben ab jetzt hier.« Ich staune nicht schlecht. »Die Pferde haben genug Bewegung für heute, sie brauchen auch nicht mehr gefüttert zu werden. Ab morgen früh nur Wasser und Heu, nach Anleitung«, lacht er. »Wir kommen morgen Nachmittag wieder.« Damit verabschiedet sich der Pferdewirt.

Wir gehen ins Haus und essen zu Abend und planen den nächsten Tag. Von nun an gibt es jeden Montag bis Freitag Schulung auf unserem Hof. Vier Pferde, meine ersten Tiere, die brauchen einen Namen, denke ich mir. Wie gibt man Pferden einen Namen, und vor allem, was gibt's für Pferdenamen?

Marie geht jeden Vormittag auf einen Nachbarhof, um alles über Schweine zu lernen. Ich mache mich über den Umgang mit Hühnern schlau, auch mein Schulungshof ist nicht weit von uns. Unser neues Wissen geben wir am Abend an alle anderen im Haus weiter.

Wenn wir nichts anderes zu tun haben, gehen wir auf das Zuckerrübenfeld, um wenigstens einen Teil der Ernte einzuholen. Viel kriegen wir allerdings nicht geschafft. Am späten Abend sitzen wir wieder alle im Wohnzimmer und unterhalten uns.

Lukas und Marie sind Geschwister. Sie kamen beide im Grundschulalter in ein Kinderheim, ihre Eltern konnten sich nicht ausreichend um sie kümmern, warum, sagen sie nicht. Ich frage auch nicht weiter nach, wenn sie das noch nicht wollen. Sie müssen sich bereiterklären, sich in einen bestehenden Haushalt einzuordnen.

Marie muss noch zur Schule gehen, aber momentan gibt's noch keine. Lukas will schon immer was mit Tieren machen.

Ich sehe eine große Aufgabe auf mich zukommen, freue mich aber auch darauf. Ob ich das in meinem Alter noch schaffen kann, Schule, Kinder, Ausbildung und Erziehung? Wie macht man das heute und hier?

Gisela will nur ihren Ehemann finden und mit ihm und ihren Kindern zusammen sein. Sie kann gut kochen, was wir bisher zu essen bekamen, war sehr lecker und appetitlich. Auch ihre Kinder müssen noch zur Schule gehen, wann immer eine Schule eingerichtet werden wird.

Ich erzähle von meiner Familie, die ich hoffe, bald zu finden. Hoffentlich geht es allen gut. Alessandro, Mechatroniker und Weinbauer, und Vicky, MTA, können bestimmt Arbeit finden, also eigentlich kein Problem, so hoffe ich.

MJ ist Informatiker, da wird es schon schwieriger werden. Yvonne ist Kindergärtnerin, das dürfte auch kein Problem darstellen.

Es ist schon wieder Mitternacht, als wir zu Bett gehen. Ich schaue noch mal nach den Pferden, es ist alles in Ordnung, jetzt kann ich sie sogar schon vorsichtig streicheln. Eigentlich ängstige ich mich noch vor ihnen, obwohl sie ruhige und gutmütige Tiere sind, aber doch sehr groß.

Freitag

Am Freitag ist es endlich so weit, wir können uns einkleiden gehen. Jeder bekommt ein Paar Schuhe und Stiefel, beides schwarz, drei Hosen, nur in den drei Farben Schwarz, Blau und Grau. Drei Pullover oder Hemden bzw. Blusen, gemustert. Siebenmal Socken und Unterwäsche, zwei Schlafanzüge und Hausschuhe. Gisela, Marie, Lukas und ich bekommen zusätzlich Stallklamotten, Gummistiefel und Gummischuhe.

Es gibt auch eine dick gefütterte Jacke mit Kapuze, sehr warm. Es gibt kein Geld in der neuen Welt, zu bezahlen braucht man nicht, aber irgendwie wissen die Kassierer immer, wer was bekommt oder auch nicht mehr.

Dann gehen wir alle weiter zum nächsten Laden, hier gibt es Haushaltswaren, so könnte man es wohl beschreiben. Wir benötigen Putz- und Waschmittel, Spülmittel, Mülleimer mit Deckel, Nagelschere und -Feile, Taschentücher und noch ein paar Kleinigkeiten.

Vorerst ist alles rationiert, die Produktion müsse erst in Gang kommen, heißt es. Der Pferdewirt ist so nett, uns mit zwei eingespannten Pferden am Rathaus abzuholen, alle zusammen haben wir ganz schön viel zu tragen. Sechs Leute haben gerade noch auf dem Wagen Platz und wir können alle zusammen heimfahren.

Endlich können wir uns wieder frisch ankleiden. Wir freuen uns über die neue Kleidung und räumen alles auf. Nun sind die Schränke nicht mehr so leer. Auch mit der Arbeit auf dem Hof geht es voran. Mittlerweile können wir das Futter schon fast ohne Anleitung zubereiten und verfüttern. Abends halten wir ein Meeting im Wohnzimmer ab. Gisela holt Saft und Gläser für alle. Dazu gibt's geröstete Butterbrotstückchen. Chips oder so gibt's noch keine. »Alles Bio«, lacht Gisela. Die eine Deckenlampe macht ganz schön hell. Wenigstens haben wir Strom im Haus, auch im Stall, sehr sparsam.

Ich will mit allen zusammen besprechen, was wir als erstes kaufen müssen, was wir umräumen oder umbauen wollen und so weiter. Martina meint sofort, sie braucht dringend eine Nachttischlampe, die anderen stimmen ihr nickend zu. Ich will unbedingt eine Badewanne.

Gisela wünscht sich Vorhänge, damit alles wohnlicher wird, meint sie. Peter will ein Radio. Marie will Stuhlkissen für die Küchenstühle und die Bank. Und ich denke, wir brauchen einen Landwirt, der sein Handwerk versteht, der uns anleiten kann.

Morgen gehen wir alle auf den Markt, vielleicht können wir herausfinden, woher wir alles kaufen können, oder tauschen, wie auch immer.

Samstag

Am Samstagmorgen fahre ich mit Marie und Lukas auf den Markt. Wir können genug Kartoffeln gegen Wolle eintauschen. Die Frau, die am Donnerstag die Wolle verkaufte, hat heute sogar einige Stricknadeln dabei, macht ihr Nachbar selbst, erklärt sie mir.

Wenn man etwas außer der Reihe will, muss man etwas zum Tauschen haben. Ein Mann, der Obst verkauft, sagt uns, dass es in Böblingen einen Laden gibt, wo man Badewannen, Waschbecken und so weiter kaufen kann. Was die kosten sollen, weiß er auch nicht.

Wo man Lampen und Radios kaufen kann, weiß niemand. Jeder ist mit Kleidung und Essen beschäftigt. Da habe ich mit meiner Suche nach einem Radio wohl ein Luxusproblem.

Allmählich wird es kälter werden, wir brauchen unbedingt wieder Holz. Als ich im Rathaus frage, woher ich Holz zum Heizen bekommen kann, wird mir gesagt, dass ich ein großes Stück Wald neben dem Sindelfinger Stadtwald besitze, die markierten Bäume dürfen von mir gefällt und verkauft oder selbst genutzt werden, das bereits gelagerte Holz darf ich mitnehmen.

Da keiner von uns Bäume fällen kann, schreibe ich gleich in einer Suchanzeige: »Baumfäller gesucht«. Neben meiner Suchanzeige für Baumfäller steht eine Art Ausschreibung, eine Suchanzeige der Stadt Sindelfingen für Bauarbeiter jeder Art.

Das Schulhaus muss ausgebaut und renoviert werden. Es werden auch Leute gesucht, die helfen können, das Krankenhaus einzurichten, Möbel aufstellen und so weiter. Für diverse Gebäude der Stadt wird Putzpersonal gesucht. In der Schule soll vorerst ein Raum als Kindergarten ausgestattet werden, es werden auch Kindergärtner und Lehrer gesucht.

Ich schreibe eine Anzeige daneben: »Innenarchitektin sucht Arbeit«. »Hi, Katharina, du bist auch hier? Kennst du mich noch, ich bin Raffael, wir waren zusammen auf der Oberschule«, sagt er. Sein Aussehen hat sich in den letzten Jahren nicht wesentlich verändert, immer noch Igelhaare, ein kleiner Schnurrbart und immer noch eine sportliche Figur, er ist so alt wie ich. »Ja, ich erinnere mich. Grüß dich, wie geht es dir, bist du mit deiner Familie hier?«, frage ich. »Ja, wir wohnen in dem Eckhaus in der Gartenstraße, ihr dürft uns gern mal besuchen kommen.« Ich sage ihm, dass ich auf Sommerhofen wohne und dass er mit seiner Familie gerne zum Kaffee vorbeikommen darf. Dann verabschieden wir uns.

Es gibt auch eine neue Pinnwand, hier werden Veranstaltungen bekannt gegeben. Am Sonntag um 10 Uhr findet der erste ökumenische Gottesdienst in der Martinskirche statt. Am Montagabend wird die Feuerwehr eingeweiht. Am Dienstagnachmittag wird eine Art Notaufnahme im Krankenhaus eröffnet.

»Das hört sich alles sehr gut an«, sage ich zu Lukas. »Die Stadt ist im Aufbau, oder?« Am frühen Nachmittag kommen wir heim. Lukas räumt mit Peter den Wagen auf.

Dann setzen wir uns in die Küche, hier wartet Gisela mit einer deftigen Gemüsesuppe mit Siedfleisch auf uns, es riecht köstlich. Dazu gibt's frisch gebackenes Brot. Ich sage Gisela, dass es leider noch keine Mitteilung von ihrem Mann gibt. Von meiner Familie habe ich auch nichts erfahren.

Am Abend, als alles fertig ist, setze ich mich ins Wohnzimmer und fange an zu stricken. Die Wolle ist sehr dick, also passend für Mütze und Schal. Auch Martina will sich im Stricken versuchen. Sie findet Spaß daran und freut sich über jeden Erfolg. Die Strickwaren lassen sich sicher gut verkaufen auf dem Markt.

Lukas sagt, er hätte eine Suchanzeige für eine Band, einen Chor und für eine Musikkapelle gesehen. »All das habe ich nicht«, sage ich. »Ja, ich weiß«, sagt er, »aber wenn eine Musikkapelle oder eine Band gefunden wird, gibt es auch Musik. Können wir da nicht hingehen?« »Am Montagabend Musik, das hört sich gut an«, sage ich, »schaffen wir das? Wir werden es versuchen.«

Sonntag
Nachdem die Pferde gefüttert sind, können wir uns gemütlich an den von Gisela gedeckten Kaffeetisch setzen, eine frische Kanne Kaffee, handgebrüht, Maschine gibt's noch nicht, Bauernbrot und Hefezopf. »Wann wurde denn der gebacken?«, frage ich. Eine Schüssel mit Rührei, Marmelade und Frischkäse. »Setzt euch alle, ich brate noch für jeden ein paar Scheiben Speck, bin gleich fertig«, sagt Gisela.

Es ist ein richtig schönes Sonntagsfrühstück. Marie und Martina waschen das Geschirr und räumen die Küche auf. Lukas und ich schauen nach den Pferden und anschließend machen wir alle einen ausgiebigen Sonntagsspaziergang.

Wir schauen uns mal in Ruhe die Stadt an. Ich denke, in 20 Minuten kann man von überall zu Fuß zum Rathaus, ins Krankenhaus und zur Schule kommen, mittlerweile haben wir die Schule auch gefunden. Es ist sehr praktisch, selbst mit einem kleinen Handwagen kann man bequem einkaufen.

Wir machen einen Umweg nach Hause und finden wilden Wein, ein paar Trauben hängen noch, jeder nimmt ein paar mit. Gisela meint, wenn wir genug finden, können wir Saft machen. Zum Mittagessen kochen sind wir wieder zu Hause.

Es gibt Schweinebraten, Erbsen, Möhren und Kartoffeln. Als Dessert hat Gisela Schokoladenpudding gekocht. Pudding kann ich immer noch nicht ohne Päckchen kochen, außer Grießpudding, aber den mag ich nicht. Am Nachmittag ist wieder Stricken angesagt. Wir können warme Mützen und Schals gut brauchen.

Lukas versucht sich im Schnitzen, er will ein Schachspiel, mit den Bauern fängt er an. Sieht nicht schlecht aus, mal sehen, wie es weitergeht.

Marie will versuchen, ob sie noch reiten kann. Wir gehen alle mit in den Pferdestall. Nachdem der Fuchs, die Pferde haben immer noch keine Namen, gesattelt ist, geht's los. Marie steigt auf und trabt langsam los. »Als hätte sie nie was anderes gemacht als Reiten«, meint Gisela.

Anschließend gehen wir alle wieder ins Haus. »Mal sehen, was die nächste Woche bringt«, sagt Peter. »Vielleicht einen Hund?«, meint Martina lachend. »Wir könnten Hühner brauchen, wir haben bald keine Eier mehr«, sagt Gisela.

»Ich bin mit meiner Hühnerschule noch nicht fertig, aber füttern und sauber machen habe ich schon gelernt«, sage ich. »Und die Eier suchen wir alle zusammen«, freut sich Marie, »das schaffen wir schon, klappt ja an Ostern auch immer, oder?«

Montag

Am Montag kommen zwei junge Männer auf den Hof und fragen nach den zu fällenden Bäumen. Ich erkläre ihnen, dass ich genug Holz für den Winter brauche, und bitte sie, eine entsprechende Menge zu fällen. Von nun an bringen sie immer mehr Bäume, manchmal sind auch sehr kleine dabei, die wir dann zu zerkleinern haben.

Die Arbeit geht uns also nicht aus. Wir können auch einige Bäume an ein Sägewerk verkaufen, das bringt viel Geld ein, oder Guthaben, das ich teilweise brauche, um die getane Arbeit zu bezahlen. Es ist nicht wirklich Geld, aber wir können einkaufen, wenn man es denn so nennen kann.

Wir beeilen uns mit dem Füttern, so dass wir, frisch gewaschen und neu eingekleidet, in die Stadt gehen können, um bei der Einweihung der Feuerwehr dabei zu sein. Es gibt ein Feuerwehrauto, ein richtiges Auto, das mit Wasserstoff fährt. Drei weitere Löschwagen sind Pferdewagen. In unseren Gebrauchsanleitungen steht was von neuer Energie und so weiter. Das muss wohl erst noch alles entwickelt werden. Es wird für die Ingenieure und Techniker eine große Herausforderung.

Nach der Führung durch das Feuerwehrgelände gehen wir alle zum Marktplatz. Hier haben sich wirklich ein paar Musikanten eingefunden. Sie scheinen noch zu üben, na ja, nach so kurzer Zeit. Aber es hört sich schon ganz gut an, endlich wieder Musik. Das vermissen die meisten Menschen, ich auch. Sobald es Radios zu kaufen gibt, werde ich eins kaufen. Wir könnten auch selbst Instrumente kaufen und Musik machen. Ich bitte Lukas, die Musikanten zu fragen, wo man Instrumente kaufen kann. »In Stuttgart und Trossingen gibt's Musikläden, es gibt zwar noch nicht alle Instrumente, aber es ist ja auch noch alles im Aufbau«, sagt er. Ich muss schmunzeln bei seiner Antwort, den Aufbau hat er sich gemerkt.

Dienstag
In der Woche, beim »Pferdeunterricht«, kommen ein paar Männer auf mich zu, die an der Erntearbeit interessiert sind, besser gesagt, deren Frauen. Wir einigen uns auf drei Malzeiten täglich, wie das mit Lohn funktioniert, weiß noch niemand.

Mittwoch

Bei der Arbeit lernen wir viele Menschen kennen, alle nett und hilfs-bereit, aber auch bedürftig. Die meisten freuen sich über gutes Essen. Gisela ist fast den ganzen Tag mit Kochen und Backen beschäftigt.

Wir unterhalten uns auch während der Ernte, die meisten sind als Familie hierhergekommen. Eine Frau erzählt mir, das ihr Sohn sich anders entschieden hätte, dass er nicht mitkommen wollte, nach zwei Wochen hätte er seine Meinung wieder geändert, aber wahrscheinlich war er am Stichtag nicht mit auf der Liste. Jetzt ist er nicht hier. Die Frau hat Tränen in den Augen. Seine Frau und Kinder sind auch hier, alle leiden sehr unter seiner Abwesenheit. Aber das ist leider nicht zu ändern, die Frau und die Familie tun mir sehr leid.

Hatte Michael sich auch anders entschieden? Nein, das glaube ich nicht. Und meine Tochter und mein Sohn, nein, glaube ich auch nicht, dann hätten sie doch was gesagt, oder? Ein paar der Erntehelfer haben schulpflichtige Kinder.

Eine Frau meint, die Schule sei bald fertig eingerichtet, Lehrer haben sich auch schon eingefunden. Mitte November sollte wenigstens die Grundschule beginnen, die nächsten Klassen folgen später.

Ja, wenn jetzt meine Enkelkinder hier wären, könnten sie schon wieder zur Schule gehen, die Zwillinge sind noch zu klein, aber einen Kindergarten sollte es ja auch geben. Und Lukas und Marie sind nicht mehr in der Grundschule.

Jeder von uns sammelt seine Wäsche in seinem Zimmer, allmählich wird es Zeit, dass wir mal Wäsche waschen. Kleinigkeiten haben wir zwischendurch immer mal wieder von Hand gewaschen. Gisela und ich heizen den Waschkessel im Keller an und versuchen unser Glück. Es ist harte Arbeit, heiß, schwer und nass.

Wir verbringen den ganzen Nahmittag mit Waschen. Erst jetzt be-merken wir, dass eine Wäscheleine fehlt. Lukas baut kurzerhand eine. Eine Leine um zwei Bäume gewickelt, hoch genug, dass wir noch dran reichen, muss gut genug sein, was Besseres gibt's noch nicht.

Ab jetzt werden wir das wohl jede Woche machen müssen. Wäscheklammern schreiben wir auf die Einkaufsliste, wenn es irgendwann welche gibt.

Mein Hof sieht furchtbar aus, überall liegen Holzstämme rum, etwa einen Meter lang. Wir können so viel sägen und hacken, wie wir wollen, es scheint nicht weniger zu werden. Das gehackte Holz stapeln wir an der Stallmauer entlang, ist ja lang genug, in zwei Reihen. Ich bitte ein paar Frauen von der Ernte, beim Holzmachen zu helfen, wozu sie gern bereit sind, schließlich brauchen sie alle Arbeit.

Bevor wir das Holz als Brennholz verwenden können, muss es noch gehäckselt werden, das machen wir immer zu zweit, eine Stunde lang. Die Waldarbeiter meinen, das sollte wohl über den Winter reichen.

Ich bitte Gisela, ein besonders gutes Essen zu kochen, wenn eine Steigerung überhaupt noch möglich ist. Ich will unsere erste Woche feiern. Am Samstagabend, es ist schon der zweite Samstag hier, sitzen wir alle im Hof und essen und trinken. Lukas macht ein Lagerfeuer, darin braten wir Kartoffeln, Rüben und Fleisch, es riecht lecker.

Ein paar Leute bringen Wein, Bier und Salat mit. Wir sitzen fröhlich zusammen, singen Lieder und ein paar junge Frauen tanzen sogar dazu. Es macht allen Spaß.

Dritte Woche

Mit den Schulungen geht es gut voran. Am Mittwoch ist mein letzter Tag auf dem Hühnerhof, als der Lehrer auf mich zukommt und mir mitteilt, dass er morgen am frühen Vormittag meine Hühner und einen Hahn auf meinen Hof bringt.

Dann drückt er mir eine Liste in die Hand, was ich alles für meine neuen Hühner benötige und vielleicht noch kaufen muss. Ich bedanke und verabschiede mich und eile mit der Neuigkeit nach Hause. Schon in der Haustür stehend rufe ich: »Leute, ab morgen haben wir Hühner und einen Hahn, ist das nicht toll?« Die Einzige, die sich freut, ist Gisela, die dringend wieder den Eiervorrat auffüllen will.

Martina meint: »Hoffentlich kräht der Hahn auch rechtzeitig am frühen Morgen.« Gisela und ich lachen. Ich schaue mit Gisela die Liste durch, wir haben alles für die Hühner da, ich muss nichts mehr einkaufen.

Lukas meint beim Abendessen: »Wir müssen den Rasen mähen, aber womit?« Im Stall sind eine Sense und eine Sichel, aber damit kann keiner von uns umgehen. Zum Mähen gibt es auch ein Pferdegeschirr, aber auch damit kennen wir uns nicht aus. Lukas will morgen den Pferdewirt fragen, wie das geht.

Am Donnerstagvormittag bringt der Bauer die Hühner, alle in Holzkisten verpackt. Als erstes begutachtet er den Hühnerstall. »Du wirst glückliche Hühner haben«, freut er sich, »das ist ein vorbildlicher Stall.« Dann muss ich mich nur noch bemühen, alles so gut wie auf seinem Hof hinzukriegen, denke ich. »Wenn alle Stricke reißen, kommst du einfach rüber und holst dir Hilfe«, bietet er mir an. Ich bedanke mich und verabschiede ihn.

Fünf Minuten später stehen wir alle um die Hühner herum und bestaunen sie. Peter meint: »Die hier vorn sieht aus wie eine Liese.« »Wie, kriegen Hühner denn auch Namen?«, frage ich in die Runde. Das weiß auch keiner von uns.

Die Pferde haben auch noch keine Namen. Ich liege die halbe Nacht wach und überlege fieberhaft, wie meine Pferde denn heißen sollen. Endlich habe ich eine Idee, die zwei schwarzen Wallache sollten Malibu und Acapulco heißen, die zwei roten (hellbraunen) Stuten Action Lady und Zottel. Am Freitagmorgen nach dem Frühstück teile ich allen meine Ideen mit. Keiner hat einen Einwand, also dann ist es beschlossene Sache.

Lukas schreibt die Namen an die Boxentüren, hat er sehr schön gemacht. Nächste Woche will der Pferdewirt uns zeigen, wie man mit Pferden den Rasen, oder besser gesagt die Wiese, mähen kann.

Ich laufe ganz gespannt in den Hühnerstall, um nach Eiern zu suchen. Ich muss nicht lange suchen, sie liegen alle an den vorgesehenen Stellen im Stall. Ich überlege mir, woher die Hühner wohl wissen, wohin sie die Eier legen sollen, das hatte ich in der Schulung nicht gehört, oder vergessen.

Ich kann Gisela mit acht frischen Eiern erfreuen, in der Hoffnung, dass es mit der Zeit mehr werden. Am Sonntagmorgen sind es tatsächlich schon zwölf Eier, bald werden wir sie auf dem Markt verkaufen können.

Wir machen alle wieder einen schönen Sonntagsspaziergang, es ist kälter geworden, tagsüber hat es zehn Grad, auch in der Nacht gefriert es noch nicht.

Kapitel 3

Dienstag, 19. Oktober

Am Dienstag gehe ich wieder aufs Rathaus, dort gibt es einen Aushang, der besagt, nach welchem Schema die Städte aufgebaut werden. Alle Städte, die im Jahr 2015 unter 50 000 Einwohner hatten, werden vorerst nur mäßig ausgestattet, die Dörfer und Städte, die unter 20 000 Einwohner hatten, existieren nicht. Die Leute werden in größere Städte aufgeteilt. Jetzt wird mir klar, warum Sindelfingen mehr bekommt als Böblingen, Böblingen hatte keine 50 000 Einwohner, obwohl es die Kreisstadt ist oder war.

Weinstadt hatte über 20 000 Einwohner, also werden die Einwohner dort mäßig versorgt. Das beruhigt mich ein wenig, da MJ mit seiner Familie da gewohnt hat.

Herbrechtingen hatte unter 20 000 Einwohner, also wo sind meine Tochter und ihre Familie?

Städte ab 500 000 Einwohner bekommen die Maximalversorgung. Davon ist auch Sindelfingen noch weit entfernt, aber Stuttgart hätte demnach alles bekommen müssen. Sindelfingen hat jetzt etwa 6 000 Einwohner, davon sind etwa 350 Ausländer. In der Gebrauchsanweisung steht, dass jeder in Deutschland lebende Deutsch können muss und auch Englisch. Dann gibt es bestimmt viele Menschen, die Sprachunterricht brauchen.

Ich finde auch endlich die ersehnte Suchanzeige: Landwirt aus Stuttgart sucht Festanstellung. Was machte ein Bauer ausgerechnet in Stuttgart, sollte der nicht eher irgendwo auf dem Land wohnen? Aber gut, mein Hof ist ja auch sozusagen in der Stadt. Der Pferdewirt erklärt sich bereit, mit mir nach Stuttgart zur angegebenen Adresse zu fahren, wenn ich ihm dafür einen dicken Pullover stricke.

Samstag, 23. Oktober

Am Samstag geht's los. Wir haben einen Schal und eine Mütze als Geschenk und Essen im Gepäck. Für mich ist es die erste Fahrt mit der großen Kutsche. Bisher hatten wir nur den kleinen Kutschwagen benutzt, aber dafür ist es bei dieser Kälte zu weit. In der großen Kutsche können Kutscher und Passagiere im Warmen sitzen.

Es ist warm, dank der großen Felldecken, und bequem, wenn auch die Federung zu wünschen übrig lässt. Immerhin hat die Kutsche schon Gummireifen, was sie allerdings auch etwas merkwürdig aussehen lässt. Die Sitze sehen richtig vornehm aus, dunkelblauer Samt oder so. Eine dicke Decke hält mich warm. Ich habe eine Wärmflasche mit, so eine aus Metall, um mir die Füße daran zu wärmen.

Nach etwa einer Stunde halten wir an und trinken warmen Tee, das tut gut. Nach einer weiteren Stunde sind wir endlich am Ziel, auch ohne Navi. Wir sind nicht in der Stadtmitte, es könnte das ehemalige Kaltental sein.

Es ist eine kleine Siedlung, nur ein paar kleine Häuser. Ein paar Leute schauen aus den Fenstern oder kommen auf die Straße gelaufen, als sie unsere Kutsche sehen. Auf mein Klopfen hin öffnet eine Frau, etwa in meinem Alter, die Tür. Ich sage, dass ich nach einem Landwirt suche, der hier wohnen soll. »Oh ja, du meinst bestimmt Manfred, er hat hier ein Zimmer. Komm herein, ich sage ihm, dass er Besuch hat«, sagt sie. Im Haus ist es ziemlich kalt, denke ich, bei uns ist es wärmer. Die Frau kommt mit einem gutaussehenden Mann zurück. Wir stellen uns alle vor und ich sage, dass ich einen Landwirt für meinen Hof suche. Manfred schaut mich mit seinen großen blauen Augen an. Die Frau führt uns in die Stube, wo wir alles in Ruhe besprechen können. Auch hier ist es nicht viel wärmer. Es steht nur ein Tisch mit sechs Stühlen im Zimmer, noch spärlicher eingerichtet als bei uns daheim.

Manfred ist 50 Jahre alt, hat gewelltes weißes Haar, ist kräftig gebaut und fast zwei Meter groß. Er hat sehr schöne blaue Augen, wenn ich ihn anschaue, bin ich hin und weg von diesem Mann, hoffentlich

34

merkt er es nicht. Anscheinend werden die Menschen in den Stuttgarter Vororten immer noch nur minimal versorgt. Er freut sich über Mütze und Schal. Ich erkläre unsere Lage, wie dringend wir einen Fachmann brauchen und was es momentan alles an Arbeit gibt. Manfred ist sofort einverstanden, mitzukommen. Wir werden uns einig, ich hoffe, dass er nicht nur vorübergehend auf meinem Hof bleibt. Es ist Mittagszeit und ich frage ihn, ob wir hier kochen und essen können. »Ja, klar, was hast du denn zu essen?«, fragt er. »Ich habe Gemüsesuppe mit Fleischklößchen mit, muss man nur aufwärmen«, antworte ich. »Hier gibt es nicht viel zu essen, wir bekommen nur zwei Lieferungen pro Woche, einen Laden haben wir hier nicht und der Garten ist schon abgeerntet. Wir vier Menschen kommen gerade eben so zurecht«, sagt er. »Ich glaube, es reicht für uns alle«, sage ich. »Kannst du dem Kutscher helfen, die Pferde auszuspannen? Dann gehe ich schon mal in die Küche.« Die Frau freut sich über mein Angebot, für alle zu kochen, anschließend essen wir zusammen, nicht so üppig wie bei mir daheim, aber es reicht. Dann machen wir uns wieder auf den Rückweg, an zwei Rathäusern hinterlassen wir Giselas Adresse, um hoffentlich ihren Ehemann zu finden. Auch ich schreibe meine Adresse auf, in der Hoffnung, dass ich auf diese Weise meinen Sohn finden kann, Weinstadt ist nicht weit von hier.

Ich erzähle Manfred von meinem Hof und den anderen, die bei mir wohnen und mit mir arbeiten. Ich erzähle ihm, dass ich meine Familie noch suche, er ist allein in die neue Welt gekommen, er hat keine Familie hier, sagt er.

Es ist schon später Nachmittag, als wir nach Hause kommen. Aus der Küche duftet es nach Zwiebeln, Speck und frisch gebackenem Brot. Manfred wird herzlich empfangen, alle freuen sich, ich am meisten, denke ich. Ich kann ein bisschen Verantwortung abgeben, das macht alles viel leichter für mich. Für etwas verantwortlich zu sein, was man nicht kann, ist sehr schwierig, wenn es überhaupt geht. Nach dem Essen verabschieden wir den Pferdewirt und zeigen Manfred das Haus und den Hof, soweit das, es ist schon dunkel, möglich ist. Ich erkläre ihm, wer was macht, wo was zu finden ist und so weiter. Dann zeige ich ihm endlich sein Zimmer. Manfred betritt das letzte freie Zimmer, Gisela hat gut gelüftet und eingeheizt. Die Betten sind frisch bezogen und auf einem Nachttisch steht ein Teller mit Obst. Er ist so froh, endlich ein warmes Zimmer zu haben. Er findet sogar einen fast passenden Jogginganzug in der Kommode, auch ein Rasiermesser und Rasierseife liegen im Schrank. »Endlich kann ich mich wieder richtig rasieren«, sagt er, »das hat so gefehlt.« Ich wünsche eine gute erste Nacht und lasse ihn allein.

Am Sonntag gehen wir spazieren und kümmern uns um die Tiere, Manfred kann offensichtlich gut mit Tieren umgehen. Am Montagmorgen frühstücken wir erst mal alle zusammen. Es kommt mir so vor, als seien wir eine Familie, obwohl wir uns vorher noch nie gesehen haben. Ich gehe mit Manfred in den Stall, um die Tiere zu füttern. Danach fahren wir zwei zusammen in die Stadt zum Anmelden und Einkleiden, er hat viel weniger Kleidung als wir.

Da er sich mit Pferd und Wagen gut auskennt, er besitzt auch einen gültigen Fahrschein, ist es ab jetzt kein Problem mehr, wenn wir weiter weg wollen oder was zu transportieren haben. Meine Probleme und Sorgen scheinen sich langsam aufzulösen.

Anschließend fahre ich mit Manfred nach Böblingen, um eine Badewanne zu kaufen. Zu installieren gibt es ja nichts. Wir können die Wanne gleich mitnehmen, dazu kaufe ich noch einen Wäschebottich, ein Waschbrett und zwei Eimer. Für alles zusammen bezahle ich mit einem Baum, den ich nächste Woche liefern soll, Meterstücke. Alles läuft perfekt für mich.

»Gehst du immer so einkaufen?«, fragt Manfred. »Wie meinst du das? Ich kaufe das, was ich brauche, und jetzt brauche ich eine Badewanne, wir haben im ganzen Haus keine Badewanne und keine Dusche. Ohne warmes Wasser kann man nicht duschen, aber eine Wanne kann man mit warmem Wasser füllen und dann baden.« »Mhm«, brummelt er nur. »Schau mal, hier wachsen Brombeeren, den ganzen Weg entlang«, sagt er. »Wo, ich sehe keine«, antworte ich. »Jetzt hängen auch keine Beeren mehr dran«, lacht er.« »Mhm«, bringe ich nur heraus. Seine blauen Augen haben es mir angetan.

Als wir wieder auf dem Hof sind, kommen alle angelaufen, um die Badewanne zu bestaunen. Manfred und Lukas stellen die Wanne in der Waschküche auf. Dort kann das Wasser direkt in den Ausguss abfließen, genau so, wie ich mir das vorgestellt habe. Ab jetzt haben wir zweimal in der Woche Bade- und Waschtag, es ist warm und es gibt warmes Wasser, was will man mehr?

Ich bin überglücklich, nur eins fehlt noch, meine Familie. Warum höre ich nichts von ihnen? Eigentlich war es so geplant, dass wir alle zusammen hier ankommen, oder zumindest, dass wir uns hier treffen.

Manfred kümmert sich um die Tiere, wir helfen ihm dabei. Unter seiner Leitung und Anweisung klappt alles wunderbar. Wir lernen täglich dazu. Oft sind es Kleinigkeiten, die vieles erleichtern. Ohne dieses Wissen arbeitet man langsam und umständlich, wie immer, wenn man etwas nicht gelernt hat.

Alles läuft wie am Schnürchen. Auch das viele Holz wird langsam weniger, bis zu guter Letzt alles aufgeräumt ist. Manfred sagt: »Kannst du mir mal deine Felder zeigen? Dann weiß ich, was noch zu tun ist.« »Aber ich weiß ja gar nicht, von wo bis wo welches Feld reicht, wo all die Felder überhaupt sind. Das steht zwar alles irgendwie in den Gebrauchsanleitungen, aber ich verstehe es nicht. Die Zahlen und Buchstaben sind wohl die Parzellen oder so, aber damit kenne ich mich nicht aus. Ich kann maximal die Pläne vom Liegenschaftsamt und vom Bauamt lesen, aber das war's dann auch schon.«

Manfred schaut mich mit großen Augen an: »Aber du musst doch wissen, wo dein Land ist, das geht doch nicht. Soll ich mir das mal anschauen, vielleicht können wir es gemeinsam herausfinden?« Er hat Recht, ich habe Land und weiß nicht, wo es ist. Ich überlege kurzzeitig und antworte dann: »Ja, gern, willst du das für mich und mit mir tun? Ich habe doch keine Ahnung von Landwirtschaft und Ackerbau.«

Am Abend schauen wir uns zusammen die Gebrauchsanleitungen bezüglich der Felder an. Alles, was ich auf den Karten erkennen kann, ist der See, auch der ganz kleine See weiter oben. Die Felder hinter dem Hof reichen offensichtlich bis an das Schwimmbadgelände, in der alten Welt.

»Okay«, sagt Manfred, »gleich morgen früh fahren wir zu den Feldern raus, dann wissen wir beide Bescheid und ich weiß, was noch zu tun ist.« »Was soll denn jetzt im Winter noch auf den Feldern zu tun sein?«, frage ich. Manfred lacht und sagt: »Man kann Winterweizen anbauen, oder Winterroggen, die Zahlen in der Anleitung besagen, was auf welchen Feldern angebaut werden soll, das kann auch Winteraussaat sein. Du hast wirklich keine Ahnung, oder?« »Nein, habe ich nicht, sage ich doch«, sage ich ganz schuldlos.

Am anderen Morgen nach dem Frühstück fragt er mich: »Reiten oder fahren?« Ich schaue ihn fragend an. »Wir können mit dem kleinen Wagen fahren oder reiten. Beim Reiten sind wir flexibler.« »Ich weiß gar nicht, ob ich noch reiten kann, ist schon so lange her«, antworte ich. »Dann also reiten, komm, ich helfe dir.« Er nimmt mich an die Hand und wir gehen in den Pferdestall. Er zeigt mir, wie man aufsattelt, dann gehen wir uns anziehen und reiten los. Er reitet neben mir her und sagt mir, worauf ich achten muss. Ich bin überrascht, dass ich mich noch im Sattel halten kann. »Na also, geht doch ganz gut, noch etwas mehr Übung und du kannst wieder perfekt reiten.« Ein paar Felder sind noch nicht vollständig abgeerntet. »Es gibt noch Spitzkraut, Spinat und Rosenkohl, davon müssen wir an den Markttagen so viel wie möglich verkaufen. Die Menschen sind auch auf unser Gemüse angewiesen«, erklärt er mir. Wir sind den ganzen Morgen unterwegs, erst zum Mittagessen sind wir wieder zu Hause.

Am Nachmittag liest er nochmals die Gebrauchsanweisungen durch, anschließend sagt er: »Okay, ich werde Winterweizen anbauen, Lukas kann mir dabei helfen. Ohne Traktor und Saatmaschinen wird es zwar länger dauern, aber ich werde es versuchen.«

An den Nachmittagen vor den Markttagen gehen wir alle zusammen ernten, bis der Wagen so voll beladen ist, dass wir gerade noch ausreichend Sitzplätze finden für die Heimfahrt. Und ich dachte immer, im Herbst und Winter haben die Bauern Urlaub, falsch gedacht.

Manfred legt hinter dem Kuhstall, immer noch ohne Kühe, einen Misthaufen an, denn auch den Pferdestall muss man ausmisten. Ich hoffe, dass er weit genug vom Haus entfernt ist, auf den »Duft« kann ich im Haus gern verzichten. Wenn der Wind nicht gerade vom Süden kommt, ist alles in Ordnung. Neben dem Misthaufen wird eine Kompostierung angelegt, sehr praktisch, denke ich, da haben wir nicht mehr viel Abfall übrig.

Ich frage Manfred, ob wir nicht einen festen Weg zum Haus und zur Garage bauen können. Dann würde das Gras nicht so vertreten und die Schuhe bleiben sauber, und das Haus somit auch. Wenn ich mit Manfred rede, muss ich immer seine schönen Augen bewundern, irgendwann wird er mich bestimmt darauf ansprechen. Ich bilde mir einfach ein, er merkt es nicht. Er meint, dazu bräuchten wir eine schwere Walze, vielleicht gibt es eine, die von Pferden gezogen werden kann.

Gleich am nächsten Morgen suche ich eine solche oder ähnliche Walze an der Pinnwand, finde aber nichts, dann schreibe ich die passende Suchanzeige an die Pinnwand. Anschließend frage ich bei den Bauarbeitern, die können mir leider auch nicht weiterhelfen. Einer der Waldarbeiter kommt bei uns vorbei, er sagt, dass er eine Walze hätte, die ich mir ausleihen könnte, ich könnte sie morgen für ein paar Tage holen. Manfred und Lukas bereiten alles Nötige vor. Am nächsten Tag holen sie die Walze und legen auch gleich los. Nach zwei Tagen ist alles fertig. Ich freue mich, es sieht richtig gut aus. Manfred lehrt Lukas, wie die Wiese gemäht wird, es riecht herrlich nach frisch gemähtem Gras, wie an meiner Ankunft hier, ich liebe diesen Duft.

Mittwoch, 10. November

Wir sitzen beim Abendessen in der Küche, als jemand an der Haustür klingelt. Wir schauen uns alle fragend an. Gisela springt auf und sagt: »Das ist mein Mann.« Sie rennt zur Tür, öffnet sie und fällt ihm, mit Tränen in den Augen, um den Hals.

Es ist so ergreifend, auch mir kommen die Tränen. Martina und Peter rennen zur Haustür und umarmen ihren Vater. Ich stelle noch ein Gedeck für Paul auf den Tisch und wir stellen uns alle vor.

Dann kommt Paul auf mich zu, nimmt meine Hände in die seinen und sagt: »Ich habe eine Überraschung für dich. An der Pinnwand mit Giselas Adresse bei dir hier hängt direkt daneben eine Suchanzeige nach deiner Adresse, von MJ Klein. Ich habe die Adresse abgeschrieben und mitgebracht.« Er gibt mir den Zettel mit der Adresse meines Sohnes.

Ich bekomme weiche Knie, umarme ihn und danke ihm. Dann muss ich mich erst mal wieder setzen. Ich sage zu Manfred: »Ich muss unbedingt nach Weinstadt zu meinem Sohn, wir müssen eine Reise planen.« Ich bin so glücklich und aufgeregt zugleich, ich kann kaum mehr essen.

Nach dem Abendessen zieht sich Gisela mit ihrer Familie zurück in ihr Zimmer. Ich sah Gisela noch nie so strahlen wie heute und freue mich für sie. Ich will auch endlich meine Familie finden.

Mein Sohn MJ scheint zum Greifen nah. Wie es wohl meiner Familie geht, ich hatte schon einige Anfragen nach Herbrechtingen und Weinstadt an die Rathäuser geschickt, endlich hatte ich wenigstens eine Antwort erhalten. Herbrechtingen gibt es ja wohl noch gar nicht, ist zu klein. Vielleicht wird die Anfrage ja nach Heidenheim oder so weitergeleitet. Zusammen mit Manfred plane ich die Reise nach Weinstadt. Dazu haben wir einige Vorbereitungen zu treffen.

Wir brauchen Unterkunft für Manfred und mich, sowie für die Kutsche und die Pferde. Man kann nicht mehr mal eben ins Auto hüpfen und losfahren. Viel Auswahl haben wir bei den Unterkünften nicht, ich hoffe, dass ein Zimmer für uns frei ist und für Pferde und Kutsche gesorgt werden kann. Telefonauskunft gibt es leider noch nicht. Manfred sagt: »Notfalls können wir in der Kutsche im Stall schlafen, da ist es auch warm genug.«

Manfred schaut mich an, seine Mundwinkel zucken, fast könnte man es als Lächeln bezeichnen: »Freust du dich schon auf deinen Sohn?« »Ja, klar«, sage ich, »hoffentlich finden wir ihn auch, mit der ganzen Familie.« »Wie groß ist denn die Familie?«, fragt Manfred. »Vier Erwachsene und zwei Kinder«, sage ich. »Dann ist die Kutsche vielleicht zu klein«, meint Manfred. »Nein, ich glaube nicht, es sind nur zwei ganz kleine Kinder, zwei Jahre alt, die sitzen noch auf dem Schoß.« »Na dann …«, lacht Manfred.

Samstag, 13. November

Heute ist es endlich so weit, Gisela und Paul erklären sich bereit, noch ein paar Tage zu bleiben. Manfred und ich machen uns mit der Kutsche auf den Weg nach Weinstadt, wo ich hoffentlich meinen Sohn mit Familie finde.

Wir bepacken die Kutsche. Es gibt viel Platz, viel mehr als in einem großen Kofferraum. Wir haben Jogginganzüge, Socken, Unterwäsche und Schal, Mütze und Faltschuhe mit, alles viermal eingepackt, nur für den Fall, dass … Kinderkleidung kann ich nicht einkaufen, weil ich ja selbst keine kleinen Kinder habe. Auch das ist rationiert und kann leider nicht im Voraus gekauft werden.

In zwei Körben haben wir Essen für zwei Tage für sechs Personen dabei. Für die Zwillinge Tim und Tom habe ich Pullover, Hosen und Socken gestrickt und wir haben ja Decken mit. Gisela und ich kochen vor für unterwegs. Es ist bereits kalt genug, wir brauchen keinen Kühlschrank zum Frischhalten.

Für eine Feuerstelle haben wir vier große Steine dabei, einen Topf und eine Pfanne nehmen wir auch mit. Man weiß ja nie … Ich habe sogar ein wenig Verbandsmaterial vom Arzt bekommen, es kann ja alles passieren. In der Kutsche liegen drei große Felldecken. Die werden wir bestimmt auch brauchen, so kalt, wie es schon ist. Es schneit aber noch nicht, obwohl es kalt ist, am Morgen hat es nur vier Grad. Meine zweite Reise mit der Kutsche.

Wir machen uns am frühen Morgen auf den Weg. Gisela weint, »kommt gesund wieder«, sagt sie, als sie uns zum Abschied winkt. »Wenn nicht, hast du ab jetzt einen Bauernhof«, verabschiede ich mich lachend. Ich mache es mir in der Kutsche bequem. Die Sitze sind so groß, dass drei Erwachsene bequem auf einer Bank Platz haben. Es gibt natürlich keine Heizung, also wickle ich mich in eine Decke ein. Ich hätte mich sogar hinlegen können, so groß ist der Innenraum.

In Stuttgart machen wir Rast, das ist dringend nötig für Mensch und Tier. Ich bereite das Essen zu. Nachdem die Pferde versorgt sind, setzen Manfred und ich uns in die Kutsche und essen zu Mittag. Ein Gasthaus finden wir keines. Das mit der Feuerstelle klappt gut … Jetzt ist Stuttgart noch keine Großstadt, es gibt noch viele Felder und Wald. Und überhaupt sieht alles ganz ungewöhnlich aus.

Dann fahren wir weiter, auch die Straßen sind nicht viel besser als die Feldwege. Nach zwei Stunden machen wir Teepause, das wärmt gut auf. Aus einem Haus kommt ein Mann auf uns zugelaufen, er fragt: »Wohin fahrt ihr denn? Ich muss noch Medikamente verteilen, könnt ihr mir helfen?« Manfred sagt ihm, dass wir nach Weinstadt fahren und gern was transportieren können. Der Mann bringt vier große Kartons, die wir unterwegs in den Rathäusern abliefern sollen, deshalb brauchen wir auch länger, um den Weg zurückzulegen. Am Nachmittag kommen wir in Weinstadt am Rathaus an und liefern die Medikamente ab. Ich hoffe, dass zu Hause alles in Ordnung ist. Manfred beruhigt mich: »Die schaffen das schon, Paul ist ja auch noch da, mach dir keine Sorgen.«

Wir finden die Pinnwand: MJ sucht nach seiner Familie, nach seinen Eltern und seiner Schwester mit Familie. Ich bin so außer mir vor Freude, dass ich kaum ein klares Wort sprechen kann. Tränen kullern über mein Gesicht und ich zittere am ganzen Leib. Manfred geht mit mir ein kleines Stück spazieren, es ist kalt, aber wir sind ja warm angezogen. Das bisschen Wind um die Nase hat gutgetan, ich habe mich wieder etwas beruhigt. Manfred hilft mir in die Kutsche und fährt zur besagten Adresse.

Als wir vor dem Haus stehen, will mein Herz zerspringen. Wir suchen den Hausmeister, »der wohnt meistens im Erdgeschoss«, sagt Manfred »Die Familie wohnt unterm Dach links«, sagt der Hausmeister kurz angebunden und schaut recht mürrisch drein Zumindest heute ist er nicht sehr freundlich, denke ich.

Eine der drei dicken Decken lege ich zusammengefaltet über meine Schultern, nehme den kleinen Korb mit Brot, Wurst und Milch mit und steige die Treppen empor. Manfred fährt in der Zwischenzeit Pferde und Kutsche zu unserer Unterkunft.

Hier oben gibt's nur zwei Türen. Ich bleibe stehen und lausche, höre aber nichts. Ich klopfe an die linke Tür. Ein Schlüssel dreht sich im Schloss. Ich erstarre fast, meine Knie zittern. Die Tür geht auf. Da steht er, mein Sohn MJ. Ich stelle den Korb ab, verliere die umgelegte Decke und umarme meinen Sohn. Wir haben beide Tränen in den Augen.

Mein Sohn ist 31 Jahre alt, 1,95 Meter groß, seine schwarze Lockenpracht ist zusammengebunden. Er hat einen Dreitagebart, so kenne ich meinen Sohn gar nicht. »Ich bin ja so froh, dass ich euch gefunden habe«, schluchze ich. Ich nehme Korb und Decke und gehe mit MJ in die Wohnung. »Geht's dir gut? Wo wohnst du, was machst du?«, fragt mein Sohn. Er hat kalte Hände, er friert, es ist nicht besonders warm im Zimmer.

Er fragt nach Dad und Vicky, leider muss ich ihm sagen, dass ich beide auch noch nicht gefunden habe. Weinstadt hatte über 20 000 Einwohner, also gibt's hier nicht wirklich viel. Es ist eine Wohn-/Essküche, Yvonne sitzt mit den Zwillingen auf einer Couch, nicht sehr warm gekleidet. Sie ist Französin, 24 Jahre alt, ihr braunes schulterlanges Haar hängt ungebürstet herunter. Sie sieht mager aus, dick war sie noch nie, aber jetzt ... Ich begrüße sie, nehme sie in den Arm und gebe ihr meine Decke: »Hier, nimm die erst einmal, du zitterst ja.«

Die Zwillinge Timmy und Tommy, zwei Jahre alt, große braune Kulleraugen, kurze Locken, kleiner Schmollmund, sitzen neben Yvonne. Sie rennen mittlerweile um mich herum und freuen sich, »Oma, Oma!«, rufen sie beide, auch sie haben kalte Händchen. Jetzt setze auch ich mich hin und nehme meine beiden Enkel erst mal auf den Schoß.

»Wie geht es euch, was macht ihr?«, frage ich. »Habt ihr Hunger?« »Ja«, sagt Yvonne leise. »Na, dann hol den Korb, da ist Essen drin, und deck den Tisch. Kann man hier Tee kochen und Milch warm machen?«, frage ich. Yvonne strahlt: »Ja, klar.«

»Woher hast du das alles, so viel zum Essen?«, fragt mein Sohn. »Von zu Hause, ich habe jetzt einen Bauernhof mit allem, was dazugehört, auch genug Essen.« »Einen Bauernhof! Du?«, fragt mein Sohn. »Ja, und ich muss noch viel lernen. Yvonne, wo sind denn deine Eltern?« »Bei den Nachbarn, Kinder hüten. Andere Arbeit gibt es gerade noch nicht. Hier ist es zu eng für fünf Kinder und vier Erwachsene, sonst hätten wir alle hier bleiben können«, antwortet Yvonne.

Just in diesem Moment geht die Wohnungstür auf und ihre Eltern, Tom und Sarah, kommen herein. Sie sind erstaunt, mich hier zu sehen. Sarah ist 48 Jahre alt, Sekretärin. Ihr braunes Haar ist zusammengebunden, ihre braunen Augen sehen müde aus. Tom ist 53 Jahre alt, Polier von Beruf, er hat seine Frau während eines Urlaubs in Frankreich kennengelernt. Auch Tom sieht nicht wirklich fit aus, kurzes dunkelblondes Haar, unrasiert, und ebenfalls müde. Wir begrüßen uns herzlich. Sie schauen mit großen Augen auf den gedeckten Tisch.

»Ja, ich habe genug Essen mitgebracht. Manfred, mein Landwirt, muss auch gleich kommen, er hat mich hierhergefahren«, versuche ich zu erklären. Wir fangen an zu essen und erzählen uns dabei, wie es uns bisher ergangen ist in dieser neuen Welt. Ich muss immer wieder meinen Sohn anschauen, so freue ich mich, die Familie gefunden zu haben. Ich frage Tom: »Ist Eric auch in die neue Welt gekommen?« Er antwortet traurig: »Leider nein, er wollte nicht, ich musste mich von ihm verabschieden, das ist mir sehr schwergefallen.« Sarah streichelt tröstend seine Hand. Eric wurde geboren, bevor Tom Sarah kannte.

Mein Sohn musste mit der ganzen Familie den ganzen Tag warten, bis sie endlich in diese kleine Zweizimmerwohnung konnten. Das war sehr schwierig, besonders für die Kleinen. »Wir haben versucht, Kleidung für die Kinder mitzunehmen, aber das war nicht erlaubt, nur, was man anziehen konnte«, sagt MJ. »Ja, und meine Eltern haben wir erst am Abend getroffen, auf dem Weg zur Wohnung«, sagt Yvonne.

Das ist wirklich alles schwierig, besonders wegen der Zwillinge, denke ich. Manfred kommt, ich stelle alle vor, wieder mal, langsam kriege ich Übung darin. Er hat zwei große Bündel mit Kleidung und die zwei anderen Felldecken dabei. »So, jetzt könnt ihr euch erst mal was Warmes anziehen«, sage ich. Alle bekommen neue Wäsche, warme Socken und Jogginganzüge, die sind zwar etwas zu groß, aber Hauptsache, warm.

»Weißt du, es dauert so lang, bis die Wäsche trocken wird, und es gibt nur zweimal Kleidung pro Person«, sagt Yvonne. »Ja, das ist zu wenig, besonders für die Kleinen, das kann ich gut nachvollziehen«, antworte ich. »Für die beiden hier habe ich leider nur zwei lange Pullover, Hosen und Söckchen gestrickt, da ich keine kleinen Kinder habe, kann ich keine Kinderkleidung kaufen.« Es macht mich trotzdem traurig, sie so zu sehen. Ich will das alles ganz schnell ändern.

Ich erzähle von meinem großen Bauernhaus, von Gisela und ihren Kindern und von meinen beiden großen Kindern Marie und Lukas, dann frage ich sie, ob sie nicht alle mitkommen wollen. »Es gibt genug zu essen, warme Zimmer, Kleidung und genug Arbeit«, sage ich. Ich erzähle von den Anfängen des Kindergartens und der Schule, was Yvonne sehr freut, das kann ich in ihren Augen sehen, sie ist Erzieherin.

Manfred nimmt die Hand meines Sohnes und sagt zu ihm: »Und für dich habe ich auch genug Arbeit auf dem Hof, wenn du das willst. Wenigstens, bis du wieder in deinem Beruf arbeiten kannst. Auf dem Hof können wir jeden brauchen.« Er schaut auf Tom und Sarah. »Das Dachgeschoss muss noch mit Tapeten und Bodenbelag versehen werden und das Bad ist auch noch leer. Das könnte eure Wohnung werden. Was meint ihr?«, fragt Manfred. »Platz genug haben wir, mindestens acht Schlafzimmer, mit dem Dachgeschoss. Solange es noch nicht fertig ist, müssen immer zwei in einem Zimmer schlafen.«

»Aber das lässt sich alles regeln«, sage ich. Sarah meint zu mir: »Wenn es den Kindern bei dir besser geht, sollen sie mit dir mitgehen, wir kommen hier schon zurecht, nicht wahr, Tom?«, Tom nickt. »Aber warum wollt ihr denn hier bleiben, ohne Arbeit, nur das Nötigste? Keine Sorge, ich nehme euch gern mit. Das ist nicht ganz uneigennützig, wie gesagt, wir brauchen jede Hilfe auf dem Hof, die wir kriegen können.

In Sindelfingen werden viele Menschen für Bauarbeiten gesucht, da findest du sicher schnell eine Anstellung«, sage ich zu Tom. Sarah und Tom wollen mir nicht zur Last fallen, aber ich versichere ihnen, dass das überhaupt nicht so ist. »Bis morgen früh habt ihr Bedenkzeit, aber dann müssen wir wieder heimfahren«, sage ich.

»Du redest immer wieder vom Fahren«, sagt mein Sohn: »Aber womit denn, hast du einen Bus dabei?« Manfred schaut mich an, er hat schon wieder diese Grübchen um den Mund. »Oh, das habe ich vergessen zu sagen, wir sind mit einer Kutsche hier, die von vier Pferden gezogen wird.« »Aha, vier PS!«, scherzt Tom. »Ja, und bergab mindestens sechs«, lacht Manfred. »Meinst du auch, dass ich in Sindelfingen Arbeit bekomme?«, fragt Tom Manfred. Er erklärt ihm die Situation in Sindelfingen, wohl auf männliche Weise, danach strahlt Tom über alle vier Backen. »Sarah, wir gehen auch mit, hier haben wir sowieso so schnell keine Arbeit, Sindelfingen hört sich vielversprechend an«, sagt er und sieht seiner Frau dabei liebevoll in die Augen. »Vielleicht wollen wir ja irgendwann wieder hierher, aber erst einmal …«

Jetzt freut sich auch Sarah und ist einverstanden. Yvonne sagt: »Wir kommen auch mit, nicht wahr, MJ? Dann wird alles wieder gut.« Er nimmt seine Frau in den Arm und küsst sie, »ja, mein Schatz, ich will doch, dass wir alle glücklich und zufrieden sind.«

»Wir müssen vor 22 Uhr im Gasthaus sein, sonst kommen wir nicht mehr rein«, mahnt Manfred. »Okay«, sage ich, »dann kommen wir um sieben mit dem Frühstück wieder her und anschließend fahren wir alle nach Hause, ja?« »Was meinst du damit, mit Frühstück herkommen?«, fragt MJ. »Wir haben genug Essen mitgenommen, reicht für zwei Tage. Ich konnte nur nicht alles tragen«, antworte ich. Alle nicken und freuen sich.

Leider müssen Manfred und ich uns beeilen, es ist schon fast 22 Uhr, als wir uns verabschieden und schnell zum Gasthaus laufen. Gott sei Dank ist es nicht weit, nur ein kurzes Stück die Straße entlang. Unterwegs erzählt Manfred mir, dass es nur noch ein Doppelzimmer für uns gibt. »Solange wir eine jugendfreie Nacht verbringen, habe ich kein Problem damit, und du?«, sage ich schnell, bevor einer von uns beiden auf nicht jugendfreie Gedanken kommt. Wir haben ein kleines, einigermaßen sauberes Zimmer, gut beheizt, eine Waschschüssel und eine Wasserkanne auf dem Ofen, fließend Wasser gibt es hier nicht. Für heute Nacht wird es ausreichen. »Die Pferde sind gut versorgt und die Kutsche gut untergebracht, du musst dir keine Sorgen machen«, meint Manfred. »Kannst du meine Gedanken lesen? Das wollte ich dich gerade fragen«, sage ich. »Ja, ich habe gehört, was du denkst.

Heute müssen wir uns das große Bett teilen, welche Seite willst du?«, fragt er mich. Mein Gott, dieser Mann, denke ich, diese Augen, und jetzt auch noch in einem Bett. »Ist mir egal«, sage ich leise. Ich gehe zu ihm und gebe ihm einen flüchtigen Kuss: »Vielen Dank, dass du mich gefahren hast.« Dann schaue ich ihm in seine tollen blauen Augen und lege mich ins Bett. Er legt sich neben mich, schaut mich an und sagt: »Keine Angst, ich beiße und schnarche nicht, gute Nacht und schlaf gut.« »Ich wünsch dir auch eine gute erholsame Nacht.« Er dreht sich um und fängt doch an, leise zu schnarchen. Aber auch ich schlafe schnell ein, ich bin total erschöpft, obwohl ich nur in der Kutsche sitzen musste, die Arbeit, das Kutschieren, hat Manfred geleistet.

Sonntag, 14. November

Am anderen Morgen gehen wir mit einem vollen Frühstückskorb zu MJ und Familie zum Frühstücken. Sie haben alles restliche Holz aufgelegt, es ist angenehm warm, wir können alle bequem im Warmen frühstücken, zwar ohne Kaffee, dafür gibt es Tee und Milch, Brot von gestern und Wurst und Marmelade und hart gekochte Eier. »So viel hatten wir schon lange nicht mehr zu essen«, sagt Tom.

Sarah nimmt ihre Tochter in die Arme und sagt: »Ich freu mich so, jetzt wird alles gut, du wirst sehen.« Nach dem Frühstück gehen MJ und Tom zum Hausmeister, um sich abzumelden. Während wir anderen aufräumen und einpacken, geht Manfred schon zur Kutsche vor, anspannen.

Dann laufen wir gemeinsam zum Gasthaus, wo Manfred schon mit der Kutsche auf uns wartet. Timmy zeigt auf die Pferde und hüpft auf Yvonnes Arm herum. Tommy, der auf Sarahs Arm sitzt, macht es ihm sofort nach. Tom will eine Weile bei Manfred vorn sitzen, wir anderen steigen in die Kutsche ein. Zuerst fahren wir zum hiesigen Rathaus, um die Familie abzumelden und die neue Adresse zu hinterlassen. »Vielleicht melden sich ja Vicky oder Dad hier, um dich zu finden, in Sindelfingen ist leider noch keine Suchanzeige angekommen«, erkläre ich. An allen Rathäusern, an denen wir auf dem Heimweg vorbeikommen, hängen wir Suchanzeigen mit unserer Adresse auf.

In Stuttgart machen wir wieder Rast, zum späten Mittagessen. Allerdings müssen belegte Brote und ein Apfel für jeden reichen. Die Kleinen bekommen warme Milch zum Brot, für uns Erwachsene gibt es noch warmen Tee dazu. Auf dem restlichen Heimweg schlafen die Zwillinge, in die Felldecken eingehüllt ist es angenehm warm. Auch Tom hat es sich in der Kutsche bequem gemacht.

Wir fahren gerade durch Büsnau, wenn es denn Büsnau ist, als uns ein junger Mann entgegenkommt und uns zuwinkt, wir sollen doch anhalten. Wir warten. Manfred geht ihm entgegen und fragt, was er denn von uns will. Er ist Lehrer, hat Frau und Kinder und sucht Arbeit. Hier findet er nichts. Es gibt auch keine Transportmittel, Zug oder Bus oder so, dass er in einer anderen Stadt Arbeit suchen kann. Ob wir ihn nicht mitnehmen könnten zur nächsten größeren Stadt.

In der Zwischenzeit bin ich auch ausgestiegen und zu Manfred gegangen. Ich sage ihm, dass wir in Sindelfingen noch Lehrer brauchen und dass er mit Sicherheit einen Job kriegt. »Aber was ist mit deiner Familie, die ist doch dann hier allein. Soll die nicht auch mitkommen?«, fragt Manfred. »Ja, klar« sagt er, »aber wann und wie und wohin, wo sollen wir wohnen?« Ich frage, wo er jetzt wohnt und wie weit es von hier ist, dann bespreche ich mit Manfred, ob wir einen Umweg in Kauf nehmen können. »Nächste Woche könnten wir doch die Familie abholen. Wir können ja im Rathaus nachfragen, wie der Bedarf ist, wo die Familie wohnen kann und so weiter«, sage ich zu Manfred. »Du hast immer Ideen«, sagt Manfred, aber er ist einverstanden, solange wir uns nicht zu lange aufhalten, dass wir vor Dunkelheit noch nach Hause kämen.

Daniel, so heißt der junge Mann, 30 Jahre alt, auch mit Bart und wuscheligem Haar, steigt mit Manfred vorn auf die Kutsche und weist ihm den Weg, es ist nur eine Fahrt von etwa fünf Minuten. Ich erzähle den anderen in der Kutsche von meinem Vorhaben.

Daniel und Familie wohnen in einem kleinen Ferienhaus, oder Gartenhaus, seine Frau Laura kommt heraus und stellt sich vor. Sie ist 28 Jahre alt, Mutter von zwei Kindern. Sie hat lange, glatte blonde Haare und ist sehr zierlich. Er erzählt ihr von unserem Vorhaben. Sie freut sich und kommt auf mich zu, reicht mir die Hand und bedankt sich, dass wir mitgekommen sind, und fragt, ob sie was vorbereiten könne. Vor dem Haus liegt ein großer Berg Brennholz, das gestern geliefert wurde. Laura sagt, dass Lieferungen nur sehr unregelmäßig ankommen. »Überlegt euch, was ihr mitnehmen wollt. Informiert euch, wo ihr euch abmelden müsst und wem ihr sagen wollt, dass ihr umzieht, wann immer es so weit ist«, erklärt Manfred: »Also gut, abgemacht, wenn möglich, hol ich euch morgen ab, da muss ich sowieso nach Stuttgart. Wenn es mit Arbeit und Wohnung nicht klappt, komme ich trotzdem zurück, um Bescheid zu sagen«, meint Manfred. Wir verabschieden uns und fahren weiter.

»Danke, Gott, dass du uns alle gesund nach Hause gebracht hast!«, sage ich, die Hände zum Himmel gestreckt, als ich auf meinem Hof wieder beide Füße auf den Boden setze. Mit einer Kutsche zu reisen ist sehr anstrengend, besonders natürlich für den Kutscher. Die erste längere Reise ist gut überstanden, ich bin so glücklich, jetzt habe ich meinen Sohn mit der ganzen Familie wieder, ich kann es noch gar nicht glauben.

Kapitel 4

Alle kommen aus dem Haus gelaufen, um uns zu begrüßen. Ich stelle wieder mal alle vor, dann heiße ich MJ und Familie herzlich willkommen auf Sommerhofen. MJ schaut sich um, schaut mich fragend an und schüttelt den Kopf.

Wir gehen ins Haus. Lukas und Marie versorgen Pferde und Kutsche. Wir anderen nehmen gleich alles Gepäck mit ins Haus, es ist ja nicht viel. Gisela nimmt den fast leeren Korb und meint: »Euch hat es geschmeckt, das ist gut, gleich gibt es Kaffee und Hefezopf, wenn ihr das wollt, ich hab heute gebacken.« Yvonne schaut auf ihre beiden verschlafenen Kinder und freut sich.

Nach dem Kaffee zeigen wir den Neuankömmlingen das Haus, den Stall und den Garten. Anschließend beratschlagen wir über die Bettenverteilung. MJ, Yvonne und die Zwillinge sollen in meinem Zimmer schlafen, ich schlafe dann eine Nacht bei Manfred, es gibt ja zwei Betten. Sarah und Tom schlafen im Wohnzimmer, Gott sei Dank gibt es zwei große Sofas. Nach dem Abendessen, die Kleinen sind schon im Bett, sitzen wir im Wohnzimmer und erzählen uns.

Gisela will am Montag heimfahren, sie kann es kaum mehr erwarten, endlich in ihre eigene Wohnung zu kommen. Ich bin skeptisch, ob das nicht zu viel ist für Manfred. »Und was ist mit den Pferden, können die denn so viel fahren?«, frage ich Manfred. »Mit Lukas zusammen schaffen wir das«, meint Manfred, »und um die Pferde musst du dir keine Sorgen machen, die freuen sich über Bewegung, solange sie genug zu fressen bekommen, sie brauchen zwar mehr Futter für so eine Kutschfahrt, aber dann ist alles okay.«

Manfred sagt, dass Lukas kutschieren lernen muss, und das ist die perfekte Gelegenheit. Früher oder später müssen wir das alle lernen, das bringt Unabhängigkeit. Damit hat er natürlich Recht, ich kann mir nur noch nicht vorstellen, dass ich kutschieren lernen kann. Ich bin ja schon froh, dass ich einigermaßen mit den Pferden umgehen kann. Angst habe ich keine mehr, aber vorsichtig bin ich trotzdem immer noch, wenn ich mit den Pferden zu tun habe.

»Es gibt Badewasser für zweimal Baden«, sagt Marie. Yvonne und MJ gehen zusammen runter. »Das spart Wasser«, sagt MJ lachend. Anschließend gehen Sarah und Tom baden. »Und morgen gehen wir euch einkleiden«, sage ich. Es ist wieder mal spät geworden, als wir zu Bett gehen.

Montag, 15. November

Es ist erst kurz nach 5 Uhr, als ich aufwache und mich anziehe. Gisela ist schon in der Küche und hat bereits Wasser zum Kochen aufgestellt. »Guten Morgen, Gisela«, sage ich und nehme sie in den Arm. »Ich kann noch gar nicht glauben, dass du mit deiner Familie nach Hause fährst, ich will dich gar nicht gehen lassen.« »Wir bleiben in Kontakt«, sagt Gisela, »wir können uns schreiben, wenn auch die Post lange unterwegs ist, aber es funktioniert doch schon, oder?« Ich bringe nur ein »Mhm« heraus. Gisela und ich bereiten das Frühstück vor, »für so viele mache ich Rührei«, sagt Gisela, »das geht am besten.«

Marie kommt in die Küche. »Oh, guten Morgen, ihr seid ja früh auf«, sagt sie. »Dann gehe ich mal die Eier holen.« Irgendwie ist sie anders als bisher. »Warte, ich komme mit!«, sage ich. Im Hühnerstall frage ich sie, was denn mit ihr los ist: »Du hast schon gestern Abend immer so komisch auf mich geschaut, warum denn, was ist denn los?« Sie sagt nichts, schaut mich nur traurig an. Ich nehme sie in den Arm und sage: »Na komm, sag, was ist denn los?« Sie fängt an zu weinen. »Was hast du denn?«

»Jetzt ist deine Familie wieder hier, willst du Lukas und mich dann überhaupt noch?« fragt sie traurig. Ich schaue sie ganz entsetzt an, nehme sie wiederum in den Arm, drücke und küsse sie: »Aber natürlich, ihr seid doch jetzt auch meine Kinder, so was darfst du nicht denken. Ihr werdet immer meine Kinder sein, so haben wir es doch abgemacht, außer, ihr entscheidet euch anders. Egal wie viel Familie noch kommt, wenn es überhaupt noch jemanden hier von meiner Familie gibt.«

»Gisela hat auch gesagt, ich muss mir keine Sorgen machen, dass du uns nicht mehr willst«, schluchzt sie leise. »Ja, das ist ja auch so, hat Lukas auch Bedenken?« »Ich glaube ja«, sagt Marie. »Dann muss ich nachher gleich mit ihm reden, das dürft ihr nicht denken. Und jetzt komm, lass uns wieder reingehen, ich glaube, wir haben alle Eier.«

Die anderen sind auch aufgestanden und sitzen schon beim Frühstücken. Marie geht zu Lukas und sagt ihm: »Es ist alles gut, ich hab' sie gefragt.« Ich schaue beide an und lächle. »Ihr braucht euch keine Sorgen zu machen«, sage ich.

Die Kleinen sitzen zwischen Mama und Papa auf der Bank und verschmieren Marmelade in ihren Gesichtchen. Manchmal finden die Marmelade und auch etwas Brot den Weg in den kleinen Mund. »Bei so einem kleinen Mund muss man aber auch gut zielen können«, lacht MJ fröhlich.

Nach dem Frühstück spannen Manfred und Lukas die Pferde ein. Ich packe für Giselas Familie ein großes Paket mit Lebensmitteln zusammen, dann haben sie wenigstens ein bisschen was extra. Als die Kutsche bepackt ist, verabschieden wir uns alle. Dieses Mal habe ich Tränen in den Augen. Ich weiß, es wird lange dauern, bis wir uns wiedersehen. Wir stehen alle im Garten und winken zum Abschied. Als die Familie sich auf dem Rathaus abmeldet, kriegen sie noch einen Sack Post für Stuttgart mit. Das mit dem Transport ist so eine Sache.

Wir bereiten den Einkauf vor. »Was meinst du, Yvonne, wir können den kleinen Handwagen als Kinderwagen nehmen, die Kleinen in eine Decke einwickeln und los geht's!«, sage ich. »Ja, das geht gut, dann müssen wir sie nicht tragen, sie werden nämlich schon ganz schön schwer.« »Ja, das stimmt. Auf dem Rückweg können sie ja auch ein

bisschen laufen, dann haben sie warme Kleidung und Schuhchen an.«
»Oh ja!«, sagt Yvonne, »ich freue mich schon drauf.«

Ich habe Yvonne und Sarah Kleidung von mir gegeben, aber eigene
Kleidung ist natürlich besser. Ich schließe die Haustür und die Keller-
tür ab und los geht's. Wir wechseln uns ab, den Handwagen mit den
Zwillingen zu ziehen.

Unser erster Weg geht zum Rathaus zum Anmelden, ich frage am
Schalter für Arbeit nach, ob denn noch Lehrer gesucht werden, Manfred könnte eine Familie nach Sindelfingen fahren, wenn sie denn auch
eine Wohnung für sie hätten. »Wir können jeden brauchen, Manfred
hat schon nachgefragt, ganz früh heute Morgen. Wie groß soll die
Wohnung denn sein?« »Für Vater, Mutter und zwei kleine Kinder,
drei oder vier Zimmer, Küche, Bad?« antworte ich der jungen Frau
hinter dem Schalter. Sie sucht in einem Karteikasten, dann sagt sie:
»Wenn's weiter nichts ist, drei Zimmer mit Küche kann ich anbieten,
mit Minimalausstattung, also WC und Waschbecken, fließendes Wasser, Betten und Tisch und Stühle, und eine Couch. Viel mehr gibt es
zurzeit noch nicht, kommt aber hoffentlich bald, alles rationiert.« »Das
ist ja prima«, sage ich. »Wo kann sich die Familie anmelden und den
Wohnungsschlüssel holen?« »Bei mir«, sagt die freundliche junge Frau.«

In der Zwischenzeit sind alle angemeldet und wir können zum
Einkaufen gehen. Nach etwa einer halben Stunde sind wir am Be-
kleidungsgeschäft angekommen. Ich erkläre ihnen, wie viel und was
man hier einkaufen kann. Eigentlich ist es nicht wirklich Einkaufen,
es ist eine Ration von Kleidung, auf die jeder Sindelfinger Bürger
ein Anrecht hat. Eine Angestellte des Ladens kommt auf uns zu, sie
bietet ihre Hilfe an. Sie erklärt uns, wo wir was finden, wo die Klei-
derkabinen sind und gibt jedem einen fahrbaren Korb, in dem man
die ausgesuchte Kleidung transportieren kann. Der Korb ist eine gute
Idee, das gab's vor ein paar Wochen noch nicht. Wir vereinbaren einen
Treffpunkt in zwei Stunden an der Kasse. Marie läuft mit Yvonne
los, um ihr mit den Kleinen zu helfen, während ich mich um Sarah

kümmere. Die Männer wollen allein losziehen. Sarah ist schnell fertig, mehr Auswahl als bei unserer Ankunft gibt es leider immer noch nicht.

Dann suchen wir Marie und Yvonne, um zu fragen, ob wir hier noch behilflich sein können. Die Zwillinge sind fertig, Yvonne sucht gerade Schuhe. Nach einer Stunde haben wir alles zusammen. MJ wartet schon mit Tom an der Kasse auf uns, ist ja klar, die Männer sind wieder mal als erstes fertig. MJ sagt: »Was soll ich denn mit Stallklamotten, ich kann doch gar keine Stallarbeit?« »Ja«, sage ich, »noch nicht, aber das wird sich sehr schnell ändern.«

Timmy steht da, schaut dauernd auf seine Stiefelchen und sagt »kuck« und zeigt mit seinen kleinen Fingerchen drauf. Tommy dagegen versucht den ganzen Arm in seine Hosentasche zu stecken, als ob er ganz tief unten was finden könnte. Auch die anderen haben gleich neue Kleidung angezogen. Die Jacken sind auch alle schön warm, wie meine. Es kann nicht mehr lange dauern, dann wird es Frost geben und vielleicht auch Schnee. MJ meint: »In dieser Welt gibt es gar kein Wetter«, und lacht dabei.

»Wenn die Kinder laufen, können wir die Kleidung im Handwagen transportieren«, sage ich zu meinem Sohn und schaue ihn dabei fragend an. »Na klar, das geht schon«, sagt er. Auf dem Marktplatz sind ein paar Marktstände aufgebaut, heute ist sogar eine Frau dabei, die heiße Schokolade anbietet und frisch gebackenen Kuchen. Sie bietet uns an, uns alle zu verköstigen. Das ist ein tolles Angebot, ich sage zu, wir essen und trinken alle, es ist sehr lecker und warm. Irgendwie haben wir wohl alles bezahlt, wie, weiß ich nicht.

In dem Lebensmittelladen kaufe ich noch Siedfleisch und Milch, sogar »Kakao« gibt's schon wieder, den ich auch gleich mitnehmen kann. Anschließend schauen wir uns noch in dem Laden mit Haushaltssachen und verschiedenen anderen Dingen um. Mittlerweile gibt es auch schon Spielsachen, die Kleinen laufen sofort auf die bunten Holzbausteine zu, die wir auch kaufen.

»In diesen Karteikarten ist aber auch alles hinterlegt«, sage ich: »Wer, wo, wie viel …« »Und wer, wann, wie, mit wem!«, sagt mein Sohn lachend. Jetzt müssen wir alle lachen. Ich will für die beiden noch Teddybären, aber sie suchen sich große Plüschhasen aus, mit, meiner Meinung nach, viel zu langen Ohren. Na gut, wenn das ihr Wunsch ist. Ich suche noch ein Schachbrett, Lukas will doch so gern Schach spielen.

Tom kauft einen neuen Atlas, wir sind schon alle gespannt, wie unsere neue Welt denn nun aussieht. Welche Städte es gibt, Eisenbahn und Straßen und so weiter, ist aber noch nicht viel zu erkennen, sieht ziemlich leer aus. Marie kauft eine Küchenuhr mit Eieruhr dabei, sie meint, das fehlt ihr immer beim Kochen und Backen. Wir haben ja im ganzen Haus noch keine Uhr.

Sarah kauft eine Holzeisenbahn für die Kleinen, Yvonne sucht sich eine große Handtasche aus, dass sie für die Kinder immer alles mitnehmen kann, sagt sie. Gott sei Dank braucht sie keine Pampers mehr für die Kleinen, die gibt es auch nicht in der neuen Welt. In der Nacht haben die Kleinen Gummihosen an mit so was wie Einlagen drin.

Jetzt machen wir uns auf den Heimweg, alle schwer bepackt. Timmy und Tommy haben jeder einen roten Holzbauklotz in der Hand, damit klopfen sie auf alles, was in ihre Reihweite kommt. Offensichtlich haben sie Spaß daran.

»Endlich wieder was zum Spielen für die zwei«, sagt Sarah, »das hat ihnen so gefehlt.« »Ja, wenn es aber auch nichts gibt«, sagt Yvonne, ganz verlegen. »Es wird schon langsam besser werden«, versuche ich sie zu trösten. Als wir an der Kirche vorbeikommen, wollen die Zwillinge nicht mehr laufen, wir setzen sie kurzerhand auf die Klamotten und dann geht es weiter.

Als wir endlich heimkommen, sitzen Manfred und Lukas schon bei offenem Scheunentor im Stroh. Daniel und Laura spielen mit ihren Kindern im Garten. »Wir haben keinen Schlüssel«, sagt Lukas. »Tut mir leid«, sage ich zu den Wartenden, »daran habe ich leider gar nicht gedacht.« »Wir auch nicht«, sagt Manfred, »morgen werde ich versuchen, mehr Schlüssel zu besorgen, vielleicht gibt's ja schon so was wie einen Schlüsseldienst, weißt du, in dem Eisenwarenladen am Marktplatz.«

Dann gehen wir endlich alle ins Haus, wo Marie und ich gleich anfangen zu kochen, die anderen räumen ihre neue Kleidung auf. Ich erzähle Daniel, was ich auf dem Rathaus erfahren habe, er freut sich und will gleich loslaufen, aber Lukas bietet ihnen an, sie zu fahren, dann wären sie zum Essen wieder hier. »Gemüsesuppe für alle, das können auch die Kinder essen«, sage ich zu Marie. »Ja, wenn sie ihren Mund finden«, lacht sie.

Die anderen sind alle noch mit Auspacken beschäftigt. Manfred kommt in die Küche. »Wo soll ich die Küchenuhr aufhängen?«, fragt er, und macht sich nach Maries Anweisung gleich an die Arbeit, der Hammer ist viel zu groß, aber einen anderen haben wir nicht. Die Kinder sitzen im Wohnzimmer auf dem Boden und spielen und quietschen vor Freude. Yvonne kommt in die Küche und will wissen, ob sie was helfen kann. »Nein, danke«, sage ich, »geh, spiel mit deinen Kindern, wir rufen euch, wenn das Essen fertig ist.« »Du kannst auch mit mir spielen«, sagt MJ, der jetzt hinter ihr steht. »Spielt, mit wem ihr wollt, aber lasst uns erst mal kochen«, sagt Marie verlegen und schmunzelt dabei zu mir rüber.

Beim Essen unterhält sich jeder mit jedem. Lukas, er kommt allein zurück, erzählt, dass er Daniel mit seiner Familie in Sindelfingen angemeldet und zu ihrer Wohnung gefahren hat. Im Lebensmittelladen haben sie gleich Essen für drei Tage bekommen, gut, dass er sie mit der Kutsche heimfahren konnte, ist ganz schön viel zu tragen. »Morgen können sie zum Einkleiden«, sagt Lukas, »kann ich sie besuchen und ihnen die Stadt ein bisschen zeigen?«

»Ja, klar, wenn du das möchtest, vielleicht nächsten Sonntag«, sage ich. »Dann will ich in die Kirche und danach eine Transportmöglichkeit besprechen, die Leute müssen doch die Möglichkeit haben, von A nach B zu kommen, um Arbeit suchen zu können und so weiter.«

»Willst du ein Taxiunternehmen aufmachen?«, fragt Manfred. »Nein«, sage ich, »aber vielleicht jemand anders, mit Pferd und Wagen.« »Aber verleihe deine Pferde nicht«, sagt Manfred, »Fahrzeuge, Frauen und Pferde verleiht man nicht.« »Kannst du wieder meine Gedanken lesen?«, frage ich. »Ja, klar!«, sagt Manfred, »deine schon, manchmal. Du möchtest am liebsten der ganzen Welt helfen, oder?« »Na ja«, meine ich, »eben wie in dem Lied: Nur noch schnell die Welt retten. Wenn man was verbessern kann, sollte man es doch auch tun, oder?«

»Ja, Mom«, sagt MJ, »aber nicht im Alleingang, wir sind doch auch noch alle da, gemeinsam geht's besser, meistens.« »Wo schlafen wir denn heute alle?«, fragt Yvonne, »die Kinder sind müde und müssen ins Bett.« »Ich denke, das Zimmer links hinten, jeder im eigenen Bett, oder brauchen wir Kinderbetten? Wir können ja für heute Nacht mal Stühle davorstellen, dass sie nicht rausfallen können. Man könnte auch ein Bett zu euch reinstellen, dann habt ihr zu viert mehr Platz. Und morgen bestellen wir Kinderbetten«, sage ich und schaue MJ und Yvonne dabei fragend an.

MJ meint, die zweite Variante gefällt ihm besser. Yvonne fragt, ob es denn Kinderbetten zu kaufen gibt. »Das weiß ich zwar auch nicht, aber wir können ja nachfragen. Okay, dann alle Mann an die Arbeit, umräumen.« Yvonne macht die Kinder solange fürs Bett fertig. Marie und ich tragen die Kissen und Decken rüber und die Männer transportieren ein Bett ins Schlafzimmer. Nach zehn Minuten ist alles fertig, die Kinder auch, dank so vieler helfender Hände. MJ und Yvonne bringen ihre Kinder zu Bett, die auch sofort einschlafen, war ein anstrengender und aufregender Tag, auch für die beiden Kleinen.

Am Abend setzen wir uns alle ins Wohnzimmer und lesen die Gebrauchsanleitung, was für alle Neuankömmlinge sehr wichtig ist. MJ schaut mich an und sagt dann vorsichtig: »Hier steht was über Familienzusammenführung. Vielleicht ist Vicky mit ihrer Familie nicht hier, vielleicht sind sie in Italien. Hast du schon auf dem Rathaus nachgefragt?« »Nein, das habe ich nicht, ich habe nur Suchanzeigen nach

Herbrechtingen geschickt und keine Antwort bekommen«, antworte ich. Ich werde traurig und fange fast an zu weinen. »Nein, das glaube ich nicht«, sage ich.

MJ nimmt mich in den Arm und sagt: »Zusammen finden wir alle, WIR sind eine große Familie.« Tom sagt: »Du bist nicht allein, wir halten zusammen, egal, was kommt. Einer für alle, alle für einen ist unser Motto.« Ich sage: »Ich danke euch allen, dass wir hier zusammen sein dürfen, als eine große Familie, ich bin so froh, dass ich euch habe. Vielen, vielen Dank.«

Manfred hat erstaunt zugehört und sich dann neben mich gesetzt. »Du hast eine tolle Familie«, sagt er und schaut mich dabei liebevoll an. »Aber warum denn Italien?«, fragt er. »Alessandro, Vickys Ehemann, ist aus Italien«, erkläre ich. »Mhm«, brummelt Manfred. »Eine internationale Familie also, Frankreich, Italien und Deutschland, kommt noch was dazu?« »Nein, bis jetzt nicht, aber wer weiß, was nicht ist, kann noch werden«, sagt MJ.

Tom schaut in seinen Atlas: »Schaut mal, Deutschland, Italien, Frankreich, alles sieht ganz anders aus, Italien ist kein Stiefel mehr, das Mittelmeer ist viel näher an Deutschland herangerückt, und die Alpen, was ist denn mit denen passiert? Gibt es die am Ende gar nicht mehr? Hier gibt es auch noch ganz leere Kontinente, da gibt es gar nichts. Kann mir das jemand erklären?« Alle schütteln den Kopf. Wir beschließen, das später zu eruieren, vielleicht weiß jemand auf dem Rathaus Bescheid.

Marie hat in der Zwischenzeit Most aus dem Keller geholt und stellt noch Gläser auf den Tisch, jetzt trinken wir erst mal alle, der Most tut gut, ist kühl und löscht den Durst. Wir machen uns wieder an die Gebrauchsanleitung. »Ich hab's gefunden«, sagt Lukas, »wir alle heißen jetzt mit dem Familiennamen gleich wie du, Katharina, weil wir zu deinem Haushalt gehören, aber unsere Vornamen bleiben gleich und nach einem Jahr wird der neue Name auf den Chip geschrieben.« »Ist das nicht toll?«, fragt Marie in die Runde. Ich nicke zustimmend.

Tom sagt: »Hier steht, dass am Sonntag eine neue Polizeiwache eröffnet wird.« »Und, gibt's auch Musik dazu?«, fragt Lukas. »Ja!«, sagt Tom, »hier steht, mit Nachmittagstanztee auf dem Marktplatz im Festzelt.« »Oh ja!«, sagt Marie, »Katharina, können wir da alle hingehen? Bitte, bitte.« »Ja, ist ja gut, wir machen einen kleinen Familienausflug zum Festzelt, wer will, kann mit.« »Endlich wieder Musik«, sagt Lukas.

»Katharina, kannst du nicht ein Klavier kaufen und am Abend Musik machen? Das wär' doch toll, oder?« »Ja«, sagt MJ, »und ich kaufe ein Schlagzeug dazu.« »Dann kann ich ja auch Gitarre spielen, wenn ich ein wenig übe«, sagt Yvonne. »Ich hätte noch Querflöte im Angebot«, sagt Manfred. »Ein Radio wäre mir lieber, ist weniger anstrengend«, sage ich. Tom erwidert: »Macht aber auch nicht so viel Spaß.« »Na ja, mal sehen, was es zuerst gibt, Instrumente oder Radio«, sage ich. Manfred sagt: »Die Musikanten auf dem Marktplatz haben schon Instrumente, womit die Frage schon beantwortet wäre.« Damit hat er absolut Recht.

»Dann müssen wir einen Plan machen, was wir kaufen müssen und was wir wollen«, überlege ich laut. »And what's nice to have!«, sagt MJ. »Ja, so machen wir das, aber heute nicht mehr«, antworte ich. Manfred springt auf einmal auf und klatscht in die Hände: »Mitte November bekommen wir endlich sechs Milchkühe, oh, wie freue ich mich darauf, endlich Arbeit. Der Stall muss vorbereitet werden, dass alles fertig ist, wenn sie geliefert werden.« Er zeigt mir seine Gebrauchsanleitung: »Schau«, sagt er, »hier steht es schwarz auf weiß.« »Das ist ja toll, wann soll es denn genau so weit sein?«, frage ich. Das weiß er aber auch nicht.

Kapitel 5

Dienstag, 16. November

Yvonne ist schon mit den Kindern aufgestanden, sie hat ihnen warme Milch mit Honig gemacht, als Marie und ich in die Küche kommen, zum Frühstückmachen. Manfred kommt ins Haus zurück. »Nanu, wo kommst du denn schon her?«, frage ich ihn. »Hast du im Stall übernachtet?« Ich nehme seine Hände und sage: »Geh dich waschen und dann komm frühstücken«, wobei ich ihm in seine tollen Augen schaue, ich kriege Gänsehaut.

Nach dem Frühstück gehen Yvonne und MJ aufs Rathaus, um zu fragen, ob es für sie Arbeit gibt. Yvonne könnte sofort im Kindergarten anfangen. Es gibt nur zwei Erzieherinnen, zu dritt können noch mehr Kinder aufgenommen werden, dann wird auch noch ein weiterer Raum eingerichtet werden. Sie kann sogar ihre Kinder mitnehmen, wenn sie das möchte.

MJ hat nicht ganz so viel Glück, Informatik ohne Computer? Aber THW ist gefragt, er kann mit technischem Gerät umgehen, er hatte bei Hochwasser und Sturm schon viel Erfahrung gesammelt. Ob er auch ohne Computer verschiedene Baustellen organisieren könne, ist die Frage. »Wenn Sie einen Polier suchen, können Sie meinen Schwiegervater fragen, der ist Polier«, sagt er der Dame am Schalter.

Als die beiden nach Hause kommen, haben sie Arbeit, wie sie es sich gewünscht hatten, na ja, fast. Es ist kurz nach 11 Uhr, als der Bauer mit den sechs Kühen kommt, Manfred meint, es seien noch sehr junge Tiere. »Na, dann mal herein in die gute Stube.« Er öffnet die Stalltür so weit wie möglich. Ich habe Sorge, die Kühe würden quer durch den Garten laufen und wir müssten sie einfangen. Aber sie trotten alle brav hintereinander her, Kühe halt. Herr Bauer, er ist nicht nur Bauer, er heißt auch so, begutachtet den Stall mit allem, was dazugehört, »perfekt!«, meint er. »Wenn ihr Fragen habt oder euch was fehlt, könnt ihr jederzeit bei mir vorbeikommen, dann können wir über alles reden, und wenn ich kann, helfe ich euch sofort. Wenn euch ein Tierarzt begegnet, haltet ihn fest, in Sindelfingen gibt es noch keinen.« Mit diesen Worten verlässt er wieder den Hof.

Manfred kommt nur kurz zum Mittagessen ins Haus, ansonsten beschäftigt er sich mit den Kühen. Am Nachmittag geht Tom aufs Rathaus, um sich als Polier zu bewerben. Er hat den Job sofort bekommen.

Auch ich gehe mit MJ und seiner Familie in die Stadt, Kinderbetten aussuchen. Die können am Donnerstag geliefert werden, heißt es. Ich kann es kaum glauben, da hinten an der Wand steht doch tatsächlich eine Nähmaschine. Dass es Nähgarn und so weiter zu kaufen gibt, weiß ich, Stoffe habe ich auch schon verschiedene gesehen. »Was meint ihr, können wir uns eine Nähmaschine kaufen? Dann kann ich endlich Gardinen nähen. Vielleicht gibt es auch Stoffe für Blusen und andere Kleidung und Tischdecken und vieles mehr«, sage ich.

Yvonne ist begeistert: »Das wäre ja perfekt, damit kann man auch Stofftiere nähen und Kuscheldecken.« Auch mir fällt da noch vieles ein, was man alles nähen könnte. Die Nähmaschine hat natürlich ein Fußpedal, mit Strom gibt es noch keine. Die Maschine wird auch am Donnerstag geliefert, prima, denke ich, dann kann ich gleich Stoff aussuchen gehen, aber es ist schon fast 17 Uhr, wir müssen heim.

Ich hoffe inständig, dass Sarah nicht außer Haus arbeiten will, ich könnte sie hier gut brauchen, nicht nur als Köchin. Manfred ist nur noch im Stall beschäftigt. Nach dem Abendessen versorgen wir alle zusammen die Tiere, jeder macht, was er kann. Tom sagt: »Heute Abend wird gefeiert, wenn alles fertig ist. Wir haben Kühe auf den Hof bekommen, wir haben alle Arbeit und uns geht es so richtig gut.« »Ja«, sagt Manfred, »du hast Recht, das muss gefeiert werden. Aber erst muss ich noch die Milch in die Molkerei bringen. Katharina, kommst du bitte mit?« »Ja, klar!«, sage ich, »gerne.« Lukas und Manfred spannen zwei Pferde vor den kleinen Wagen. Da passen die Milchkannen am besten drauf, dann fahren Manfred und ich zur Molkerei.

Auch auf diesem Wagen kann man gut sitzen, es gibt nur kein Dach, aber es regnet ja sowieso nicht. Die Milch wird gewogen, 78 Liter. »Wow, das ist eine Menge, oder?«, frage ich Manfred. »Ja, das ist gut, kann aber noch mehr werden«, antwortet er. Wir bekommen Nummern für unsere Milchkannen, die wir ab jetzt immer mitbringen müssen, dass die Milch unter unserem Namen abgerechnet werden kann. Dann fahren wir wieder nach Hause.

»Schau mal!«, sagt Manfred, »da ist eine kleine Schmiede, die ist nicht weit von uns, irgendwann werden wir sie bestimmt brauchen.« »Ja, du hast Recht, wie oft brauchen die Pferde denn neue Hufeisen?«, frage ich. Bevor Manfred noch antworten kann, ruft eine weibliche Stimme: »Katharina, warte mal!« Es ist Ellen mit ihren beiden Kindern. Ich bitte Manfred anzuhalten, was er, wenn auch zögerlich, tut. Ich stelle Ellen, ihre Kinder und Manfred einander vor, dann nehmen wir sie alle mit nach Sindelfingen und liefern sie an ihrem Haus ab.

Manfred fragt mich: »Wer war das denn?« »Eine Freundin, wir waren lange Zeit sehr eng befreundet, bis sie ihren jetzigen Freund kennengelernt hat. Dann hatten wir immer weniger Zeit füreinander.« »Mhm ...«, brummelt Manfred und fährt auf den Hof.

»Um deine Frage von vorhin zu beantworten: Die Pferde brauchen etwa alle acht Wochen neue Hufeisen, je nachdem, wie oft sie auf welchem Untergrund laufen.« »Dann ist es wirklich gut, wenn der Hufschmid nicht so weit weg ist«, antworte ich.

Lukas und Tom kommen raus und helfen uns, die Pferde zu versorgen, den Wagen aufzuräumen und vor allem die Milchkannen auszuwaschen. Wir gehen ins Haus und setzen uns ins Wohnzimmer zu den anderen. Die Kinder sind schon im Bett. Wir sitzen bei gutem Wein und geröstetem Brot mit Käse im Wohnzimmer und unterhalten uns und scherzen miteinander.

»Und was willst du machen?«, fragt Tom seine Frau. »Hm, ich weiß nicht genau, ich wollte schon immer auf einem Bauernhof arbeiten. Tiere füttern, Eier einsammeln, auch Stall ausmisten, was alles dazugehört«, antwortet sie. Als ich das höre, schlägt mein Herz so sehr, dass ich denke, dass alle es hören müssten.

»Was meinst du, Katharina, ist das machbar?« »Generell denke ich schon, dass das so gehen kann«, sage ich, »Manfred, was meinst du als Fachmann, geht das?« »Außer den Tieren gibt es noch viel andere Arbeit auf dem Hof, säen, ernten und vieles mehr«, sagt Manfred. »Ja«, sagt Sarah, »mit allem, was dazugehört, auch Hausarbeit. Und das ist ohne Waschmaschine und andere Geräte bestimmt nicht wenig Arbeit, oder?« »Da hast du Recht«, sagt Marie, »aber es ist alles machbar.«

»Ich hoffe, dass Marie auch bald wieder zur Schule kann«, sage ich, »sie schafft alles sehr gut, aber sie soll ja keine Haushaltshilfe sein, sie soll und will noch lernen, oder, Marie?« »Ja, klar, aber ich kann trotzdem noch helfen. Hier auf dem Hof kann ich auch viel lernen, aber eben nicht nur auf dem Hof.«

Gemeinsam stellen wir für uns alle einen neuen Lehrplan auf, Tiere füttern, Stall ausmisten, melken, Umgang mit Milch, Pferdegeschirr anlegen, Reiten und vieles mehr. Es ist ein schöner, interessanter Abend. Gegen Mitternacht gehen wir alle zu Bett.

Mittwoch, 17. November

Heute gehen Yvonne, MJ und Tom zum ersten Mal zur Arbeit. Marie kümmert sich um die Zwillinge, Manfred und Lukas versorgen die Kühe und Pferde. Sarah und ich machen den Hühnerstall. Alles funktioniert wunderbar.

Dann gehen wir drei Frauen, mit den Kindern im Handwagen, in die Stadt, um Stoff und Nähzubehör zu kaufen. Ich kann Gardinenstoffe für alle Fenster kaufen, auch noch das andere Zubehör. Wir finden sogar Gardinenstangen in dem Eisenwarenladen, die man einfach der gewünschten Länge anpassen kann. Dort werde ich gefragt, ob ich meine Hausschlüssel auch gleich mitnehmen will, die Manfred bestellt hat. Klar nehme ich die auch gleich mit, funktioniert ja alles wunderbar, denke ich. In dem einzigen Laden holen wir unseren Lebensmittelvorrat für diese Woche.

Anschließend gehen wir noch zum Rathaus, um die Pinnwände zu durchstöbern. Stadtplaner gesucht. »Das hört sich ja interessant an«, sage ich und gehe gleich nachfragen. Es werden Bauingenieure und Architekten gesucht, davon gibt es nicht genug, wie bei vielen anderen Berufen auch. »Ich bin Innenarchitektin«, sage ich, »wird das auch benötigt? Technische Bauzeichnungen kriege ich auch ohne Computer hin.« »Besser eine Innenarchitektin als gar kein Architekt. Wenn Sie bereit sind, mit anderen Architekten zusammenzuarbeiten, haben Sie den Job. Wie viele Stunden können Sie täglich arbeiten?«, fragt die Dame vom Jobcenter. Als ich sage, dass ich einen Bauernhof habe, auf dem ich mithelfe, ist sie mit vier Stunden, fünf Tage die Woche, einverstanden. Sechs Stunden täglich wären Maximum gewesen. Ich freue mich, ich darf wieder arbeiten.

»Was meinst du, Sarah?«, frage ich, »ab wann kriegst du den Haushalt und die Kinder mit Marie hin?« »Na, ab sofort natürlich, was denkst du?«, sagt sie. »Yvonne will doch die Kinder sowieso zur Arbeit mitnehmen, wenn das geht. Dann sind Marie und ich fast arbeitslos«, scherzt sie und lacht dabei.

»Ich will nächste Woche anfangen«, sage ich. »Gut«, sagt die Dame hinter dem Schalter, »dann am Montagmorgen im Baubüro, dritte Etage links, ist angeschrieben.« »Hier im Rathaus?«, frage ich. »Ja«, sagt sie kurz, »dann bis Montag.« Jetzt habe ich alles, wovon ich immer geträumt hatte. Einen Bauernhof mit Tieren, sogar mit einem Landwirt, einem netten dazu, die Familie um mich rum und meinen Traumjob. »Das ist das Paradies für mich«, sage ich zu Marie und Sarah.

Sarah sagt, sie habe auch endlich alles, wovon sie immer geträumt hat, sie ist überglücklich. Und Marie fehlen noch ein paar Stunden Schule täglich, dann ist sie auch glücklich. Zumindest vorerst, dann will sie ja noch eine Lehre machen, aber sie weiß gar nicht, was sie lernen will, noch nicht. »Das findest du auch noch heraus«, sage ich zu ihr, »hör einfach auf dein Herz, was du am liebsten machst.«

Es ist schon fast Mittag, als wir daheim sind. Wir Frauen machen schnell das Essen und legen die Kinder zum Mittagschlaf hin. Die vielen Eindrücke und viel Bewegung machen sie müde.

Yvonne kommt gerade rechtzeitig zum Mittagessen von ihrem ersten Arbeitstag nach Hause. »Es ist herrlich«, sagt sie, »so ein schönes Kinderzimmer, ein paar Spielsachen, und alles so schön bunt, und ohne Plastik und Chemie, einfach nur toll. Die Kinder sind so froh, dass es hier im Kindergarten Spielsachen gibt. Zu Hause haben sie ja noch nicht viele Spielsachen. Und meistens haben die Kinder zu Hause auch nicht viel Platz zum Toben und Spielen. Ihr hättet sehen sollen, wie die Kinder gestrahlt haben. Ach, es ist so schön.«

Kurz nach 15 Uhr kommen MJ und Tom von der Arbeit. Auch sie strahlen beide, sie sind sehr zufrieden mit ihrem ersten Arbeitstag, nur zu essen müssen sie in Zukunft mehr mitnehmen. »Schließlich arbeiten wir ja körperlich«, meint MJ. »Na klar kriegt ihr Essen mit, was immer machbar ist«, sage ich. »Könnt ihr Essen aufwärmen, eine Gemüsesuppe oder so? Oder wollt ihr belegte Brote und Obst und Salat?«, fragt Sarah. »Obst und Salat ist vielleicht genug für Büroarbeit, aber doch nicht für uns«, sagen MJ und Tom. »Ja, ist ja gut«, sage ich, »wir haben verstanden.« Sarah sagt: »Ich richte Essen zum Mitnehmen für alle. Wenn ihr zur Arbeit geht, ist alles fertig, okay?« »Ja, das ist super!«, sagen wir fast alle gleichzeitig.

Ab jetzt werden wir einen anderen Tagesablauf haben, zur Arbeit zu gehen sind wir alle nicht mehr gewöhnt, und zusätzlich die Arbeit auf dem Hof schon gar nicht. Marie geht in den Keller zum Wäschewaschen. Yvonne spielt mit ihren Kindern, die sie heute den ganzen Tag noch nicht gesehen hat. MJ und Tom ruhen sich im Wohnzimmer bei einem Schachspiel aus. Manfred und ich bringen wieder die Milch weg. Wir haben die gleiche Milchmenge wie gestern. »Das ist ein gutes Ergebnis«, sagt ein Mann in der Molkerei, »es gibt Kühe, die weniger Milch geben.«

Lukas verteilt Futter in jedem Stall, ausgemistet ist schon. Sarah sitzt in der Küche und macht einen Speiseplan für eine Woche, je nachdem, was es nächste Woche einzukaufen gibt. Diese Woche vergeht wie im Flug. Am Donnerstag werden die Kinderbetten und die Nähmaschine geliefert, die Wohnung wird entsprechend umgeräumt, die Nähmaschine stellen wir ins Wohnzimmer. Manfred fragt: »Und wer kann nähen, außer der Maschine?« Wir Frauen schauen ihn an und sagen alle zusammen: »Ich.« »Okay, ist ja schon gut«, sagt Manfred und schüttelt den Kopf. Die Kinderbetten kommen ins hinterste Zimmer. Alles ist perfekt.

Sonntag, 21. November

Nach dem Frühstück gehe ich mit Sarah in den Hühnerstall, Eier einsammeln und Hühner füttern. Marie und MJ machen die Küche fertig, Manfred und Lukas gehen in den Stall, die anderen machen die Betten und fegen den Fußboden. Wenn alle mit anpacken, funktioniert es wunderbar.

Danach können wir spazieren gehen, wir sind alle warm angezogen, es ist kalt und die Sonne scheint, ein wunderschöner Tag. Die Kinder rennen vor und zurück, Autos gibt's ja noch keine, also haben wir nichts zu befürchten. Eine Kutsche oder auch nur Pferde hört man schon früh genug, sind ja nicht so schnell da. Marie, Manfred und ich gehen in die Kirche. MJ folgt uns mit seiner Familie.

Im Anschluss an den Gottesdienst gehen wir ins wöchentliche Meeting der Stadt Sindelfingen. Ich will ja die Transportmöglichkeiten besprechen. Immer wenn ich was sage, schaut Manfred mich mit hochgezogenen Augenbrauen fragend an. Soll heißen, sei vorsichtig mit deinen Aussagen und eventuellen Angeboten. Ich verstehe und richte mich fast immer danach. Gott sei Dank hat er mir vorher gesagt, dass man Pferde nicht verleiht. Wir alle beschließen, dass man zweimal in der Woche nach Stuttgart fahren kann, um nach Arbeit zu suchen, einzukaufen oder so. Angebot und Nachfrage werden an die Pinnwand geschrieben.

Lukas geht zu Daniel, wie abgesprochen, ich habe ihm einen Essenskorb mitgegeben, damit sie schön kochen können. »Kommst du vor dem Tanztee noch heim?«, frage ich ihn. »Eigentlich nicht«, sagt er, »ich will gleich nach dem Stadtrundgang ins Festzelt, vielleicht kommen sie ja auch mit.« »Okay, dann treffen wir uns also im Festzelt. Ciao und viel Spaß euch allen und liebe Grüße an die Familie«, verabschiede ich mich von ihm.

Wir Frauen kochen Mittagessen, es ist schon fast 14 Uhr, also verspätetes Mittagessen. Manfred und MJ schauen nach den Tieren, dann setzen sie sich ins Wohnzimmer und spielen wieder Schach. Sie unterhalten sich und lachen herzhaft dabei. Schön, dass sie sich gut verstehen, denke ich.

Die Kinder halten Mittagschlaf in ihren neuen Bettchen. Pünktlich zum Essen wachen sie beide auf. »Wahrscheinlich kriecht der Essensduft in ihre Näschen«, sage ich zu Sarah. Sie sagt lachend: »Ja, möglich, sie wachen meistens gemeinsam auf oder zumindest kurz nacheinander. Ich habe noch nicht erlebt, dass einer schläft und der andere nicht.« »Na ja«, sage ich, »Zwillinge halt, oder?«

Nach dem Essen gehen wir alle zum Tanztee, die Zwillinge setzen wir in den Handwagen, dann können sie sich ausruhen, wenn sie müde werden. Die Musik hat schon begonnen. Wir finden noch einen freien Tisch, an dem wir alle bequem Platz haben. Sarah und ich kümmern uns um die Kinder, dass MJ mit Yvonne zum Tanz gehen kann.

Daniel kommt an unseren Tisch. Er begrüßt uns und bedankt sich für das Essen. Ich frage ihn, ob er sich mit seiner Familie zu uns setzen will, was er auch gern tut. Laura, seine Frau, heute ist ihr blondes kurzes Haar schön frisiert, setzt sich auf die Bank, ein Kind rechts und das andere links von ihr. Dann kommt auch Lukas, der Marie sofort zum Tanzen holt, er sprüht regelrecht vor Freude über die Musik.

Sarah versucht, sich mit Laura zu unterhalten, die scheint sehr schüchtern, fast ängstlich. Es ist herrlich, endlich wieder Musik hören zu können. Auch unseren Kleinen macht die Musik Spaß, sie tanzen um unseren Tisch herum und quietschen und lachen dabei nach Herzenslust. Manfred fragt Daniel, ob er nicht auch mit seiner Frau tanzen will, wir würden schon auf die Kinder aufpassen. Das Angebot nimmt er gern an. Er nimmt seine Frau an die Hand und geht mit ihr auf die Tanzfläche. Dann tanzen alle vier Kinder um den Tisch herum, sie sind auf einmal richtig gelöst.

Wenn ich Daniel und Laura so zusehe, geht es ihnen genauso. Die Wollfrau vom Markt kommt zu mir und stellt mir ihre Kinder vor. Ich stelle meine Familie vor. »Eigentlich könnte so ein Fest öfters stattfinden«, sagt sie. »Ja, das wär' schön, leider gibt es nicht oft Musik. Aber vielleicht ändert sich das bald, nicht wahr?«, sage ich.

Manfred nimmt langsam meine Hand und sagt: »Ich möchte gern mit dir tanzen.« »Okay, gern«, sage ich, »aber nur langsam, die schnellen Tänze kann ich nicht mehr.« »Alles klar«, freut er sich. MJ und Yvonne kommen von der Tanzfläche zurück und wir gehen tanzen. Es ist viele Jahre her, dass ich getanzt habe, aber jetzt fühle ich mich richtig wohl dabei. Ein langsamer Foxtrott, ich kann es noch, das hätte ich nicht gedacht, nach über zehn Jahren.

Wir gehen noch ein paarmal auf die Tanzfläche, auch mein Sohn tanzt mit mir. Jeder tanzt mit jedem, es ist wunderschön, so ein schöner Nachmittag. Es ist schon nach 18 Uhr, als wir nach Hause kommen. Yvonne füttert die Kinder und bringt sie zu Bett. Sie hatten ja schon Brezeln im Zelt gegessen, sie haben keinen großen Hunger mehr und schlafen auch sofort ein.

»Wir brauchen im Haus unbedingt Musik, auf die eine oder andere Weise, Radio, CD oder Instrumente, egal wie«, sage ich, »was meint ihr?« »Oh ja, das wär' toll«, sagt Lukas. »Wär' schon schön, ein Radio, wenn es denn eins gibt, und Sender, die Musik senden können«, meint Manfred. Dass man für Musik aus dem Radio auch Sender braucht, die Musik senden können, hatte ich gar nicht bedacht. Aber natürlich hat Manfred damit Recht, wie so oft. Nach dem Essen versorgen alle die Tiere und Manfred und ich fahren wieder die Milch weg. Ich frage in der Molkerei, ob ich Butter, Käse, Sahne und Joghurt selbst zubereiten dürfe. Für den Eigenbedarf schon, heißt es, aus hygienischen Gründen darf ich das aber nicht verkaufen, sonst würde ich gegen die Auflagen verstoßen. Wenn ich die Waren verkaufen will, muss ich mich auf dem Rathaus nach den Vorschriften und Bedingungen informieren und eine Lizenz erwerben. Das will ich auch gleich morgen tun. Ab morgen bin ich sowieso jeden Tag im Rathaus, im Architekturbüro der Stadt Sindelfingen. Wir sitzen alle noch eine Weile im Wohnzimmer, unterhalten uns und planen die nächste Woche.

Fünf von uns gehen zur Arbeit, gleich am Morgen um 8 Uhr beginnt für jeden die Arbeitszeit. Sarah bereitet am Morgen das Essen für uns vor, wie besprochen, für die Männer ein wenig mehr und deftiger. Ich nehme nur Obst mit, bin ja zum Mittagessen wieder zu Hause. Yvonne nimmt die Kinder mit in den Kindergarten, das tut den Kindern gut und Yvonne auch. Manfred fährt uns alle bis zum Rathaus, unterwegs setzt er Yvonne und die Kinder am Kindergarten ab. Manfred, Lukas, Sarah und Marie versorgen die Tiere, den Hof und verrichten die Hausarbeit, während wir bei der Arbeit sind.

»Am Nachmittag helfe ich bei der Wäsche«, sage ich, Tom und MJ wollen im Stall helfen und Yvonne kümmert sich um ihre Kinder und um das Abendessen. So ist unser Plan, heute gehen wir alle vor Mitternacht zu Bett.

Montag, 22. November

Ich bin ganz schön aufgeregt an meinem ersten Arbeitstag, große Auswahl an Kleidung habe ich nicht, ist also ganz einfach. Beim Frühstück sage ich: »Wir haben ja gar keine Regenschirme.« »Brauchen wir auch nicht«, sagt MJ mit einem Grinsen, »hier gibt es sowieso kein Wetter.« Irgendwie hat er Recht, eigentlich hätte es schon öfters regnen sollen in dieser Jahreszeit, und wenn es regnet, dann nur in der Nacht. »Das ist doch praktisch«, sagt Marie, »die Erde bekommt Wasser und wir brauchen keinen Schirm.« »Ja, wenn das Wetter so bleibt«, sagt Tom, »dann können wir ohne Pause bauen und kommen schnell voran.«

»Der neue Raum für den Kindergarten muss dringend fertiggestellt werden«, sagt Yvonne, »kannst du das nicht beschleunigen, Dad?« »Ich werde sehen, was ich tun kann«, sagt Tom. Manfred sagt, er könne die Möbel transportieren, wenn sie auf den Heuwagen passen. »Ach«, sage ich, »ich dachte, Pferde verleiht man nicht.« »Tu ich auch nicht«, sagt Manfred, »ich fahre ja selbst.« »Du hast schon wieder Recht«, sage ich zu ihm und lächle ihn an.

Die Zwillinge rennen ganz aufgeregt im Garten rum, sie haben bereits gelernt, dass sie nicht zu den Pferden und zum Wagen dürfen, ist zu gefährlich. Dann fahren wir los.

Im Rathaus angekommen suche ich erst mal mein Büro, wie es wohl eingerichtet ist, ohne PC, ohne Telefon, sieht ungewöhnlich aus. Ein großer Tisch, für die Baupläne, ein Schreibtisch mit mechanischer Schreibmaschine, ein großes Reißbrett auf einem Holzgestell und zwei Schränke. So sieht es also aus, mein neues Büro. Ich will gerade meine Jacke ausziehen, als eine junge Dame hereinkommt. »Guten Morgen, willkommen im neuen Büro, ich bin Rebekka, Sekretärin und Mädchen für alles.« Sie ist 35 Jahre alt, hat brünettes, leicht gewelltes kurzes Haar, ist viel kleiner als ich und sehr schlank. Ich reiche ihr die Hand: »Ich bin Katharina, Innenarchitektin, meine Aufgaben kenne ich noch nicht.« »Ihre Einweisung gehört zu meinen Aufgaben«, sagt Rebekka. Ich schlage vor, uns beim Vornamen zu nennen, was Rebekka sehr recht zu sein scheint. »Okay«, sagt sie, »das ist unser Büro, ich bin deine Sekretärin. Das unser Kleiderschrank, du bekommst drei Hosenanzüge, Blusen, Schuhe und einen Mantel.«

Wir gehen gleich in die Kleiderkammer, wo ich alle Kleidung passend bekomme, wie zuvor beschrieben. »Am Freitag kann man alles Nötige zum Waschen bringen, ich hole es dann am Dienstag wieder ab«, sagt Rebekka. »Die Schuhe musst du allerdings selbst putzen.« Das ist ja ein toller Service. »Um 10 Uhr gibt es Tee im Besprechungsraum, dann lernst du die anderen Teamkollegen kennen.« Nachdem wir uns umgezogen haben, zeigt Rebekka mir, was im Büroschrank zu finden ist.

Wir unterhalten uns und lernen uns ein wenig kennen. Pünktlich um 10 Uhr sind wir im Besprechungsraum, wo schon drei Kollegen mit ihren Sekretärinnen warten. Rebekka stellt uns alle vor, dann geht es an die Arbeit. Ich bin gespannt wie ein Flitzebogen, fast wie am ersten Schultag, alles neu und unbekannt. Es gibt verschiedene Projekte, die gleichzeitig betreut werden müssen. Zu meinen Aufgaben gehört es, die eigene Büroausstattung zu ergänzen, eine neue Pinnwand im Rathaus anzubringen, für Ideen und Belange der Bürger. Ich muss grinsen, das ist doch meine Idee, denke ich.

Im Krankenhaus und Kindergarten fehlen auch noch Möbel, die Feuerwehr hat noch nicht genügend Stühle und Betten. Ich könne alles im Möbelladen kaufen oder in der Schreinerei bestellen, alles in Eigenregie, auch die Prioritäten seien meine eigene Verantwortung. »Termine gibt es noch nicht«, sagt Rebekka. Die Pinnwand muss der Schreiner herstellen, Betten und Stühle für die Feuerwache gibt es fertig im Möbelladen, aber erst gehen wir zur Feuerwache und schauen uns die Situation vor Ort an.

»Wir können auch mit den Dienstfahrrädern fahren, im Keller stehen welche.« Das ist prima, das spart viel Zeit. Wir nehmen beide Stifte und Papier mit, das reicht vorerst, denke ich. Auf dem Weg dorthin bestellen wir die Pinnwand in der Schreinerei. »Am Abend ist alles fertig«, heißt es, »kann morgen früh geliefert werden.« »Auch mit Montage?«, frage ich. »Ja, klar, alles inklusive.« Ich unterschreibe den Auftrag, dann fahren wir weiter zur Feuerwehr.

Beim Vermessen lerne ich wieder ein paar Leute kennen, das macht wirklich Spaß, denke ich, besser als nur per Telefon und Fax zu arbeiten. Ich verspreche, die nötigen Möbel sofort zu bestellen und wenn möglich schnell liefern zu lassen.

Dann will ich weiter zum Möbelladen, aber Rebekka sagt: »Es hat doch schon 12 Uhr geschlagen, du bist fertig für heute.« Wir fahren zurück ins Büro, ich ziehe mich um und gehe heim.

Rebekka begleitet mich bis zum Kindergarten, da holt sie ihre Tochter ab. Auch ich hole meine Schwiegertochter und Enkel ab. »Ich gehe gleich morgen früh den Kindergarten ausmessen und komme anschließend erst ins Büro, wenn das möglich ist«, sage ich zu Rebekka. »Dann kann ich mir einen Weg sparen.« »Ja, klar, das geht, machen die anderen auch so. Soll ich auch gleich hierbleiben, ich bringe ja meine Tochter auch am Morgen in den Kindergarten?« »Ja, prima, das ist doch perfekt, dann bis morgen um 8 Uhr hier im Kindergarten«, verabschiede ich mich.

Dann gehen wir nach Hause. Es ist schon 13 Uhr, als wir die Haustür öffnen. Die Kleinen können kaum abwarten, ausgezogen zu werden, als sie die Hausschuhe anhaben, rennen sie durchs Haus und erzählen jedem, was sie heute erlebt haben, egal ob man zuhört oder nicht, verstehen kann man nur wenig, so gut klappt das noch nicht mit dem Reden, aber es wird täglich besser.

Marie und Sarah haben schon gekocht, es duftet köstlich. Manfred sitzt am Küchentisch und schaut mich gespannt an, seine Grübchen zucken schon wieder. »Hallo, was ist denn?«, frage ich. Er grinst: »Wir haben vier junge Schweine bekommen.« »Oh, die muss ich mir sofort ansehen«, sage ich aufgeregt. Ich gehe mit Manfred in den Schweinestall. Bis jetzt ist noch alles sauber. Vier kleine Schweinchen laufen im Stall umher, die sehen niedlich aus, mit ihren kleinen Ringelschwänzchen. »Wie alt sind die denn, bleiben die ohne Muttertier hier? Geht das denn schon?« »Ja, klar«, sagt Manfred, »die bleiben so lange hier, bis sie groß genug sind und zum Schlachter gebracht werden.«

»Das will ich gar nicht hören, schlachten, da muss uns was Besseres einfallen, ich will keine Tiere, die geschlachtet werden müssen.« »Was willst du denn anderes mit den Schweinen machen?«, fragt Manfred mich. »Hm.« Wir gehen zurück in die Küche. Tom und MJ kommen heim, wir essen alle zusammen Mittag. Das ist ein schönes Gefühl, alle arbeiten, essen aber trotzdem zusammen Mittag.

Wir haben uns alle viel zu erzählen. Manfred erzählt von den Schweinchen, nur MJ reagiert darauf: »Und, wann gibt's den ersten eigenen Schinken?« Tom erzählt, er habe den Kindergarten auf seiner Projektliste, morgen bekomme ich den Auftrag auf den Tisch. Ich grinse: »Schon erledigt, morgen messe ich aus und bestelle die Möbel gleich, ist schon alles terminiert.« »Du bist ja schneller als die Feuerwehr«, sagt Tom. »Ja, ich weiß«, sage ich, »da war ich heute auch schon ausmessen, morgen fahre ich die Möbel bestellen, alles zusammen, Kindergarten und Feuerwehr.« MJ lacht: »Toll, kann mir einer von euch sagen, wann ich mit meinem Team zum Aufbauen kommen soll?« »Leider nein«, sage ich, »aber morgen weiß ich bestimmt mehr.«

Sarah fragt, ob jemand sich auch noch für den Hof interessiert. Dann erzählt sie, heute haben wir schon 32 Eier, ab jetzt können wir sie auf dem Markt verkaufen. Da fällt mir ein, dass ich vergessen habe, auf dem Rathaus nachzufragen, was ich für Lizenzen und so weiter für die Käserei benötige. Manfred fragt mich, ob ich den Hof denn den ganzen Tag vergessen habe. »Ja, ich bin so mit meiner Arbeit beschäftigt, da habe ich an nichts und niemand anderen gedacht, aber morgen frage ich«, verspreche ich.

Nachdem die Kinder ihren Mittagschlaf beendet haben und ich beim Waschen geholfen habe, spielen MJ und ich mit den Kindern. Timmy versucht dauernd zwei große Bauklötze aufeinanderzustapeln und ärgert sich, wenn sie umkippen. Ich baue einen Turm neben ihm, er kippt ihn um und lacht. Er sagt dabei ganz bestimmt: »So.« Das Umkippen macht ihm mehr Spaß als das Bauen. MJ baut ihm eine Straße, das kann er nachmachen und freut sich, dass er es auch kann.

Tommy fährt mit dem Zug durchs Wohnzimmer, unter dem Tisch durch, hinter der Couch und wieder zurück. Er hat besonderen Spaß dabei, wenn jemand ihm aus dem Weg gehen muss, damit er fahren kann. Er jagt uns regelrecht hinterher und lacht dabei.

Dann nehmen Sarah und Yvonne die Kleinen mit zum Spazieren-gehen. Ich nehme Maß für die Gardinen, MJ und Tom befestigten die Gardinenstangen, ein Fenster nach dem anderen. Die Gardinen sind schnell genäht, aber die Schlaufen brauchen schon ihre Zeit. Manfred und Lukas beenden ihr Schachspiel und gehen dann in den Stall. An-schließend fahren sie die Milch weg.

Das ist mein Zeichen, Abendessen vorzubereiten. Wir gehen ab jetzt alle vor Mitternacht zu Bett, denn wir stehen auch alle früh auf.

Am Donnerstag habe ich alle Informationen zusammen, die ich für eine Käserei benötige. Ich brauche auf jeden Fall einen Kühlraum, ei-nen Kühlschrank und elektrische Rührgeräte für die Butter. Wer mehr Strom braucht, muss ihn selber machen, heißt es. Ich hole Angebote mit den entsprechenden Informationen ein. Unsere Abende im Wohn-zimmer enden immer mit Diskussionen über die Energiegewinnung.

Am Ende der Woche sind wir uns einig, eine Brennstoffzelle mit Wasserstoff, wie in der Apollo 13, nur etwas kleiner. Wir wollen So-larzellen benutzen, um Wasserstoff zu erzeugen, ist auch am umwelt-freundlichsten. Nächste Woche werde ich alles in dem Elektro- und Energieladen besprechen, dann kann jemand kommen und den Bedarf ausrechnen und entsprechende Geräte einbauen. Wir können auch eine Fußbodenheizung damit betreiben, sagt man mir, allerdings be-trägt die Wartezeit etwa vier bis fünf Monate für alles. Ich bestelle alles bis zum nächstmöglichen Termin, immer vorausgesetzt, dass ich dafür genug Guthaben besitze.

Kapitel 6

Mittwoch, 1. Dezember

Für den Kindergarten lasse ich kleine Schränke mit bunten Schubladen anfertigen, dazu ein paar Regale mit bunten Holzkisten. Auch kleine Stühle und Tische müssen beim Schreiner extra bestellt werden, in dieser Größe gibt es noch nichts Vorgefertigtes. Wartezeit mindestens vier Wochen, schade, denke ich, Weihnachten wäre perfekt gewesen. Die Schränke für die Feuerwache bestelle ich auch in der Schreinerei, die übrigen Möbel kann ich binnen einer Woche liefern lassen. Das ist doch schon mal ein Lichtblick, fast fertig.

Rebekka und ich kommen gerade zurück ins Büro, als die Pinnwand montiert wird. Die vier Stunden Arbeitszeit sind immer so schnell vorbei, ich frage, ob ich noch weitere Spielsachen für den Kindergarten kaufen darf. Auch das bleibt mir überlassen, also beschließe ich, am Freitagvormittag nach Stuttgart zu fahren und einkaufen zu gehen. In diesem Fall sind auch Überstunden erlaubt.

Wieder zu Hause bespreche ich mit Yvonne, was sie sich noch für Spielsachen für die Kinder wünschen würde, wenn ich die schon kaufen kann, am liebsten wäre sie mitgefahren, aber leider muss sie auch an diesem Vormittag arbeiten. Es gibt noch keine Vertretung.

Eine Fahrt nach Stuttgart ist immer noch eine Reise, ich will auch Gisela mit ihrer Familie besuchen, natürlich nach getaner Arbeit, dafür will ich ein paar Kekse backen. Vielleicht könnte ich ja in Stuttgart ein Kinderbuch kaufen für Martina und Peter, oder ein Familienspiel. Manfred ist von meiner Idee, Gisela zu besuchen, sehr angetan, vorausgesetzt, wir sind um 17 Uhr wieder daheim, zum Melken. Das hat immer noch keiner von uns gelernt. Das Feld mit Winterweizen ist fertig angelegt, ich sage Manfred und Lukas, wie stolz ich auf sie bin, dass sie das so ganz ohne Traktor geschafft haben.

Gleich nach dem Abendessen backen Marie und ich die Kekse, es riecht im ganzen Haus danach, lecker. Ich stelle im Wohnzimmer und in der Küche jeweils einen Teller mit Keksen auf die Tische, damit jeder ein paar probieren kann. Die Teller umrahme ich mit ein paar Tannenzweigen, die ich von der Tanne hinter dem Pferdestall abgezwackt habe. Lukas meint sofort: »Die Kekse schmecken nach mehr.« »Gut«, sage ich, »machen wir, sobald ich von Stuttgart zurück bin.« Tommy strahlt, er will gar nicht mehr aufhören, Kekse zu essen, Timmy macht sich nicht viel aus Süßem. Das überrascht mich, sonst essen sie meistens das gleiche.

Donnerstag, 2. Dezember
In der Nacht hat es geschneit, eine dünne Schneeschicht überzieht meinen Hof. Wie Puderzucker, alles sieht so schön sauber aus, auch die anderen sind angenehm überrascht. Der erste Schnee in unserer neuen Welt. Manfred schaut gleich nach den Tieren, die haben es sich alle im Stall gemütlich gemacht, auch die Hühner und sogar der Hahn lassen sich nicht mehr draußen blicken. Manfred meint: »Bei dem bisschen Schnee kann man noch gut mit der Kutsche fahren.« »Ich hatte schon Sorge, dass ich nicht nach Stuttgart fahren kann, aber jetzt bin ich wieder beruhigt«, sage ich. »Ich weiß«, sagt er.

Rebekka wartet schon ganz aufgeregt im Büro auf mich: »Heute fangen wir mit der großen Stadtplanung an«, sagt sie. »Hast du das auch schon mal gemacht? Das wird toll.« Ich antworte: »Ich habe mal ein bisschen von der Planung eines Stadtteils mitbekommen, aber eine ganze Stadt, nein, das wird spannend.« Jetzt werde ich auch ganz aufgeregt.

Mit Papier und Bleistift bewaffnet gehen wir beide ins Besprechungszimmer. Dieses Mal sind wir die ersten. Auf dem großen Tisch liegen große Papierbogen, Pappe, Scheren und sonstiges Bastelmaterial. »Das wird ja interessant«, sage ich zu Rebekka, »meinst du nicht auch?« Bevor sie antworten kann, geht die Tür auf und die Kollegen kommen herein.

»Guten Morgen zusammen«, sagt Herr Schneider. Wir setzen uns, keiner hat bisher seinen angestammten Platz. Helmut Schneider, der leitende Architekt, 50 Jahre alt, kurzes braunes Haar, perfekt rasiert und eine Brille mit sehr schmalem Gestell, sehr adrett gekleidet, stellt die Aufgabe vor: »Wir wollen eine große Stadt aufbauen, unsere Stadt. Mein Vorschlag: Jeder schreibt eine Ideenliste, oder auch Bedarfsliste, nach Prioritäten sortiert. Die wichtigsten öffentlichen Gebäude haben wir schon. Rathaus, Polizei, Feuerwache, Krankenhaus, Apotheke, Schule mit Kindergarten, ein Kaufhaus und etwas weiter von der Stadtmitte entfernt ein Möbelladen, ein Kleiderladen und eine Molkerei. Was dringend gebaut werden muss, ist ein Schlachthof, ein Schlachthaus und mindestens eine Metzgerei. Bis nächsten Sommer brauchen wir unbedingt eine Mühle, möglichst mit ein paar Bäckereien. Die Schreinerei muss ausgebaut werden, der Möbelbau geht zu langsam voran. Eine große Schule und ein paar Kindergärten fehlen auch. Aber die schönsten Gebäude helfen nicht weiter, solange wir kein Personal dafür haben. Für den Bau dieser Gebäude benötigen wir alle Berufe, die mit Bau zu tun haben. Für Baumaterial ist vorerst gesorgt, mit dem Transport gibt es Engpässe, zu wenig Wagen und Pferde, LKW gibt es ja noch keine.«

Ich sage: »Auf dem Land, nur ein paar Kilometer von Sindelfingen entfernt, leben ein paar Bauern. Einige haben Pferde und auch Wagen, vielleicht können wir sie vorübergehend als Fahrer und Transporteur einstellen, solange sie ihre Felder noch nicht bestellen müssen, haben sie vielleicht Zeit.« »Vielleicht wollen ja auch ein paar hier in der Stadt wohnen, dann ist der Arbeitsweg kürzer. Hinter dem Krankenhaus steht noch ein leeres Wohnheim mit 60 Betten«, sagt Rebekka, »nicht perfekt, aber trocken, sauber und warm.«

Herr Schneider sagt dazu: »Gute Idee, vielleicht kann man daraus was machen.« »Gibt es eigentlich schon Baufahrzeuge?«, frage ich in die Runde. »Ab Mitte Dezember wurde uns ein Bagger mit Schaufellader versprochen, das würde für den Aushub ausreichen, aber zum

Abtransport haben wir noch nichts.« »Vielleicht können uns auch dabei Pferdefuhrwerke vorübergehend aushelfen«, schlage ich vor. »Das könnte funktionieren, zumindest vorerst, bis wir Kipplaster bekommen können«, überlegt Herr Schneider. »Für mehr Bewohner benötigen wir mehr Nahrung, Kleidung und Wohnraum. Die Mehrfamilien-Doppelhäuser haben Zwei-, Drei- und Vierzimmerwohnungen, damit können wir den meisten Wohnraum anbieten, damit fangen wir an, ein neuer Wohnblock gegenüber vom Rathaus, auf der anderen Seite des Marktplatzes. Gleichzeitig bauen wir eine Bäckerei, eine Metzgerei und einen kleinen Lebensmittelladen.«

Herr Schneider schaut Rebekka und mich an: »Ihr kümmert euch um den Innenausbau, die Anfertigung der Möbel ist sehr zeitaufwendig, allein das Bäumefällen und -verarbeiten dauert lang, es muss immer für Nachschub gesorgt werden. Das Holz zum Trocknen muss immer wieder aufgefüllt werden. Den Ausbau der Backstube besprecht ihr am besten mit einem Bäckermeister, sobald ihr einen ausfindig machen könnt. Das gleiche gilt für die Metzgerei und den Lebensmittelladen. Oder hat jemand eine bessere Idee?« Alle schütteln stumm den Kopf, keiner von uns hat je eine Bäckerei gebaut, wir haben also keinerlei Erfahrung auf diesem Gebiet. Vorlagen gibt es auch keine, noch nicht. »Mein Vorschlag wäre, jeder beschreibt grob seine To-do-Liste und morgen können wir alles besprechen«, sagt Herr Schneider, »danach geht es an die Feinheiten und an das Organisatorische.«

Dann geht jeder in sein Büro zurück, ich frage Herrn Schneider, ob wir denn auch schon Handwerker für den Innenausbau kennen. Ich benötige einen Bodenleger und einen Maler zum Tapezieren für zu Hause. »Ja, klar«, sagt er, »Sie können sich die Adressen bei meiner Sekretärin holen.« Ich bedanke mich, gehe zu seiner Sekretärin und bitte sie um die Adressen der Handwerker. Sie gibt mir eine zweiseitige Liste und sagt, ich könne mir alles abschreiben, was ich auch gleich tue, Kopierer gibt es ja noch nicht. Dann gehe ich nach Hause.

MJ und Tom waren bei der Besprechung nicht dabei, sie haben den

Marktplatz vermessen, so gut das schon möglich ist. Also berichte ich ihnen, was beschlossen wurde. »Der Transport wird das größte Problem, für ein Doppelhaus braucht man unter den heutigen Bedingungen mindestens ein Jahr, vorausgesetzt, wir haben genügend Material und Personal«, sagt Tom.

Das Mittagessen wird für die ganze Familie auf 15 Uhr verschoben, irgendwie ist heute alles später fertig. Ich helfe Sarah und Marie in der Küche. Wir haben seit ein paar Tagen einen Schweineeimer in der Küche, sehr praktisch. Nach jedem Essen wird der Eimer im Schweinestall entleert. Marie achtete sehr genau darauf, was in den Eimer kommt, dass die Schweinchen ja nichts Falsches zu fressen bekommen.

Am Nachmittag gehe ich mit Yvonne, MJ und den Kindern spazieren, ich will doch meine Felder mal unter einer Schneedecke sehen, aber es ist kein Schnee mehr da, alles geschmolzen. Timmy und Tommy haben Spaß daran, in die Pfützen zu hüpfen, je größer und tiefer, umso besser. Yvonne erklärt mir nebenbei, was ich beim Kauf der Spielsachen zu beachten habe, sie hatte zwar schon eine Liste erstellt und Bemerkungen dazu geschrieben, aber eine mündliche Erklärung ist mir sehr hilfreich. Kindergarten ist ja nicht mein Fachgebiet, da kommt mir jede Hilfe recht, vor allem wenn es von meiner Schwiegertochter kommt, einer Fachfrau.

Am Waldrand stehen eine lange Reihe Haselnusssträucher, nächstes Jahr können wir sie selbst ernten. Am Abend nähe ich noch die kleine Tischdecke fertig, die ich für Gisela begonnen hatte, die will ich morgen mitnehmen. Ich packe ein paar Kekse in ein kleines Leinensäckchen, damit auch Gisela mit ihrer Familie für den Nikolausabend was zu naschen hat. Ein großer Korb mit Äpfeln und Nüssen steht schon bereit, um in die Kutsche geladen zu werden.

Freitag, 3. Dezember
Eine Fahrt nach Stuttgart ist immer noch aufregend für mich, dauert ja auch etwa drei Stunden, nicht nur 20 Minuten, wie in der alten

Welt. Außerdem kommt mir die Strecke länger vor, oder ist es, weil ich mit der Kutsche und nicht mit dem Auto unterwegs bin? Gleich nachdem die Tiere versorgt sind, spannen Manfred und ich die Pferde an und fahren los. Es ist nicht einmal kalt, ziemlich mild für Anfang Dezember, kein Frost und kein Schnee mehr. Ich setze mich vorn zu Manfred auf den Kutschbock, wir sind ja gut eingepackt.

Ich erzähle ihm von meinem Plan, das Dachgeschoss auszubauen. »Dazu müssen noch drei oder besser vier Dachfenster oder Gauben gebaut werden. Bad, Bodenbeläge und Tapeten brauchen wir auch noch«, sage ich. »Und wer baut das alles?«, fragt Manfred. Ich erkläre ihm, dass ich die Adressen der Handwerker habe. »Woher kommt das Material und wer bezahlt das alles?«, fragt er. Das weiß ich auch nicht genau. Zunächst muss ich die Finanzen regeln, dann das Material besorgen, dann kann ich alles in Auftrag geben. Vielleicht können wir ja teilweise mithelfen, dann geht es schneller und wird vielleicht billiger. Mir geht so vieles durch den Kopf. »Meinst du nicht, MJ sollte sein eigenes Reich mit seiner Familie haben?«, frage ich Manfred. »Kann schon sein«, meint er, »wenn man sich das alles leisten kann.« Ich werde nachdenklich und gehe spazieren.

Am Wegrand werden Bäume gefällt und Gebüsch entfernt. Manfred meint, hier wird bestimmt eine Straße gebaut und das sind die Vorarbeiten dafür. Warum weiß dieser Mann das alles, frage ich mich. Kurz vor 12 Uhr kommen wir in Stuttgart auf dem Rathausplatz an. Hier steht jetzt sogar ein Gasthaus, in dem wir zu Mittag essen. Anschließend gehen wir in den Spielwarenladen. Ich staune, was es hier alles gibt. Ich bekomme fast alles, was auf meiner Einkaufsliste steht. Ich will noch für uns einkaufen, schließlich ist bald Weihnachten. Ich kaufe eine große Holzkugelbahn für die Zwillinge, einen kleinen Zoo mit Holztieren und Zaun und ein paar kleinen Häuschen. Dann kaufe ich noch zwei Spielesammlungen, eine für uns und eine für Giselas Familie. Manfred zieht schon wieder mal die Augenbrauen hoch, ich lache ihn fragend an: »Was ist denn damit nicht in Ordnung?« Er meint, ich hätte zu viel eingekauft, aber ich bin da ganz anderer Meinung. Ich unterschreibe für den Einkauf für den Kindergarten und bezahle meinen Privateinkauf. Dann hilft uns ein Verkäufer, alles in die Kutsche zu laden, ich schenke ihm zwei Äpfel und ein paar Nüsse als Trinkgeld. In einem kleinen Laden nebenan kaufe ich Schokolade für den Nikolaustag.

Endlich können wir uns auf den Weg zu Gisela machen. »Hoffentlich ist auch jemand zu Hause«, sage ich zu Manfred. »Du hättest halt vorher anrufen müssen«, scherzt er. Aber wir haben Glück, Gisela ist zu Hause, Paul ist mit den Kindern unterwegs. Ich umarme Gisela und fange wieder mal an zu weinen, vor Freude. Manfred trägt den Korb mit Äpfeln in die Küche, ich überreiche die Geschenke, sie sind alle schön eingepackt. Gisela meint, das sei doch viel zu viel, aber ich sage: »Was ihr alles für mich getan habt, ist unbezahlbar. Ich hätte meinen Sohn ohne Paul nicht gefunden, bitte, nimm meine Geschenke an.« »So eine schöne Tischdecke, vielen Dank«, sagt Gisela. Dann setzen wir uns in die Küche und trinken Tee, dazu gibt es wieder Hefezopf, wie immer sehr lecker. Ich bitte sie, mir ein paar Kleiderstoffe zu besorgen, sobald es hier welche gibt, für Weihnachten. Wir unterhalten uns gerade so schön, als Manfred wieder hereinkommt und sagt, dass wir uns leider auf den Heimweg machen müssen, die Kühe warten nicht lange. Wir wünschen Gisela mit ihrer Familie ein gesegnetes Weihnachtsfest und verabschieden uns. Ich habe wieder Tränen in den Augen. »Wir sehen uns bald wieder«, sagt Gisela und umarmt und drückt mich. Dann machen wir uns auf den Heimweg. Dieses Mal setze ich mich in die Kutsche und mach es mir richtig bequem.

Als wir auf unseren Hof fahren, kommt uns Yvonne entgegengelaufen: »Und, habt ihr alles bekommen?« »Ja, beinah alles«, sage ich. »Wollen wir gleich alles in den Kindergarten bringen?« Manfred meint, es sei schon zu dunkel, morgen ist auch noch Zeit genug dafür, und spannt die Pferde aus. Ich lasse es mir aber nicht nehmen, mit Yvonne in die Kutsche zu sitzen und alles anzuschauen. Als Manfred uns in der Kutsche sieht, schüttelt er nur mit dem Kopf und geht in den Stall, zum Melken. Yvonne strahlt, so habe ich sie schon lange nicht mehr gesehen. Mit den Puzzlespielen hätte ich auch gern gleich angefangen zu spielen, die Puppen und passenden Kleidchen haben es mir besonders angetan, Yvonne wohl auch. Die Puppen haben aber auch schöne Gesichtchen, irgendwie scheinen sie etwas ganz Besonderes zu sein. Meine eigenen Pakete habe ich schon in meinem Schlafzimmer aufgeräumt, soll ja für Weihnachten sein.

Samstag, 4. Dezember

Am Samstagmorgen vor dem Frühstück fahre ich mit Yvonne in den Kindergarten, um die Spielsachen abzuliefern, danach frühstücken wir alle gemeinsam.

Marie, Lukas und ich fahren unsere Waren auf den Markt. Leider habe ich nicht mehr viel Zeit zum Stricken, da ich ja den halben Tag im Büro arbeite. Die Nachfrage nach Schals und Mützen wird aber immer größer, je kälter es wird. Gott sei Dank verkaufen auch noch andere Frauen ihre Strickwaren, sie nehmen auch Aufträge entgegen.

Eine junge Frau, die an einem kleinen Stand Ziegenkäse und Ziegenmilch verkauft, erzählt uns, dass hinter der Apotheke ein Tierarzt eingezogen ist, sie hat ihn schon mal holen müssen, weil eine Ziege so starke Blähungen hatte. Er hätte sich sofort fachmännisch um das Tier gekümmert, sie könne den Tierarzt weiterempfehlen. Dann lasse ich mir von ihr erklären, wie man Frischkäse macht.

Gegenüber vom Rathaus, am anderen Ende vom Marktplatz, sehe ich einen abgesteckten Bauplatz, auch die Straßen sind zum Bau markiert. Ein junger Mann läuft interessiert um die Absteckung herum, ich habe ihn schon mal im Rathaus gesehen, kenne ihn aber nicht. Auch gegenüber der Apotheke ist ein kleinerer Bauplatz abgesteckt, für die erste Bäckerei. Ich sehe das Modell vor Augen, das wird mal sehr schön werden, freue ich mich, und ich kann meinen kleinen Teil dazu beitragen. Das macht mich sehr glücklich.

Hier in Sindelfingen sind noch etwa 50 Betten frei, insgesamt fehlt es an Drei- und Vierzimmerwohnungen. Die Menschen müssen auf viel zu engem Raum leben. Ich hoffe, dass wir mit dem Bau des ersten Wohnblocks schnell vorankommen. Was wir ganz dringend brauchen, ist Energie, also Strom. Viele Leute arbeiten mit Hochdruck an erneuerbarer Energie, in Sindelfingen bauen sie Autos, die mit Wasserstoff fahren können. Da auch den Fabriken und Instituten Energie fehlt, geht die Entwicklung nur sehr schleppend voran. Jedes Auto ist ein Unikat, beinahe alles ist von Hand gebaut, eigentlich unbezahlbar. Das erste Auto ist ein Krankenwagen, wenigstens für die Stadt Sindelfingen, es kann nur in Sindelfingen betankt werden und die Reichweite beträgt nur etwa 600 Kilometer, was wohl bisher noch nicht in Echtzeit getestet werden konnte.

Das viel größere Problem ist aber, dass es noch kein Telefon gibt, statt des Telefons kann man hier an vier Stellen in der Stadt verteilt den Krankenwagen, die Feuerwehr und die Polizei anrufen, man kann nur drei Knöpfe drücken, das löst einen Alarm bei der entsprechenden Dienststelle aus, was nicht sehr effektiv ist, aber doch besser, als nichts dergleichen zu haben. Ich hoffe, es wird immer besser werden, Geduld war noch nie meine Stärke.

Zum Mittagessen sind wir alle wieder zu Hause vereint. Es duftet nach Brot und Hefezopf, die Kinder spielen im Wohnzimmer Bauklötze und Zugfahren mit Hindernissen, sie quietschen vergnügt vor sich hin. Es ist mir eine Freude, zuzusehen.

Ich liefere alle Lebensmittel, die ich auf dem Markt erstanden habe, in der Küche ab. Marie stellt sofort fest, dass kein Kardamom dabei ist, was sie dringend zur Weihnachtsbäckerei benötigt. »Der Weg nach Indien ist weit«, sage ich zu ihr mit einem Lächeln, »tut mir leid, aber es muss auch ohne Kardamom gehen.« »Indien, ich bin schon froh, wenn wir nach Stuttgart hin und wieder zurück kommen, ohne größere Probleme«, sagt Manfred und lacht. Ich berichte Manfred von dem Tierarzt, der hinter der Apotheke wohnt, nur falls wir auch mal einen brauchen.

Morgen ist zweiter Advent und ich habe noch keine Plätzchen gebacken«, sagt Marie entsetzt. »Was soll ich nur machen, ich habe nicht einmal Ausstecherle.« »Aber ich«, sage ich, »einen Stern und einen Tannenbaum, einen Mond können wir mit zwei Gläsern machen und der Rest wird eben einfach rund.« Zum Verzieren gibt es nur Zuckerguss und Schokolade, ich freue mich trotzdem schon auf die bunten Teller.

Sarah hat unser Samstagsessen, Eintopf, gekocht, nachdem der Einkauf verstaut ist, essen wir alle gemeinsam zu Mittag. Dann machen die Kinder ihren Mittagschlaf, wie fast immer. Manfred und Lukas tun es ihnen gleich, Samstag und Sonntag sind die einzigen Tage, an denen sie Zeit dazu haben. Sie stehen ja jeden Morgen um 5 Uhr auf. Sobald Lukas allein melken kann, können die beiden sich wenigstens abwechseln in der Früh'.

Ich setze mich mit MJ und Yvonne ins Wohnzimmer. »Was meint ihr, wollen wir das Dachgeschoss ausbauen, soweit das möglich ist, dann könnt ihr euer eigenes Reich haben«, sage ich zu den beiden. »Ja, das wäre prima«, meint MJ, »aber wer kann das umbauen und woher kommt das Material und können wir uns das leisten?« Schon wieder diese unbequemen Fragen. »Wir könnten ein paar Bäume verkaufen, die bereits markiert sind, dann reicht es auf jeden Fall«, sage ich. »Wenn ich am Montag zur Arbeit gehe, informiere ich mich mal, da gibt es ja genügend Fachleute.« »Wir können ja helfen beim Tapezieren oder so, unter fachkundiger Anleitung klappt das bestimmt«, sagt MJ. »Na gut, dann besprechen wir das heute Abend alle gemeinsam«, sage ich erfreut.

Marie kommt ins Wohnzimmer gerannt, sie braucht dringend Hilfe beim Backen, die Ausstecherle sind schneller fertig gebacken, als sie das nächste Blech fertig machen kann. Yvonne und ich schauen uns grinsend an und folgen Marie in die Küche, die Kinder im Schlepptau. MJ kommt auch mit, um auf die Zwillinge aufzupassen. Aber er hat wie immer nur Blödsinn im Sinn. Am Ende ist alles voller Mehl, er selbst, die Kinder, Tisch, Boden, einfach alles. Sarah kommt aus dem Keller in die Küche und lacht, als sie die Bescherung sieht. »Na dann, fröhliche Weihnachten!«, sagt sie. »Es hat so viel Spaß gemacht«, sage ich, »da kann man auch mit guter Laune aufräumen und sauber machen.« Sarah und MJ nehmen die Kinder mit zum Waschen und Saubermachen, alle kleben, von Marmelade, Honig, Zucker, Schokolade und Mehl.

Am Abend setzen wir uns alle zusammen in die Küche und ich mache meinen Vorschlag, das Dachgeschoss auszubauen. Manfred und Lukas sind nicht so begeistert, zu viel Arbeit, meinen sie. Sie freuen sich aber auch, als ihnen klar wird, dass danach wieder jeder sein eigenes Zimmer haben kann.

Sonntag, 5. Dezember

Am Sonntag machen wir nur einen kurzen Spaziergang, heute regnet es nur einmal, zum ersten Mal tagsüber. Alle Gespräche drehen sich nur noch um die Renovierung und den Umbau. MJ und Tom machen einen Plan, was wann zu tun ist. Yvonne und ich nähen weiter an den Gardinen, die Schlaufen machen viel Arbeit, aber es sieht auch sehr schön und gemütlich aus. Endlich ist es geschafft, das Erdgeschoss ist vollständig mit Gardinen ausgestattet. Gisela hätte auch ihre Freude daran, denke ich und freue mich.

»Als Nächstes nähen wir Kissen für die Küche«, sage ich, »dann sitzen wir auch beim Essen etwas bequemer.« »Oh ja, endlich«, sagt Marie, »da warte ich schon lange drauf.«

Sarah erzählt den Kindern als Gutenachtgeschichte die Geschichte vom Nikolaus, etwas abgewandelt, für die beiden sehr vereinfacht. Sarah kann das am besten von uns allen. Kurz vor dem Einschlafen schauen beide auf ihre Schuhchen und Sarah stellt mit ihnen gemeinsam die Stiefelchen vor ihre Zimmertür. Danach gehen sie schnell ins Bett und sind schon ganz gespannt, was sie wohl in ihren Stiefelchen finden werden. MJ fragt, ob er seine Stiefel auch rausstellen dürfe. Yvonne lacht. »Na klar!«, sage ich, »jeder darf das.« »Okay, wird gemacht«, sagt Manfred fröhlich. »Da ich als erster aufstehe, kann ich alles einsammeln.« Alle lachen.

Montag, 6. Dezember

Die Kinder hüpfen ganz aufgeregt in ihren Bettchen rum, bis wir sie endlich rausholen. Sie laufen auch gleich zu ihren Stiefelchen und staunen, als sie die Nikolausschokolade sehen, von den Keksen haben sie gleich abgebissen. Auf dem Küchentisch liegt für jeden eine Nikolausschokolade auf dem Teller und ebenfalls zwei Kekse. Lukas meint, in seinen Stiefeln sei aber noch mehr Platz. Bevor ich zur Arbeit gehe, frage ich noch in die Runde, ob ich, wenn möglich, gleich Termine für den Umbau und die Renovierung machen solle. »Ja, na klar, aber nicht an Weihnachten, das Wochenende soll auch frei bleiben.« »Alles klar, ich werde sehen, was machbar ist. Ob wir wohl bis Weihnachten alles geschafft kriegen?«, frage ich.

In einer Kaffeepause suche ich die benötigten Handwerker auf der Liste aus, Tom hat mir die Reihenfolge aufgeschrieben, in der ich sie bestellen soll, und mit wie viel Zeitversatz. Zwei von ihnen kommen heute ins Architekturbüro, wo ich auch mit ihnen die Arbeiten besprechen kann. Nach der Arbeit fahr ich mit dem Rad zu den anderen Handwerkern, um ihnen die Aufträge zu erteilen und alles zu terminieren. So weit hat alles wunderbar geklappt. Der Zimmermann, der auch die Dachfenster mit einbauen soll, hat nur noch diese Woche Zeit, pro Fenster benötigt er zwei Tage, meint er.

Bis Samstag könnte er drei Fenster eingebaut haben, der Rest müsse bis nächstes Jahr warten. Das bedeutet für uns, wir haben kein Dachfenster im Treppenhaus, aber immerhin haben alle anderen Räume Fenster.

Am späten Nachmittag kommt der Zimmermann und schaut sich die Baustelle an, vermisst alles und teilt mir mit, dass sie gleich morgen mit der Arbeit anfangen wollen. Gut, von nun an haben wir also eine Baustelle über uns und die Handwerker im Haus. Am Dienstagnachmittag gehen Sarah, Yvonne, Marie und ich Tapeten aussuchen. Als wir abends nach Hause kommen, sind schon in zwei Zimmern die Decken geweißelt. Die Männer gehen am Mittwoch Fußbodenbeläge und Fliesen aussuchen. Wir haben alle viel Spaß dabei.

Ab Donnerstag haben wir die Fliesenleger, die auch die anderen Bodenbeläge verlegen, im Haus. Wann immer wir Zeit haben, helfen wir alle mit, auf dass alles schnell fertig werde. Am 18. Dezember sind drei Schlafzimmer fertig. Sarah und Yvonne haben sich Ehebetten und Kleiderschränke gekauft, ich habe einen schönen bunten Teppich fürs Kinderzimmer gekauft, dazu eine passende Lampe und ein buntes Spielzeugregal. Bis die Zimmer alle fertig sind, deponieren wir die Möbel im Keller, es gibt ja genügend Platz.

Die Zwillinge setzen sich oft im Treppenhaus an den Ofen und schauen den Handwerkern zu, wie sie Material transportieren. Das ist auch ein praktischer Babysitter, so ruhig hat man die Kleinen vorher noch nie bewegungslos gesehen. Es gibt schon einige Firmen, die Baustoffe herstellen können, allerdings sind die meisten von ihnen noch ohne Strom, oder sie haben nur sehr wenig Strom, also muss, was möglich ist, von Hand gefertigt werden, was natürlich sehr viel Zeit und Arbeitskräfte in Anspruch nimmt. Die Spinnerei und Webstube in Sindelfingen muss vorerst auch mit wenig Strom auskommen, was zur Folge hat, dass Stoffe immer noch Mangelware sind.

In dieser neuen Welt ist es jetzt umgekehrt, wir brauchen viele Menschen, die die Maschinenarbeiten übernehmen, zumindest bis wir genügend Strom produzieren können. Die großen Betriebe haben bereits Solaranlagen, ohne die wäre vieles nicht möglich.

Kapitel 7

Sonntag, 19. Dezember

Heute ist der vierte Advent, in der Nacht hat es wieder geschneit, es reicht gerade aus, um mit den Kindern einen kleinen Schneemann zu bauen und eine Schneeballschlacht zu machen. Wir fahren wieder mit der Kutsche zur Kirche, für den Schlitten reicht der Schnee leider nicht aus. Dabei hätte ich den Schlitten doch so gern einmal zur Probe gefahren. Bei unserem sonntäglichen Spaziergang holen wir uns aus dem Wald ein paar frische Tannenzweige als Tischdekoration.

»Ab morgen soll auf dem Marktplatz ein Zelt für Weihnachtsartikel aufgebaut sein«, sagt Lukas, »können wir auch Kerzen und Kugeln kaufen?« »Ja? Das ist ja toll. Fehlt uns nur noch der Tannenbaum dazu«, sage ich. »Davon hast du ja wohl genug im Wald rumstehen«, lacht Manfred. Er hat Recht, wie immer. Ob es wohl einen Tannenbaumverkauf gibt? »Und woher kriegen wir einen Ständer?«, fragt Yvonne. MJ schaut sie grinsend an, alle lachen. »Wenn nötig, können wir selbst einen bauen«, sagt Lukas. »Das kriege ich hin.«

»Auf dem Marktplatz und in der Kirche stehen noch keine Tannenbäume. Vielleicht können wir ja welche spenden«, sage ich. »Prima Idee«, sagt Tom, »du kannst gleich morgen im Rathaus nachfragen, die freuen sich bestimmt. Und wer kann sie schlagen?« »Na, die Waldarbeiter, die die Bäume für die Schreinerei und die Zimmerei fällen«, antworte ich.

Wieder zu Hause angekommen, trinken wir Tee und essen Plätzchen und Kuchen. Die vier Kerzen flackern lustig vor sich hin. Wir singen noch ein paar Weihnachtslieder mit den Kleinen. Schade, dass es noch keine Musik für zu Hause gibt.

Am Abend, nach der Stallarbeit, überlegen wir Frauen uns, was wir noch als Baumschmuck basteln können. Mir fallen nur Kekse ein, die man aufhängen kann und nach Weihnachten den Baum plündern darf. Marie meint, wir hätten doch genügend Stroh, wir könnten Strohsterne basteln. Das ist eine prima Idee, das hatte ich ja ganz vergessen, Strohsterne. Ich habe schon wieder vergessen, dass wir auf unserem Hof für sehr vieles Selbstversorger sind, so auch mit dem Tannenbaum und dem Stroh für die Strohsterne, daran muss ich mich erst noch gewöhnen. Sarah sagt: »Wir haben doch noch Farbe von den Malern, vielleicht können wir damit kleine Tannenzapfen anmalen und die dann aufhängen.«

»Können wir das auch für den Kindergarten machen?«, fragt Yvonne. »Ja, der Kindergarten kriegt auch einen Tannenbaum, mit Schmuck«, sage ich. »Nach der Arbeit mache ich einen Spaziergang und suche Tannenzapfen«, sagt Yvonne. Marie will morgen noch mal Plätzchen backen zum Aufhängen. »Dann such ich passendes Stroh aus für die Sterne und fange mal an zu bügeln«, sage ich. »Und ich bringe den Weihnachtsschmuck vom Markt mit«, sagt Sarah.

Die Männer sitzen derweil in der Küche und trinken Glühwein, sie haben wohl nebenher unseren Gesprächen zugehört. Manfred will sich um unseren Tannenbaum kümmern, und Lukas baut einen Ständer. MJ und Tom versorgen nun auch uns mit Glühwein. Dann besprechen wir alle zusammen unseren Weihnachtsspeiseplan. »Morgen werden Badewanne, Waschbecken und Toiletten montiert«, meint Tom, »das ist das schönste Weihnachtsgeschenk, fehlt nur noch das warme Wasser.« Wir stimmen ihm alle zu. »Dann können wir am Dienstag umziehen«, sagt MJ. »Hast du schon den Möbelwagen bestellt?«, fragt Lukas neckisch. MJ grinst.

Montag, 20. Dezember
Heute Nacht hat es nicht geschneit, aber es ist kalt. Über unserem kleinen See hängt der Nebel, als wollte er gleich hineinfallen, es ist keine Sonne in Sicht und somit noch ziemlich dunkel, als wir uns auf den Weg zur Arbeit machen. Wir sind froh, dass wir alle Mütze

und Schal haben, als Nächstes müssen unbedingt Fäustlinge gestrickt werden, denke ich, meine Finger werden kalt.

Im Büro ist es schön warm, ich ziehe mich um und frage bei Herrn Schneider nach, was es heute zu tun gibt. »Ein Bagger und ein Laster sind angekommen«, sagt er. »Jetzt kann's losgehen.« »Dann kann ich zum Zimmermann gehen und alles bestellen?«, frage ich. »Ja, und erinnern Sie daran, dass genügend Holz für die Arbeiten vorhanden sein muss.« »Mit Vergnügen«, sage ich.«

Auf dem Rathaus wird mein Vorschlag, Tannenbäume zu spenden, dankend angenommen. Die Sekretärin wird sich um alles Weitere kümmern. Für jeden Haushalt ist ein kleiner Tannenbaum geplant, der »Verkauf« wird heute Vormittag beginnen.

In der Zwischenzeit ist auch Rebekka im Büro angekommen. Ihre Tochter ist erkrankt, sie musste erst eine Nachbarin finden, die auf ihr Kind aufpasst, da es ja krank nicht in den Kindergarten kann. Sie hat eine Idee: »Vielleicht kann man Kinderpflegekräfte einstellen, die in solchen Situationen zu den Kindern nach Hause gehen und sie dort betreuen, bis die Eltern wieder zu Hause sind. Ich bin auch der Meinung, dass Eltern ihre Kinder zu Hause pflegen dürfen, ohne Lohnabzug, wenigstens eine bestimmte Anzahl von Krankheitstagen, so ähnlich war es in der alten Welt auch. Diese Idee schreibe ich an die Ideenpinnwand.«

Dann fahre ich mit dem Fahrrad zum Zimmermann und anschließend zum Schreiner. Es dauert einige Zeit, die Aufträge und Bestellungen abzugeben und zu erklären. Es ist schon nach 11 Uhr, als ich ins Büro zurückkomme. Meine Finger sind steif vor Kälte.

Rebekka wartet schon ganz aufgeregt auf mich. »Ein Polizist aus Stuttgart sitzt im Besprechungszimmer, er hat einen amtlichen Brief für dich«, sagt Rebekka. Ich bin sprachlos, sage dann aber: »Wünsch mir Glück!« Ich gehe mit einem mulmigen Gefühl ins Besprechungszimmer. Ich werde immer aufgeregter. Am Fenster steht ein Polizist, er schaut zum Fenster hinaus und dreht sich zu mir um, als ich eintrete.

»Guten Morgen«, sage ich, »sie warten auf mich?« »Guten Morgen«, sagt der Polizist, »setzen wir uns. Ich habe einen wichtigen Brief für Sie, der duldet keinen Aufschub.« Jetzt bekomme ich es mit der Angst zu tun, was er wohl bemerkt.

»Keine Sorge«, sagt er, »es ist nichts Schlimmes. Im Gegenteil. Wir haben Ihre Enkelkinder gefunden, die sind wohl ganz allein in der neuen Welt angekommen.« Mir wird kalt und heiß, dann wird mir schwindelig, Gott sei Dank sitze ich. Er erklärt weiter: »Wissen Sie, ob die Eltern auch hier sind?« »Nein, weiß ich leider auch nicht. Wir sind alle davon ausgegangen, dass die ganze Familie in die neue Welt reist, zumindest haben wir es so gemeinsam besprochen. Meinen Sohn mit Familie und seine Schwiegereltern habe ich schon gefunden. Sie wohnen in der Zwischenzeit alle bei mir. Von meiner Tochter und Familie haben wir noch nichts gehört. Wo sind meine Enkel, geht es ihnen gut? Kann ich sie sehen?«

»Selbstverständlich können Sie sie sehen, in diesem Brief, der liegt immer noch ungeöffnet auf dem Tisch, werden Sie sogar gefragt, ob Sie die Kinder zu sich nehmen wollen und können.« »Ja, klar, wann kann ich sie abholen und wo? Gibt es Bedingungen, die ich dafür erfüllen muss? Wollen die Kinder auch zu mir?« In meinem Kopf überschlägt sich alles. Ich kann gar keinen klaren Gedanken mehr fassen.

»Ja, die Kinder haben uns ja gesagt, dass Sie in Sindelfingen wohnen und dass sie zu Ihnen wollen. Die Kinder ohne Eltern wohnen in einem Kinderheim in Stuttgart. Wenn möglich, versuchen wir, die Kinder in Pflegefamilien unterzubringen, wenn es keine eigene Familie hier gibt. Aber Ihre Enkel haben ja Familie hier. Die Voraussetzungen Ihrerseits sind: ein beheizbares Zimmer, genügend Essen und Kleidung.«

»Oh!«, sage ich, »das ist alles kein Problem. Ich habe noch drei leere Schlafzimmer zur Verfügung. Sie dürfen sich gern selbst davon überzeugen, wenn Sie wollen. Ich nehme Sie gern mit nach Hause, um 12 Uhr ist mein Dienst beendet.«

»Ja, gern«, sagt der Polizist, »aber vorher habe ich noch eine wichtige

Frage an Sie: Können Sie sich vorstellen, dass die Eltern absichtlich in der alten Welt geblieben sind?« »Nein, unmöglich«, sage ich, »meine Tochter lässt ihre Kinder nicht absichtlich allein, da muss ein Fehler passiert sein. Weiß meine Tochter, dass ihre Kinder hier sind?« »Das weiß ich nicht, wie die Kommunikation zwischen den beiden Welten funktioniert. Ob es überhaupt eine Kommunikation gibt, entzieht sich meiner Kenntnis. Aber da sie nicht mehr in der alten Welt sind, werden die Eltern sich schon denken, dass sie jetzt hier sind«, sagt er.

Ich frage Herrn Schneider, ob ich Urlaub bekomme, dass ich mich um meine Enkelkinder kümmern kann. Er hat keine Einwände. Er wünscht mir alles Gute, frohe Weihnachten und wir sehen uns dann im neuen Jahr wieder. Ich bedanke mich, wünsche ihm ein gesegnetes Weihnachtsfest und gehe in mein Büro, der Polizist hinter mir her. Ich erzähle Rebekka alles im Schnelldurchlauf. Ihr kommen die Tränen vor Rührung. Ich verabschiede mich herzlich von ihr und gehe nach Hause.

Unterwegs unterhalte ich mich mit dem Polizisten. Sarah steht allein in der Küche und bereitet das Mittagessen zu. Marie ist im Schweinestall und Manfred und Lukas sind unterwegs, einen Tannenbaum zu holen. »Stell dir vor, sie haben Madison und Pietro gefunden, Vicky und Alessandro sind wohl nicht hier. Ich kann die Kinder in Stuttgart abholen«, sage ich schnell, dass Sarah sich keine Sorgen machen muss. Sie ist erleichtert und nimmt mich in den Arm.

Ich höre Geräusche vom ersten Stock herkommend. »Was ist denn da oben los?«, frage ich Sarah. Auch der Polizist schaut mich fragend an. »Die Handwerker bauen die Bäder ein, unten sind sie schon fertig«, sagt Sarah. Der Polizist lächelt. »Oh, das ist ja wunderbar«, sage ich. Ich schaue gleich in die untere Toilette, jetzt ist eine Dusche eingebaut, allerdings vorerst auch nur mit kaltem Wasser, wie überall im Haus.

Dann zeige ich dem Polizisten die Schlafzimmer, die ich für die Kinder hätte, dass wir genug zu essen haben, hat er an unseren Vorräten im Keller gesehen. Er fährt heute noch nach Stuttgart zurück und sagt Bescheid, dass ich die Kinder ab morgen abholen kann. Ich verabschiede den Polizisten und setze mich zu Sarah in die Küche.

Beim Kartoffelschälen erzähle ich ihr alles ganz genau. Ich erkläre: »Wir müssen alles vorbereiten, dass die beiden morgen ein Zimmer für sich haben.« »Das sollte kein Problem sein, Yvonne und MJ können morgen schon nach oben umziehen. Die Kinderbetten sind schnell nach oben umgezogen. Das Schlafzimmer von uns ist auch schon fast fertig aufgebaut«, sagt Sarah. »Das schaffen wir schon, bis ihr wieder aus Stuttgart zurück seid. Du fährst doch sicher mit Manfred, oder?« »Ja«, sage ich, »oder hast du eine bessere Idee?«

Marie kommt in die Küche: »Was ist denn los? Ich habe einen Polizist auf dem Hof gesehen«, sagt sie. »Ich kann morgen meine beiden großen Enkelkinder aus Stuttgart abholen, ich bin ja so aufgeregt«, sage ich. »Dann will ich einen Willkommenskuchen backen«, sagt Marie, »darf ich?« »Wenn wir alles dafür im Haus haben und wenn du Zeit hast, gerne, Marie«, antworte ich. »Welches Zimmer bekommen die beiden, kann ich beim Vorbereiten helfen?« Ich erkläre ihr, wie ich mir das alles vorstelle, und Sarah meint noch mal, dass sie das alles schaffen werden. »Jetzt wirst du noch zweimal Tante«, sage ich zu Marie, dass sie Tante ist, war ihr bisher noch gar nicht bewusst.

Yvonne kommt mit ihren Kindern vom Kindergarten nach Hause und freut sich mit uns, dass wieder zwei Familienmitglieder aufgefunden sind.

Wir sitzen beim Essen, als Manfred und Lukas mit einem wunderschönen Tannenbaum heimkommen. Sie lassen ihn erst mal in der Garage stehen, dort ist es kälter, und der Baum wird nicht so schnell nadeln, meint Lukas. »Stellt euch vor, ich kann Pietro und Madison morgen in Stuttgart abholen«, sage ich und bekomme schon wieder weiche Knie und Tränen in den Augen. »Das ist ja toll!«, freut sich Lukas. Manfred nimmt meine Hände und sagt: »Das freut mich, dann ist ja fast die ganze Familie zusammen. Weißt du auch, wo deine Tochter ist?« »Die Eltern und Oma Alessia sind wohl nicht in der neuen Welt angekommen«, sage ich traurig.

Dann essen wir alle zu Mittag, dabei planen wir die Reise nach Stuttgart, das Backen und Kochen und den Umzug der restlichen Kleidung, Lampen und so weiter. Ich will noch Spielsachen für Madison und Pietro einkaufen, dazu fahr ich mit Lukas mit dem kleinen Wagen in die Stadt. Im Spielwarenladen finde ich eine schöne Puppe mit Puppenbett, zwei kleinere Autos, einen Ball und ein Federballspiel. Das ist genug für den Anfang, zu Weihnachten gibt es dann mehr, wenn es neue Spielsachen gibt. Meistens gibt es eine ganze Palette mit den gleichen Spielsachen und den gleichen Kleidungsstücken, bis die nächste Serie fertiggestellt ist. Dann kaufe ich noch ein paar Handtücher und Kosmetika für meine großen Enkel.

Es stimmt mich fröhlich, bald werde ich sie in meine Arme schließen können. Endlich kann ich zwei Paar Handschuhe für unsere Kutscher kaufen, Lukas kann sie gleich anprobieren, für Manfred müsste eine Nummer größer passen, denke ich mir. »Das Kutschieren geht prima mit den Handschuhen, und die Hände bleiben schön warm, wunderbar«, sagt Lukas auf der Heimfahrt.

Tom und MJ sind in der Zwischenzeit heimgekommen. Sie sind schon beide damit beschäftigt, Möbel in allen Zimmern fertig aufzubauen. Sarah und Yvonne tragen die Kleidung und Waschsachen nach oben. Da komme ich mit den Spielsachen für die beiden Neulinge gerade zur rechten Zeit. Marie ist wieder mal am Kuchen- und Plätzchenbacken. Es riecht wie immer köstlich.

»Ich möchte gern Äpfel, Nüsse und Plätzchen ins Kinderheim mitnehmen, haben wir dafür noch genügend im Vorratskeller?«, frage ich Sarah. »Na klar, das ist eine prima Idee.« MJ meint, wir hätten noch einen Tannenbaum übrig, wenn ich will, kann ich ihn ja für die Kinder dort mitnehmen. Vielleicht haben sie noch keinen, und zehn Kerzen und Kugeln können wir bestimmt auch noch erübrigen. Ja, da hat er Recht, tolle Idee.

Nach dem Abendessen basteln wir Frauen weiter am Baumschmuck, Lukas und Tom bauen noch einen Weihnachtsbaumständer. MJ und Manfred spielen Dame und Mühle. Kurz vor Mitternacht gehen wir alle zu Bett. Jetzt haben wir endlich genügend Toiletten und Waschbecken, da muss man nicht mehr so lange warten, bis alle fertig sind. Das ist schon eine große Erleichterung, auch ohne fließend warmes Wasser, das muss man immer noch rumtragen. Das ist ein ganz neues Gefühl, dass jetzt im Dachgeschoss Leute wohnen und Geräusche von oben zu hören sind. Es ist wieder mal alles neu und ungewohnt, aber es ist auch sehr schön. Obwohl ich aufgeregt bin, kann ich gleich einschlafen.

Kapitel 8

Dienstag, 21. Dezember

Ich wache vor allen anderen auf, gehe in die Küche, setze Wasser für die Bäder auf, zum Zähneputzen und Waschen. Dann mache ich Feuer im Küchenofen. Manfred kommt herein: »Guten Morgen. Du bist ja früh auf heute Morgen, bist du aufgeregt wegen deiner Enkelkinder?«, fragt er. »Du frierst ja.« Er nimmt mich in den Arm und schaut mir tief in die Augen. »Geh und zieh dich an, ich mach hier weiter.« Ich lächle: »Zu Befehl!«, dann gehe ich in mein Schlafzimmer und mache mich für die Reise fertig.

Als ich zurückkomme, ist Marie in der Küche beim Frühstückvorbereiten, ich helfe ihr dabei. Zum ersten Mal kommt meine Familie die Treppe runter zum Frühstücken. Alles geht schneller heute Morgen, weil wir jetzt mehrere Badezimmer haben, kein Warten, kein Drängen, wunderbar. »Um das warme Wasser ins Obergeschoss zu transportieren, müssen wir noch ein passendes Gefäß kaufen«, sagt Sarah. »Eimer und Kanne sind unpraktisch.«

Jetzt sind auch die Zwillinge wach geworden, ich höre sie von oben her rufen. Das ist schön, sie haben zwar ihr eigenes Reich, sind aber trotzdem in meiner Nähe, ganz wunderbar. Manfred und Lukas kommen vom Melken zurück, wir haben schon zu frühstücken angefangen. Sarah: »Der Korb fürs Kinderheim steht fertig gepackt im Keller.« Lukas: »Den Tannenbaum mit Ständer habe ich hinten in die Kutsche gepackt.« Marie: »Kerzen und Kugeln liegen auf dem Sitz.« Ich bin gerührt: »Ich danke euch allen, ich bin ja so froh, dass ihr mir alle helft.«

Tommy singt: »Licht, Licht, Licht.« Er meint damit: »Advent, Advent ein Lichtlein brennt ... Gut kombiniert«, sagt MJ, »Kerzen ... Licht ...« Timmy zählt an seinen Fingerchen, soll wohl heißen: erst eins, dann zwei, dann drei, dann vier ... Yvonne küsst ihren Sohn:

»Gut gemacht.« Momente wie dieser sind unbezahlbar, sie kehren nie wieder. Ich freue mich, dass ich das alles miterleben darf.

Endlich ist es so weit, Manfred und Lukas spannen die Pferde ein und packen etwas Pferdefutter hinten in die Kutsche. Ich hole den Korb aus dem Keller, lege Manfreds Handschuhe auf seinen Sitz und steige ein. Manfred schaut auf die Handschuhe auf seinem Sitz. »Sind die für mich?«, fragt er. »Ja, du sollst doch nicht frieren«, sage ich. Er bedankt sich und gibt mir einen Kuss. Die anderen kommen hinterher, wir nehmen sie, wie immer, zur Arbeit mit. Kurz vor 8 Uhr sind wir am Rathaus, das Thermometer dort, es ist bislang das einzige in der Stadt, zeigt fünf Grad. »Hier gibt es keinen Winter«, sagt MJ. »Aber wir haben doch einen Schlitten«, sage ich. »Dann gibt es doch auch irgendwann Winter mit Schnee.« »Deshalb schüttelt Frau Holle aber immer noch nicht ihre Betten aus«, lacht Manfred.

Dann fahren wir endlich nach Stuttgart. Das Kinderheim ist am Charlottenplatz, ein Stück hinter dem Rathaus. Um halb elf stehen wir vor dem Kinderheim, einem großen Haus, zwei Etagen, viele Dachgauben und Schornsteine. Es kommen immer mehr Kinder an die Fenster gelaufen, als sie die Pferde hören. Meine Enkelkinder kann ich nicht sehen. Ein junger Mann kommt über den Hof zu uns gelaufen. »Kann ich mit Pferd und Wagen helfen?«, fragt er. »Ja, gern«, sagt Manfred. Sie fahren auf den Hof und ich steige die Treppen zu einer großen schweren Eichentür hoch. Ich will gerade den Türklopfer betätigen, da öffnet sich die Tür ganz weit und Madison und Pietro stehen da. Wie habe ich sie vermisst, die beiden Lockenköpfe, Madison ist sechs Jahre alt, mit ihren wasserblauen Augen, und Pietro, vier Jahre alt, mit Lausbubengesicht.

Sie kommen auf mich zugelaufen: »Oma Kati, Oma Kati, endlich bist du da«, ruft Madison. Beide umarmen und küssen mich. Auch ich nehme sie in die Arme und drücke und herze sie. Ich muss weinen, wie immer, vor Rührung. »Jetzt wird alles gut«, sagt Madison, schaut ihren kleinen Bruder an und nimmt ihn an die Hand. »Mhm«, sagt er ganz leise. Wir gehen ins Haus, eine junge Frau steht im Flur. »Das ist Emily, die kümmert sich hier um alles«, sagt Madison.

Wir begrüßen uns und stellen uns vor, dann folge ich ihr ins Büro. Nach fünf Minuten sind die Formalitäten erledigt, Madison und Pietro weichen nicht mehr von meiner Seite. »Es ist schon alles eingepackt, jeder hat einen Korb mit Kleidung und Waschsachen. Die Spielsachen müssen leider hier bleiben, die sind für alle Kinder hier«, erklärt die Leiterin. »Darf ich mir das Kinderheim anschauen?«, frage ich. Ich darf.

Emily muss wieder in die Küche, es gibt bald Mittagessen. Madison flüstert mir zu: »Aber das schmeckt gar nicht.« »Es schmeckt doch immer anders als daheim, oder?«, sage ich zu ihr. »Mhm«, brummelt sie. Es sind sehr helle, spartanisch eingerichtete warme Zimmer, wie bei uns daheim auch. Im Erdgeschoss ist direkt neben der Küche ein großes Esszimmer. Gegenüber gibt es zwei Aufenthaltsräume und ein großes Musikzimmer. Pietro fragt: »Wann gehen wir heim?« »Gleich, mein Schatz«, antworte ich. Ich gehe in die Küche. Dort sind zwei Frauen am Kochen, es sieht allerdings nicht wirklich professionell aus.

»Dies ist ein sehr schönes Kinderheim«, sage ich zu den beiden jungen Frauen. »Könnt ihr noch eine Köchin brauchen? Ich kenne eine gute Köchin, sie wohnt auch in Stuttgart. Vielleicht braucht sie noch einen Arbeitsplatz, in Teilzeit, sie hat zwei schulpflichtige Kinder?« »Oh ja, wenn das möglich ist, das wäre toll. So gut sind unsere Kochkünste nicht«, sagt Emily. Ich verspreche nachzufragen.

Dann erkundige ich mich bei Emily, ob sie schon einen Tannenbaum hätten, was sie traurig verneint. Just in diesem Moment kommt Manfred mit dem jungen Mann herein, der sich um die Pferde kümmert: »Wir haben den Baum schon in der Garage aufgebaut, der Schmuck und die Kerzen liegen daneben«, sagt Manfred. Den Obstkorb stellt der junge Mann auf einen Küchentisch. Emily freut sich und bedankt sich, als wir uns verabschieden.

»Oma Kati, wer ist der Mann?«, fragt mich Madison leise und Pietro schaut mich fragend an. »Das ist ein Freund, er heißt Manfred, er ist Landwirt und wohnt auch bei mir«, antworte ich. »Und das sind Madison und Pietro«, stelle ich meine Enkelkinder Manfred vor. Er begrüßt die beiden sehr herzlich. Manfred und der junge Mann nehmen die Kleiderkörbe und ich nehme meine Enkelkinder an die Hand, dann gehen wir in den Hof zur Kutsche. Madison und Pietro schauen erst die Kutsche und dann mich an. »Das ist ja eine Kutsche, bist du jetzt eine Prinzessin?«, fragt Madison. »Nein«, ich muss lachen. Nachdem die Pferde wieder eingespannt sind steigen wir alle drei ein und packen uns alle gut in die warmen Decken ein. Dann fragt Manfred: »Seid ihr fertig, kann's losgehen?« »Ja!«, ruft Madison und strampelt vor Freude mit beiden Füßen auf den Boden. Pietro wiederholt Madisons »Ja« und tut es ihr gleich. Es freut mich, in die strahlenden Kinderaugen zu sehen. Manfred fährt los.

Die Kinder sitzen ganz angespannt da, nicht wissend, wie so eine Kutschfahrt sein kann. »So«, sage ich, »als erstes müssen wir zum Rathaus, um euch von Stuttgart abzumelden, dann gehen wir in ein Gasthaus in der Nähe, wo wir hoffentlich ein GUTES Mittagessen kriegen. Ihr braucht keine Angst zu haben, ihr müsst euch nicht festhalten, es passiert nichts. Wir fahren ja nicht so schnell wie mit einem Auto.«

Sie entspannen sich ein wenig. Ich frage sie, wie sie denn in die neue Welt gekommen sind. Pietro erzählt: »Eine Kindertante ist mit uns in die neue Welt gegangen, die anderen Kinder sind mit der anderen Kindertante dort geblieben.« Bei Madison war es in der Schule genauso. Auch sie wurde mit dem Bus nach Heidenheim gefahren und sie sind dann durch das Portal gereist. Sie sind in Heidenheim angekommen, auch vor dem Rathaus, wie ich in Sindelfingen. Mama sei in Giengen gesucht worden, aber dort ist sie auch nicht und Oma Alessia ist auch nicht da. Papa ist auch auf keiner Liste.

Erst waren sie ein paar Tage bei einer Familie in Heidenheim, dann wurden sie nach Stuttgart ins Kinderheim gefahren. Dort waren sie dann einmal in einem Gerichtsgebäude, wo ihnen gesagt wurde, dass ihre Eltern nicht in der neuen Welt sind. Pietro fragt mich dann, ob die Mama später noch nachkommen könne, was ich leider auch nicht weiß. Im Rathaus melde ich die Kinder ab und hinterlasse die neue Adresse. Ich bekomme einen großen Umschlag mit den Gerichtsunterlagen, den ich aber erst einmal wegpacke.

Dann gehen wir ins Gasthaus zum Essen. Es gibt Gulasch mit Reis, Erbsen und Karotten, sehr lecker. Auch den Kindern schmeckt es: »Das ist viel besser als im Kinderheim«, sagt Madison. Anschließend fahren wir endlich nach Hause. Die Kinder schlafen irgendwann ein. Dabei will ich ihnen doch vom Hof erzählen, dass sie ein bisschen wissen, wo wir leben, aber dann muss es halt anders gehen. Es ist schon nach 16 Uhr, als wir in Sindelfingen ankommen, das Rathaus ist also schon geschlossen. Ich muss sie morgen anmelden, jetzt habe ich ja genug Zeit dafür.

Als wir am See vorbeifahren, wecke ich sie vorsichtig auf. »Sind wir daheim?«, fragt Madison leise. Pietro klebt mit der Nase an der Scheibe: »Wo ist denn dein Haus?«, fragt er. Mein Hof kommt in Sichtweite: »Schaut, das ist mein Hof, dort wohnen wir alle.« Manfred fährt auf den Hof bis zum Pferdestall. Als er sein Okay gibt, öffne ich die Kutsche und steige aus, noch ein wenig steif vom langen Sitzen. Madison und Pietro springen aus der Kutsche. Die ganze Familie kommt aus dem Haus gelaufen. »Onkel MJ!«, ruft Madison und rennt ihm entgegen, er nimmt sie gleich auf den Arm und drückt sie. Pietro strahlt nur wie ein Honigkuchenpferd. Auch er freut sich, dass noch mehr Familie hier ist. Der kleine Timmy umarmt Pietro und sagt ein paarmal »Piet, Piet«, Pietro kann er noch nicht sagen. Ich nehme Sarah in den Arm: »Ich bin so froh, dass die beiden wenigstens hier sind.« »Ich erzähl euch alles später, lasst uns erst einmal reingehen.«

Marie hat schon den Kaffeetisch gedeckt, schließlich hat sie extra Kuchen zum Empfang gebacken. Wir trinken Kaffee und Kakao, essen den leckeren Kuchen, die Adventskerzen flackern und wir unterhalten uns alle. Dann laufen Sarah und ich mit Madison und Pietro durchs Haus, um ihnen alles zu zeigen. Als erstes wollen sie natürlich ihr Zimmer sehen. Pietro sieht sofort die zwei Autos auf dem Nachttischle. »Sind die für mich?«, fragt er. »Ja klar, und das ist dein Bett«, sage ich. »Dann ist das hintere mein Bett?«, fragt Madison und läuft weiter ins Zimmer hinein. »Und das ist deine Puppe mit Puppenbett und Kleiderschrank«, sage ich zu ihr. »Können wir euch jetzt das Haus zeigen?«, frage ich.

»Ja, aber meine neue Puppe kommt mit«, sagt Madison. »Mein Auto auch«, sagt Pietro. Madison will auch solche Möbel, wie Timmy und Tommy sie haben, ich erkläre, das gäbe es nur so klein für Babys und Kleinkinder. »Genau!«, sagt Pietro, »und wir sind ja schon groß.« Und damit läuft er erhobenen Hauptes aus dem Zimmer. Im Bad wollen sie unbedingt beide baden, was aber noch nicht geht, in nur kaltem Wasser. Im Keller staunen sie über die vielen Lebensmittel.

Dann gehen wir zur Garage, wo in der Zwischenzeit die Kutsche ausgeräumt ist. Im Pferdestall werden die Pferde gefüttert und gestriegelt. Im Kuhstall ist Manfred mit Melken beschäftigt und im Schweinestall streut Marie frisches Heu für die Schweinchen aus. Vor den Hühnern haben beide etwas Angst, weil die dauernd irgendwas am Picken sind. »Hast du auch einen Hund?«, fragt Madison. »Ja, mein Playmobil-Bauernhof hat einen Hund und eine Katze«, sagt Pietro. »Nein, kein Hund, keine Katze, kommt vielleicht auch noch«, sage ich. Warum muss ein Bauernhof einen Hund haben, überlege ich, Peter hat das auch schon gefragt. Vielleicht hatte er auch einen Playmobil- Bauernhof.

»Der Stall, egal welcher, ist kein Spielplatz, ihr könnt verletzt werden und die Tiere auch. Vorerst geht ihr nicht allein in den Stall, okay?«, erkläre ich und schaue beide fragend an. Sie nicken beide. Ich zeige ihnen den Hofbrunnen und erkläre, dass das Wasser nicht zum Spielen da ist und dass sie das Wasser unter keinen Umständen trinken dürfen. »Es ist nur zum Waschen und für die Tiere da, Blumen kann man auch damit gießen, wenn wir dann mal welche haben.

Mit der Zeit werdet ihr hier noch viel lernen über den Bauernhof, Manfred wird euch alles beibringen«, sage ich. »Er weiß das alles viel besser als ich.« Madison und Pietro nicken wieder. Madison fragt: »Kann man auf Zottel auch reiten?« »Warum gerade Zottel, eigentlich wird Action Lady zum Reiten genommen. Marie reitet manchmal ein bisschen«, erkläre ich ihr. Aber Zottel gefällt ihr besser. Dann gehen wir wieder ins Haus.

Die Zwillinge spielen im Wohnzimmer mit dem Zug und den Bauklötzen. Pietro holt seine Autos und spielt mit den Kleinen. Madison holt ihre Puppe und fragt mich, ob ich ihr noch mehr Kleider nähen könne. »Wir haben nur Gardinen- und Kissenstoffe, aber ich kann dir einen Pullover, Mütze, Schal und so weiter für deine Puppe stricken«, sage ich. »Oh ja, bitte, Oma Kati, die Puppe braucht doch noch mehr zum Anziehen, so wie wir auch«, sagt Madison und setzt sich zu mir. »Vielleicht finden wir morgen einen Stoff für deine Puppe in einem Laden, wir müssen euch auf dem Rathaus anmelden und für euch noch Kleidung einkaufen. Es gibt extra Kleidung für Schulkinder«, sage ich zu ihr.

Yvonne und MJ kommen ins Wohnzimmer: »Abendessen ist fertig, kommt ihr?«, fragen sie und nehmen ihre Kinder an die Hand und mit in die Küche. Ich folge mit Madison und Pietro. Beim Abendessen besprechen wir den nächsten Tag, dann bringen wir die Kinder zu Bett. »Wenn ihr was braucht, kommt ihr einfach in mein Schlafzimmer, oder ihr ruft mich. Wenn ich euch nicht hör, kommt irgendjemand anders, versprochen«, sage ich nach einer Gutenachtgeschichte zu Madison und Pietro. »Und jetzt schlaft gut in der ersten Nacht in eurem neuen Zuhause.«

Wir Frauen setzen uns in die Küche und basteln noch ein paar Strohsterne, das haben wir alle schon jahrelang nicht mehr gemacht, aber es macht Spaß, zusammen zu basteln. Dabei überlegen wir uns Geschenke für die Männer und die Kinder. Marie will für Madisons Puppenbett Decke und Kissen nähen, ich will ein paar Puppenkleidchen kaufen oder nähen, kommt darauf an, was es zu kaufen gibt. Ich erzähle, dass ich beim Schreiner eine Wippe bestellt habe, die morgen geliefert wird. Eigentlich soll es ein ›Geburtstagsgeschenk für die Zwillinge sein. »Das ist gut, lassen wir es bis dahin noch eingepackt«, sagt Yvonne. Den Rest habe ich nicht verraten. »Können wir auch Stoff für Kleidung kaufen und selbst nähen?«, will Yvonne wissen. Bis jetzt habe ich noch nichts gefunden, aber irgendwann klappt das bestimmt auch noch. Stoffe und Kleidung scheint immer noch ein Problem zu sein in der Herstellung oder im Transport.

Wir nehmen uns vor, morgen zusammen zum Einkaufen zu fahren, mit dem kleinen Wagen kann ich schon selbständig fahren und ich bin ja nicht allein, ich habe ja Hilfe, wenn es nötig wird. Wir haben schon 20 Strohsterne, das muss reichen.

Wir räumen alles auf und gehen mit Gläsern und Wein zu den Männern ins Wohnzimmer. Endlich kann ich allen zusammen den Brief, den ich im Rathaus erhalten habe, vorlesen. Da die Eltern nicht hier sind, übernehme ich die Obhut für meine beiden Enkel. Ich bin für sie verantwortlich. »Um das vollständig verstehen zu können, sind die Kinder noch zu klein, wir können nur versuchen, es so gut wie möglich zu erklären, wenn sie danach fragen, und sie müssen wissen, dass wir alle immer und überall für sie da sein werden«, sagt Yvonne. Wir unterhalten uns noch bis nach Mitternacht, es ist so gemütlich, so schön hatte ich es in der alten Welt lange nicht mehr. Kein Termin mit dem TV, kein Computerspiel, das man vollenden wollte, keine endlosen Telefonate. Aber wozu telefonieren, wir sind ja alle zusammen, einfach nur noch toll. Ich bin glücklicher denn je. Ich schaue noch ins Kinderzimmer, bevor ich zu Bett gehe, die beiden schlafen tief und fest. Auch ich schlafe schnell ein, obwohl mir so viel durch den Kopf geht.

Mittwoch, 22. Dezember

Als ich aufwache, liegen Pietro und Madison neben mir im Bett, mit ihren Decken und Kissen. Ich habe gar nicht bemerkt, dass sie zu mir ins Bett kamen, das erschreckt mich etwas. Wahrscheinlich muss ich mich erst wieder daran gewöhnen, für kleine Kinder verantwortlich zu sein. Als ich aufstehe, wachen sie auch auf. Auf meine Frage, warum sie denn zu mir ins Bett gekommen seien, meinen sie beide, dass sie Angst haben vor der großen Kuh und dass die Hühner reinkommen und picken. »Nein, hier kommt niemand und nichts rein, ihr müsst keine Angst haben«, sage ich. »Wir werden es euch heute zeigen, okay?«

Dann stehen wir drei schnell auf, die anderen sitzen schon beim Frühstücken. Madison und Pietro scheint es zu gefallen, dass alle am Frühstückstisch sitzen und essen und sich unterhalten. Ich schreibe eine Einkaufsliste und frage, ob noch jemand was braucht, solange alle beieinander sitzen. »Ich brauch unbedingt einen Bagger«, sagt Pietro. Alle lachen und Tom sagt: »Ich auch und einen Schaufellader auch noch.« Er wuschelt durch Pietros Haar. Die Zwillinge erzählen auch was, hat aber leider niemand verstanden.

Dann gehen die einen zur Arbeit, andere gehen in den Stall und Marie, Sarah und ich fahren mit Madison und Pietro in die Stadt zum Einkaufen. Das ist das erste Mal, dass ich mit dem Wagen ohne Manfred fahre, seit ich meinen Fahrschein habe. Die Kinder sitzen immer noch ängstlich auf dem Wagen, dauert wohl noch eine Weile, bis sie sich daran gewöhnt haben. Ich halte neben dem Rathaus und mache Zottel fest, dann melde ich die beiden auf dem Rathaus an. Jetzt können wir einkaufen gehen. Sarah und Marie ziehen jeder allein los, ich gehe mit Madison Schulkleidung und Schulsachen einkaufen, Pietro immer hinterher.

Als wir zum Wagen zurückkehren, wird gerade ein großer Tannenbaum vor dem Rathaus aufgebaut. Madison fragt: »Kriegen wir auch einen Tannenbaum?« »Ja, kriegen wir«, sage ich und packe die Kleider in unseren Wagen.

»Wollen wir Spielsachen angucken gehen?« »Oh ja!«, sagen beide und schauen mich strahlend an. »Wir haben hier noch nie einen Spielwarenladen gesehen«, sagt Madison. Wir gehen langsam an den Regalen entlang und ich versuche ihren Blicken zu folgen, was sie wohl am meisten wollen. »Na, was gefällt euch denn am besten?«, frage ich letztendlich. »Die Puppen, Spiele und die großen Autos«, kommen die Antworten von beiden. »Na, dann müssen wir das auf den Wunschzettel schreiben«, schlage ich vor. Wir gehen zum Wagen zurück.

Marie wartet schon und sagt: »Ich habe alles gefunden, wonach ich gesucht habe, ist das nicht toll? Ich hab's gleich in den Wagen gepackt.« Am anderen Ende vom Marktplatz sehe ich Sarah um die Ecke kommen, sie ist voll bepackt mit Körben und Paketen. Marie geht ihr entgegen, um beim Tragen zu helfen, die Kinder klettern auf den Wagen und ich auf den Kutschbock, Marie und Sarah laden die Sachen auf den Wagen und steigen selbst auf. Jetzt geht's wieder nach Hause.

Mit Madison zusammen packe ich ihre neue Schulkleidung in meinen Kleiderschrank zu ihren anderen Kleidern, Klamotten, wie sie immer sagt. Im Kinderzimmer steht ja noch kein Kleiderschrank. Dann setze ich mich mit Madison und Pietro ins Wohnzimmer und helfe ihnen, ihre Wunschzettel zu schreiben, wie versprochen. Jetzt legen wir die Wunschzettel in die Schublade, wo wir alle Wunschzettel sammeln wollen. »Dann geben wir eine Sammelbestellung auf«, sage ich zu Pietro und Madison. »Ja, so machen wir's«, lacht Madison. Ich liebe es, wenn sie sich so freuen kann. Beim Mittagessen sagt Pietro zu Timmy: »Du musst deiner Mama sagen, sie soll deinen Wunschzettel schreiben und auch in die Schublade legen, wenn alle zusammen sind, schicken wir einen langen Wunschzettel von allen weg.«

Jeder am Tisch hat es gehört und ich nicke nur dazu, jetzt wissen alle Bescheid, wie das geht.

»Ab morgen sind Weihnachtsferien, am 3. Januar geht die Arbeit wieder weiter. Morgen sind die Geschäfte noch bis 16 Uhr geöffnet, dann erst wieder ab 27. Dezember«, sagt Tom. »Das ist ja toll, und wie machen wir das mit der Haus- und Hofarbeit?«, frage ich in die Runde. MJ: »Na, wir wechseln uns ab, dass jeder auf jeden Fall drei freie Tage hat, wo er tun und lassen kann, was er will.« Das ist eine Superidee.

»Ja, morgen koche ich«, sagt Pietro. Yvonne fragt ihn ganz ernst: »Was kochst du denn morgen?« »Na, Kekse, es kommt doch Weihnachten«, antwortet Pietro. »Genau!«, stimmt Marie ihm zu, »und ich helfe dir dabei.«

Nach dem Mittagessen fahren MJ, Yvonne und Tom in die Stadt zum Einkaufen, auch sie wollen Geschenke besorgen. Marie will auch noch mal mit, aber Manfred meint, sie könne morgen mit ihm und Lukas fahren. Marie und ich machen die Küche fertig und spielen mit den Zwillingen. Manfred nimmt Madison und Pietro mit in den Stall und erklärt seine Arbeit, wie man sich im Stall verhält, und macht sie mit den Tieren vertraut. Ich bin gerade beim Teatime-Vorbereiten, als Pietro angerannt kommt: »Die kleinen Schweinchen machen mir gar nichts, die sind nur niedlich und ganz warm.« Madison erzählt: »Zottel hat sich hingelegt und ich hab sie gebürstet, wie mein Stoffpferdchen früher, dann konnte ich mich auf sie draufsetzen und dann ist sie aufgestanden und ich bin ohne Sattel geritten. Manfred hat aber aufgepasst und mich festgehalten. Das ist toll.« »Oma Kati«, sagt Pietro, »weißt du was, die Kuh hat oben gar keine Zähne, die frisst nur Gras, kein Fleisch, drum will sie mich auch nicht beißen.« Das ist ja toll, was Manfred ihnen so schnell alles beigebracht hat, einfach spitze. »Und die Hühner picken dauernd, weil sie immer was zum Essen suchen und so spielen, wenn man ihnen nichts macht, lassen sie einen auch in Ruhe«, sagt Madison.

MJ, Yvonne und Tom sind noch nicht zurück, also trinken wir unseren Tee ohne die drei. Sarah hat versucht, Hagebuttentee zu machen, ist ihr gut gelungen. Die Kekse schmecken auch lecker. Tommy und Timmy wollen immer mehr Kekse, wir müssen sie regelrecht vom Tisch nehmen. Marie meint, sie wolle noch mal backen, sonst hätten wir vielleicht nicht genug über Weihnachten. Madison und Pietro wollen ihr dabei helfen. »Da kommt ein Pferdewagen, ist aber nicht von uns«, sagt Manfred und geht zur Tür. »Kati, komm mal, Post für dich.« Aha, denke ich, meine Überraschungen für Weihnachten, und gehe hinaus. Ich bitte den Lieferanten, alles in der Garage abzustellen, Gott sei Dank ist da noch ausreichend Platz. Nachdem das erledigt ist, gehe ich wieder ins Haus. »Was ist denn das?«, fragt Manfred. Ich nehme seine Hände, schaue ihn an und sage: »Bald ist Weihnachten, da darf man nicht so neugierig sein. Woher wusstest du, dass es nicht unser Wagen ist?«, frage ich ihn. »Das hört man doch, unser Wagen und unsere Pferde hören sich anders an. Bei einem Auto hättest du es bestimmt auch unterscheiden können, oder?« »Ja«, sage ich, »da könntest du Recht haben.«

Marie und Manfred gehen in den Stall. Sarah ist in der Küche beschäftigt, die Kinder spielen unten im Kinderzimmer, da sind mittlerweile alle Spielsachen gelandet. So viel gibt es ja noch nicht. Ich setze mich mit Lukas ins Wohnzimmer und unterhalte mich mit ihm, frage ihn, ob er glücklich ist, was er sich noch wünscht und vieles mehr. Alles, was ihm zu seinem Glück noch fehlt, ist Musik, meint er.

Rechtzeitig zum Abendessen kommt der Rest der Familie wieder nach Hause, voll bepackt, womit auch immer. Die Päckchen werden ins obere große Schlafzimmer gebracht, dann wird abgeschlossen und der Schlüssel oben auf die Tür gelegt. »Aha!«, sagt Manfred, als er vom Stall zurückkommt, »noch mehr Heimlichkeiten. Ist das in dieser Familie immer so?« »Ja, das ist so vor Weihnachten«, lacht MJ. »Ich hab Hunger, gibt es bald Abendessen?«, ruft MJ von oben. Tom hat zwei Eimer mit Schraubdeckeln mitgebracht, damit kann man Wasser transportieren, jetzt kann man also auch oben ein Bad nehmen, ohne das heiße Wasser beim Transport zu verschütten.

Nach dem Essen badet Yvonne dann auch gleich die Zwillinge in der oberen Wanne. Diese freuen sich, so schön planschen zu können. Viel Wasser brauchen die beiden ja nicht, ich höre sie unten im Wohnzimmer, wie sie quietschen vor Freude. Als die Zwillinge im Bett sind, badet sie Pietro und Madison oben, die brauchen zwar etwas mehr Wasser, aber haben auch ihren Spaß dabei. »Endlich wieder eine richtige Badewanne«, ruft Madison und strampelt, so fest sie kann, Pietro macht sofort mit. Die Zwillinge wollen auch wieder aufstehen, als sie die beiden hören. »Okay«, sagt Yvonne, »das nächste Mal stecke ich euch alle vier zusammen in die Wanne.« Als alle Kinder im Bett sind, fahr ich wieder mal mit Manfred die Milch weg, danach setzen wir uns ins Heu und unterhalten uns. Er nimmt mich langsam in die Arme, schaut mich liebevoll an und küsst mich. Ich lasse es geschehen und schließe meine Augen, ich kann es genießen. Es fühlt sich irgendwie richtig an. »Ich habe mich in dich verliebt«, sagt er. »Mhm, dürfen wir das denn?«, frage ich. »Schau mer mal«, sagt Manfred und lächelt mich schon wieder ganz zärtlich an. In diesem Moment kommt MJ in den Stall, schaut uns fragend an und grinst: »Seid ihr dafür überhaupt schon alt genug? Aber wenigstens habt ihr es jetzt endlich beide gemerkt.« »Wie meinst du das denn?«, frage ich. »Na, dass ihr zwei füreinander bestimmt seid, sieht ja wohl jeder«, antwortet er. »Ja, Mom, und es ist in Ordnung, mach dir keine Sorgen.« Ich nehme Manfreds Hand: »Na denn, lasst uns ins Haus gehen, die anderen warten bestimmt schon auf uns, wir sind schließlich schon lange überfällig«, sage ich.

Die anderen sitzen in der Küche bei Keksen und Glühwein. »Ich hab die zwei Turteltauben gefunden«, sagt MJ. Ich höre nur noch: »Na endlich, das ist ja auch Zeit, alles Gute euch beiden.« Ich weiß nicht mehr, wer was sagte, auf jeden Fall hat keiner was dagegen, alle freuen sich. Mir fällt ein Stein vom Herzen, ich habe mir Gedanken gemacht, was sie wohl alle sagen würden, wenn ich mich mal verlieben würde, ganz besonders MJ. Dass es so einfach ist, hätte ich mir nie träumen lassen, und dass ich mich in Manfred verlieben würde, auch nicht. Obwohl, er ist genau mein Typ, wenn ich mir so sein Äußeres betrachte. Ich kann ihm nicht sagen, dass ich mich auch in ihn verliebt habe, das kommt nicht über meine Lippen. Dann ist es schon wieder Mitternacht, als wir alle zu Bett gehen.

Donnerstag, 23. Dezember

Heute in der Früh helfen wir alle bei der Stallarbeit, dass alles noch vor dem Frühstück fertig ist, sogar die Pferde sind schon für die Fahrt zum Markt angeschirrt. MJ, Yvonne und die Kinder bleiben zu Hause, Manfred, Lukas und Marie gehen Geschenke einkaufen, Sarah, Tom und ich erledigen die Marktgeschäfte. Heute gibt es viele wunderbare leckere Braten, Kuchen, Kekse und so weiter. Unser eigener Stand ist sehr schnell ausverkauft. Somit haben wir Zeit, um selbst einzukaufen. Heute wollen wohl alle schnell fertig werden, alle sind viel geschäftiger als sonst. Marie kommt als Erste zum Wagen zurück, um einige Pakete einzuladen. Dann gehe ich mit ihr an einen Stand, der Punsch und Lebkuchen anbietet.

Als wir so dastehen mit unserem Punsch, kommt Daniel mit seiner Familie an den Punschstand. Ich begrüße sie herzlich, frage, wie es ihnen geht, was sie so machen. Dann sage ich Daniel, dass meine Enkeltochter Madison im neuen Jahr zur Schule geht. »Schön, dann werden wir uns vielleicht öfter sehen«, sagt er. »Die Zwillinge habe ich ja schon kennengelernt, ich sehe sie manchmal, wenn Yvonne mit ihnen heimgeht.« Seine beiden Kinder wollen unbedingt auch Punsch trinken und hampeln dauernd um Daniel rum. Als ich nach alkoholfreiem Kinderpunsch frage, bekomme ich auch gleich zwei kleinere Gläser serviert. Laura freut und bedankt sich, dann beschäftigt sie sich wieder mit ihren Kindern. Ich habe das Gefühl, sie ist nicht so ganz glücklich, vielleicht auch überfordert. Hier in der neuen Welt ist es halt doch sehr viel schwieriger zu leben, bis jetzt ist alles viel primitiver, und wenn man das erst alles lernen muss, kann man sehr schnell überfordert sein. Besonders die jungen Leute, die ja nur alles mit Technik kennen, tun sich schwer. Ich unterhalte mich ein wenig mit Laura, sie hat noch keine Spielsachen für die Kinder gefunden, ich zeige ihr, wo sie alles, was es bis jetzt hier gibt, kaufen kann. Aus irgendeinem Grund weiß sie gar nichts von diesem Laden. Als ich erzähle, was es alles gibt, strahlt sie. Sie bittet Daniel, auf die Kinder aufzupassen, und zieht sofort los.

Ich lade Daniel ein, uns mit seiner Familie zu besuchen, wo wir wohnen, wissen sie ja. »Das wird Laura gefallen, nicht immer nur daheim zu sitzen«, sagt er. Lukas und Manfred kommen jetzt auch von ihrem Einkauf zurück. Sie gesellen sich zusammen mit Sarah und Tom noch ein Weilchen zu uns, trinken auch Punsch und essen Lebkuchen. Lukas unterhält sich sehr angeregt mit Daniel, die beiden haben sich von Anfang an gut verstanden. Marie spielt mit den Kindern, die immer irgendwo herumtoben.

Manfred stellt sich neben mich, umarmt mich und fragt: »Ist dir nicht kalt?« »Ja, jetzt, wo du es sagst, eigentlich schon«, sage ich. »Dann lass uns schnell heimfahren, Mittagessen«, schlägt Manfred vor. Wir trinken alle unseren Punsch leer und gehen zum Wagen zurück. Zottel wird schon ganz unruhig. Sie steht nicht gern allein am Wagen angespannt. Ich glaube, sie wäre am liebsten davongaloppiert.

Voll bepackt kommen wir endlich nach Hause. Die Kinder sind alle im Bett, sie hatten schon zu Mittag gegessen. »Wir waren mit ihnen draußen, rumtoben, spazieren und spielen, jetzt sind sie total kaputt«, sagt Yvonne. »Nicht nur die Kinder«, sagt MJ. »Die vier sind anstrengend. Was krieg ich zu Weihnachten, Mom?« »Wird nicht verraten, da musst du dich schon noch ein bisschen gedulden, noch einmal schlafen«, sage ich. »Okay, dann geh ich auch gleich ins Bett, kommst du mit, Yvonne?«, fragt er scherzhaft. Alle müssen lachen. In solchen Momenten erinnert MJ mich immer an Michael. Als er jung war, war er genauso drauf.

Nach dem Mittagessen gehen alle Geschenke einpacken, nur Yvonne und ich machen die Küche fertig. Dann werden die Kinder wieder wach. Ich will den Nachmittag gern mit ihnen zusammen verbringen, also gehe ich mit den vieren in den Pferdestall, wir füttern die Pferde, streicheln sie, und Madison und ich striegeln sie noch ein bisschen. Die Zwillinge setzen sich auf einen Heuballen und schauen zu, sie kennen zwar die Pferde, aber für sie sind die Tiere doch noch sehr groß. Auch Pietro hält Sicherheitsabstand, nur manchmal kommt er und streichelt

Zottel. Sie lieben die Kinder immer am meisten, ich auch. Dann gehen wir wieder ins Haus: »Schuh aus!«, ruft Madison. Auf ihr Kommando ziehen wir alle brav die Schuhe aus, stellen sie ins Regal und ziehen die Hausschuhe an. Das klappt auch schon bei den Zwillingen prima. So machen wir das alle, so lernen es auch die Kinder, ganz einfach. Die Kleinen gucken alles ab, da ist es wichtig, möglichst oft gutes Vorbild zu sein, klappt aber leider nicht immer wie gewünscht. Dann geht's im Gänsemarsch zum Händewaschen.

Aus der Küche duftet es schon nach Kaffee und Keksen. Marie hat wirklich schon wieder gebacken. »Ich will doch auch backen«, ruft Pietro entsetzt. »Darfst du auch, ich bin ja noch nicht fertig. Deine Arbeit habe ich noch aufgehoben«, sagt Marie. Jetzt ist Pietro wieder zufrieden. Marie hat bunte Streusel, Hagelzucker und Schokolade gekauft, damit darf Pietro die Kekse bemalen und verzieren. Er ist voll konzentriert bei der Arbeit, süß, nicht nur die Kekse. Madison steht daneben und schaut sehnsüchtig zu.

»Komm«, sage ich zu ihr, »wir machen Weihnachtsschleifen zusammen, damit schmücken wir dann das Wohnzimmer.« Jetzt strahlt sie mich mit ihren großen wasserblauen Augen an. Ich hole aus meinem Schlafzimmer einen Karton mit roten Stoffstreifen und stelle ihn auf ein Sofa. Wir setzen uns beide daneben und ich zeige ihr, wie man große schöne Schleifen daraus falten kann. Anfangs helfe ich ihr noch, aber die dritte Schleife kann sie schon sehr schön allein falten. Ich suche nach Manfred, ich brauche noch ein paar kleinere Tannenzweige, als Zimmerschmuck, zusammen mit den Schleifen. »In der Garage sind noch welche, die könnten reichen«, meint er, »ich hol sie rein.« Pietro malt immer noch Kekse an, voller Hingabe. Ich schmücke mit Madison und Manfred das Wohnzimmer. Wir haben alle viel Spaß dabei. Die Zwillinge wollen auch helfen, aber als sie merken, dass die Tannennadeln pieken, laufen sie in die Küche und schauen Pietro beim Kekseverzieren zu, alle drei können das Naschen dabei nicht lassen.

Yvonne singt unterdessen mit den Kindern Weihnachtslieder, bis der Rest der Familie dazukommt und mitsingt, bis zum Abendessen. Im Kindergarten haben sie gelernt, zu ein paar Liedern Bewegungen zu machen, das zeigen sie uns jetzt. Als wir Großen auch mitmachen, müssen sie lachen. Sie finden es wohl lustig, dass Erwachsene das auch machen können. Nach dem Abendessen lesen wir noch eine Weihnachtsgeschichte vor. Madison fragt anschließend, wo denn der Schnee ist, so wie im Buch, sonst sei doch kein richtiges Weihnachten. »Vielleicht schneit es ja noch«, sagt MJ, »hier weiß man das nie so genau, vor allem nicht ohne Wetterbericht.« »Wir müssen singen«, sagt Pietro und fängt auch gleich an. »Leise rieselt der Schnee …« Wir singen alle mit, aber es hilft leider nicht.

Yvonne und ich gehen mit den Kindern ins obere Bad, stecken alle vier in die Wanne, dass es nicht wieder Stress gibt, wer zuerst ins Bett muss. Kaum sind die Kinder im Bett, schlafen sie auch sofort ein, sie sind wirklich fix und fertig. Yvonne und ich räumen das Bad auf, dann gehen wir runter zu den anderen. Sie sitzen schon jeder mit einem Glas Glühwein im Wohnzimmer und beratschlagen, wer an welchen Tagen Hof- und Küchendienst haben sollte. Jeder von uns hat zwei Weihnachtstage frei, der Rest soll frei planbar sein, wie es sich ergibt. Damit sind alle einverstanden. Das Essen ist teilweise schon vorgekocht und gebraten, putzen und waschen müssen wir die nächsten Tage auch nicht. Dann gehen alle zu Bett, Manfred und ich bleiben im Wohnzimmer sitzen und unterhalten uns noch. Wir erzählen uns, was jeder so im Leben bis jetzt erlebt hat. Es gab bei uns beiden traurige und schöne Momente, wir sind beide schon vom Leben geprägt. Trotz allem freuen wir uns auf unsere weitere Zukunft. Wir gehen in mein Schlafzimmer, eng umschlungen und überglücklich schlafen wir zusammen ein.

Kapitel 9

Freitag, 24. Dezember

Ich erwache allein, Manfred ist wohl schon im Stall. Ich stehe auf, setze Wasser fürs Bad auf und beginne Frühstück herzurichten. Nach und nach kommt auch der Rest der Familie. Ich helfe Madison und Pietro im Bad, mit dem heißen Wasser kann man sie noch nicht allein hantieren lassen. Aber sie haben schnell gelernt, sie halten brav die Zahnbecher ganz ruhig hin, damit ich Wasser einschenken kann.

Dann kommen Manfred und Tom aus dem Stall und wir können gemütlich zusammen frühstücken. Anschließend gehe ich mit Marie und Madison in den Stall und hole Zottel raus. Marie zeigt uns, wie man sie sattelt, setzt Madison drauf und führt sie an der Longe im Hof rum. Ich laufe nebenher und halte Madison fest, falls sie runterfallen sollte. Sie hält sich aber gut im Sattel, ich lobe beide, wie toll sie das zusammen können. Dann darf ich bisschen reiten, Madison läuft mit Marie in großem Abstand nebenher. Zu guter Letzt darf Marie aufsitzen, sie reitet vom Hof, hinaus in den Wald, zum Mittagessen ist sie wieder wohlbehalten zu Hause. Madison und ich gehen wieder ins Haus. Sie ist stolz, dass sie reiten durfte.

Als die Zwillinge ihren Mittagschlaf beendet haben, bereiten wir uns alle vor, ins Theater zu gehen. Da wir noch kein Theatergebäude haben, finden die Vorstellungen alle in der großen Sporthalle statt. Es wird ein Wintermärchen aufgeführt, es erinnert mich an Peterchens Mondfahrt. Es ist eine schöne Aufführung, besonders für Kinder. Aber auch die Großen haben ihren Spaß. Als unsere große Familie dann wieder die Turnhalle verlässt und auf die Straße tritt, hat es doch tatsächlich geschneit. Diesmal bleibt der Schnee sogar liegen. Alles ist wieder mit feinem Puderzucker überzogen. »Jetzt ist richtig Weihnachten«, ruft Pietro. Die Kinder schauen einander zu, wie sie Fußtappen im Schnee hinterlassen. MJ und Lukas werfen Schneebälle, dann machen wir alle mit. Wir brauchen über eine Stunde, bis wir zu Hause ankommen.

Wir Frauen spielen mit den Kindern im Hof im Schnee, solange die Männer den Tannenbaum aufstellen und die Geschenke drum herum verteilen. Als wir ins Haus kommen, ist das Wohnzimmer abgeschlossen und der Kaffeetisch ist in der Küche gedeckt. Pietro verteilt ein paar Kekse, er hat für jeden einen Extrakeks bemalt. Madison verteilt kleine rote Schleifchen auf jeden Teller und ich lege den großen Tischschmuck auf. Anschließend gehen Manfred und Tom in den Stall, als sie zurückkommen, fragen die Kinder, wann sie denn endlich ins Weihnachtszimmer dürfen.

Ein Glöckchen läutet und Weihnachtsmusik erklingt. Alle schauen sich fragend an, Musik im Haus? Wie das? Endlich öffnet MJ die Tür zum Weihnachtszimmer. Der Tannenbaum sieht wunderschön aus, der Raum erstrahlt im Kerzenlicht, obwohl es nur ein paar LED-Kerzen sind. Es ist herrlich, die leuchtenden Kinderaugen zu sehen, wie sie den Baum betrachten. Die Kinder schauen auf die Geschenke, vielleicht überlegen sie sich, welches für sie ist. Die Zwillinge deuten beide auf den Baum und die Geschenke darunter. Timmy öffnet und schließt die Händchen, als er auf die Päckchen zeigt und sagt: »Haben!!!« Jetzt gehen wir alle ins Wohnzimmer und setzen uns.

MJ fragt, ob er die Geschenke verteilen dürfe, und schaut mich fragend an. Ich nicke. »Das Wichtigste zuerst«, sagt er. »Mom konnte einen Music-Player kaufen, mit einem 3-D-Lautsprecher. Er hat verschiedene Programme, im Moment ist er auf Weihnachten eingestellt. Die Gebrauchsanleitung liegt daneben, für alle.« Er schaut in die Runde. Meistens gingen wir zu ihm, wenn wir ein Gerät nicht verstanden, mit oder ohne Gebrauchsanleitung. In der neuen Welt wird es wohl nicht anders werden. Es ist ein sehr guter Sound, obwohl der Music-Player klein ist, aber heute braucht man keinen Schrank voller Geräte, um gute Musik und tollen Sound zu haben.

Als Erste bekommen die Kinder ihre Geschenke. Die Zwillinge

reißen das Papier etwas unbeholfen auf, sie bekommen Autos, Kuscheltiere und Bücher zum Vorlesen; eine große Holzkugelbahn, einen kleinen Zoo mit Holztieren und Zaun und ein paar kleinen Häuschen. Beide laufen mit jedem geöffneten Päckchen zu ihrer Mama, um es ihr zu zeigen. Madison freut sich über Puppenkleider, Puppendecke und -Kissen und einen Kuschelpinguin. Ein großes, dickes Buch mit 365 Geschichten und vielen Bildern legt sie zur Seite und schaut mich fragend an. »Darf ich meine Puppe holen?«, fragt sie. Wieder nicke ich. »Danke!«, ruft sie ins Wohnzimmer, da sie nicht weiß, bei wem sie sich bedanken kann. Sie holt ihr Puppenbett und die Puppe aus dem Kinderzimmer und fängt auch gleich an zu spielen.

Pietro packt einen Traktor mit Heuwagen aus, ein Malbuch mit Buntstiften und einen Kuschelteddy. Er läuft zu Madison, um ihr alles zu zeigen. »Ja, schön«, sagt sie, wenig interessiert, sie ist mit ihren Puppenkleidern beschäftigt. Lukas beobachtet ihn und fragt: »Darf ich auch mal gucken?« Pietro schaut ihn skeptisch an, bringt ihm aber die Geschenke, und dann spielen sie beide.

Dann packen wir Großen unsere Geschenke aus. Für Marie habe ich eine Haarspange gekauft, passend dazu Kamm, Bürste und Spiegel. Sie probiert immer gern irgendwelche neuen Frisuren aus. Lukas bekommt von mir einen Hut mit großer Krempe, er bewundert Männer mit solchen Hüten, er findet das cool.

Die Paare beschenken sich gegenseitig, so hatten wir es abgesprochen. Für Manfred habe ich eine Armbanduhr, er ist immer so sehr auf Pünktlichkeit bedacht, dass ich das Gefühl bekam, ohne Uhr fühlt er sich unsicher. Er ist immer auf der Suche nach einer Kirchturmuhr oder so, wenn wir einen Termin haben.

Dann nimmt Manfred Päckchen: »Das ist für dich, Katharina.« Ich schaue in die Runde, mir kommen die Tränen vor Rührung. Ein Schmuckset bestehend aus einer Halskette, einem Armreif und Fingerring, jeweils mit Rosenquarz. Einfach nur schön. Ich bin überwältigt. Manfred nimmt die Halskette und fragt: »Darf ich dir helfen?« Er darf, er legt mir die Halskette an, den Armreif und den Ring. Er nimmt meine Hände in seine, schaut mich verliebt an und küsst mich, dann sagt er: »Ich wünsche dir und euch allen ein frohes Weihnachtsfest.«

Auch die anderen packen ihre Geschenke aus, freuen und küssen sich. Sarah und Marie haben Gläser und Wein bereitgestellt, jetzt haben wir alle angestoßen und uns gegenseitig frohe Weihnachten gewünscht. »Auf die nächsten hundert Jahre!«, ruft MJ. So lange sollen wir alle in der neuen Welt bleiben, hat jemand in der Gebrauchsanleitung gelesen. »Das ist aber lang, gell, Oma Kati«, sagt Madison. »Ja, schon, aber es wird sehr schön werden.« »Was machen wir denn so lang?«, fragt Pietro. »Lernen, Neues erfinden, Verbesserungen austüfteln und ganz viel reisen«, sage ich.

Timmy kommt mit einem großen Päckchen zu MJ. »Haben?«, fragt er. MJ: »Ich weiß nicht, für wen das ist, steht nichts drauf. Mom?« »Na ja«, sage ich, »es ist eigentlich kein Geschenk, aber man kann trotzdem Wünsche damit erfüllen.« Marie, Sarah und Yvonne bekommen jeder ein Päckchen zum Öffnen, »damit können wir Frauen uns Kleidung nähen, wie es jedem gefällt, ganz nach unseren Wünschen und Fähigkeiten«, sage ich. Es ist genügend Stoff für mindestens vier Blusen und Röcke, Gürtelschnallen, Knöpfe, Gummiband und Nähseide. Besonders Marie und Yvonne freuen sich, die Augen strahlen.

»Gisela hat es für uns aus Stuttgart besorgt, in Sindelfingen ist bisher ja noch kein Stoff angekommen«, sage ich, »habe es beim letzten Besuch bei ihr bestellt.« »Deshalb hast du so lang gebraucht«, sagt Manfred lachend. Ich lächle ihn zärtlich an und streichle seine Hand. »Na ja«, sage ich nur. »Du und deine Heimlichkeiten. Und was ist mit …« Bevor er weitersprechen kann, küsse ich ihn schnell und sage dann leise: »Pst, das kommt später.« Er schüttelt den Kopf und drückt mich, seine Grübchen sind wieder da.

Madison versucht in der Zwischenzeit in dem neuen Buch zu lesen. Es gelingt ihr teilweise auch, aber hin und wieder bekommt sie Hilfe von Tom und Marie. Die Jungs spielen Autobahn, auch wenn es hier noch keine gibt. »Gibt's heut' auch noch was zu essen?«, fragt MJ. »Du wieder mal«, sagt Sarah liebevoll: »Der Tisch ist wie immer in der Küche gedeckt, wenn ihr wollt, könnt ihr also zum Essen kommen.« »Na, dann ran an den Speck!«, ruft Lukas. »Auf geht's, Essen fassen«, sagt Tom und nimmt Sarah in den Arm und schiebt sie in Richtung Küche. Wir anderen folgen ihnen. MJ ändert noch das Musikprogramm auf R&B, bevor jemand fragen kann, wie das funktioniert.

Die Kinder sind todmüde, Yvonne und ich bringen sie gleich nach dem Essen ins Bett, es ist schon nach zehn. Sie nehmen ihre Kuscheltiere mit und schlafen auch gleich ein. Dann setzen wir uns zu den anderen ins Wohnzimmer, unterhalten uns und trinken noch Wein und Glühwein. Wir gehen alle spät zu Bett.

Samstag, 25. Dezember

Heute Morgen erwache ich allein im Bett, die Kinder sind wohl in ihren Betten geblieben. Ich stehe früh auf, ziehe mich an und bereite das Frühstück für alle vor. Das Wasser fürs Bad ist heiß, als Manfred aus dem Stall zurückkommt. »Oh, da komme ich ja gerade rechtzeitig. Sind die anderen auch schon aufgestanden?« Ich schüttle den Kopf. Er nimmt mich in den Arm und wir küssen uns liebevoll, anschließend geht er ins Bad.

Madison und Pietro kommen beide barfuß in die Küche, noch halb verschlafen. »Guten Morgen, ihr zwei, na, wie habt ihr heute Nacht geschlafen?«, frage ich. Beide sagen, gut geschlafen zu haben, sie haben auch keine Angst mehr, dass die Tiere ins Haus kommen könnten. Ich helfe ihnen beim Anziehen und im Bad.

So allmählich versammelt sich auch der Rest der Familie in der Küche zum Frühstück. Wir beschließen, alle zusammen einen Ausflug zu machen, es gibt eine kleine Hütte im Wald, unsere Hütte, wo wir alle bequem Platz haben, ein großer Grill steht in der Mitte und ein paar Bänke und Tische drum herum. Manfred nimmt den großen Schlüssel für die Hütte mit. Wir packen alles Nötige zum Essen ein und fahren los, zum ersten Mal mit Kutsche und Wagen.

Auf den Wagen kommt ein Verdeck, ähnlich wie bei einem Planwagen. Ich wusste gar nicht, dass wir so was haben. Manfred schaut noch mal nach den Tieren, dass sie auch sicher alle versorgt sind, dann fahren wir los. Die Kinder sitzen alle auf der hinteren Bank in der Kutsche, schauen aus den Fenstern und sind begeistert von der Fahrt. Madison und Pietro fragen immer wieder, was das denn ist und wo wir jetzt sind und ob wir bald da sind. Auch die Zwillinge erzählen was, konnte aber leider wieder mal keiner verstehen.

An der Hütte angekommen, werden die Pferde und Wagen versorgt, dann spielen wir mit den Kindern im Schnee, immerhin ist er hier oben noch nicht ganz geschmolzen. Wir Frauen bereiten das Mittagessen zu, der Grill ist klasse, alles hat Platz und kann gleichzeitig fertig werden, besser als zu Hause. Es wird auch gemütlich warm in der Hütte. Nach dem Essen machen wir einen langen Spaziergang, die Kinder finden immer was zum Aufheben, was sie unbedingt sammeln müssen, oder was man werfen kann. Die Zwillinge finden Äste, die sie hinter sich herziehen und damit Spuren machen. Pietro versucht in die Fußabdrücke von Lukas zu treten, was ihm aber nicht ganz gelingt. Lukas meint, seine Beine seien noch zu kurz. Aber Pietro kontert: »Nein, deine sind zu lang.« Lukas nimmt Pietro auf den Arm und rennt mit ihm los. »Fang mich!«, ruft Pietro. Die Männer nehmen Madison und die Zwillinge auf den Arm und rennen hinterher. Alles endet in einer Schneeballschlacht, kalt wird es keinem, wir haben alle viel Spaß dabei. Ein schöner Ausflug.

Wir kommen gerade rechtzeitig vor Einbruch der Dunkelheit nach Hause. Die Männer gehen in den Stall, zu viert sind sie schnell fertig und wir Frauen baden die Kinder und bereiten das Abendessen zu. Madison steht in der Küchentür: »Hier arbeiten immer alle irgendwas, hier hat man gar keine Zeit zum Fernsehengucken oder Tablet spielen.« »Genau, deshalb gibt es auch keins«, sagt MJ. »Aber du kannst ja ein Spiel fürs Tablet erfinden, so wie du es gern hättest.« Er setzt sich mit ihr auf die Ofenbank und erklärt es ihr. Sie hört sehr interessiert zu, meint dann aber zu ihm: »Aber ohne Tablet geht das gar nicht.« »Ich bin sicher, es dauert nicht mehr lang, dann gibt es wieder welche«, antwortet MJ. »Okay, dann mach ich das morgen«, sagt sie ganz ernst.

Als die Kinder im Bett sind, spielen wir noch ein paar Brettspiele, sitzen zusammen und unterhalten uns. Die jungen Leute sind schon zu Bett gegangen, als Manfred sich zu mir auf die Couch setzt, den Arm um mich legt und mich fragt: »Morgen haben wir beide frei. Ich wünsche mir einen Tag nur mit dir allein. Schenkst du mir diesen Tag?« Ich schaue ihm in die Augen, lächle und sage: »Gerne, und was ist mit den Kindern? Ich bin verantwortlich für sie.« »Meinst du, sie haben Angst ohne dich? Fast die ganze Familie ist hier, sie sind nicht bei Fremden und nicht allein.« »Manfred hat Recht«, sagt Sarah, »wir sind ja alle hier und kümmern uns auch um die beiden.« »Ja, geht nur und genießt den Tag«, sagt jetzt auch Tom.

Kapitel 10

Sonntag, 26. Dezember

Beim Frühstücken erzähle ich Madison und Pietro von unserem Vorhaben. »Keine Sorge, ich mach heute mit Onkel MJ ein Tablet-Spiel, du kannst ruhig gehen«, sagt Madison. »Und wir Jungs bauen eine große Stadt mit Autos, Häusern und Zug, wie Onkel MJ und Opa Tom, da brauch ich dich nicht«, sagt Pietro. »Aber am Abend bringst du uns wieder ins Bett.« »Ja, das will ich tun«, verspreche ich.

Dann fahren Manfred und ich mit dem kleinen Wagen los. Ich habe keine Ahnung, wohin er will, dieses Mal hat er ein Geheimnis. Wir fahren in Richtung Herrenberg, glaube ich, ich sollte Recht behalten. Ich bin gespannt, wie die Stadt heute und hier aussieht. Die Stadt müsste heute etwa 3 000 Einwohner haben. Ich erkenne den Marktplatz und die Stiftskirche.

»Hast du hier was Bestimmtes vor?«, frage ich ihn. »Ja, gleich gibt's ein Konzert in der Stiftskirche, hat mir jemand im Festzelt erzählt, da dachte ich mir, das könnte was für uns beide sein.« »Oh ja, da freu ich mich drauf, das wird toll«, antworte ich. Er stellt den Wagen ab und übergibt die Pferde an einen Stallburschen. Dann will ich Richtung Stiftskirche loslaufen, aber er bleibt stehen und fragt: »Weißt du denn, wo die Kirche ist?« Da zeige ich bergauf und sage: »Da oben.« »Woher weißt du das?«, fragt er. »Wir haben lang hier gewohnt«, antworte ich. Er schaut mich erstaunt an, legt seinen Arm um mich und geht mit mir Richtung Stiftskirche.

Eine Frau kommt uns entgegen: »Katharina, bist du das?« Ich löse Manfreds Umarmung, er schaut mich mit einem großen Fragezeichen in seinen Augen an. Ich laufe ihr entgegen, umarme sie und begrüße sie herzlich. Es ist Margit, 72 Jahre alt, etwas pummelig, braune kurze Haare und braune Augen, eine Arbeitskollegin von früher. Wir liegen uns in den Armen und freuen uns. Dann stelle ich Manfred und Margit einander vor, wir müssen uns beeilen, um pünktlich zum Konzert zu kommen. In der Pause tauschen Margit und ich unsere Adressen aus und versprechen, uns bald mal zu besuchen.

Dann bin ich wieder nur für Manfred da. Wir genießen das Konzert. »Kennst du hier noch mehr Leute?«, fragt er auf dem Weg zum Marktplatz. »Kommt drauf an, wer alles in diese Welt gereist ist.« Ich frage ihn, ob wir was essen gehen wollen, ich hätte Hunger. »Ja, gern, aber wo?« Ich nehme seine Hand und wir laufen los. »Komm, ich glaube, ich weiß schon, wo wir essen können. Da unten ist ein Gasthaus, ich hoffe, es ist so gut wie früher.« Wir haben sehr lecker gegessen und hatten guten Wein dazu. Als wir wieder aus dem Gasthaus kommen, fängt es schon langsam an, dunkel zu werden.

Ich bekomme Angst. »Schaffen wir das denn auch bei Dunkelheit nach Hause?« »Na klar, dauert nur etwas länger, keine Sorge. Wir müssen ja nicht zum Melken zu Hause sein, dann kann es auch später werden.« Ich habe trotzdem Angst. Als wir auf unseren Wagen geklettert sind, kuscheln wir uns beide in die große Felldecke ein, Manfred legt fürsorglich seinen Arm um mich und fährt sicher wie immer Richtung Sindelfingen. Ich erzähle ihm aus meiner Zeit in Herrenberg, von den traurigen und den glücklichen Tagen.

Auch er erzählt mir aus seiner Zeit in Heidelberg. Er hatte einen kleinen Hof von seinen Eltern geerbt, den er allerdings mit seinem Bruder teilen musste, mit 50 % ist der Hof aber zu klein, er hatte sich nicht mehr rentiert, da haben sie den Hof verkauft und das Geld geteilt. Da er sieben Semester Landwirtschaft und Agrarwirtschaft studiert hatte, fand er eine Anstellung in einem Großbetrieb. Ich frage ihn, wo denn sein Bruder jetzt sei. »Er ist nicht in die neue Welt gereist, er meinte, es sei ihm zu anstrengend.«

»Und jetzt bist du ganz allein, ohne jegliche Familie hier?« »Nein, ich hab doch dich«, antwortet er liebevoll. »Ja«, ich lächle ihn an. Auf meine Frage, ob er geheiratet hätte, antwortet er nur: »Nein, ich fand keine Frau, die das Landleben mit mir teilen wollte.« »Schade, dann hast du wohl auch keine Kinder, oder?« Er sagt nur: »Nein«, dann wird er still. Ich schaue ihm in die Augen, aber er sagt nichts mehr dazu. »Aber jetzt kannst du eine große Familie haben, wenn du das willst. Weißt du, ich hatte immer eine große Familie. Meine Mutter hat sechs Geschwister, mein Vater vier. Ich habe viele Cousinen und Cousins. Dann gibt es da noch ein paar Cousins zweiten und dritten Grades, und die meisten von ihnen haben auch Kinder und Enkel. Etwa die Hälfte ist auch in diese neue Welt gereist. Irgendwann werden wir sie bestimmt finden können, wenn wir denn mal wieder mit einem Auto fahren können und eine Fahrt keine Reise mehr ist.«

Er hört sehr interessiert zu. »Wie oft hast du denn deine Verwandten gesehen? Habt ihr weit voneinander gewohnt?«, fragt er. »Anfangs haben alle Kinder bei den Großeltern gewohnt, bis sie geheiratet haben, als ich etwa ein Jahr alt war, sind meine Eltern mit mir auch weggezogen, etwa zehn Kilometer entfernt, drei Tanten haben etwa 30 Kilometer weiter weg gewohnt. Die restliche Verwandtschaft hat 100 bis 800 Kilometer weit weg gewohnt, die habe ich natürlich nicht so oft gesehen. Aber die Geschwister meiner Mutter haben wir fast jedes Wochenende bei meinen Großeltern gesehen. Wir haben das ganze Wochenende dort verbracht. Ich habe schon immer das Landleben favorisiert. Die Milch bei Oma hat immer besser geschmeckt als die gekaufte Milch in der Stadt. Oma hat auch immer selbst Brot gebacken und überhaupt hatte sie fast alles aus dem eigenen Garten.« »Was hast du denn bei deiner Oma immer am Wochenende gemacht?«, fragt er und schaut mich dabei schelmisch an. »Meistens haben wir im Garten gespielt, oder auf dem Hof. Zwischen Haus und Stall war ein großes Stück Wiese, wo an einem großen Baum eine Schaukel hing. Zwischen Hühnerstall und Kellertreppe war ein Pool in den Boden eingelassen, groß genug für Kinder, die Erwachsenen konnten nicht drin schwimmen. Irgendjemand hat immer aus dem Küchenfenster geschaut, was wir treiben, was wir wieder für Dummheiten machen.

Oft haben wir auch nur dagestanden und zugeschaut, wie Opa die Tiere versorgt oder wie Oma im Garten arbeitet.«

»War das Haus denn groß genug für euch alle, wenn ihr am Wochenende bei den Großeltern wart?«, fragt er. »Ja, klar, im Haus gab es acht Schlafzimmer, zwei davon waren Kinderzimmer«, erkläre ich. »Und was für Tiere hat dein Opa versorgt?«, fragt er weiter. »Pferde, Kühe, Schweine, Hühner, Gänse, Stallhasen und eine doofe Ziege. Die ist mir immer hinterhergerannt und hat versucht, mich zu stupsen, mit ihren kleinen Hörnchen, wenn sie frei im Garten rumlaufen durfte. Gott sei Dank war sie meistens auf der Weide oder im Stall. Als ich in die Oberschule kam, hatten meine Großeltern keine Tiere mehr, nur noch ein paar Felder zum Bewirtschaften«, sage ich. Ein Weilchen fahren wir schweigend weiter. »Hast du dir eigentlich gerade selbst zugehört, weißt du, was du da gesagt hast?«, fragt er sehr bestimmt und schaut mich dabei eindringlich, aber liebevoll an, soweit ich das bei Dämmerlicht sehen kann.

»Wie meinst du das denn?«, frage ich ihn. »Na, du hast doch gerade deinen Hof beschrieben, Sommerhofen. Acht Schlafzimmer, vom Küchenfenster kann man den Garten und den Stall sehen. Deine Großeltern hatten die gleichen Tiere wie du jetzt auf Sommerhofen.« Er hat Recht, schon wieder mal, mein Hof ist nur in einer anderen Stadt, klar, den kleinen Ort gibt es ja hier nicht. Mir läuft es eiskalt den Rücken runter, mein Hof gleicht dem meiner Großeltern. Das ist mir noch nie in den Sinn gekommen, es ist mir einfach nicht aufgefallen, außer ein paar Kleinigkeiten, die meine Großeltern auch hatten, habe es aber nur der Zeit von früher zugeordnet. »Und, was sagst du dazu?«, fragt er. Ich bin nicht in der Lage zu sprechen. So viele Gedanken sausen mir durch den Kopf, ich kann sie gar nicht richtig zuordnen.

Wir sind fast in Sindelfingen angekommen, er biegt von der Hauptstraße auf einen Feldweg ab und hält an, nimmt mich fest in die Arme und sagt: »Es ist alles okay, keine Sorge. Ich habe da nur so eine Idee. Vielleicht sollst du ja das Erbe deiner Großeltern verwalten. Bist du die Älteste oder die Jüngste?« »Die Älteste«, antworte ich. »Vielleicht ist es ja so. Dann hättest du doch eine wundervolle Aufgabe, oder?« »Ich kann das doch gar nicht«, sage ich, noch ganz durcheinander. »Doch, mit meiner Hilfe schaffst du das.« »Ich will aber Häuser bauen und einrichten, nicht Felder anlegen und Kühe füttern«, wende ich ein. »Musst du auch nicht, dafür bin ich doch da.« »Das willst du tun?«, frage ich, »und ich kann weiterhin ins Büro, während du den Hof versorgst?« »Na klar doch, wir beide schaffen das zusammen, glaub mir«, sagt er ganz leise. »Jeder macht, was er am besten kann und was er am liebsten macht. So steht es doch in der Anleitung. Und deine Familie ist ja auch noch da, du bist nicht allein.« Er hat schon wieder Recht, wie immer. Er küsst mich und ich kuschle mich an ihn, dann fährt er uns nach Hause.

Als wir auf Sommerhofen ankommen, rennen Madison und Pietro uns schon entgegen, kaum dass der Wagen geparkt ist. Madison fragt: »Habt ihr einen schönen Tag gehabt?«, und umarmt mich. Pietro nimmt meine Hand: »Bringst du mich jetzt ins Bett und liest mir eine Geschichte vor?« »Ja, hab ich doch versprochen«, sage ich. Manfred nimmt Pietro auf den Arm und sagt: »Schnell ins Haus, es ist zu kalt für euch ohne Jacken.« Er nimmt mich an die Hand und ich nehme Madison, dann laufen wir los. Die Familie sitzt in der Küche beim Abendessen. MJ fragt: »Wo wart ihr denn so lange? Ich habe mir Sorgen gemacht.« »Warum denn das, ich habe doch gesagt, wir sind am Abend wieder zurück. Ich bringe die Kinder ins Bett, hier sind wir, meines Erachtens pünktlich«, antworte ich ihm. »Tut mir leid, dass du dir Sorgen gemacht hast. Wir waren in Herrenberg in der Stiftskirche, dort wurde ein wunderbares Konzert aufgeführt, es war so schön. Du glaubst nicht, wen ich da getroffen habe«, sage ich und schaue MJ dabei an. »Auf dem Weg zur Kirche haben wir Margit getroffen.« »Was, die ist auch hier, wer ist noch von unseren Bekannten in Herrenberg?« Das weiß ich auch nicht. »Margit ist allein und wohnt im Haus ihrer Großeltern, ich will sie demnächst mal besuchen«, erkläre ich, »dann werde ich erfahren, wer in Herrenberg ist.« »Ja, wenn das jemand weiß, außer der Stadtverwaltung, dann ist es Margit«, lacht MJ. »Du kannst gern mitkommen, wenn du magst.«

»Oma Kati, du musst dir unbedingt anschauen, was ich gebaut habe«, sagt Madison. »Ja, das mach ich, wenn ich euch zu Bett bringe.« Pietro ist schon fast am Einschlafen. Ich kann ihnen nur noch eine halbe Gutenachtgeschichte vorlesen, dann sind sie schon eingeschlafen. Manfred berichtet MJ, was ich ihm aus meiner Kindheit von meinen Großeltern erzählt habe und dass er dabei dachte, es würde sich um Sommerhofen handeln. »Genau, als ich zum ersten Mal diesen Hof sah, dachte ich sofort an den Hof meiner Urgroßeltern, den ich ja nur von Erzählungen meiner Mutter und von Bildern kenne. Nur das Treppengeländer ist rot, nicht grün. Es gab auch grüne Fensterläden, auf einem Bild mit Mutters Urgroßmutter sieht man das.« »Wie, du hast sogar ein Bild deiner Ururgroßmutter gesehen?«, fragt Manfred. »Ja«, antwortet MJ. »Und weißt du was, Madison sieht aus wie sie, natürlich nur jünger.« »Das ist ja toll, wenn man seine Ahnen so weit zurück sozusagen gesehen hat, wenigstens auf Bildern, meine ich.

Ich denke mir, vielleicht hat deine Mutter den Hof gewissermaßen geerbt zum Verwalten und Bewirtschaften«, sagt Manfred. »Und was soll das jetzt bedeuten?«, frage ich. »Weiß ich auch nicht, Margit hat anscheinend auch als älteste Tochter das Haus ihrer Großeltern geerbt. Vielleicht ist jetzt Frauenpower angesagt oder so«, sagt Manfred. »Vielleicht können Frauen die Welt besser unter Kontrolle halten als Männer«, überlegt MJ. »Auf jeden Fall würde es unter meinem Kommando gehen.« »Oh, Mom, du bist und bleibst eine Weltverbesserin«, sagt MJ und schaut mich dabei sehr ernst an.

Manfred will von MJ wissen, ob ich schon immer so war, immer Verbesserungsvorschläge parat, Ideen zu allen möglichen Aufgaben, alles besser wissen, Hilfe für jedermann und möglichst alles allein bestimmen und in die Tat umsetzen. »Ja, und keine Hilfe ist gut genug, sie findet immer einen Makel, was noch besser gemacht werden kann, du wirst das auch noch lernen«, klärt MJ ihn auf. »Hab ich schon«, sagt Manfred. MJ runzelt die Stirn: »Das glaube ich nicht.« »Könnt ihr bitte aufhören, in meinem Beisein über mich in der dritten Person zu reden?«, frage ich lächelnd. MJ: »Ja, schon gut, Mom, gute Nacht zusammen.« Dann verschwindet er nach oben.

Jetzt sind wir allein. »Möchtest du noch ein Glas Wein mit mir trinken?«, fragt Manfred. »Ja, gerne.« Ich hole zwei Gläser aus dem Schrank und setze mich dann auf die Couch. Manfred schenkt den Wein ein, setzt sich zu mir und schaut mich an, als wir die Gläser erheben. Er zieht mich langsam zu sich hin. »Schau mich nicht so an, sonst kann ich heute Nacht nicht schlafen«, sage ich leise zu ihm. »Musst du auch nicht, wenn du nicht willst«, antwortet er. Wir unterhalten uns noch ein wenig und gehen dann in mein Schlafzimmer. »Was wird dein Sohn dazu sagen?«, fragt Manfred, als wir so nebeneinander liegen. »Hast du doch auch gehört, es ist okay, Mom, hat er gesagt.« »Und wenn Madison und Pietro wieder in dein Bett wollen?« »Die finden schon ein Plätzchen, keine Sorge.« »Und was werden sie sagen?« »Weiß ich auch nicht. Über die Brücke gehen wir, wenn wir da angekommen sind.« »Ich bin rettungslos verloren und nur glücklich, dass du an meiner Seite bist«, sage ich und küsse ihn.

Am anderen Morgen, es ist erst 6 Uhr, wachen wir beide auf, rühren uns aber nicht. Madison und Pietro stehen in der offenen Tür: »Manfred ist bei Oma Kati im Bett«, sagt Pietro leise. »Meinst du, er hat auch Angst allein in seinem Zimmer?«, fragt Madison. »Nein, er ist doch ein Mann«, sagt Pietro. »Ja, und ein großer dazu, er ist viel größer als Papa«, sagt Madison. »Was machen wir denn jetzt?«, fragt Pietro Madison. »Wir haben schon auch noch Platz. Wenn Manfred unsere Oma Kati will, muss er uns auch wollen«, sagt Madison leise. »Sonst kriegt er sie nicht.« Ich muss grinsen und stupse Manfred kurz an. Es ist noch zu dunkel, um ein Gesicht erkennen zu können, die beiden kuscheln sich an uns und schlafen gleich wieder ein, wir auch.

Etwa eine Stunde später wachen wir alle auf. »Guten Morgen, was macht ihr denn hier?«, frage ich die beiden Eindringlinge. »Es hat so laut geregnet und ans Fenster geklopft, da haben wir Angst bekommen«, sagt Madison. »Und hier hat es nicht so laut geregnet?«, fragt Manfred. »Doch, aber hier sind wir nicht allein«, sagt Pietro. »Und wenn was reinkommt, kannst du uns retten.« Das ist natürlich ein triftiges Argument. Dann stehen wir vier auf, aus der Küche riecht es schon nach Kaffee.

Montag, 27. Dezember bis Sonntag, 2. Januar
Lukas und Marie haben heute frei, sie fahren zu Daniel und wollen mit der ganzen Familie einen Ausflug unternehmen. Da wir den Wagen brauchen, um zum Markt zu fahren, müssen sie die Kutsche nehmen, was kein Problem mehr ist, da Lukas mittlerweile sein großes Fahrabzeichen gemacht hat. Gleich nach dem Frühstück fahren sie los, Manfred und ich fahren auf den Markt. Es ist nicht viel los, die meisten Menschen genießen die Ferien. Deshalb fahren auch wir früher nach Hause als sonst. Die Männer haben beschlossen, einen Männerausflug zu machen, zusammen mit den Jungs.

Also bleiben wir Mädels allein zu Hause und machen es uns gemütlich. Madison genießt es, dass sie uns allein zum Spielen und Vorlesen hat. Auch wir Frauen haben unseren Spaß ohne die Männer. Kurz vor Einbruch der Dunkelheit sind wir alle wieder vereint, wir helfen alle bei der Stallarbeit mit und sind dann auch zum Abendessen fertig. MJ fragt Manfred und mich: »Na, ihr zwei Turteltäubchen, bringt ihr wieder die Milch weg?« »Ja, gerne«, sagen wir beide fast gemeinsam und lachen. Beim Abendessen haben wir alle viel zu berichten, besonders die Kinder.

Pietro fragt: »Oma Kati, schläft Manfred jetzt immer in deinem Bett?« »Pietro«, sagt Madison, »das kört jetzt so« (das gehört sich jetzt so). Alle müssen lachen und ich sage, zu Manfred gewandt: »Dann ist ja alles klar.« Als wir am Abend alle im Wohnzimmer sitzen und uns unterhalten, teilt Manfred offiziell allen mit, dass wir beide jetzt zusammen sind: »Nur, dass es nachher nicht heißt, Madison hat das so beschlossen.« »Ja, so ist das mit Kindern, das gehört alles dazu, zum Leben.«

Jetzt fühle ich mich an Manfreds Seite noch wohler, da es kein Geheimnis mehr ist, dass wir beide uns lieben. Für mich beginnt der Himmel auf Erden, Manfred ist mir bereits so vertraut, als liebten wir uns schon seit Jahren. Den restlichen Urlaub verbringen wir jede freie Minute zusammen, es ist einfach herrlich. Manfred, Sarah, Tom und ich fahren zum Silvesterkonzert nach Stuttgart, wir haben dort zwei Zimmer gemietet, dass wir nicht mitten in der Nacht heimfahren müssen. MJ, Yvonne, Marie und Lukas dürfen aufs Neujahrskonzert, auch sie blieben alle über Nacht.

Alle sind zufrieden und glücklich, auch die Kinder, es sind ja immer genügend ›Große‹ da, wie Madison sich ausdrückt. Sie freut sich schon auf die Schule, und dass sie dann endlich die Schuluniform anziehen darf. Pietro kommt im neuen Jahr in die große Gruppe im Kindergarten, das ist sehr wichtig für ihn, er kennt den Kindergarten so wenig wie Madison die Schule, aber er freut sich, auch weil Tante Yvonne in seinem Kindergarten arbeitet.

Kapitel 11

Januar im Jahr 2

Yvonne nimmt jetzt drei Kinder mit in den Kindergarten und eins in die Schule, ich habe leider nur kurz Zeit, die Kinder wenigstens am ersten Tag in die Schule und in den Kindergarten zu begleiten, die Arbeit ruft. Wir freuen uns alle auf die Arbeit, so schön die Weihnachtsferien auch waren.

Rebekka erwartet mich schon im Büro. »Guten Morgen und ein gutes neues Jahr«, begrüße ich sie. »Wünsch ich dir auch«, sagt sie. »Wir haben gleich Meeting, ich bin schon ganz gespannt, was es Neues gibt.« Wir alle werden mit einem Willkommensfrühstück zum neuen Jahr überrascht. Dabei berichtet Herr Schneider über die nächsten Projekte. Der Straßenbau soll beginnen, diese Woche werden die entsprechenden Baufahrzeuge dafür ankommen.

In Baden-Württemberg soll ein Kraftwerk errichtet werden, Strom ist schließlich das Wichtigste, was wir brauchen. Die einzelnen Häuser sollen mit Solaranlagen ausgestattet werden. Die Stadt soll in Wohnblocks aufgeteilt werden. Ein Block ist 220 Meter lang und 616 Meter tief, die Gärten hinter dem Haus grenzen jeweils ans Nachbargrundstück. In einem Wohnblock können etwa 1425 Menschen leben. Es gibt immer wieder größere und kleinere freie, unbebaute Flächen, die als öffentlicher Spielplatz oder einfach als Grünfläche genutzt werden können. Eine Straße ist 24 Meter breit, davon sind sieben Meter für die Fahrbahn, jeweils 2,5 Meter Breite für den Gehweg und sechs Meter Breite für Parkplätze. Im Wohngebiet ist die Straße nur sechs Meter breit und die Gehwege sind 1,5 Meter breit. Im Moment wird diese Straßenbreite zwar noch nicht benötigt, aber wir bauen ja auch für die Zukunft. Mehr als vier Etagen hat kein Haus, trotzdem werden Aufzüge eingeplant. Die Geschäftshäuser wie eine Bäckerei, Metzgerei oder Schneiderei haben nur drei Etagen. Die Meister und ein paar Gesellen können, wenn sie das wollen, auch hier ihre Wohnung haben, was einen kurzen Arbeitsweg bedeutet.

Da mein Hof etwas außerhalb der Stadt liegt, habe ich diesen Vorzug nicht, aber innerhalb einer Stunde kann ich auch zu Fuß am Rathaus sein, wenn ich mich beeile. Der Tiefbau beinhaltet auch den Bahnverkehr, als Antrieb sollen Brennstoffzellen-Hybrid-Lokomotiven eingesetzt werden. Also ohne Oberleitung, auf die man sonst immer achten muss, zum Beispiel bei Baumfällarbeiten.

Vorerst ist für Sindelfingen nur eine Tankstelle geplant; da es noch keine Autos gibt, kann diese Baustelle erst mal vernachlässigt werden. Eine Zapfsäule gibt es ja schon für die Baufahrzeuge und die Feuerwehr. Ich muss mich nur um den Innenausbau der Wohnhäuser kümmern, aber auch damit habe ich mehr als genug zu tun. Ingenieure arbeiten an der Entwicklung von Autos, die mit Solarenergie und Brennstoffzellen angetrieben werden sollen. Ende Januar sollen alle nicht privaten Gebäude mit Solaranlagen ausgestattet sein, dann werden auch die Betriebe schneller produzieren können.

Das Meeting dauert bis 11 Uhr und ich muss noch in die Schreinerei, um den Holznachschub zu begutachten. Die Holzfäller müssen immer weiter von Sindelfingen fahren, um Bäume fällen zu können, die markiert sind. Ich fahre mit dem Dienstfahrrad los, wie schon so oft, dieses Mal fällt mir auf, dass es früher, in dem alten Sindelfingen, ziemlich steil bergauf ging, jetzt ist es nur eine kleine Anhöhe. Was kann das zu bedeuten haben, wurde der Berg abgegraben? Nein, es gibt einfach keinen Berg mehr. Auf dem Weg nach Stuttgart hätten wir auch viel mehr bergauf fahren müssen bis Büsnau und dann wieder steiler bergab, aber auch das ist jetzt nicht mehr so. Kein Wunder also, dass die Pferde die Kutsche mit Leichtigkeit bewegen können. Diese neue Welt ist vielleicht ein Nachbau der alten Welt, aber eben auch nur teilweise. Das Wetter ist anders, wenn es denn überhaupt eines gibt, wie MJ immer wieder sagt.

Der Sommerhofenbach ist nicht nur ein kleiner Bach, er ist mindestens doppelt so breit wie in Altsindelfingen. Ich bin gespannt, was MJ und Tom zu meinen Feststellungen sagen, immerhin sind sie dabei, das Land zu vermessen, es muss ihnen also auch aufgefallen sein. In der Schreinerei gibt es noch genügend Holz im Lager, allerdings wird mir berichtet, dass der weitere Nachschub auf sich warten lässt, es mangele an Transportmöglichkeiten. Die Bäume seien gefällt worden und lägen abholbereit da, so heißt es. Einige Bäume liegen auch in meinem Wald, vielleicht gehören die ja dazu, überlege ich. Ich muss Manfred fragen, ob er die Bäume abtransportieren kann. Ich frage nach, ob hier jemand Schaukeln und Sandkästen in verschiedenen Größen bauen kann, die Kinder brauchen doch was zum Spielen. Der Meister will sich darum kümmern. Dann fahre ich wieder ins Büro, meine Arbeitszeit ist schon wieder beendet.

Auf dem Heimweg gehe ich an der Schule vorbei, ich habe Glück, Madison kommt gerade zum großen Tor gelaufen. »Oma, Oma, hier bin ich«, ruft sie, sie kommt angerannt und wir umarmen uns. »Na, wie war dein erster Schultag hier?«, frage ich. Sie ist ganz begeistert, nur wenig Kinder in einer Klasse, sie hat zwei Lehrer kennengelernt, die sehr nett sind. Sie sitzt neben einem kleinen Mädchen, das nicht weit von unserem Hof entfernt wohnt, sie will es gern zum Spielen einladen. »Na klar«, sage ich »weißt du, wo sie wohnt? Dann können wir gleich fragen.« Ich vermute, es ist der Hühnerhof, auf dem ich gelernt habe, und ich soll Recht behalten. Johanna, so heißt das Mädchen, kommt auch gerade mit ihrer Mutter nach Hause. Wir verabreden uns für morgen Nachmittag bei uns zum Spielen und für uns Große zum Kaffee. Dann gehen wir beide nach Hause.

Yvonne ist mit den anderen Kindern schon zu Hause. Jeder hat wieder mal viel zu erzählen. Yvonne erzählt mir, dass der Kindergarten jetzt vollständig möbliert ist und dass alles wunderschön aussieht. Bald können auch die nächsten vier Schulklassen unterrichtet werden, also bis zur achten Klasse. Marie muss in die zehnte Klasse, also ist sie leider immer noch nicht dran. Manfred kommt auf mich zu, küsst mich und sagt dann: »Ich habe dich vermisst.« Ich bemerke erst jetzt, wie sehr er mir fehlt, als er mich berührt. »Ich dich auch«, sage ich leise und streiche über sein Haar. »Ich habe erfahren, dass auch in unserem Wald gefällte Bäume liegen, aber nicht abtransportiert werden können. Kannst du helfen? Fürs Auf- und Abladen wird gesorgt.« »Na klar doch, kein Problem«, meint er. »Prima! Können wir heute Nachmittag zusammen in die Stadt fahren, Madison braucht einen Schreibtisch, was meinst du?«, frage ich. Er nickt nur.

Nach dem Mittagessen schaue ich Madison bei den Hausaufgaben zu, sie arbeitet sehr sorgfältig, eine schöne Handschrift, das gefällt mir gut. »Seid ihr so weit, können wir los?«, fragt Manfred, der mit Pietro in der Tür steht. »Wohin denn?«, fragt Madison. »Deinen Schreibtisch kaufen«, sage ich, »dieser Nähtisch ist nicht das Richtige für die Hausaufgaben. Und eine Einkaufsliste für deine Schulsachen hast du doch auch noch, oder?« Sie räumt schnell die Hausaufgaben in ihr Zimmer, dann ziehen wir uns an und los geht's. Manfred hat schon den kleinen Wagen vorbereitet, er hebt die Kinder mit Schwung auf den hinteren Sitz, hilft mir auf den vorderen Sitz neben sich und fährt los. Als wir auf der Hauptstraße sind, noch ist es nur Schotter, nimmt er die Zügel in eine Hand und umarmt mich mit der anderen. Die beiden sitzen brav hinter uns, sie halten sich immer noch fest, ein bisschen Angst haben sie wohl noch.

In dem Möbelladen gibt es, seit ich das letzte Mal hier war, schon wieder einiges Neue, so auch Kindermöbel. Madison darf sich einen Schreibtisch aussuchen, er ist höhenverstellbar, würde also eine Weile mitwachsen. Den passenden Stuhl nehmen wir auch gleich mit. Pietro bekommt eine bunte Holzbank für seine Spielsachen und den passenden Tisch dazu. Manfred lässt alles auf den Wagen laden, dann fahren wir die Schulsachen für Madison einkaufen, anschließend geht es wieder nach Hause.

Die Kinder können es kaum erwarten, bis die Männer alles aufgebaut haben. »Schade«, sagt Madison, »jetzt sind die Hausaufgaben schon fertig.« »Die nächsten kommen schon morgen«, sagt MJ lachend. »Du kannst doch nicht nur Hausaufgaben an deinem Schreibtisch machen, malen oder basteln geht bestimmt auch sehr gut, oder meinst du, er schreit, wenn du nicht schreibst?«, sage ich. »Ja«, lacht sie sehr erfreut. Ich gebe ihr unseren Bastelkarton, mit Schere, Klebstoff, Papier und einigen anderen Dingen. Pietro spielt an seinem neuen Tisch, die Zwillinge kommen, um zu helfen. Ich fahre wieder mit Manfred die Milch weg, anschließend machen wir noch einen kleinen Waldspaziergang, es ist schön, nur wir beide, ganz allein. Wir gehen Hand in Hand nebeneinander spazieren. Ich lächle ihn an und er küsst mich liebevoll.

Wir kommen erst nach dem Abendessen heim, aber noch rechtzeitig, dass ich die Kinder zu Bett bringen kann. Dabei schaue ich mir an, was Madison gebastelt hat. Ein offener Schuhkarton, mit verschiedenen Tapeten und kleinen Fenstern. Vor dem Karton klebt ein Stück Pappe, sie hat ein Pferd und einen Wagen draufgemalt. »Das ist dein Haus, Oma«, sagt sie. Das hat sie wirklich toll gemacht. MJ meint: »Das ist deine neue Assistentin.« »Ja, ich werde auf dich zurückkommen, wenn es so weit ist«, sage ich zu ihr. Sie strahlt mich wieder an und umarmt mich. Ich lese den beiden noch eine Geschichte vor, wünsche ihnen eine gute Nacht und gebe jedem einen Kuss. Manfred und ich essen noch einen Teller Suppe mit frischem Brot, dann gehen wir zu den anderen ins Wohnzimmer.

Ich erzähle allen von meiner Feststellung mit den Höhenunterschieden, vorher, nachher, sozusagen. MJ ist der gleichen Meinung, er hat ja auch eine Weile bei uns in Sindelfingen gelebt und kennt sich ein wenig aus. Die anderen kennen Sindelfingen nicht wirklich. Tom meint, dass er auch so ein Gefühl hatte, als wir von Weinstadt nach Stuttgart fuhren. Er hatte sich aber nicht weiter darum gekümmert. Er meint sogar, dass die Entfernungen größer seien als in der alten Welt. Es könnte auch daran liegen, dass wir langsamer fahren als mit dem Auto. »Und das Wetter ist auch ganz anders, sozusagen perfekt, in der Nacht

Regen und Schnee. Tagsüber wird man nicht durch Regen gestört, was immer man auch gerade machen will«, sagt MJ. »Dann kann man auch immer die Wäsche raushängen«, sagt Sarah, »das ist praktisch.« »Die Zeiten, wo man sagt: Wenn es am Wochenende nicht regnet, können wir grillen, sind dann auch vorbei«, freut sich Lukas. »Es gibt keine Probleme mit der Ernte, zumindest wettertechnisch nicht«, sagt Manfred, »Hauptsache, es regnet ausreichend in der Nacht.«

»Aber wo sind wir, wenn wir nicht auf der Erde sind?«, frage ich in die Runde. »Ist doch egal«, sagt Marie, »solange wir hier ein schönes Leben haben können.« »Genau, ändern können wir es jetzt sowieso nicht mehr. Wir müssen nur unseren Aufgaben nachkommen, das ist alles«, sagt Tom und nimmt dabei seine Sarah in den Arm. Auch Manfred hält mich fest umschlungen: »Wir schaffen das schon.« »Und wir sorgen dafür, dass diese Welt nicht ausstirbt«, sagt MJ, und nimmt Yvonne an die Hand. »Gute Nacht zusammen«, sagen sie beide und rennen lachend nach oben. »Ich helfe ihm dabei«, sagt Manfred, nimmt meine Hand und zieht mich in mein Schlafzimmer. »Ja, genau«, lacht Tom, »wir auch.« Dann gehen alle zu Bett. Madison und Pietro kommen nur noch sehr selten in unser Schlafzimmer, sie haben sich an die neue Welt und ihr Zimmer gewöhnt. Pietro fragt manchmal, »wann kommt meine Mama?« Madison meint nur: »Das geht doch gar nicht mehr, das ist jetzt halt erst einmal so.« Dann nimmt sie Pietro in den Arm und tröstet ihn.

Am 6. Januar feiern wir Maries Geburtstag. Sarah und ich haben Kuchen gebacken und Kerzen besorgt, es steht alles auf ihrem Gabentisch, zusammen mit zwei Päckchen, einem schönen Schultertuch und einer Handtasche. Ihr großes Geschenk wartet ja schon seit Weihnachten in der Garage auf sie. Da heute auch in dieser Welt Feiertag ist, haben wir alle frei. Jeder hilft bei der Stallarbeit mit, wie immer, somit haben wir Zeit zum Feiern.

Gleich nach dem Frühstück führen wir sie mit verbundenen Augen in die Garage, dort nehmen wir ihr die Augenbinde ab. Jetzt erblickt auch sie ihr Geschenk, ein Fahrrad, mit allem Zubehör. Sie jubelt laut und macht Luftsprünge, so sehr freut sie sich. Jetzt ist sie endlich unabhängig, wenn sie in die Stadt will oder jemanden besuchen will. Am Abend können wir eine richtige Party feiern, Musik haben wir ja jetzt auch.

Im Januar wird der erste LKW in Stuttgart fertiggestellt, mit so was wie einer Wasserstoffflasche als Reserve fährt er Richtung Karlsruhe, von dort bringt er Medikamente und Kosmetika mit, die von Stuttgart aus auch bis Sindelfingen verteilt werden. Die Wasserstoffration hat er nicht gebraucht. Er bringt auch viel Post mit, im Rathaus steht eine große Schachtel mit Briefen und Suchanzeigen. Die nächste Fahrt geht nach Frankfurt, auch von dort kommt er mit viel Post zurück. In Frankfurt gibt es auch schon eine Tankstelle. Der Fahrer berichtet, dass sie in Frankfurt angefangen hätten, Eisenbahnschienen zu verlegen.

Es sei auch eine Magnetschwebebahn im Bau, in Nord-Süd-Richtung. Die Entfernung von Stuttgart nach Frankfurt sei größer als in der alten Welt, 400 Kilometer. Die Entfernung nach Karlsruhe sei 150 Kilometer. »Das würde bedeuten, in dieser neuen Welt sind die Entfernungen doppelt so weit wie in der alten Welt, folglich ist die Oberfläche viermal so groß«, sage ich zu Herrn Schneider, auch er hält das für wahrscheinlich. Er hat natürlich längst bemerkt, dass wir nicht in Altsindelfingen sind, er kennt ja die Erhöhungen und kann die Entfernungen besser einschätzen. Das würde heißen, wir sind nicht auf der alten Erde zu einer anderen Zeit, sondern wir sind auf einem anderen Planeten.

Ende Januar werden tatsächlich Solaranlagen geliefert, jetzt kann alles schneller produziert werden, wenn auch noch nicht in dem Tempo wie früher, aber wir können endlich wieder fast normal ›einkaufen‹ gehen. Es gibt mehr Kleidung, Möbel und Geräte. Manfred kann Saatgut einkaufen, was immer ihm beliebt. Unser Haushalt bekommt eine neue Gebrauchsanleitung, die besagt, dass wir Haushaltsgeräte testen sollen. Auch wir bekommen eine riesige Solaranlage, auf den Ställen ist ja genug Platz dafür. Wir können sogar noch Strom an Sindelfingen abgeben. Die Temperaturen nehmen langsam zu, es hat auch keinen Nachtfrost mehr, wir haben im Januar nur zwei Schneetage, es reicht nur für einen kleinen Schneemann.

Februar im Jahr 2

Die Bauarbeiten auf unserem Grundstück gehen schnell voran. Mitte Februar ist die Solaranlage fertig. Als Nächstes wird die Heizanlage umgestellt, im ganzen Haus gibt es Fußbodenheizung, das hatte ich zwar schon gesehen, aber die entsprechenden Anschlüsse fehlten bislang noch. Die meisten Umbauten für Heizung und warmes Wasser finden im Keller statt, sonst war so weit wie möglich schon alles vorbereitet. Endlich haben wir fließend warmes und kaltes Wasser, ich kann endlich bei uns unten duschen.

Am 27. Februar, dieses Mal ein Sonntag, haben die Zwillinge Geburtstag. Im Wohnzimmer haben wir einen Geburtstagstisch aufgebaut, mit Kuchen, Kerzen, Schokolade, Kinderbüchern, ein paar kleinen Autos, jetzt schon aus Plastik, und ein paar Spielsachen für draußen. Die Männer hatten schon beim Aufbauen der Wippe am Vorabend ihren Spaß. Die Zwillinge dürfen gleich nach dem Frühstück in den Garten, ihr Geschenk ausprobieren. Anfangs brauchen sie noch etwas Hilfe, aber dann legen sie los. Pietro und Madison dürfen auch mal, aber nur kurzzeitig. Nicht weit von der Wippe entfernt wurde eine Schaukel aufgebaut, eine große und eine kleine. Sie ist sogar für uns Große groß genug. Jetzt sind die Zwillinge also auch schon drei Jahre alt. Am Nachmittag kommen ein paar kleine Kinder aus dem Kindergarten zum Feiern, das hat Yvonne so organisiert. Wir haben Tische und Stühle aus dem Kindergarten ins obere Wohnzimmer gestellt, ein paar Papiergirlanden aufgehängt und Papierlampions. Das Zimmer ist sehr schön geschmückt. Alle sind fröhlich und toben umher. Auch Madisons Freundin kommt an diesem Nachmittag, sie können schön zusammen spielen, die anderen Kinder sind doch alle etwas zu klein für sie. Yvonne hat ein paar Spiele für kleine Kinder vorbereitet, Marie und ich geben Hilfestellung, wenn nötig. Beim Essen brauchen sie fast alle Unterstützung, Gott sei Dank sind ja genug Große da, die helfen können. Es geht sehr lustig zu, am Ende des Tages gehen alle Gäste, groß und klein, mit kleinen Geschenken, die sie bei Spielen gewonnen oder neben ihrem Kuchenteller gefunden haben, heim.

Kapitel 12

März im Jahr 2

Am Montagmorgen auf dem Weg zur Arbeit habe ich das Gefühl, es wird Frühling. Die Luft riecht nach Frühling und irgendwie sieht der Rasen viel grüner aus. Neben den Stufen sehe ich ganz kleine Blüten, die ersten Krokusse in Gelb, Blau und Weiß kommen zum Vorschein. Ich freue mich über unsere ersten Blumen. In den Beeten im Garten habe ich noch keine Tomatenpflänzchen oder Erdbeeren gesehen, Manfred meint, es dauert noch etwa zwei Wochen, bis man etwas von ihnen sieht. Am 6. März hat Tom Geburtstag, er nimmt sich mit Sarah den Tag frei, sie gehen in die Stadt und kommen erst zum Abendessen wieder. Dann können wir noch alle zusammen seinen Geburtstag feiern.

Am 11. März, Yvonne und ich sind gerade mit den Kindern nach Hause gekommen, kommt ein Pferdefuhrwerk an unsere Hofeinfahrt gefahren, es hat den Anschein, dass es voll beladen ist. Ich laufe zum Hoftor, zwei Männer steigen ab. Manfred kommt auch angelaufen. »Wir sollen hier ein paar Haushaltsgeräte zum Testen abliefern«, sagt der eine, der andere zieht bereits die Wagenplane ab. Viele Haushalte bekommen Geräte zum Testen, alle freuen sich am meisten über die Waschmaschinen. Wir haben ja in der neuen Gebrauchsanleitung von Testgeräten gelesen, aber dass sie so schnell geliefert würden, hätte keiner von uns gedacht. Wir bekommen eine Waschmaschine, ein Bügeleisen und eine Kaffeemaschine, dazu drei Hefte, in die wir die Testergebnisse eintragen sollen. An jedem Stecker ist eine Art Stromzähler angebracht. Die Waschmaschine wird gleich in die Waschküche gestellt und angeschlossen. Manfred passt auf, dass nichts kaputt gemacht wird. Ich unterschreibe die Lieferung und gehe zu den anderen in die Küche zum Essen.

Wir unterhalten uns über die neuen Geräte, die etwas anders aussehen, als wir alle es gewohnt sind. Die Geräte sollen nur benutzt werden, wenn Solarenergie dafür zur Verfügung steht. »Na klar, man trinkt ja auch nicht in der Nacht Kaffee oder wäscht nachts die Wäsche«, sagt Madison. »Dann kann ich ja jetzt wieder kleckern«, sagt Pietro. Wir Großen müssen alle lachen. Nach dem Essen liest Sarah gleich die Gebrauchsanleitung für die Waschmaschine, der Solarstromzähler im Keller zeigt einen ausreichenden Wert. Drei Betten werden abgezogen, alles passt locker in die Waschmaschine und schon geht's los. Sogar Waschmittel wurde mitgeliefert, es ist dem ähnlich, wie wir es kennen, flüssig, für hell und bunt, Biowaschmittel. Die Waschmaschine ist auch an das warme Wasser angeschlossen und kann somit bei Bedarf gleich warmes Wasser holen, es muss nur noch die Temperatur gehalten werden, aber nicht neu aufgeheizt werden. Wir sind alle gespannt, ob die Wäsche auch sauber wird, in 70 Minuten soll alles fertig sein. Nach 80 Minuten können wir saubere, gut geschleuderte Wäsche entnehmen und dokumentieren das auch gleich. Da wir nicht mehr Platz zum Aufhängen haben, müssen wir mit weiteren Tests warten.

Jetzt kommt die Kaffeemaschine dran. Eigentlich macht sie acht Sorten Kaffee, aber es wurden leider nur drei Sorten mitgeliefert. Was uns fehlt, ist eine Kaffeemühle, die feinen Kaffee malt, unsere Handmühle reicht dafür nicht ganz aus. Als MJ und Tom heimkommen, begutachten sie gleich die neuen Geräte, alles, was sie sagen ist: »Gut für die Frauen, aber wo bleiben wir, gibt es auch was für uns Männer zu testen?« Pietro läuft zu Onkel MJ, schaut mit großen Augen an ihm hoch und sagt: »Neiiiiiiin, aber jetzt darf ich wieder kleckern!« MJ muss lachen, hebt ihn hoch und wirbelt ihn im Kreis herum. Jetzt kommen seine Kinder auch angelaufen und wollen hochgehoben werden. MJ ist erst einmal beschäftigt.

Manfred will beim Abendessen wissen, ob es nicht auch für Männer eine Testreihe gibt, wo man sich eintragen kann. Da es niemand weiß, sagt er: »Morgen frage ich auf dem Rathaus nach, vielleicht gibt es ja landwirtschaftliche Geräte oder so.« »Oder einen Schlagbohrer oder eine elektrische Säge, oder einen Elektrorasierer«, sagt MJ. »Was willst du denn bohren?«, frage ich. »Haha ... irgendwas gibt's immer zu tun«, sagt er und grinst mich an, »du weißt schon.« »Vielleicht muss man das alles auf die Bedarfsliste im Rathaus schreiben und was am meisten gebraucht wird, das kommt zuerst«, sage ich zu allen. Ich kann mir gut vorstellen, dass die Waschmaschine das Wichtigste im Haushalt ist, was gerade fehlt. Vielleicht tragen Frauen mehr in die Liste ein als Männer. »Also ich freu mich über die Waschmaschine, das ist doch die größte Erleichterung im Haushalt«, sagt Sarah.

»Wie lange bleiben die Geräte denn bei uns zum Testen?«, fragt Manfred. »In der Anweisung steht, mindestens ein Jahr, oder bei Defekt gibt es einen Austausch oder Ersatz«, antwortet Marie. Auch sie hat schon alles genau durchgelesen. »Kaffee und Waschmittel müssen nachbestellt werden«, sagt sie, »die Bestellung wird im Rathaus abgegeben, Lieferung in zwei bis drei Wochen.« »Dann müssen wir gleich nachbestellen«, sagt Sarah, »besonders, wenn jetzt wieder gekleckert werden darf.«

Am Montagvormittag geht Manfred aufs Rathaus und erkundigt sich nach Landwirtschaftsmaschinen. Er kommt überglücklich nach Hause und erzählt ganz aufgeregt: »Es gibt Traktoren und Saatmaschinen, auch vieles andere, aber das ist mal das Erste und im Moment Wichtigste. Die Frage ist nun, willst du das und können wir uns das leisten?« »Fachlich kann ich deine Frage nicht beantworten, aber ich möchte alles, was nötig ist und auch möglich ist. Was dazugehört, musst du entscheiden«, sage ich, »du bist der Fachmann.« »Für den Anfang benötigen wir einen Traktor und eine Einkornsaatmaschine, das ist für Getreide und verschiedenes Gemüse. Den Traktor können wir für ein Jahr testen, die Saatmaschine müssen wir kaufen oder mieten.« »Wie kommen Traktor und Saatmaschine zu uns? Wo können wir alles parken?«, frage ich. »Wenn du in naher Zukunft keine Geschenke mehr in der Garage verstecken willst, ist da Platz genug.« Wir müssen beide lachen. »Wir können beides selbst in Mannheim abholen.« »Das sind jetzt 300 Kilometer, wie kommen wir denn da hin und zurück?«, frage ich Manfred. »Das habe ich auch gleich gefragt. Am Donnerstag fährt der LKW nach Mannheim, der kann uns mitnehmen«, erklärt er. »Und zurück fahren wir natürlich mit dem Traktor, die Saatmaschine hängen wir hinten dran. Tanken können wir ja hier wieder.«

Er wird ganz aufgeregt, er erzählt immer schneller. Manfred beschließt, die Saatmaschine erst mal zu mieten, weil man sie dann einfacher zurückgeben kann oder später kaufen kann, wenn sie gut ist. »Wie lange brauchen wir denn hin und zurück?«, frage ich Manfred. »Nur einen Tag, fast so, wie wir es aus der alten Welt gewohnt sind. Unsere Höchstgeschwindigkeit beträgt 50 km/h, wenn es wie bei den bisherigen Traktoren ist. Vielleicht etwas langsamer mit Saatmaschine. Einen Stau auf der Autobahn wird es ja wohl nicht geben.«

Manfred hat sich auf dem Rathaus erkundigt, wie das mit dem Guthaben oder dem Geld funktioniert. Er erklärt: »Alles, was wir erarbeiten, wird auf dem implantierten Chip gespeichert, wenn wir etwas an einer Kasse bezahlen, wird es automatisch von unserem Chip abgezogen. Wenn du etwas verkaufst, zum Beispiel einen Baum, wird es deinem Chip gutgeschrieben. Wie hoch dein Guthaben ist, kannst du auf dem Rathaus einsehen oder an einer Kasse erfragen. Es wird geplant, dass jedes Haus ein Lesegerät bekommt, sieht ähnlich aus wie ein kleiner Taschenrechner.« »Und, wie reich oder arm bin ich?«, frage ich ihn. »Keine Ahnung«, sagt Manfred, »jeder hat am Tag unserer Ankunft gleich viel Guthaben bekommen, was du dazuverdient hast, kommt dazu, was du einkaufst, geht weg. Wenn du nie was arbeitest, hast du irgendwann nur noch die Minimalversorgung übrig, weniger geht nicht.« Das sind ja tolle Neuigkeiten. »Kinder kriegen auch ein Gehalt, sozusagen ihr Taschengeld, was auch irgendwie von den schulischen Leistungen abhängt, aber ein Minimum kriegt jedes Kind«, erklärt Manfred weiter. »Und warum sagt einem das niemand?«, frage ich. »Steht in der ersten Gebrauchsanweisung, hat nur keiner von uns gelesen«, brummelt er. Ich darf am Donnerstag frei machen, eigentlich ist es ja auch meine Arbeit für meinen Bauernhof, meint Herr Schneider. »Darf ich auch mal auf dem Traktor mitfahren?«, fragt er. »Wenn Manfred das macht, gerne«, antworte ich. Am Mittwochabend packen wir einen Lunchkorb, für den Fall, dass wir kein Gasthaus finden können.

Wir müssen am Donnerstag um 8 Uhr am Rathaus sein, dort wartet der LKW auf uns. Raffael steht neben dem LKW und schaut sich alles genau an. »Hi, was machst du denn hier?«, fragt er mich. »Hi, wir dürfen mit dem LKW nach Mannheim fahren, dort holen wir den neuen Traktor ab.« Dann mache ich Raffael und Manfred miteinander bekannt. Wir haben den LKW bisher beide noch nicht gesehen, er sieht fast aus wie die bisherigen Laster, die Tanks sind hinter den Vordersitzen und über der Kabine ist ein Solardach angebracht, für die Klimaanlage und die Musik, heißt es. Toll, dann haben wir sogar Musik unterwegs. Manfred hilft mir wieder beim Einsteigen, ist schon sehr hoch, trotz Stufen. Ein Vater mit seinem Sohn fährt auch noch mit. Sie sind eigentlich aus Ehningen, jetzt wohnen sie am Stadtrand von Sindelfingen, auch sie brauchen einen Traktor und Zusatzgeräte aus Mannheim. Der Vater, Richard, ist etwa 50 Jahre alt, trägt einen kleinen Hut und Arbeitshosen. Sein Sohn, Bernd, ist etwa 25 Jahre alt, hat eine Kurzhaarfrisur und große rehbraune Augen, er sieht sehr gut aus. Dem laufen die Mädchen bestimmt hinterher, überlege ich. »Woher kennst du denn Raffael?«, fragt Manfred. »Wir waren zusammen in der Oberschule.« »Mhm«, brummelt er.

Manfred unterhält sich sehr angeregt mit Richard, sie tauschen alle möglichen Erfahrungen aus, aus der neuen und der alten Welt. Sie sind sich einig, man muss viel mehr miteinander kommunizieren in der neuen Welt, sonst kommt man nicht an die gewünschten Informationen. Ohne TV, Radio und Internet geht's halt nicht anders. Keiner klopft an deine Haustür und fragt, ob du was brauchst. Irgendwann höre ich nicht mehr zu, viel kann ich sowieso nicht dazu sagen, dann höre ich nur noch der Musik zu. Am späten Vormittag sind wir in Heidelberg. Manfred wird ganz aufgeregt. Er schaut sich interessiert um, kann aber nicht wirklich was erkennen. Wir sehen den Neckar und das Schloss, dann kehren wir in einem Gasthaus ein und der Fahrer, Matthias heißt er, hat in der Zwischenzeit Post ausgetauscht und jetzt geht's weiter nach Mannheim. Genau um 12 Uhr kommen wir in Mannheim an. Matthias setzt uns direkt bei der Traktorenfirma ab. Wir bedanken uns und wünschen ihm gute Fahrt. Er schaut auf ein Reklameschild mit großem Traktor drauf und sagt lachend: »Das wünsche ich euch auch«, und fährt wieder weiter.

»Sieht zwar etwas anders aus, aber ich erkenne die Firma noch«, sagt Manfred. Zielsicher geht er zum Empfang und meldet uns an. Wir können gleich mitkommen in die Verkaufshalle, hier geht einem Landwirt wahrscheinlich das Herz auf, denke ich. »Die Maschinen sehen toll aus«, sage ich zu Manfred. »Welche gefällt dir denn am besten?«, fragt er. »Keine Ahnung«, sage ich, »ich kann nur nach Farbe sortieren.« Ein Verkäufer kommt auf uns zu und lacht, er hat mich wohl gehört. »Na ja, dafür ist ja wohl Ihr Mann zuständig, nicht wahr?« »Ja, da haben Sie wohl Recht«, sage ich und gebe Manfred einen flüchtigen Kuss. Der Verkäufer erklärt Manfred einiges, dann sucht Manfred sich einen Traktor aus. Wir gehen zu den Saatmaschinen, auch hier entscheidet sich Manfred ziemlich schnell für eine, wahrscheinlich weil er sich damit auskennt und genau weiß, was er will. Während er noch einiges an Papieren unterschreiben muss, bekommen wir einen Kaffee serviert. Mir fällt ein, dass es ja keine Tankstellen gibt, und ich frage, wie weit wir mit einer Tankfüllung fahren können. »Locker 600 Kilometer«, sagt der Verkäufer, »in Karlsruhe ist die nächste Wasserstofftankstelle.« An der Kasse muss ich den Leasingvertrag unterschreiben und die erste Rate bezahlen. Alles klappt wunderbar, genau wie Manfred es erklärt hat.

Unser Traktor mit Saatmaschine ist für uns im Hof bereitgestellt, wir müssen nur noch einsteigen und losfahren. Die Stufen sind schon wieder so hoch, Manfred muss mir wieder helfen. Ich sitze zum ersten Mal in unserem Traktor, sehr bequem, ein tolles Gefühl, fast wie in der großen Kutsche. Nur nicht ganz so viel Platz. Wir fahren in die Stadt, unterwegs sehen wir etwas entfernt eine Baustelle. »Schau!«, sagt Manfred, »die erste Straße wird gebaut, die geht bestimmt nach Frankfurt, das sind heute etwa 150 Kilometer.« »Ja, und wo sind die dazugehörigen Autos und Laster?«, frage ich. »Die sind auch schon alle im Bau, aber eben noch sehr langsam. Du musst Geduld haben.« »Und da waren sie wieder, meine drei Probleme«, sage ich und lache. Nach ein paar Minuten finden wir ein Gasthaus, wo wir ein gutes Essen bekommen. Völlig ungewohnt, keine Pferde, kein Futter, nur ein Schlüssel in der Hosentasche. Wie schnell sich ein Mensch doch umgewöhnen kann, denke ich. Als wir wieder aus dem Gasthaus kommen, hat sich eine Menschentraube um unseren Traktor versammelt, war ja klar, so oft sieht man das heute nicht. Manfred drängelt sich durch die Menschenansammlung, hält meine Hand ganz fest und zieht mich hinter sich her.

Die Menschen gehen zögerlich aus dem Weg, aber als Manfred die Tür aufschließt, treten sie alle zurück und wir können einsteigen. »Müssen wir eigentlich den Sicherheitsgurt anlegen?«, frage ich. »Na ja, wenn wir so mit 40 Sachen über die Autobahn düsen, ist es vielleicht schon angebracht«, antwortet er, jetzt müssen wir beide lachen. Er startet den Motor, schaut in die Seitenspiegel und hupt, dass auch ja keiner überfahren wird. Dann fahren wir langsam los. Ein paar Leute winken, ich winke lächelnd zurück. Als wir aus Mannheim rausfahren, frage ich ihn, ob er noch mal nach Heidelberg fahren will. Dann können wir uns in Ruhe umsehen. »Vielleicht triffst du ja einen Bekannten oder Verwandten«, sage ich, »wär das nicht schön?« Er sagt nur mürrisch: »Nein, bestimmt nicht.« Ich sage nichts, schaue ihn nur an und lege meine Hand auf sein Knie. Nach einer Weile frage ich, ob er mir ein bisschen den Traktor erklären kann, was er auch bereitwillig macht. »Du kennst dich doch hier aus, sind die Berge hier gleich wie in der alten Welt? Oder sind sie wie in Sindelfingen anders?«, frage ich. »Der Höhenmesser hier funktioniert nicht, aber gefühlsmäßig würde ich sagen, die Berge sind abgeflacht, die Steigungen sind weniger.« Ich überlege, ob in Toms Atlas Höhenangaben und Entfernungen eingetragen sind, muss ich gleich nachsehen, wenn wir zu Hause sind. Wir fahren fast nur auf Feldwegen, was Besseres gibt es noch nicht. Aber ein Traktor ist ja dafür perfekt. Ich lese immer wieder mal in der Gebrauchsanleitung, verstehe aber nicht wirklich, was da steht, ich lege sie bald wieder zur Seite.

In Bretten fährt Manfred in die Stadt, hier machen wir eine Pause. Auch hier kehren wir in einem kleinen Gasthaus ein und können lecker essen. Manfred schaut zwischendurch aus dem Fenster nach dem Traktor, auch hier kommen die Menschen, um das Gefährt zu bestaunen. »Vielleicht hätten wir ein paar Bepperle anbringen sollen: Hands off!«, sage ich. Jetzt lacht er auch wieder. »Können wir noch ein bisschen spazieren gehen, bevor wir weiterfahren? Mein Hintern ist schon ganz platt«, sage ich. Er schaut hinter mich und lacht. »Das bezweifle ich zwar, aber ja, wir können ein paar Schritte gehen.« Um 18 Uhr machen wir uns wieder auf den Heimweg. »Weißt du«, sagt er während der Fahrt, »ich habe an Heidelberg einige unschöne Erinnerungen, an die ich nicht denken will, nicht jetzt.« »Tut mir leid, wenn ich das gewusst hätte, hätte ich dich nicht gefragt, ob du noch mal nach Heidelberg willst«, sage ich und streichle dabei seinen Arm. »Schon gut. Was meinst du, ob wir in Sindelfingen auch so bestaunt werden mit unserem Traktor?«, fragt er. »Ich glaube schon, zumal er nicht in Sindelfingen hergestellt wurde«, antworte ich. »Kann es sein, dass du durch und durch Sindelfinger bist?«, fragt er und lächelt mich an. »Ja, könnte man so sagen«, antworte ich lachend.

Ich sehe die Spitze der Martinskirche, es ist gleich 20 Uhr, ob die Kinder noch auf sind, überlege ich. Dann sind wir endlich wieder zu Hause. Der Motor ist nicht zu überhören, Tom öffnet das große Tor und wir fahren mit lautem Gehupe auf den Hof. Und wieder kommt die ganze Familie rausgelaufen. Pietro ruft ganz laut: »Ein Traktor, mit Hänger, juhuuuu!« Alle sind draußen, nur die Zwillinge fehlen. MJ: »Die Kleinen schlafen schon.« »Hörst du? Jetzt nicht mehr«, sagt Yvonne und läuft ins Haus. »Oh, tut mir leid, habe ich nicht dran gedacht«, sagt Manfred. Wieder wird der Traktor bestaunt, aber dieses Mal von der eigenen Familie. Pietro hält Sicherheitsabstand, geht in die Hocke und schaut die großen Räder an. Als Manfred ihn fragt, ob er sich mal mit ihm reinsetzen will, schreit er: »Nein, der ist zu groß«, und rennt ins Haus. MJ kommt auf mich zu und fragt: »Na, wie gefällt dir der Traktor?« »Schön rot und bequem«, sage ich. »Oh, Mom«, sagt er lachend und nimmt mich in den Arm. Die Männer parken unser neues Gefährt in der Garage und dann gehen wir endlich alle ins Haus.

Yvonne und ich bringen alle Kinder ins Bett. Pietro fragt mich, ob der große Traktor jetzt immer hier ist. Ich versuche ihn zu beruhigen und erkläre, dass es doch nur eine Maschine ist, dass er keine Angst haben muss und dass er nicht darin sitzen muss, wenn er das nicht will. Er wird ein bisschen ruhiger, aber so ganz sicher ist er sich noch nicht. Madison steht wieder auf, bringt Pietro seinen Spielzeugtraktor in sein Bett und sagt: »Kleine Kinder, kleiner Traktor, großer Mann, großer Traktor.« »Ja … ist gut«, sagt Pietro zögernd, gibt seiner Schwester und mir einen Kuss und dreht sich um zum Einschlafen. Ich packe Madison schön in ihre Bettdecke ein, »das hast du toll gesagt«, lobe ich sie, gebe auch ihr einen Gutenachtkuss und wünsche eine gute Nacht.

Dann gehe ich in die Küche zu den anderen, alle unterhalten sich über den Traktor und was man damit alles anbauen kann. Sarah stellt für Manfred und mich erst mal ein ordentliches Vesper auf den Tisch und sagt: »Ihr habt doch sicher Hunger, haut rein.« Ich esse nur ein Brot mit Schinken, habe nicht wirklich Hunger, Manfred dagegen isst das ganze Vesper auf. Ich will nur noch ins Bett. »Ich hatte einen sehr schönen und beeindruckenden Tag heute«, sage ich, »jetzt will ich nur noch in mein Bett.« Ich wünsche allseits eine gute Nacht.

In der Nacht werde ich wach, Manfred kuschelt sich an mich. Er fragt leise: »Geht es dir gut?« »Ja, es ist nur ….«, fange ich an. »Das ist alles zu viel für mich. Ich kann das nicht.« »Was meinst du denn, was ist dir zu viel?«, fragt er. »Erst der Hof, dann die Tiere, jetzt der Traktor und die Maschinen, es kommt ja noch mehr. Ich kann das alles nicht. Ich hatte nur eine kleine Wohnung und jetzt …« Er nimmt mich ganz fest in die Arme, küsst mich liebevoll und sagt dann: »Du musst nichts können, ich kümmere mich doch um alles, zusammen mit Sarah und Lukas. Du musst dir keine Sorgen machen. Ich liebe dich doch, ich pass auf dich auf, hörst du?« »Ja«, flüstere ich ganz leise, verstecke mich in seiner Umarmung und fange leise an zu weinen. Er drückt mich und streichelt mich: »Sch … es wird alles gut, glaub mir.« Dann schlafen wir beide ein.

Am anderen Morgen wache ich erst nach 8 Uhr auf, das Bett neben mir ist natürlich leer. Ich will schnell aufstehen, als ich einen Zettel auf meinem Nachttischle liegen sehe, auf dem steht: »Guten Morgen, mein Schatz, du hast nicht verschlafen, du musst heute nicht zur Arbeit, dein Büro weiß Bescheid. Erhole dich gut. Ich liebe dich. Dein Trecker-fahrer!« Ich muss lachen und stehe trotzdem auf, dann gehe ich in die Küche. Sarah ist dabei, Brot zu backen, sie hat mein Frühstück stehen gelassen. »Guten Morgen«, sage ich, »die anderen sind wohl schon alle weg. Ist Madison in der Schule?« »Ja, klar, alles erledigt. Manfred hat Rebekka am Kindergarten abgefangen und Bescheid gesagt. Rebekka meinte, mit dem gestrigen Tag hast du sowieso Überstunden gemacht. Das gehört zu deiner Arbeit auf dem Hof, du musst dir also keine Sor-gen machen. Wenn ich dir helfen kann, wobei auch immer, dann sag's mir einfach, okay?« »Ja, kann ich an den Herd? Ich will mir ein Rührei machen«, sage ich. Sarah steckt mit beiden Händen im Brotteig, »ich kann grad nicht«, sagt sie und nickt. Manfred kommt in die Küche, schaut mich an und fragt: »Guten Morgen, mein Schatz, geht's dir bes-ser?« »Guten Morgen, ja, ein bisschen besser ist's schon«, antworte ich, »willst du auch noch Rührei?«, frage ich ihn. »Ja, lass uns zusammen frühstücken, in mich passt noch mal was rein.« Ich schau ihn von Kopf bis Fuß an: »Ja, das glaub ich dir gern.« Er umarmt mich, ich kann kaum die Eier in der Pfanne rühren. Sarah lächelt uns beide an. »Es ist schön, euch so zusammen zu sehen«, sagt sie dann. Beim Frühstück erklärt Manfred mir, was er alles anbauen will. Im Handbuch steht genau, wie viel Getreide und Gemüse wir anbauen müssen, der Rest ist uns frei überlassen. »Kann uns das jemand vorschreiben?«, frage ich. »Na ja, die Menschen brauchen ja genug zu essen, die Tiere auch. Aus diesem Grund ist auch noch alles rationiert. Irgendwann wird sich das auch wieder ändern«, erklärt er mir. »Für den Eigenbedarf haben wir mehr als genug Platz im Garten, darum kümmert sich Sarah dann und vorerst auch noch Marie, solange es keine Schule für sie gibt.« »Oh ja, wann kann ich denn endlich damit anfangen?«, fragt Sarah. »Wenn du magst, gleich nächste Woche, Marie soll dir helfen.« »Das ist ja wunderbar, ich freu mich so darauf«, sagt Sarah ganz aufgeregt.

»Ich will heute noch die Felder ausmessen und abstecken, dazu kommt der Traktor zum ersten Mal in Einsatz. Er kann automatisch messen und markieren, so genau kann man das nicht von Hand, eine tolle Erfindung«, erklärt er mir. »Keine Angst, du musst nur dasitzen, ich kann dir alles erklären, was du willst.« »Ob ich das kann?«, frage ich und schaue in Richtung meines Hinterteils und muss dabei lachen. »Was hältst du von einer Pferdekoppel direkt hinter dem Pferdestall, da können die Pferde raus und rein, wie es ihnen gefällt, und sie haben immer genug Bewegung? Am Abend schauen wir, dass alle wieder drin sind«, sagt Manfred. »Das hört sich gut an, können wir das einfach so machen? Brauchen wir eine Genehmigung, haben wir das benötigte Material?«, frage ich ihn. »Wir brauchen keine Genehmigung, Holz haben wir genügend, wir müssen nur einen Zaun und zwei Gatter bauen. Wiese ist ja genug vorhanden. Lukas und ich können das zusammen bauen, vielleicht haben MJ und Tom auch mal Lust zu helfen.« »Gut, dann machen wir das so«, sage ich dankbar. »Weißt du, so einen Hof habe ich mir immer gewünscht und jetzt ist ein Traum für mich in

Erfüllung gegangen«, sagt er und schaut mich liebevoll an. Dann geht er den Traktor vorbereiten und ich setze mich an die Nähmaschine, Sarah braucht gerade keine Hilfe. Die Gardinen für die erste Etage sind noch nicht fertig, vielleicht schaffe ich es ja diese Woche.

Mittags hole ich die Kinder und Yvonne von der Schule ab. »Geht's dir wieder gut?«, fragt Madison. »Kannst du jetzt wieder mit mir spielen?«, fragt Pietro. »Ja, ist alles wieder gut«, versichere ich ihnen. Ich schaue Yvonne an und sage: »Mit so einer tollen Familie kann es mir doch nur gut gehen, oder?« »Ja, wir sind eine prima Familie«, sagt Yvonne. »Wir sind immer alle füreinander da.« »Heute Nachmittag gehe ich mit Manfred Traktor fahren, er will die Felder irgendwie ausmessen und markieren. Kannst du bitte auf die Kinder aufpassen?«, frage ich Yvonne. »Ja, klar, gerne, kein Problem«, sagt Yvonne lächelnd. Zu Hause wartet das Mittagessen, es gibt Bratkartoffeln mit Speck und dazu Bohnensalat.

Nach dem Essen fahre ich mit Manfred auf die Felder, erst jetzt wird mir bewusst, wie viel Land das ist. Ich kann es gar nicht richtig wahrnehmen, aber Manfred meint, wenn erst mal alles bepflanzt ist, werde ich es besser sehen können. Wir werden jeweils zwei Hektar Weizen und Hafer anpflanzen, jeweils einen Hektar Roggen, Karotten, Bohnen und Rüben. »Dann haben wir noch zwei Hektar zur freien Verfügung, was machen wir denn damit?«, frage ich Manfred. »Wie wär's mit Obst, Apfel, Birne, Himbeeren, Johannisbeeren, Erdbeeren, Rhabarber und so?«, schlägt er vor. »Das Obst können die Leute selbst ernten, Diebstahl ist ja in diesen Zeiten nicht möglich.« »Warum ist das nicht möglich?«, frage ich. »Ich habe gerade dein Eigentum abgesteckt, wir müssen nur noch die Familienmitglieder eintragen, mit diesem Computer im Traktor, dann kann niemand etwas unbezahlt vom Grundstück mitnehmen. Nachher stecke ich noch unseren Hof ab, dann brauchen wir vor Diebstahl oder Eindringlingen keine Angst zu haben. Ob ich das mit dem Wald auch so machen kann, weiß ich noch nicht, da kann ich nicht überall fahren.« »Das ist ja 'n Ding, einfach klasse. Irgendwann wird es in jedem Laden, Privathaushalt und in jeder Firma so sein, oder? Dann kann es auch keinen Diebstahl mehr geben, keinen Einbruch und vielleicht auch keinen Überfall. Das wär doch toll«, sage ich. »Ja, aber vergiss nicht, das hier ist erst einmal ein Test, für ein Jahr, wir können nur hoffen, dass es so klappt, wie es geplant ist. Wär schon schön«, sagt Manfred.

Nach einer Weile frage ich ihn, ob der Computer denn auch ohne Traktor funktioniert, ob man ihn ausbauen kann. »Das muss ich nachlesen, aber wenn das geht, kann ich problemlos alles abstecken, was uns gehört und wir können im Wohnzimmer sitzen und die Familie einspeichern. Das ist eine prima Idee, hoffentlich klappt's«, antwortet er erwartungsvoll. Wir kommen gerade noch rechtzeitig heim, dass Manfred die Kühe melken kann. »Die Kühe müssen wir mindestens fünf Jahre behalten, was hältst du von einer Einzelmelkmaschine, die kann doch jeder bedienen? Dann muss ich mir keine Sorgen machen, ob ich rechtzeitig zu Hause bin«, fragt Manfred beim Einparken. »Wenn du das für sinnvoll hältst und wenn es das schon gibt, klar, spricht nichts dagegen. Und überhaupt profitiere ich ja auch davon«, sage ich. »Wie das?«, fragt er. »Na, dann hab' ich mehr von dir, wenn du nicht dauernd im Stall rumhängst«, sage ich. »Ich häng' nicht rum, ich arbeite«, protestiert er. »Ist ja gut«, flüstere ich, »ist nicht böse gemeint.« Ich streichle über sein Haar. Marie und Lukas sind auch im Stall, beim Füttern und Ausmisten. Ich nehme die Gebrauchsanleitung vom Traktor mit ins Haus und begrüße meinen Sohn und Tom, die im Wohnzimmer Schach spielen und Musik hören.

In der Küche kann ich noch beim Abendessen-Vorbereiten helfen. Pietro kommt ganz aufgeregt in die Küche gerannt: »Gut, dass dich der große Traktor nicht aufgefressen hat, ich hab so Angst gehabt.« Ich nehme ihn in den Arm und sage: »Nein, der Traktor frisst niemanden auf. Du musst keine Angst haben.« Madison erzählt mir, dass sie heute Nachmittag wieder auf Zottel reiten durfte und dass sie es immer besser kann. Pietro sagt mir stolz, dass er Zottel auch mal angefasst hat, ganz alleine. Bis zum Abendessen spiele ich noch mit Pietro und Madison, sie sind beide froh, dass sie mich wiederhaben, ich bin auch froh. Den ganzen Tag Traktor fahren ist nicht mein Ding, denke ich. Endlich kommen die drei Farmer wieder rein, für heute sind alle fertig. Beim Abendessen berichtet Manfred vom Grundstück- und Felder abstecken und von dem Computer im Traktor. MJ meint, in der Gebrauchsanleitung müsste was von portabel oder Laptop oder Station stehen. Manfred und MJ wollen sich nach dem Essen gemeinsam darüber informieren. Pietro geht zu Manfred, umarmt ihn und sagt: »Aber pass gut auf, dass die Maschine euch nicht beißt, wenn ihr was abmacht. Papa hat unserer Katze mal ein Junges weggenommen, da hat sie ihn auch gebissen und gekratzt.« »Ja Pietro, wir passen gut auf, dass nichts passiert. Das verspreche ich dir«, beruhigt Manfred ihn und nimmt ihn zu sich auf den Schoß.

Zusammen gucken sie die Bilder in der Gebrauchsanleitung an. »Hier steht was von Laptop-Tablet, schau mal«, sagt Manfred zu MJ und reicht ihm die Gebrauchsanleitung. »Ja, kann man ausbauen, wollen wir zusammen danach schauen?«, fragt MJ. Manfred nickt. Lukas und Tom gehen auch mit. Yvonne und ich bringen die Kinder ins Bett, Marie und Sarah machen die Küche fertig. Wir Frauen setzen uns ins Wohnzimmer und planen die Näharbeiten für unsere Kleidung. So ganz einfache Schnittmuster kann ich noch zeichnen, fehlt nur noch ausreichend großes Papier. Vielleicht finden wir ja morgen welches im Kaufhaus. Die Männer kommen erst wieder ins Haus, als wir Frauen schon zu Bett gehen. Am Samstagnachmittag werden alle Familienmitglieder in den Computer einprogrammiert, MJ geht mit Manfred ums Grundstück, um es abzustecken. MJ freut sich, endlich wieder einen Computer in der Hand zu halten, wenn's auch noch kein eigener ist.

Eine Testmelkmaschine können wir ab April geliefert kriegen, solange muss Manfred noch warten, aber er hat ja genug zu tun. Er ist jeden Tag auf den Feldern und sät. Er freut sich, dass er die große

Maschine hat, damit kann er fast sechs Meter Breite auf einmal fertig machen. Wir beide waren auch schon einmal an der Tankstelle, Tanken ist nur ein bisschen anders als Benzin zu tanken und dauert etwas länger, etwa zehn Minuten. Die Ackerflächen neben und hinter dem Hof, etwa zwei Hektar, werden für Kuh- und Pferdeweide angelegt. Etwa vier Ar werden mit Kartoffeln bepflanzt, sollte für uns alle ein Jahr lang ausreichen, meint Manfred. Hinter dem Haus wird ein Gemüsegarten angelegt, etwa zwei Ar, der Traktor ist dafür zu groß, aber mit einem Pferd kann alles ganz schnell umgepflügt werden, gesät wird dann von Hand. Ich freue mich schon auf die eigene Ernte, demnächst kann ich einfach in den Garten gehen und Schnittlauch und Petersilie ernten. Natürlich kann ich auch frischen Salat und Erdbeeren holen, das wird toll. Die einzelnen Furchen werden auch von Hand wieder abgedeckt. Alles funktioniert wunderbar, dank Manfred mit seinen genauen Anweisungen und Hilfestellungen. Ohne ihn wären wir alle aufgeschmissen. Aber am wichtigsten ist für mich, dass ich eine neue Liebe gefunden habe.

Kapitel 13

Am Sonntag ist Ostern, wir gehen wieder alle in die Kirche. Auf dem Heimweg haben die Männer immer wieder mal ein Osterei versteckt, dass die Kinder es finden können. Timmy sieht als erster ein Osterei, er schaut auf Papa und fragt: »Haben, ja?«, und nickt dazu. Auch Papa nickt. Pietro hat auch ein Ei gefunden, aber dies ist aus Schokolade, er bringt es zu Lukas und freut sich. Nach und nach finden alle vier ein paar Ostereier, ein paar bunte gekochte Eier und ein paar Schokoladeneier. Zu Hause legen wir alles in einen großen Brotkorb, in der Zwischenzeit verstecken Sarah und MJ noch ein paar kleine Spielsachen im Garten. MJ kommt in die Küche, wo wir noch alle um den Brotkorb herumstehen, und sagt: »Schaut mal, ich habe im Garten noch mehr Eier gefunden«, und legt noch zwei Eier in den Korb. Die Kinder rennen alle wieder raus, kreuz und quer durch den Garten, sie suchen überall, bis sie alles gefunden haben. Am wichtigsten sind für alle die Sandspielsachen. Damit es keinen Streit gibt, hat jedes Kind die gleichen Spielsachen, nur in verschiedenen Farben, bekommen. Madison kommt zu Manfred und mir angelaufen und fragt: »Und wo ist der Sandkasten?« »Der Sandkasten steht noch in der Garage, den können wir erst am Dienstag aufstellen, dann erst wird der Sand geliefert, ging leider nicht früher, mein Schatz«, sage ich zu ihr. Am Dienstagmorgen wird der Sand geliefert und auch gleich in den Sandkasten gefüllt. Manfred baut ein Brett, mit dem man den Sandkasten abdecken kann, wenn gerade nicht gespielt wird. Da Osterferien sind, können die Kinder den ganzen Tag spielen. Jetzt ist natürlich erst einmal Sandeln angesagt, das neue Spielzeug muss schließlich ausprobiert werden.

April im Jahr 2

Seit dem ersten April gibt es neue Kleidung, ich würde es als Frühjahrsmode bezeichnen. Jetzt sind die Kleider nicht mehr so rationiert, es gibt ein wenig mehr Auswahl. Eine Grundausstattung mit dreimal Frühjahrskleidung bleibt allerdings erhalten. Wer will und kann, bekommt auch noch mehr, besonders Frauen kaufen ein paar Extra-Kleidungsstücke. Ich nehme noch drei Extra-Kleider mit und ein zusätzliches Paar Sandalen. Madison bekommt noch neue Schulkleidung zusätzlich, das freut sie ganz besonders. In der alten Welt war Kleidung etwas Selbstverständliches, zumindest für die meisten Menschen, heute kann man sich wieder darüber freuen, weil es noch nicht so viel Auswahl gibt. Ich bin gespannt, wie das mit dem Wetter hier klappt. Bisher hat es nachts meistens etwa zwei Stunden lang geregnet, wirklich so praktisch, wie Marie das mal gesagt hat. Seit dem 10. April haben wir jeden Tag mindestens 20 Grad, in der Nacht wird es nicht mehr kälter als 10 Grad. Manchmal sind ein paar Wolken zu sehen, aber es hat tagsüber noch nicht geregnet. Alles wächst perfekt.

Die Melkmaschine wird geliefert, Manfred probiert sie gleich am Abend aus. Er meint, er gibt uns Einzelunterricht, das ist besser, als alle zusammen zu unterrichten. Nach einer Woche können wir schon alle melken. Sarah und ich haben es sogar geschafft, Quark und Frischkäse selbst zu machen. Mit ein wenig Übung können wir es immer besser, zumindest kann man es schon essen.

Lukas und MJ haben ein paar Holzbänke und Holztische für den Garten gebaut und einen großen Grill hinter dem Haus, ähnlich wie in der Waldhütte. Am Samstag, dem 16. April, wird am Nachmittag zum ersten Mal gegrillt, es ist Sarahs Geburtstag. Sie hat ein paar Leute eingeladen, Gisela und Daniel mit Familie und noch zwei Frauen, die sie auf dem Wochenmarkt kennengelernt hat, auch mit Familien. Wir haben eine wunderbare Feier, es gibt unendlich viel zu essen und zu trinken. Die Kinder toben alle im Garten rum, schaukeln, spielen Ball und vieles mehr. Marie, Lukas, Manfred und ich machen schnell alles im Stall fertig und fahren die Milch weg, dann können auch wir wieder mitfeiern. Als es dunkel wird, zünden wir die Kerzen in den Lampions an, die wir aufgehängt haben, es sieht wunderschön aus. Ich kann mich lange mit Gisela unterhalten, ich bin so froh, dass wir uns wiedersehen können. Sie erzählt mir von dem Job im Kinderheim, den sie an eine Frau aus der Nachbarschaft weitergegeben hat, da sie in der Nähe ihrer Wohnung eine Anstellung gefunden hat.

Als Madison das Wort Kinderheim hört, kommt sie angelaufen und fragt: »Was ist mit dem Kinderheim?« »Da arbeitet jetzt eine richtige Köchin und das Essen schmeckt jetzt immer gut«, sage ich zu ihr. »Oh, gut«, sagt sie beruhigt und rennt wieder zu den anderen Kindern, um zu spielen. Irgendwann kommt Peter zu mir und sagt: »Du hast immer noch keinen Hund und keine Katze.« »Da hast du Recht, aber ich habe andere Tiere, hast du sie schon gesehen?« frage ich. »Mhm.«

Daniel hat ein Akkordeon mitgebracht, er spielt so richtig schön zum Tanzen. Wir tanzen alle barfuß auf der Wiese, fast wie vor etwa 30 Jahren, es ist einfach nur herrlich. Ich erzähle Manfred von einer Sommernacht in Freiburg, wie wir mit musizierenden Studenten auf dem Münsterplatz barfuß getanzt haben. »Hast du da auch gewohnt?«, fragt er. »Nein«, sage ich, »aber wir waren jedes zweite Wochenende bei meinen Eltern, die damals dort in der Nähe gewohnt haben.« Ausnahmsweise bringen Yvonne und ich die Kinder erst nach 21 Uhr zu Bett, sie schlafen auch sofort ein, obwohl noch Musik im Garten spielt. Gisela und ihre Familie schlafen heute Nacht bei uns, es stehen ja noch vier Betten leer. Wir feiern bis weit nach Mitternacht. Manfred und ich fahren die anderen Gäste mit der großen Kutsche heim. Wir beide haben noch eine wunderschöne Liebesnacht, sogar mit ganz leiser Musik zum Träumen. Ich gehe in Lukas' Zimmer, schalte den Wecker aus und lege einen Zettel auf sein Nachttischle: Kühe sind fertig, schlaf weiter, Mom. Dann gehen Manfred und ich melken, nach 30 Minuten sind wir fertig und können noch mal schlafen gehen.

Am Sonntag zeigt Manfred jedem, der will, die Tiere und natürlich den Traktor. Peter will gern mal mitfahren, aber Sonntag ist absolutes No-Go, außer in Notfällen. Manfred lädt ihn ein, für eine Woche zu uns zu kommen, dann ist Erntezeit, da fährt er fast jeden Tag raus. Peter ist begeistert, Gisela und Paul sind auch einverstanden. Martina darf natürlich auch mitkommen, auch wenn sie nicht mitfahren will. Am Nachmittag fahren wir die Familie wieder nach Stuttgart.

Ende April wird das Fundament für die Bäckerei gegossen, gleich danach kommt der Wohnblock dran. Geht zwar noch alles sehr langsam, da es keine großen Mischer gibt, aber besser langsam als gar nicht, denke ich. Für den Innenausbau der Bäckerei liegt alles parat, die beiden Backöfen werden im Mai geliefert, also alles perfekt. Die Mühle und die dazugehörigen Silos sind schon fast fertig, bis zur Ernte sollte alles einwandfrei funktionieren. Die Mühle fällt zwar nicht auf die Gemarkung von Sindelfingen, aber Herr Schneider hat sich trotzdem darum gekümmert, war ja kein anderer Architekt in Reichweite.

Mai im Jahr 2
Wir müssen einen Mähdrescher kaufen oder leasen, außerdem brauchen wir noch zwei Anhänger, um die Ernte auch transportieren zu können. Die Anhänger müssen wir kaufen. Beides kann im Juli geliefert werden. Manfred hofft, dass es auch klappt, im August müssen wir ernten. Er verabredet sich mit drei anderen Landwirten, die auch Interesse an Mähdreschern haben, zu dritt werden sie sich einig, der vierte Landwirt will alles anders machen, auch gut. Auch zu dritt kann der Mähdrescher mit einigen anderen Maschinen geleast werden. Ich bin froh, dass alles so gut geklappt hat.

Die Schweine werden zum Schlachter gebracht, Gott sei Dank bin ich nicht zu Hause. Schon eine Woche später werden die neuen Schweine geliefert, dieses Mal hat Manfred dafür gesorgt, dass wir ein Muttertier bekommen, dann können wir die Ferkel verkaufen und meine Tiere werden nicht mehr zum Schlachter gebracht. Die Sau muss zwar gedeckt werden, aber das ist mir egal.

Am 8. Mai ist Muttertag, die Männer und Jungs sorgen dafür, dass wir Frauen alle einen wunderschönen Tag haben, wir fahren wieder in die Waldhütte, dort werden wir von den Männern bekocht, die Kinder sind aus irgendeinem Grund besonders lieb. Genug Kuchen haben wir schon am Samstag gebacken. Wir Frauen haben nur beim Einpacken geholfen. Daniel kommt mit seiner Familie später noch in die Waldhütte, seine Frau Laura ist sichtlich sehr froh, mit uns feiern zu können. Yvonne fragt sie, ob sie nicht beide Kinder in den Kindergarten bringen möchte, mit drei und vier Jahren wäre es doch auch gut für die Kinder. Laura meint, sie hätte keinen Beruf gelernt und hätte sowieso keine Arbeit. »Wenn du möchtest, können wir versuchen, dir bei der Jobsuche behilflich zu sein«, sagt Yvonne zu ihr. »Dann kommst du auch mal aus der Wohnung raus und kannst unter Menschen sein. Sozialer Kontakt ist doch auch für dich wichtig, oder? Weißt du denn, was du gerne arbeiten würdest?«, fragt Yvonne. »Ich möchte nur unter Menschen sein, keine Maschinen und kein Büro«, sagt sie. »Wir können uns am Montag nach 12 Uhr im Rathaus treffen und dort die Jobangebote durchschauen, wenn du das möchtest«, biete ich ihr an. Manfred hat zugehört und sagt an mich gerichtet: »Nach 12 Uhr kann auch 18 Uhr sein«, und grinst. »Was?«, fragt Laura entsetzt. »Nein, das heißt fünf oder zehn Minuten nach 12 Uhr, wenn du halt aus dem Büro kommst, gell?«, und schaut mich fragend an. »Na klar, wir verstehen uns schon richtig«, sage ich und lächle in Manfreds Richtung.

Daniel hat wieder sein Akkordeon mitgebracht, wir können tanzen und singen, jetzt kommt so richtig Stimmung auf. Am späten Nachmittag kommen ein paar Leute des Weges. Sie bleiben stehen und schauen zu, wie wir tanzen und wie die Kinder spielen. Ich frage Manfred, ob wir sie einladen sollen, er hat keine Einwände. Ich winke ihnen zu, dass sie zu uns kommen können. Der junge Mann, etwa 30 Jahre alt, brünettes kurz geschnittenes Haar, ein kleiner Schnurrbart, hält ein kleines Kind im Arm. Die junge Frau, etwas rundlich, etwa so groß wie Yvonne, scheint an der Musik Spaß zu haben.

Plötzlich springt MJ auf und geht auf den jungen Mann zu: »Dirk, bist du das? Wie lange haben wir uns nicht gesehen?« »Na, so ziemlich genau zehn Jahre, darf ich dir meine Frau Christine vorstellen?«, sagt Dirk. »Und das ist unsere Tochter, Anita, sie ist erst sieben Monate alt. Sie ist das vierte Kind, das in der neuen Welt in Sindelfingen geboren wurde.« Während wir anderen weitertanzen, stellt MJ seine Familie vor. Ich kann mich nur flüchtig an Dirk erinnern. Dirk und Christine setzen sich und MJ bietet ihnen zu essen und zu trinken an. Christine ist 28 Jahre alt, hat langes blondes Haar, blaue Augen.

Marie setzt sich neben Christine, die jetzt ihre Tochter im Arm hält, und fragt, ob sie das Baby mal halten darf. Marie ist hin und weg von der Kleinen, sie ist aber auch süß anzusehen. »Wenn sie nicht weint«, sagt Christine und legt ihre Tochter in Maries Arm. Sie weint nicht, Marie wiegt sie sachte hin und her, dazu summt sie das Lied mit, das Daniel gerade spielt. Christine ist erstaunt, kann aber in Ruhe essen, die Kleine scheint nicht immer bei jedem ruhig zu sein. Dirk geht sogar mit Christine tanzen, die beiden genießen ihre Zweisamkeit. Unsere vier Kinder kommen zu Marie und wollen das Baby ansehen, da will die Kleine gerade anfangen zu weinen, Tommy steckt ihr ganz fest den Schnuller in den Mund und sagt: »So, nit weine.« Die Kleine schaut ihn mit ihren großen braunen Augen an und weint wirklich nicht. »Ein Wunder, kann man euch beide auch ausleihen?«, fragt Christine. »Nein«, sagt Pietro, »die körn uns.« Alle lachen. Manfred und Lukas fahren kurz mit dem kleinen Wagen heim zum Melken und sind nach zwei Stunden wieder bei uns. Wir haben noch viel Spaß alle zusammen. Am Abend nehmen wir Dirk und Daniel mit ihren Familien mit in die Stadt.

Ich wundere mich, warum MJ Dirk noch nicht in Sindelfingen getroffen hat, aber ich habe ja auch noch kaum Bekannte hier gesehen. Vielleicht weil wir weiter stadtauswärts wohnen, in der Stadtmitte wäre es womöglich anders. Eigentlich können wir nur 16 Personen transportieren, aber wir nehmen die Kinder auf den Schoß, die kurze

Strecke geht das schon. So viel Verkehr gibt es noch nicht, dass man ausweichen müsste oder Angst haben muss, dass man von einem anderen Fuhrwerk von der Straße gedrängt wird. Manfred meint, das kann man verantworten. Es war ein wunderschöner Tag.

Abends im Bett überlege ich mir, ob es vielleicht vielen jungen Frauen so geht wie Laura, ohne Geräte können sie keinen Haushalt führen, sie tun sich sehr schwer mit all den Arbeiten, die man jetzt von Hand erledigen muss, ohne Waschmaschine, Staubsauger und so weiter. Viele Haushalte haben schon Geräte bekommen, aber eben nicht alle. Vielleicht könnte man Frauen mit guten hausfraulichen Kenntnissen dazu bewegen, den anderen unter die Arme zu greifen. Nicht als Haushaltshilfe, sondern vielmehr als Lehrerin, allerdings immer in dem Haushalt, wo diese Kenntnisse fehlen. Ich erzähle Manfred von meiner Idee, er meint nur: »Wer geht denn umsonst arbeiten, oder wie hast du dir das vorgestellt?« Man kann doch auch arbeiten gehen, um Gutes zu tun, um anderen zu helfen, man kann dabei auch Ansehen erlangen. Mit der Zeit spricht es sich vielleicht rum: »Du, die Frau XY hat mir ganz tolle Ratschläge und Hilfestellungen gegeben, frag die doch mal, oder so ähnlich.« Ich schreibe es morgen an die Pinnwand.

Am Montagmorgen erfahre ich im Büro von Herrn Schneider, dass in Hamburg damit begonnen wurde, Bahngleise zu verlegen, zwei Kilometer täglich. »Na, das kann ja dauern, bis sie bei uns angekommen sind«, sage ich. »Ja«, sagt er, »aber in München haben sie auch angefangen. Das sind nur 450 Kilometer, wenn es stimmt, dass die Entfernungen doppelt so lang sind wie in der alten Welt. In einem Jahr ist diese Strecke also fertig. In etwa 18 Monaten ist München mit Hamburg verbunden. Parallel werden unterirdische Stromtrassen verlegt, etwa zwei Kilometer pro Tag. Auch die Stromtrassen sind in 18 Monaten verlegt.« Ich frage Herrn Schneider, wie der Straßenbau vorangeht, das weiß er nicht genau. Er kann mir nur sagen, dass es für die Landeshauptstädte jeweils vorerst nur eine Straßenbaumaschine gibt. Also würde ich wohl noch lange Zeit auf festgestampften Straßen und Feldwegen mit meiner Kutsche fahren.

Ich arbeite noch bis 12 Uhr an meinem Modell weiter, dann halte ich Ausschau nach Laura. Ich schau mir die Stellenangebote an, die meisten haben mit Baustellen zu tun. Da kommt Laura zur Tür herein und fragt mich, ob ich schon was gefunden hätte. »Leider nein, aber wir können ja mal fragen gehen«, sage ich und nehme sie mit zum Schalter. Hier wird uns mitgeteilt, dass es noch eine Stelle in der Weberei und ein paar Putzstellen gibt, für die letzte freie Stelle im Gasthaus hätte sich gerade jemand vorgestellt, aber bis jetzt ist die Stelle noch nicht vergeben. Laura sagt zu mir: »Das wäre doch mal was gewesen, als Bedienung hätte ich gern gearbeitet.« »Dann lass uns doch schnell ins Gasthaus gehen, vielleicht hast du Glück«, sage ich und schiebe sie sanft zur Tür. Sie hat Angst vor einem Vorstellungsgespräch, aber ich beruhige sie, »das ist hier bis jetzt noch kein Problem. Keine Angst, du schaffst das schon, wenn ich kann, helfe ich dir gern, wenn du das möchtest.« Im Gasthaus angekommen, geht alles ganz einfach und schnell, sie kann am Vormittag bedienen, oder in der Küche und beim Einkaufen aushelfen. Sie schaut mich an und ich sage ihr, »ich würde den Job nehmen.« Sie nimmt den Job an und kann nächste Woche anfangen. Als wir uns auf den Heimweg machen, gratuliere ich ihr zum Job und lade sie mit ihrer Familie zu meiner Geburtstagsfeier am Samstag ein. Sie freut sich, ich habe das Gefühl, sie ist fünf Zentimeter gewachsen, sie strahlt plötzlich Freude aus. Sie meldet ihre Kinder gleich im Kindergarten an, ab Mittwoch kann sie die Kinder zur Probe vorbeibringen, aber Yvonne meint, es wird schon keine Probleme geben. Wir essen alle zusammen zu Mittag, dann geht Laura wieder heim, um ihrem Mann von der Neuigkeit zu berichten.

Anschließend plane ich mit Sarah und Marie meine Geburtstagsfeier, Manfred bittet mich, zu ihm in den Stall rauszukommen. Ich sitze eine Weile auf einem Heuballen, bis er zu mir kommt und fragt, was ich gerade denke. »Ich träume, weißt du, ich habe noch so viele

Träume, ein paar davon würde ich gern wahrmachen«, antworte ich. »Was träumst du denn?«, fragt er. »Von einer Sommernacht, Arm in Arm mit dir, an einem Strand spazieren gehen, und einfach nur glücklich sein«, sage ich. »Es sind nur ein paar Schritte bis zum See«, lacht er. Jetzt muss ich auch lachen und sage: »Ein bisschen größer habe ich mir den Strand schon vorgestellt und Sommer ist es bis jetzt auch noch nicht.« Wir gehen noch eine Weile spazieren, es knistert, wir küssen uns, leider müssen wir wieder heim, die Stallarbeit wartet.

Madison und Pietro wollen unbedingt mit mir im Garten spielen, die Zwillinge kommen auch mit raus. Eigentlich brauchen uns die Kinder gar nicht, Yvonne und ich sitzen nur auf einer Bank am Grill und unterhalten uns. Yvonne sieht ein bisschen blass aus, ich frage sie, ob es ihr gut geht. »Ja, ja, es ist alles okay, mir geht's gut«, sagt sie. »Mhm«, brummle ich. Zwischendurch rufen die Kinder immer wieder mal, dass wir mal gucken sollen, was sie können und was sie gebaut haben. Manfred kommt aus dem Stall und fragt, was wir machen. »Nichts«, sage ich. Er setzt sich zu uns mit den Worten: »Okay, ich helfe euch dabei.« Jetzt schauen wir alle drei den Kindern zu, bis Sarah uns zum Abendessen reinruft. Heute fährt Lukas zur Molkerei, da haben Manfred und ich noch ein wenig Zeit füreinander. Wir haben uns angewöhnt, alle Kinder fast gleichzeitig zu baden, dass sie auch gleichzeitig zu Bett gehen, auf diese Weise fühlt sich keiner benachteiligt.

Am Mittwochmorgen steht ein herrlicher Tulpenstrauß auf meinem Nachttischle, trotz Geburtstag muss ich aufstehen. Manfred kommt gerade ins Schlafzimmer zurück, gratuliert mir zum Geburtstag, hält mich fest und küsst mich liebevoll. »Ich wünsche uns beiden, dass wir nie wieder voneinander getrennt werden, ich liebe dich so sehr«, enden seine Geburtstagswünsche. Ich habe schon wieder Tränen in den Augen vor Rührung, bedanke mich und küsse ihn ebenfalls ganz liebevoll. Dann gehen wir frühstücken.

Ich nehme einen Geburtstagskuchen mit ins Büro, die Frauen essen ihn gern, die Männer essen lieber herzhaft. Okay, denke ich, nächstes Jahr backe ich noch eine Herrentorte. Es ist trotzdem eine willkommene Abwechslung im Büroalltag. Den Nachmittag darf ich mit Manfred alleine genießen. Wir gehen zu unserem kleinen See. Dort ist ein Picknick vorbereitet, ich freu mich ja so drauf, endlich mit Manfred allein, in aller Ruhe. Er überreicht mir ein sehr schön eingepacktes Geschenk und schaut mich dabei liebevoll an. Ich öffne die Schachtel, eine Schleife liegt drin. »Mach sie auf«, sagt Manfred. Als ich die Schleife rausnehmen will, entfaltet sich ein Kunstwerk aus Papier und darin eingepackt ist ein wunderschöner Ring. Ich bin so überwältigt. »Warum weinst du denn jetzt?«, fragt er. »Ich bin so glücklich, glücklich, dass wir uns gefunden haben«, antworte ich. »Ich liebe dich so sehr. Ich will dich nie mehr verlieren. Ich will alles tun, dass du glücklich bist«, flüstert er.

Der Samstag gehört Freunden und Familie. Ich habe auch Margit, Ellen, Rebekka und Raffael mit ihren Familien eingeladen. Wir feiern wieder im Garten, es ist schön, wie immer. Gisela kommt mit Familie am Samstagnachmittag. Auf sie freue ich mich immer am meisten. Laura meint, sie sei ganz aufgeregt, weil sie am Montag zu arbeiten anfängt. »Und weißt du was?«, sagt sie, »die Kinder haben mich gar nicht vermisst, das hat mich schon ein bisschen traurig gemacht. Aber ich bin auch froh, dass sie gern in den Kindergarten gehen, dann muss ich mir keine Sorgen machen.« Das hat mir Yvonne schon erzählt, und ich sage zu Laura: »Das ist doch toll, ich freu mich für dich. Du wirst sehen, der Montag wird wunderbar.« Da unsere Einmannband wieder schöne Musik spielt, tanzen wir am Abend. Ich freue mich, dass Gisela wieder mit ihrer Familie bei uns übernachtet, dann müssen sie nicht frühzeitig aufbrechen.

Nach dem Grillen kommt MJ mit Yvonne zu mir und sagt: »Wir haben noch ein Geburtstagsgeschenk für dich, Mom.« Ich schaue die beiden erstaunt an, weil wir ja abgesprochen hatten, dass nur die Partner sich Geschenke machen. »Wir vergrößern die Familie, du wirst noch mal Oma.« »Das ist ja wunderbar, herzlichen Glückwunsch«, gratuliere ich MJ und Yvonne. Alle anderen kommen auch zum Gratulieren, auch Madison. Dann sagt sie zu MJ: »Dann wird mein Stückchen Oma ja noch kleiner.« Alle, die es gehört haben, müssen lachen. Ich nehme Madison in die Arme und versichere ihr, dass es bei mir immer genug Platz und Zeit für sie geben wird, und für Pietro auch. Besonders, weil ihre Mama nicht hier ist, aber das denke ich nur für mich.

Sarah macht sich Sorgen um ihre Tochter und sagt: »Aber warum denn jetzt schon?« »Die Zwillinge sind schon drei Jahre alt, zu viel Altersunterschied wollen wir nicht«, sagt MJ. »Ich meine ja nur wegen des Krankenhauses, wenn was ist«, sagt Sarah. »Keine Sorge!«, sage ich, »das Krankenhaus ist für alle Eventualitäten bestens ausgestattet. Wir haben zwar bis jetzt nicht viel in dieser neuen Welt, aber ein perfekt ausgestattetes Krankenhaus steht bereit.« Anscheinend kann ich sie damit etwas beruhigen.

Dann geht das kleine Hoftor auf und der Nachbar kommt mit seiner Frau und einem Handwagen hereingefahren. Sie gratulieren mir zum Geburtstag und überreichen mir ein Geschenk, zwei kleine Kätzchen, etwa zwölf Wochen alt. Eine süße Kleine, wie sie mich anschaut. Er gibt mir noch so ein kleines Wollknäuel, ein kleiner schwarzer Kater, der sei von anderen Eltern, meint er. »Vielleicht willst du ja demnächst noch mehr Katzen, dafür können die beiden sorgen, irgendwann.« Jetzt kommt Manfred zu mir und schaut auf die beiden Kätzchen. »Aha«, sagt er, »schon wieder Familienzuwachs. Katzen haben uns noch gefehlt, hier auf dem Hof gibt es genug Mäuse.« Das erste Katzenkörbchen kriege ich auch gleich dazu geschenkt. Auch die Kinder freuen sich über die Kätzchen, sie fangen gleich an, mit ihnen zu spielen. »Ihr könnt euch ja schon mal Namen für die beiden überlegen«, sage ich zu ihnen. Aber das scheint momentan unwichtig für sie zu sein. Wir tanzen alle bis in die Nacht hinein, es ist wieder mal ein wunderschöner Abend. Ein lauer Frühlingsabend, mindestens 20 Grad, ich freue mich, dass wir so schön im Garten feiern können.

Am Sonntag ist Pfingsten, Gott sei Dank müssen wir keine Pfingstochsen schmücken, oder sonst irgendetwas in dieser Art. Die Kinder haben wieder eine Woche Schul- und Kindergartenferien, nur gut, dass Yvonne auch daheim ist. Für die Kinder, deren Eltern arbeiten müssen, was meistens der Fall ist, gibt es hinter dem letzten Wohnheim oberhalb vom Krankenhaus einen überdimensional großen Spielplatz, für kleine und große Kinder, sie werden dort von freiwilligen Helfern, meistens sind es Mütter und Väter, betreut. Der Sportplatz ist leider immer noch nicht fertig, ich hoffe, dass es bis zu den Sommerferien klappt.

Ende Mai können wir unsere ersten Erdbeeren ernten, als ich die beiden großen, mit Erdbeeren gefüllten Schüsseln auf dem Tisch stehen sehe, denke ich, dass es zu viel ist. Aber für uns zwölf Menschen, groß und klein, ist es genau richtig. Sogar unser kleiner Kater will eine probieren, aber dann läuft er doch schnell wieder weg. Die Katzen sind jetzt meistens draußen, manchmal laufen die Kinder hinterher und spielen dann auch draußen, draußen ist doch das beste Kinderzimmer, denke ich mir. Ich bin froh, dass unsere Kinder die Möglichkeit haben, im Garten spielen zu können, und nicht in einem Hochhaus groß werden. Im Moment können die Kinder noch alle draußen spielen, auch in der Stadtmitte, wenn es auch noch keinen großen Spielplatz gibt. Auf all unseren Stadtbauplänen gibt es noch keine Spielplätze, nur zwei Sportplätze. Ich spreche Herrn Schneider darauf an und er meint, dass ich mal Vorschläge machen soll, wo man welche Art Spielplätze bauen könnte.

Juni im Jahr 2

Am Samstagmorgen komme ich mit Marie und Lukas mit unserem Wagen auf den Markt, um unseren Stand aufzubauen. Es gehen zwei Polizisten auf und ab, das habe ich hier noch nie zuvor gesehen. Als ein Polizist in unsere Nähe kommt, gehe ich auf ihn zu und frage, was los ist, ob etwas passiert ist. Er meint, die Marktverkäufer beklagen sich vermehrt, dass Waren gestohlen werden, was sie aber nicht immer sofort bemerken. Die Polizisten wollen versuchen, die Diebe rechtzeitig zu stellen. Das könnte sogar funktionieren, so viele Marktstände gibt es noch nicht. Dann kommt Ellen an unseren Stand: »Schön, dass ich dich hier sehe, hast du schon gehört, die Frau Müller von der Gartenstraße geht jetzt zu jungen Familien und hilft dort im Haushalt, aber sie lehrt auch die jungen Mütter alles, was sie so können müssen, Schulung vor Ort, eine tolle Sache. Meine Nachbarin will das auch, weißt du, wie man an so einen Job kommt?« »Na klar, war ja meine Idee, einfach im Rathaus an die Pinnwand schreiben, gilt für Angebot und Nachfrage. Und was machst du, arbeitest du auch?« »Ja, als Kauffrau im Kaufhaus, Abrechnung und so, ist ganz gut.«

Am Abend daheim erzählen wir den anderen von den Polizisten und von Ellen. Manfred sagt, dass nicht jeder so eine Sicherung mit den abgesteckten Feldern hat wie wir. »Vielleicht bewährt sich dieses System ja, dann könnte man es auch in einem Laden oder an einem Marktstand anwenden«, sage ich. »Das wär ja toll«, sagt Marie, »dann gibt es keine Kriminalität mehr.«

Die Bäckerei am Marktplatz ist fertig, sogar die Backöfen wurden schon fristgerecht geliefert, jetzt fehlt nur noch Backmaterial. Für das Mehl muss der Bäcker auf die erste Ernte warten, aber ist ja bald so weit. Am Montag hat Yvonne Geburtstag, ein Vierteljahrhundert hat sie erreicht. Sarah und ich backen eine Torte und am Nachmittag können wir eine schöne Geburtstagsfeier im Garten verbringen. MJ hat sie mit einem wunderschönen Sommerkleid überrascht, sie hat es auch gleich angezogen.

Am Samstag hat Manfred Geburtstag, am Morgen wecke ich ihn liebevoll und bringe Frühstück für uns beide ans Bett. Auch Manfred hat heute frei, wie wir das bei jedem Familienmitglied machen. Wir genießen den Morgen ganz allein. Erst am späten Vormittag kommen wir mit dem Tablett in die Küche. Hier laufen schon die Vorbereitungen für die Geburtstagsfeier im Waldhaus. Manfred möchte gleich die neue Angel ausprobieren, die ich ihm geschenkt habe. »Ich bin zum

Mittagessen wieder zurück«, verspricht er, nimmt mich in den Arm und gibt mir einen Abschiedskuss. Der See ist etwa fünf Minuten von uns entfernt. Ich helfe beim Putzen und Kochen, mit den Kindern kann ich auch noch ein wenig spielen. Manfred kommt rechtzeitig zum Essen nach Hause, leider hat er nichts gefangen. »Macht nichts«, sagt er, »Hauptsache, ich habe die Angel ausprobiert.«

Endlich können wir zu Mittag essen, die Kinder sind schon ganz aufgeregt, weil wir wieder zum Waldhaus rausfahren. Wir haben eine wunderschöne Geburtstagsfeier im Wald, dieses Mal gleich mit zwei Geburtstagskindern. Am Montag fangen wir mit der Heuernte an, deshalb muss ich nicht ins Büro. Wenigstens einmal möchte ich die Heuernte selbst mitmachen. Wir haben Glück, es regnet diesen Monat nur selten, wir können das erste Heu schnell einholen. Da wir nur einen Traktor haben, müssen viele Leute mithelfen. Meistens kommen immer wieder die gleichen Erntehelfer zu uns.

Kapitel 14

Juli bis September im Jahr 2

In den Läden stehen ab jetzt Geräte, mit denen der Fingerabdruck eingelesen werden kann. Ohne Fingerabdruck kann man nichts mehr einkaufen. Der Diebstahl auf dem Markt war wohl ein Versehen, ein Systemfehler sozusagen. Es gibt immer weniger Waren, die noch rationiert sind. Im Juli wird der Roggen geerntet, dazu hat Manfred den Bauern aus Ehningen um Hilfe gebeten, sie helfen sich gegenseitig, auf diese Weise sind beide schneller mit der Ernte fertig. Das funktioniert wunderbar. Manfred hilft hier auch ein paar kleineren Bauern mit dem Mähdrescher, wofür die Leute sehr dankbar sind. Wir sind fast jeden Nachmittag damit beschäftigt, Obst und Gemüse einzukochen. Unser Keller füllt sich wieder mit Kartoffeln, Äpfeln und Einmachgläsern mit Gemüse. Schade, dass es noch keine Gefriertruhen gibt. Jetzt haben die Bäcker alle Hände voll zu tun, viele freuen sich, dass sie ihr Brot und die Brötchen nicht mehr selbst backen müssen.

Alles, was wir nicht selbst benötigen, wird verkauft. Das Getreide wird zur Mühle gefahren. Unseren Eigenbedarf an Mehl nehmen wir gleich wieder mit nach Hause, der Rest, ein ziemlich großer Rest, wird hier verkauft. Bis Ende September sind wir alle damit beschäftigt, die Vorratskammern für Mensch und Tier zu füllen. Es ist zwar anstrengend, aber es macht auch Spaß, gemeinsam auf dem Hof zu arbeiten. Die Bauarbeiten in der Stadt gehen in diesen Monaten etwas langsamer voran, da viele Menschen bei der Ernte helfen müssen, so auch ich. Es gibt immer noch nicht genügend Maschinen. Alle Geburtstage werden in der Erntezeit an den Sonntagen gefeiert, die haben wir uns trotz Ernte freigehalten. Ich freue mich so über meine Blumen im Garten, um das Haus herum sind Rosen, Gladiolen, Astern und kleine Sonnenblumen gepflanzt. Ich finde, es sieht wunderschön aus.

Auf unseren Feldern wachsen jetzt endlich Kornblumen, ich habe jede Woche einen frischen Strauß davon auf dem Couchtisch stehen, solange es welche gibt, ich liebe Kornblumen. Für den Straßenbau in Sindelfingen müssen einige Bäume gefällt werden, was man davon nicht zum Möbelbau oder für Baustellen verwenden kann, wird zu Brennholz verarbeitet.

Auch für die Straße nach Stuttgart müssen noch ein paar Bäume gefällt werden. Der Weg, den wir jetzt nach Stuttgart benutzen, ist schmäler als die zukünftige Straße, außerdem soll die Straße begradigt werden. Wir wollen von Sindelfingen aus den Straßenbauleuten aus Stuttgart entgegenkommen, dann geht es nachher schneller mit dem Aufbau. Die Straße wird so gerade wie möglich gebaut, es gibt ja noch kaum Häuser, die im Weg sind. Die Steigungen und Gefälle sind sehr viel geringer als in der alten Welt, sie werden aber trotzdem noch zusätzlich abgegraben bzw. aufgefüllt. Der kleinere Höhenunterschied liegt zum einen an der doppelten Entfernung, zum anderen sind die Höhendifferenzen um ein Vielfaches geringer. Teilweise können Feldwege mit einbezogen werden, was das Bauen wiederum vereinfacht. Die Fahrt nach Stuttgart wird schon jetzt kürzer und einfacher.

Am ersten August hat Gisela Geburtstag. Am Sonntag fahren Manfred, Lukas, Marie und ich zu ihr mit einem großen Blumenstrauß, zum ersten Mal aus dem eigenen Garten. Ich habe ihr einen Geschenkkorb mit Obst und Marmelade eingepackt. Gisela und ich haben uns wie immer viel zu erzählen, während die Männer sich ihrerseits auch sehr gut unterhalten. Gisela hat ein ganz vorzügliches Mittagessen gekocht, diese Mal hat sie sich selbst übertroffen. Martina und Peter können jetzt beide zur Schule gehen, auch in Stuttgart hat es eine Weile gedauert, bis für alle Kinder genug Schulen und Lehrer gefunden waren, besonders für die oberen Klassen.

Es gibt nur noch Gesamtschulen, ähnlich dem amerikanischen Prinzip. Aber mit einem ganz wichtigen Unterschied, die Klassen sind nach dem Wissensstand der Kinder unterteilt. Die Kinder können beispielsweise in Mathematik viel weiter sein als in Englisch. Alle Hauptfächer sind in vier Klassen unterteilt, sehr gute Schüler, gute, weniger gute und Schüler, die mehr Zeit brauchen, um den gleichen Unterrichtsstoff zu erlernen. Die Schulpflicht besteht vorerst bis zum 25. Lebensjahr, Berufsausbildung inbegriffen, da die Menschen immer mehr lernen müssen. Dabei wird nicht nur Wissen vermittelt wie in den Schulen in der alten Welt, sondern die Kinder werden auf das Leben vorbereitet. Es scheint viele Eltern zu geben, die dazu nicht in der Lage sind. Im Extremfall müssen die Eltern auch in eine Schule für Erwachsene gehen. Auch Leute, die unzureichend Deutsch können, sind verpflichtet, die deutsche Sprache zu erlernen. Ziel ist es, dass in jedem Land, nicht nur in Europa, jeder die Landessprache in Wort und Schrift kann. Außerdem ist Englisch Pflichtsprache für jedermann, für viele Menschen also eine Fremdsprache. Auf diese Weise kann jeder mit jedem kommunizieren, egal in welchem Land man wohnt. Eigentlich hätte es schon in der alten Welt so sein können. Anscheinend muss der Mensch in manchen Fällen zu seinem Glück gezwungen werden, denke ich mir.

Mittlerweile gibt es eine Haushaltsschule für junge Erwachsene, die praktische Anleitung dazu findet dann in den einzelnen Haushalten statt.

Unser Sicherheitssystem hat sich in vielen Geschäften in Stuttgart bereits etabliert, Gisela meint, das ist eine große Umstellung für die meisten Menschen. Das fällt besonders in Geschäften auf, in denen man nur mit extra Guthaben einkaufen kann. Es hat aber anscheinend nicht wirklich mit Geld zu tun, sondern auch mit Ansehen oder besonderer Leistung. Leider ist die Zeit wie immer zu kurz zum Reden, da wir am Abend rechtzeitig wieder heimfahren müssen. Martina und Peter freuen sich schon, sie dürfen ja für eine Woche mit zu uns. »In einer Woche bringen wir die Kinder wieder zurück«, sage ich zu Gisela. »Wenn nicht, kommen wir sie holen«, verspricht Paul. Wir haben ein zweites Bett in das ehemalige Zimmer von Manfred gestellt, damit

Martina und Peter bei uns ihr Zimmer haben. Peter ist jeden Tag mit Manfred auf dem Traktor unterwegs, Martina spielt lieber mit Madison. Die freut sich, dass sie endlich ein Mädchen im Haus zum Spielen hat.

Am Montag hat Madison Geburtstag, wir haben ihren Gabentisch im Wohnzimmer aufgebaut. Sie bekommt eine zweite Puppe mit ein paar Kleidern, ein Puppenservice und einen kleinen Tisch und Stühle für die Puppen. Gleich nach dem Frühstück spielt Martina mit ihr Kaffeetrinken. Jetzt kann ich Sarah in der Küche helfen. Da ich diese Woche Urlaub habe, kann ich mit den Kindern Geburtstag feiern. Madison hat noch sieben Kinder aus ihrer Schule eingeladen, die auch alle pünktlich um 14 Uhr auf unserem Hof von den Eltern abgeliefert werden. Wir machen ein paar Spiele im Garten, dann gibt es Kuchen, Kakao und Saft. Die Kinder sind ausgelassen und freuen sich, dass man alles draußen spielen kann und dass sie nach Herzenslust toben können. Am Abend wird wieder mal gegrillt, Manfred und MJ sind Grillmeister. Als Abschiedsgeschenk bekommt jedes Kind ein Körbchen mit Obst und ein kleines Spielzeugauto. Manfred und ich fahren die Kinder mit der kleinen Kutsche nach Hause, für die meisten ist es die erste Kutschfahrt in ihrem Leben. Sie haben alle großen Spaß dabei, besonders wenn sie Zottel streicheln dürfen.

Am Abend kommt Pietro zu mir und fragt mich: »Wann komm' ich denn endlich dran? Alle haben schon Geburtstag gehabt, bloß ich nicht.« »Du hast am 23. September Geburtstag, in etwa sechs Wochen, das ist auch bald, dann machen wir wieder eine Kinderparty«, verspreche ich ihm. »Aber vorher hat Onkel MJ noch Geburtstag«, sage ich. »Feiert Onkel MJ auch eine Party?«, fragt er. »Ich glaube schon, aber du kannst ihn ja mal fragen«, sage ich. Die Männer haben im Garten hinter der Küche eine hölzerne Terrasse gebaut, etwa 60 Quadratmeter groß. Eine riesige Tanzfläche, toll, denke ich, jetzt haben wir festen Untergrund für Tisch und Bänke. Zwei Wochen später ist es so weit, auch mein Sohn feiert seinen Geburtstag, eine tolle Party.

Er hat den Music-Player von außen auf das Küchenfensterbrett platziert. Fast volle Lautstärke ist im Garten gut hörbar und alle können tanzen. Kerzen, die wir in Einmachgläsern befestigt haben, spenden am Abend etwas Licht. MJ hat auch Arbeitskollegen und Dirk mit ihren Familien eingeladen. MJ unterhält sich mit einem Arbeitskollegen: »Wir haben zwar Facharbeiter, die können aber nicht ausreichend Deutsch oder Englisch. Sollen wir jetzt auch noch Sprachunterricht geben?« MJ überlegt: »Vielleicht will Laura ja Deutsch und Englisch unterrichten, sie kann beide Sprachen sehr gut.« »Du kannst sie gleich morgen fragen, sie kommt zu mir zum Kaffeetrinken, dann bist du doch auch schon daheim«, sage ich. Vielleicht klappt das ja, dann wäre beiden Seiten geholfen.

Im September haben wir den Mais geerntet. Das meiste war Futtermais, Zuckermais wurde nur eine Reihe, etwa sechs Meter Breite gepflanzt, aber es ist genug für uns, ein wenig konnten wir auch verkaufen. Madison flicht mit mir für jede Frau der Familie Blumenkränze aus Kornblumen, die wir ihr zuliebe auch nach der Arbeit anlegen. Am Freitag hat Pietro Geburtstag, jetzt ist er schon fünf. Er bekommt noch ein paar Autos, Kinderbücher, ein Puzzle und einen Fußball mit Kinderfußballtoren. Er will doch so gern Fußball spielen. Er packt alles aus, kommt zu Manfred und mir und sagt: »Das ist cool, danke schön.« Endlich können wir am Samstag, es ist Herbstanfang, Pietros Geburtstag feiern, Freitag haben wir leider keine Zeit dazu. Er hat fünf Jungs und sechs Mädchen eingeladen, er meint, sie wollen doch zusammen tanzen. Yvonne und ich haben wieder ein paar kleine Geschenkchen für die Gastkinder besorgt und bereiten ein paar Kinderspiele vor. Auf seinem Geburtstagskuchen steht auch ein Tor mit einem Fußball drin, aus Marzipan natürlich. Fußballkleidung gibt es leider noch nicht für kleine Kinder. Aber er ist auch so vollauf zufrieden.

Die Zuckerrüben sind das Letzte, was wir auf unseren Feldern zu ernten haben. Wir können noch einmal Heu einholen, dann ist alles fertig. Die Schweinchen werden abgeholt, aber nicht geschlachtet, zumindest kriege ich es nicht mit. Vielleicht werden sie ja Muttertiere, unsere Sau ist auch wieder trächtig. Ein Schweinchen haben wir behalten, Manfred meint, wir müssen doch auch Fleisch und Wurst haben, die Essensrationen werden zwar größer, aber ihm reicht es noch nicht. »Na gut, wenn du meinst, es muss unbedingt sein, dann mach halt, aber ich will es nicht mitkriegen, ja?« »Schon gut, ich weiß Bescheid«, sagt er und nimmt mich tröstend in den Arm. »Wirst du trotzdem noch Wurst essen?« »Ja, ich denke schon«, sage ich nachdenklich. »Wenn du mich nicht daran erinnerst, dass es von unserem Schweinchen ist.«

Oktober im Jahr 2
Im Oktober haben wir nur noch im Garten Obst und Gemüse. Jetzt essen wir die letzten frischen Tomaten. Wir haben einen schönen Rosenstrauß, es duftet im ganzen Haus danach. Wir helfen alle bei der Ernte der Äpfel, Birnen und Zwetschgen und essen alle viel frisches Obst und viel Obstkuchen. Der Rest wird eingelagert und verkauft. Sarah ist überglücklich, sie ist voll in ihrem Element. Die Schule wird wieder erweitert, es fehlt nur noch der Innenausbau, Toiletten und ein paar Waschbecken. Jetzt, wo die Erntezeit vorbei ist, sind wieder mehr Leute auf den Baustellen tätig. Laura hat ihren Job in der Gaststätte aufgegeben und unterrichtet am Vormittag vier Stunden Deutsch und Englisch. Sie sagt, es macht ihr viel mehr Spaß, sie geht voll auf in ihrer Arbeit.

Am 2. Oktober feiern wir den Geburtstag von Lukas, eine große Party. Wir haben Glück, es ist noch warm genug, dass wir im Garten feiern können. Yvonne hat bereits ganz schön zugenommen, sie fühlt sich wohl, sagt sie. Sie hat sogar vier Umstandskleider kaufen können, im Herbst soll es auch Winterkleidung dazu geben, wird ihr gesagt.

Da die Feldarbeit getan ist, können wir uns wieder dem Ausbau des Dachgeschosses widmen. Ich bestelle wieder die Handwerker, ein Dachfenster muss eingebaut werden. Das Wohn- und Schlafzimmer werden tapeziert, MJ hat Parkett bestellt, das auch gleich verlegt werden kann. Sarah und ich gehen mit Yvonne eine Wiege aussuchen, wir sind froh, dass es jetzt auch für Kinder wieder mehr Möbel, Kleidung und Spielsachen zu kaufen gibt. Wir fahren nach Stuttgart und kaufen alles Nötige und Unnötige für unser erstes Baby in der neuen Welt ein. Manfred und Lukas bauen eine Wickelkommode, die so bunt angemalt wird wie die Möbelchen im Zimmer von Tommy und Timmy. Sarah und Tom ziehen um in das Schlafzimmer über mir. Vorerst soll Jessika, wenn es denn wirklich ein Mädchen wird, im Elternschlafzimmer schlafen. Die Wickelkommode steht schon im oberen Bad. Ich bin froh, dass alles so schön vorbereitet werden kann. Das Baby soll Anfang Dezember geboren werden, mal sehen, ob es sich auch an den Termin hält.

Ab Oktober haben Manfred und ich wieder mehr Zeit für uns, wir freuen uns beide darauf und genießen jede gemeinsame Minute. Manfred geht oft mit Pietro zum Angeln, manchmal fangen sie sogar genug Fische für ein ganzes Familienessen. Pietro ist ganz begeistert vom Angeln. Wir sind gerade dabei, Kraut zu hobeln für Sauerkraut, als Manfred grinsend in die Küche kommt und sagt, dass er eine Überraschung hat. »Was ist es denn, Maschine oder Tier?«, frage ich. »Kannst du Gedanken lesen?«, fragt er. »Ja, manchmal schon, also was …?« Er nimmt mich an die Hand und zieht mich zur Haustür. Da steht ein großer Korb mit Wolldecke drin, ganz vorsichtig kommt ein kleines süßes Hundchen hervorgekrabbelt. »Oh, ist der süß. Wird das unser Hofhund?« »Wenn du das willst, kann er unser Hofhund werden, ist übrigens ein Rüde, ein Bernhardiner. Er ist zwölf Wochen alt.« Ich umarme Manfred, bedanke mich und frage, wie es mit dem Kleinen weitergeht. »Ich kann dir bei der Erziehung gerne helfen, wenn du willst«, sagt er. »Oh ja, bitte, ich will doch nichts falsch machen, ich hab das nicht gelernt, noch nicht mal gelesen.« »Keine Sorge, wir schaffen das gemeinsam«, sagt er und nimmt mich zärtlich in den Arm. Die Kinder haben den beiden Katzen die Namen Mieze und

Blacky gegeben, dem Hofhund will ich einen Namen geben. »Was hältst du von Woodstock oder Happy?«, frage ich Manfred. »Hört sich beides gut an, kommt drauf an, ob er glücklich oder musikalisch wird.« »Aber das wissen wir jetzt noch nicht. Ich glaube, ich nehme Happy, das kann man einfacher aussprechen. Ich schlaf noch mal drüber.« Dann nehmen wir Hund und Korb mit ins Haus, ich hoffe, dass er trotzdem mal in einer Hundehütte draußen bleibt, soll ja ein Hofhund sein. Manfred meint, das klappt schon, wenn er größer wird, jetzt ist er noch zu klein dafür, aber ich fang schon mal an, eine große Hundehütte zu bauen. »Wir könnten sie hinterm Haus an der Kellertreppe aufbauen, was meinst du?« »Ja, ist okay, wenn du meinst, dass es so gut ist, ich habe keine Ahnung«, sage ich. Gott sei Dank vertragen sich die Katzen und der Hund, das ist ja nicht selbstverständlich, vielleicht weil sie alle noch recht jung sind. Wieder mal freut sich jeder über den Familienzuwachs, besonders die Kinder. So, denke ich, jetzt kann niemand mehr sagen, dass ich ja nicht mal einen Hofhund habe. Ich frage Pietro, ob der Hund so ist wie der in seinem Playmobil-Bauernhof. »Neiiin, dein Hund ist viel schöner und kuscheliger«, sagt er. Timmy will Happy in sein Bett mitnehmen, aber das geht natürlich nicht.

November im Jahr 2
Manfred sitzt über den Büchern und rechnet den Gesamtumsatz von meinem Hof aus. Er meint, ich hätte noch etwa 30.000 € übrig, nachdem alle Rechnungen bezahlt sind, also etwa so viel, wie ein Cabrio kostete. Ich denke, das ist gut, aber er sagt, dass es noch viel besser werden muss. »Dann kann ich in zehn Jahren noch ein Haus bauen, das ist ja toll«, sage ich dazu. Das findet er gar nicht so toll, weil wir noch viele Anschaffungen haben werden in den kommenden Jahren. »Aber Urlaub können wir doch machen.« »Ja, wohin soll's denn gehen? In die Karibik vielleicht?«, fragt er und lacht. Die Felder und der Garten sind für den Winter vorbereitet, in unserem Wald haben wir schon viele Äste und Zweige, die auf dem Boden liegen, eingesammelt.

Auch hier ist aufgeräumt, wir haben zwei Futterkrippen gebaut, die mit Heu befüllt werden, aber viel Wild gibt es hier nicht, glaube ich, mir ist noch keins begegnet.

Dezember im Jahr 2

MJ hat für sein Wohnzimmer Möbel gekauft, es gibt schon bedeutend mehr Auswahl als vor einem Jahr. Sitzecke, Tisch, Schrank, ein Bild und einen Music-Player. So allmählich ist die Familie im ganzen Haus verteilt. Jetzt fehlt nur noch eine eigene Wohnung für Sarah und Tom, aber wie ich das bewerkstelligen kann, weiß ich auch nicht. Nächsten Monat können Marie und Lukas auch wieder zur Schule gehen, das freut mich ganz besonders. Auch wenn Lukas keine Lust hat, zur Schule zu gehen, es besteht Schulpflicht bis zum 25. Lebensjahr, egal was ich dazu sage. Manfred hat ihm erklärt, dass er, wenn er einen Hof irgendwann alleinverantwortlich führt, Agrarwirtschaft oder etwas in diese Richtung studieren muss. Heute ist mehr gefragt als nur hohe Erträge, so einfach ist das alles nicht mehr. Das hat Lukas dann auch eingesehen, aber gern geht er trotzdem noch nicht zur Schule. Marie dagegen freut sich auf die Schule. Die beiden haben schon die Schulkleidung besorgt, sie sind ja schon groß genug, dabei brauchen sie mich nicht mehr.

Mit Madison war ich schon letzten Monat neue Schulkleidung einkaufen, sie wächst einfach schnell. Wir können jetzt fast alle Kleidungsstücke einkaufen, wie es uns beliebt, es gibt immer weniger Rationen. Das Sicherheitssystem sorgt dafür, dass jeder ein Minimum an Kleidung und Lebensmitteln bekommt. Was drüber hinausgeht, muss gekauft werden. In den meisten Geschäften funktioniert das Sicherheitssystem schon. Manche Leute beklagen sich allerdings, dass sie nicht einkaufen können, was sie wollen, weil ihr Budget zu klein ist, aber meistens arbeiten die Leute auch nicht, oder sie gehen nur einer sehr geringfügigen Beschäftigung nach. Dabei gibt es genug Arbeit, vielleicht nicht genau das, was sie wollen, aber irgendwann klappt das auch. So geht es meinem Sohn auch, auch er wartet noch auf eine Anstellung als Informatiker, aber immerhin arbeitet er mit seinem Schwiegervater auf den Baustellen. Anscheinend leisten sie beide gute Arbeit. Nur zwei Kinderspielplätze, die ich vorgeschlagen habe zu bauen, sind fertig, die Geschäfte und Wohnhäuser haben momentan höhere Priorität. Auch dieses Jahr haben wir Anfang Dezember noch keinen Schnee, vielleicht ist das in dieser Welt anders mit dem Wetter. Seit wir mit Solarenergie heizen und warmes Wasser aufbereiten können, muss niemand mehr früh aufstehen und alles für die restliche Familie vorbereiten, eine riesige Erleichterung. Es erleichtert auch die Arbeit im Stall, Milchkannen auswaschen und einiges mehr. Wir sind alle gespannt, wann Yvonne ihr Baby kriegt, aber es lässt auf sich warten. Leider hat sie immer mehr Rückenprobleme, sie hat letztens sogar gesagt, sie könne ihre Schuhe nicht mehr alleine binden, der Bauch ist zu sehr im Weg. Jeder hilft ihr, wann und wie es möglich ist.

Kapitel 15

Am 10. Dezember kommt MJ allein runter zum Frühstücken, Yvonne hat wohl seit ein paar Stunden leichte Wehen, Sarah und ich schauen uns an und gehen gleich zu Yvonne rauf. Dann beschließen wir, dass sie ins Krankenhaus muss, es wird nicht mehr lange dauern, bis das Baby kommt. MJ will einen Krankenwagen für Yvonne, egal was es kostet, meint er. Wir sehen das alle so, also fährt Manfred mit dem Traktor zum Notruf und bringt gleich den Krankenwagen mit. Hat nur 15 Minuten gedauert, jetzt sind wir alle beruhigt. MJ und Yvonne fahren ins Krankenhaus, wir versprechen, dass wir später nachkommen. Als Yvonne schon auf der Trage liegt, geht Madison zu ihr, gibt ihr einen Kuss und sagt: »Du schaffst das schon.« Dann kommt sie zu mir gelaufen und sagt: »Gell Oma, Tante Yvonne kommt mit dem Baby wieder zu uns heim.« »Ja, mein Schatz, wenn das Baby geboren ist, kommt sie wieder heim, vielleicht nicht sofort, aber bestimmt ein paar Tage später, wenn sie sich erholt hat.« Wir alle wünschen den Bbeiden alles Gute, dann fährt der Krankenwagen los.

Sarah bereitet noch das Mittagessen vor, dann hält sie es nicht mehr aus, sie will unbedingt ins Krankenhaus zu ihrer Tochter. Lukas und Marie sind noch im Stall, deshalb fährt Manfred sie ins Krankenhaus, als er zurückkommt, sagt er, es würde noch eine Weile dauern, die Wehen hätten wieder nachgelassen, Sarah wollte bei ihrer Tochter bleiben. Am Nachmittag fahren wir alle ins Krankenhaus, gerade rechtzeitig. MJ kommt über den Flur gelaufen: »Mom, sie hat es geschafft, wir haben eine kleine gesunde Tochter, ich bin ja so glücklich.« Ich umarme meinen Sohn, er ist erschöpft, aber sichtlich glücklich. Ich freue mich, dass alles gut gegangen ist. Wir setzen uns alle in den Wartebereich, bis wir zu Yvonne dürfen. Endlich ist es so weit, wir dürfen ins Zimmer. Auch Yvonne ist erschöpft, aber glücklich, sie hält die kleine Jessika im Arm und strahlt. Jetzt gratuliert jeder und darf das neue Baby anschauen. Eine süße kleine Prinzessin, sie hat schon kleine schwarze Löckchen, einen Schmollmund und zartrosa Bäckchen. Sie ist sehr zierlich, genau wie Vicky und Madison bei der Geburt auch waren, denke ich. Yvonne sagt, dass sie in drei Tagen wieder heimkommt, dann kommt jeden Tag eine Hebamme zu ihr und ihrem Kind, um dafür zu sorgen, dass alles in Ordnung ist.

Wir fahren alle wieder heim, nur MJ bleibt noch bei seiner Frau, er kann sich noch nicht von seinen beiden trennen. Zu Hause reden alle nur noch über Jessika, wie schön sie ist, dass sie ganz kleine Fingerchen hat und nur schlafen will. Am Sonntag fahren wir gleich nach der Kirche ins Krankenhaus, es ist alles in Ordnung, wir freuen uns schon, wenn Yvonne mit dem Baby wieder zu Hause ist. Der Haushalt muss etwas umorganisiert werden, Marie und Lukas fallen ab nächsten Monat aus, Manfred meint, außer in der Erntezeit kann er den Hof locker allein bewältigen, auch Sarah sagt, dass sie den Haushalt und den Garten gut alleine schafft. Am Nachmittag helfen ja doch alle mit, ob im Garten, Stall oder im Haushalt. Außer MJ gehen am Montag wieder alle zur Arbeit. Jetzt hat auch Manfred ein bisschen das Gefühl, dass er Opa geworden ist. So allmählich wird meine Familie auch die seine, ich hoffe, dass es ihm wenigstens allmählich besser geht. Aus einem Grund, den wohl niemand von uns weiß, hat er schlimme Sorgen, es hat mit seiner Vergangenheit zu tun, ich wünschte, ich könnte ihm helfen. Unser zweites Weihnachtsfest in der neuen Welt steht bevor. In diesem Jahr können wir alle viel mehr Baumschmuck und Kerzen kaufen. Auch Spielsachen, Kleidung und sonstige Geschenke gibt es schon viel mehr. Ich freue mich auf Weihnachten, vielleicht haben wir in diesem Winter mal ausreichend Schnee, um den Schlitten ausprobieren zu können.

Beim nächsten Krankenhausbesuch frage ich Yvonne, ob sie bestimmte Wünsche hat, wenn sie heimkommt, oder ob man ihr Kleidung für die Heimfahrt mitbringen kann. Yvonne hat schon fast wieder ihre vorherige Figur, sie möchte auch gern normale Winterkleidung anziehen. Ich biete ihr an, mit MJ zusammen für sie einkaufen zu gehen, was sie auch gerne annimmt. Sarah und ich schauen noch mal im Haus, ob auch wirklich alles für das Baby vorhanden ist, dann gehen wir am späten Nachmittag mit MJ für Yvonne einkaufen, zwei Hosen und zwei Pullover. Dann kann sie den Rest selbst einkaufen gehen, wann immer sie will. Am Mittwoch um 13 Uhr ist es so weit, wir können Yvonne mit Jessika vom Krankenhaus abholen. Manfred bereitet die Kutsche vor und MJ, Sarah, Tom, Manfred und ich holen sie ab. Da es noch keine Kinderwagen gibt und schon gar keinen Kindersitz für Säuglinge, haben wir einen Wäschekorb zum Bettchen umfunktioniert, nur für den Transport in der Kutsche. Alle freuen sich, dass Yvonne mit Jessika heimkommt. Sie werden herzlichst empfangen. Yvonne genießt es, nicht mehr in einem Zimmer im Bett liegen zu müssen. Marie hat einen wunderschönen Kaffeetisch gedeckt, mit Adventsschmuck mit drei Kerzen. Jessika kann im Erdgeschoss im Wäschekorb liegen, oben hat sie ja ihr Bettchen. Dann muss man sie nicht dauernd rumtragen, auch wenn wir das alle gern tun würden.

»Stellt euch vor«, sagt MJ, »Jessika ist geimpft worden und hat dabei auch gleich einen Chip implantiert bekommen. Wir als Eltern sind schon bekannt, den Rest der Familie können wir mit unserem eigenen Computer hinzufügen, dann kann unsere Kleine nicht entführt werden.« »Hat ihr das denn nicht wehgetan, so klein, wie sie ist?«, frage ich meinen Sohn. »Nein, ich hab zugeschaut, sie hat nur kurz gezuckt, aber nicht geweint, dann war schon alles erledigt. Dieser Chip kann unsere Gesundheit prüfen, alle Blutwerte sind sofort parat, ohne jede Blutabnahme, du musst nur in Reichweite eines medizinischen Computers sein, so eine Art Scanner, und sagen, was du wissen willst, und schon stehen die gewünschten Parameter auf dem Bildschirm.« »Dann kann wenigstens keiner, der kein Blut sehen kann, mehr in Ohnmacht fallen«, sagt Marie. »Ja, und die Ergebnisse sind auch gleich vorhanden, du musst nicht bis morgen warten und man kann zum Beispiel gleich anfangen zu therapieren«, kommentiere ich. »Vielleicht kann der Chip ja auch irgendwann ablesen, dass man zu viel gegessen hat, so wie ich es oft mach, und sagt dann, dass du genug hast, oder dass du dich mehr bewegen musst oder so.« Manfred lacht: »Wie soll das denn gehen, kann der Chip sprechen?« »Nein, ich glaube nicht, aber vielleicht geht dein Mund nicht mehr auf, um Schokolade zu essen, oder du kannst einfach nicht sitzen bleiben, du musst laufen gehen, so ähnlich könnte ich mir das vorstellen.« »Na, dann träum weiter«, sagt Manfred.

Jetzt haben wir ein Baby im Haus, es wird nach Babylotion und -Seife riechen, schön. Babys riechen immer so gut, na ja, meistens jedenfalls. Yvonne stillt Jessika, da hat sie nicht besonders viel Zeit zum Schlafen. Da ja immer irgendjemand zu Hause ist, ist das aber kein Problem, wie damals bei den Zwillingen. Sie kann tagsüber mal in Ruhe zwei Stunden schlafen, für den Haushalt wird gesorgt, ein Babysitter ist auch immer da, also ganz einfach, hat sie auch schon gesagt. Die Waschbecken im Bad sind so groß und hoch, dass sie die Kleine bequem drin baden kann. Wir haben ein Tragetuch aus Leinenstoff genäht, es gibt ja noch keine Kinderwagen, ab Februar wurde versprochen, dass welche geliefert würden. Wir sind wieder am Weihnachtsplätzchen backen und an all den anderen Weihnachtsvorbereitungen. Eigentlich läuft alles wie das letzte Jahr, wir haben nur ein Baby, zwei Katzen und einen Hund mehr in unserem Haushalt. Happy ist 19 Wochen alt, spielt mit allem und jedem, wenn die Zwillinge kommen, flüchtet er allerdings meistens, ich glaube, die sind ihm zu wild und zu laut. Die Kätzchen sind etwa acht Monate alt, nicht mehr ganz so verspielt wie anfangs, aber sie machen immer noch viel Unsinn. Allerdings springen die schon viel draußen und im Stall rum.

Wir feiern wieder ein wunderschönes Weihnachtsfest, diesmal mit etwas mehr Schnee, es reicht sogar für eine Schlittenfahrt in die Kirche. Dieses Jahr gehen die jungen Leute auf eine Silvesterparty in der großen Sporthalle und die ältere Generation geht auf ein Neujahrskonzert in der Martinskirche, anschließend ist Tanz in einem großen Festzelt.

Kapitel 16

Januar bis Juni im Jahr 3

Im Januar gehen wir alle wieder zur Arbeit, außer Yvonne, sie ist jetzt erst mal eine Zeit lang nur Mama. Auch Marie und Lukas gehen ab jetzt zur Schule, jetzt sind beide schon ganz gespannt, wie die neue Schule wohl wird. Madison freut sich, dass sie nicht mehr allein in der Schule ist, andere Kinder haben Geschwister dabei und sie hat Tante und Onkel dabei. Schon irgendwie komisch, es sind immerhin elf Jahre Altersunterschied, denke ich. Nächstes Jahr kommt ihr Bruder mit in die Schule, er freut sich auch schon drauf.

Haus und Hof werden jetzt nur noch von Sarah und Manfred versorgt. Am Nachmittag hilft jeder mit, je nach Notwendigkeit und Fähigkeit. Ab der siebten Klasse ist bis 14 Uhr Unterricht, also kommen Marie und Lukas auch erst um halb drei heim. In der Woche können wir jetzt nicht mehr alle zusammen zu Mittag essen, eigentlich schade, aber wir haben ja noch gemeinsames Frühstück und Abendessen.

In unserem einzigen Kaufhaus sind jetzt Handys ausgestellt. Man kann sie anschauen und sich informieren, wie sie funktionieren, und sie ausprobieren, kaufen kann man sie noch nicht. Demnächst soll es auch Computer geben, wann alles funktionsfähig ist, kann uns noch niemand genau sagen, aber voraussichtlich noch in diesem Jahr. Am 20. Januar, als ich gerade das Büro verlassen will, kommt Herr Schneider in mein Büro und sagt: »Stellt euch vor, die erste Straße nach Stuttgart ist bis an die Sindelfinger Gemarkung fertig. Nächsten Samstag, den 28. Januar, wird die Straße freigegeben. Unser Büro nimmt offiziell an der Eröffnung teil, alle dürfen natürlich mit ihren Familien kommen, anschließend feiern wir in der Sporthalle eine große Party.« Ab Februar bekommt auch Sindelfingen eine kleine Asphaltiermaschine, damit können pro Tag 500 Meter Straße gebaut werden. Die

Stadtbaupläne zeigen, dass unter den vorhandenen Straßen diverse Leitungen und Rohre verlegt sind. Es gibt zwar noch kein Telefon, Radio und Fernsehen, aber die notwendigen Leitungen liegen schon bis zu den vorgeplanten Hausanschlüssen, die möglicherweise gebaut werden. Das ist sehr praktisch, dann müssen die Straßen nicht aufgerissen werden, weil ein Haus gebaut wird, das die Anschlüsse benötigt. Das ist auf jeden Fall eine Verbesserung zur alten Welt, wo die Straßen immer wieder von Neuem aufgerissen wurden, heute für Wasser, morgen für Telefon und so weiter.

Im Februar ist das Biomasseheizkraftwerk fertig, die dazugehörigen Dampfversorgungstrassen sind schon seit längerem fertiggestellt. Endlich hat auch Sindelfingen genug Strom, jetzt sind die Firmen voll betriebsbereit. Es werden wieder viele neue Mitarbeiter mit den unterschiedlichsten Berufen gesucht. MJ und Yvonne gehen einen Kinderwagen kaufen, »es gibt nur drei Modelle, ich habe den roten genommen«, sagt Yvonne, als sie mit dem Kinderwagen heimkommen. Im März wird in Stuttgart der erste große Bus fertiggestellt. Dann kann man zweimal täglich zwischen Sindelfingen und Stuttgart pendeln. Es werden täglich vier LKW und zwei Busse gebaut, es gibt leider nicht genug Personal, sonst könnte noch mehr produziert werden. In Sindelfingen werden täglich sechs Autos gebaut, vorerst nur Krankenwagen und Polizeiautos, alles wird über ganz Deutschland verteilt, wo es schon Straßen und Tankstellen gibt.

Anfang Mai darf Happy endlich in seine Hundehütte, manchmal hat er schon tagsüber darin geschlafen, Manfred gewöhnt ihn daran, dass er jetzt auch nachts hier schlafen darf. In den ersten paar Nächten sind Manfred oder ich noch kurz zu ihm rausgegangen, wenn er gewimmert hat, aber das hat sich ganz schnell wieder gegeben.

Eines Tages, als Marie und Lukas von der Schule heimkommen, erzählt Marie: »Stell dir vor, Mom, jetzt gibt es sogar Unterricht für Haushalt, wie man einen korrekten Haushalt führt. Nicht wie früher, putzen, waschen, kochen, sondern praktische Anwendungen, zum Beispiel, dass man am Abend vor dem Schlafengehen erst alles Geschirr abräumt und abspült, Essensreste wegräumt und nicht bis zum Morgen stehen lässt. Es reicht aus, das Bett eine halbe Stunde zu lüften, dann kann man es gleich machen, noch vor der Schule oder der Arbeit. Lernen die Kinder das denn nicht mehr daheim?« »Wenn die Eltern das nicht können und nicht vormachen, werden es die Kinder auch nicht lernen«, antworte ich. »Ja, und man muss am Morgen rechtzeitig aufstehen, dass man all seine Arbeiten pünktlich erledigen kann, dann hat man auch keinen Stress«, sagt Lukas. »Wir dürfen sogar fragen, was wir ändern können, wenn zu Hause etwas nicht gut funktioniert, es gibt auch Kurse für Eltern«, sagt Marie. »Das würde ja bedeuten, Kinder verraten ihre Eltern, dass sie etwas nicht richtig machen können oder wollen«, überlege ich laut. »Früher oder später kommt eine Familienberaterin ins Haus und schaut nach dem Rechten, dann fällt es auf jeden Fall auf, dass im Haushalt etwas nicht in Ordnung ist, das ist ja dann wohl auch nicht besser, oder?«, fragt Lukas. »Nein, sicher nicht. Wird diesen Familien denn bei Bedarf auch Hilfe angeboten oder werden sie nur in Haushaltskurse geschickt?« »Es gibt Familienhelfer, die in dein Haus kommen und dich das Bügeln lehren oder mit dir einkaufen gehen, je nachdem, was dir hilft. Es gibt auch Kurse für junge Familien mit Babys, wenn man Hilfe braucht, kommt auch jemand zu dir ins Haus, die zeigen dir dann, wie du was mit dem Baby machen kannst, manchmal helfen sie dir auch bei der Hausarbeit und irgendwann kannst du es allein schaffen, oder zumindest mit weniger Unterstützung«, erklärt Marie.

»Yvonne hat ja wohl genug Hilfe von der gesamten Familie, oder?«, frage ich. »Na klar, wenn jeder eine halbe Stunde täglich auf Jessika aufpasst, hat Yvonne genug Zeit und kann alles ohne Stress bewältigen«, sagt Lukas. Die Familienhelfer scheinen mir eine gute Sache zu sein, wenn es genügend davon gibt, ich kann mir vorstellen, dass es viele jungen Familien gibt, die überfordert sind, besonders hier in der neuen Welt, hier kommen noch zusätzliche Probleme auf ein junges

Paar zu. In der alten Welt gab es viele Hilfsmittel, die hier erst im Aufbau sind, wenn man früher nur mit Päckchen gekocht hat, so wird es hier schwierig werden, man muss erst alles lernen.

Im Mai fängt MJ in einer neuen Firma an, als Leiter der IT-Abteilung, in der Anwendungsentwicklung. Vorerst ist seine Arbeitszeit auf vier Stunden täglich begrenzt, die fehlenden zwei Stunden arbeitet er im Garten oder auf dem Feld, er meint, es ist ein prima Ausgleich für ihn, da er das lange Sitzen gar nicht mehr gewöhnt ist.

Nächstes Jahr bekommen wir Strom von der Nordsee, dann wird sich wieder alles verbessern. In Stuttgart wird eine Radiostation gebaut, Ende des Jahres soll sie fertig sein. Im Juni fahre ich nach Stuttgart, um Instrumente zu kaufen, eine Querflöte für Manfred und eine Gitarre für Yvonne. Ein Klavier bestelle ich, es wird zwei Wochen später geliefert. Die zwei Geburtstagskinder dieses Monats freuen sich, dass sie endlich wieder Musik machen können. In Sindelfingen werden in diesem Jahr alle Straßen asphaltiert, eine große Erleichterung, alles ist wieder viel einfacher sauber zu halten und man kommt wieder schneller vorwärts. Nur Autos gibt es immer noch keine. Ich bestelle beim Schreiner einen Kleiderschrank für Pietro und Madison, kann im Oktober geliefert werden. Auch die metallverarbeitenden Betriebe kommen langsam wieder in Gang, die benötigen besonders viel Strom. Daher werden auch diese Betriebe, wie die Firma, in der MJ arbeitet, energetisch rationiert. Bevor die Gemüse- und Obsternte richtig losgeht, bekommen wir eine große Gefriertruhe und einen großen Gefrierschrank zum Testen, das spart natürlich Sarah sehr viel Zeit, es muss nicht mehr alles eingekocht werden. Die Kaffeemaschine haben wir ziemlich schlecht bewertet und geben sie wieder zurück. Der Wasserverbrauch ist zu hoch und die Handhabung zu kompliziert. Ich habe eine genaue Beschreibung meiner Änderungsvorschläge dazugeschrieben. Manfred meint, die landwirtschaftlichen Geräte und Fahrzeuge sind gut, die können wir behalten. Trotzdem schreibt auch er genaue Verbesserungsvorschläge dazu.

In Sindelfingen haben sich die Kirchgänger angewöhnt, nach dem Gottesdienst in der Gaststätte ein Meeting abzuhalten. Anfangs wurde meistens besprochen, was unbedingt angeschafft werden muss, oder was geändert werden muss. In der Zwischenzeit, wir haben schon ziemlich gute Fortschritte gemacht, geht es hauptsächlich um die angebotenen Neuerungen. Es gibt immer eine bestimmte Anzahl an Geräten, die getestet werden sollen, darüber tauschen wir uns aus. Es entwickelt sich eine Art Brainstorming, die besten Ideen werden zusammengetragen und an die Firmen geschrieben. Wir sind schon alle ganz gespannt, ob wir auch eine Antwort erhalten.

Juli bis Dezember im Jahr 3
Das Sicherheitssystem funktioniert wunderbar. Es gibt keine Diebstähle mehr, also auch keine Einbrüche, man kann ja nichts mehr aus dem Haus tragen, was einem nicht gehört, wenn der Dieb die Grundstücksgrenze überschreitet, wird der gestohlene Gegenstand automatisch von seinem Chipkonto abgezogen. Ich denke, das System ist noch verbesserungswürdig, ich wollte Laura einen Korb Obst mitgeben, sie möchte so gern Marmelade kochen, aber sie konnte unseren Hof nicht mit Korb verlassen. Ich habe sie bis ans Gartentor begleitet und den Korb über die Grenze getragen, dann war alles okay. Auch in diesem Sommer haben wir wieder viel auf dem Markt zu verkaufen, an unserem Marktstand gibt es manchmal ein ähnliches Phänomen, der Kunde kann das Obst nicht mitnehmen, obwohl es bezahlt ist, ich muss es erst über die Theke reichen. Dieses Problem tritt auch in Läden und sogar im Kaufhaus auf, da ist es dann noch aufwändiger. Ich schlage vor, dass sich alle Geschäftsleute treffen und das Problem klar darstellen, dann schreiben wir eine Sammelbeschwerde. Diese Art Schreiben müssen alle nach Berlin geschickt werden. Offensichtlich ist das wieder oder immer noch die Hauptstadt.

In diesem Jahr ist unsere Ernte schon bedeutend besser ausgefallen. Da jetzt wieder die meisten Menschen ihrem Beruf nachgehen können, ist es für uns schwieriger, Erntehelfer zu finden, Manfred kann aber mehr Maschinen und Geräte kaufen, die das meiste wieder ausgleichen können. Auf den Baustellen geht es auch viel schneller voran, wir haben genügend Fahrzeuge und Geräte. Kurz vor Weihnachten sind drei Wohnblocks fertiggestellt, in denen bis zu 528 Menschen wohnen können, was bedeutet, dass wir wieder 1500 freie Betten haben, falls Leute nach Sindelfingen umziehen wollen. Ein Umzug gestaltet sich allerdings etwas schwierig, da es noch keine Möbelwagen gibt, aber die Menschen helfen sich untereinander aus. Auch ich helfe am Nachmittag, spanne Zottel und Action Lady vor den Wagen und transportiere Möbel und Kisten. Sogar unser Handwagen leistet gute Dienste bei Umzügen. Anfang Juli können wir eine große Küchenmaschine kaufen, Sarah meint, die sei eine große Hilfe. Bei dieser Gelegenheit kaufe ich einen großen Koffer, den verstecke ich wieder mal zu Hause, brauche ich für eine Überraschung. Den ganzen Sommer über ist es zwischen 25 und 30 Grad warm, wir müssen im Garten viel gießen. Gott sei Dank ist der Brunnen noch nicht ausgetrocknet. Marie, Madison, Lukas, Pietro und ich gehen manchmal an unseren kleinen See zum Schwimmen, aber die Kleinen strecken nur die Füße ins Wasser, sie haben Angst, dass die Fische beißen. »Schaut mal, ich wurde auch noch nicht angeknabbert«, sage ich zu den beiden, aber es hilft nicht. Sie trauen sich noch nicht, vielleicht müssen sie erst etwas älter werden.

Mit Manfred gehe ich oft noch am Abend schwimmen, nur kurz abkühlen, dann liegen wir anschließend im Gras und genießen die Ruhe. Yvonne und MJ haben ihre Zwillinge auch schon mit ins Wasser genommen, die haben ihren Spaß dabei. Die kleine Jessika ist schon acht Monate alt, sie kann auch schon krabbeln, sie ist ein kräftiges kleines Mädchen geworden. Sie hat die gleiche Lockenpracht wie MJ, auch die großen braunen Kulleraugen hat sie von ihm, der Rest kommt wohl von Mama. Jessika kennt bereits die ganze Familie, sie hat auch keine Angst ohne ihre Eltern, Hauptsache, irgendjemand von uns ist bei ihr. In der Nacht schläft sie im elterlichen Schlafzimmer, dann ist es für Yvonne einfacher mit Stillen, tagsüber schläft sie in ihrem Kinderzimmer, dann gewöhnt sie sich auch daran, allein im Zimmer zu schlafen. Im Sommer können wir keinen Urlaub machen, wir müssen alle bei der Ernte mithelfen, aber auch das macht zusammen immer noch Spaß, sogar den Kindern. Die Sommerferien sind vorbei, ab September gehen die Kinder wieder zur Schule.

Im Oktober ist die Bahnlinie Hamburg-München fertiggestellt, parallel dazu die Stromtrasse. Alles wurde zusammen gebaut und verlegt, hat viel Zeit gespart, und die Bahn braucht sowieso auch Strom, was beim Bau berücksichtigt wurde. Es hat schon seine Vorteile, wenn man in einem fast leeren Land planen und bauen kann. Am Sonntag, den 22. Oktober, gehe ich mit Manfred, Pietro und Madison spazieren, dabei erzähle ich Manfred von einer Überraschung. »Weißt du«, sage ich, »du hast das ganze Jahr über so hart gearbeitet, da möchte ich dir gern was schenken.« »Was ist es denn?«, fragt er. »Eine Reise.« »Was? Wann, wohin?«, fragt er ganz erstaunt. »Was, eine Bahnreise, wann, morgen und wohin, nach München für eine Woche. Nur wir zwei, ganz allein.« »Der Zug ist doch noch nicht mal angekommen«, sagt Manfred. »Richtig, aber morgen kommt er in Stuttgart an und fährt auch wieder weiter bis München, und wir sind mit an Bord. Am Vormittag fahren wir mit dem Bus bis Stuttgart und warten dort auf den Zug. In München angekommen fahren wir vom Bahnhof zum Hotel. Es gibt auch einen Biergarten dort.« »Kommen wir auch mit?«, fragen Pietro und Madison. »Leider nein, es ist doch Schule, aber in einer Woche machen wir alle zusammen Urlaub, versprochen«, sage ich. »Fahren wir nach Italien?«, fragt Madison. »Ich befürchte, der Zug fährt noch nicht bis Italien, aber wenn er mal bis Venedig fährt, können wir dort gerne Urlaub machen«, verspreche ich. »Was machst du denn, wenn ein Zug bis Venedig fährt?«, fragt Manfred mich mit einem schelmischen Grinsen. »Dann freue ich mich und wir fahren für eine Woche nach Italien ans Meer.« »Eine Woche?«, fragt er. »Ja, so lange dauern die

Schulferien, mehr geht nicht.« »Ja, genau, ich komm nämlich auch bald in die Schule«, erklärt Pietro ganz energisch.

»Ich denke, eine Woche Urlaub wird Marie und Lukas auch gefallen, vielleicht können wir ja eine Woche an den Chiemsee, Boot fahren, wandern oder so.« »Genau, Mama, Papa und vier Kinder«, sagt Madison. Manfred schaut mich fragend an, er hat wieder diese Grübchen um den Mund. Madison schaut zu ihm auf. »Ist doch so, ihr seid Mama und Papa für uns alle«, klärt Madison uns auf. »Bis die Mama hierher kommt«, ergänzt Pietro und schaut etwas skeptisch. »Und, was sagst du?«, frage ich Manfred. Er schaut mich wieder so liebevoll an und sagt: »Ich freue mich, eine Bahnreise und eine Woche mit dir allein, das ist fantastisch.« »Dann kann ich mich auch darauf freuen«, sage ich und küsse ihn. Zu Hause angekommen ruft Madison gleich im Flur: »Die beiden fahren in Urlaub.« MJ sagt an Manfred gewandt: »Und, was sagst du?« Bevor er antworten kann, sagt Sarah: »Wenn du willst, kann ich dir gleich beim Packen helfen.« »Warum wissen alle Bescheid, nur ich erfahre wieder alles als Letzter?«, fragt Manfred vorwurfsvoll. »Dann wär es ja keine Überraschung mehr«, sagt Lukas. Pietro baut sich breitbeinig vor Manfred auf, die Hände in die Hüfte gestemmt, und schaut ihm in die Augen: »Genau, so is es.« Jetzt lacht auch Manfred wieder.

»Für eine Woche müssen wir auch Kleidung mitnehmen, wo packen wir die denn ein, hast du einen Koffer?«, fragt Manfred. »Klar, hab' an alles gedacht, hoffe ich zumindest mal«, antworte ich und klopfe ihm sachte auf die Schulter. Ich gehe den Koffer aus seinem Versteck holen, dann packen wir alles ein, was wir brauchen. Da wir noch nicht viel Kleidung besitzen, müssen wir nicht lang überlegen, was wir mitnehmen, passt alles wunderbar in einen Koffer. »Ganz schön schwer«, meint Manfred, als er den Koffer vom Bett runterhebt. »Muss doch keiner schleppen, hat ja Rädle«, sage ich lächelnd. Am Montag pünktlich um 8 Uhr stehen wir an der Bushaltestelle vor dem Rathaus. Wir sind beide schon ganz gespannt, wie die erste Busfahrt nach

Stuttgart wird. Der Bus ist pünktlich und wir steigen ein, der Einstieg wird so weit abgesenkt, dass keine Höhendifferenz zur Straße bleibt. Der Koffer kann bequem gefahren werden. Ein Fingerabdruck auf einem Lesegerät reicht aus, um zu bezahlen, alles ganz einfach. Der Bus ist fast leer, wir können unsere Plätze frei wählen, die Sitze sind sehr bequem, sogar verstellbar, auch mit einem kleinen Tischle, wie im Flugzeug. Und los geht's, ich freue mich, dass wir endlich beide nebeneinander bequem sitzen können und gefahren werden, auch Manfred genießt die Fahrt. Der Bus hält nur in Büsnau und Vaihingen, dann sind wir am Bahnhof.

Der Zug nach München steht schon bereit, wir haben aber noch ausreichend Zeit, die Lokomotive und die Wagen von außen zu besichtigen, dann steigen wir ein. Auch der Zug ist sehr komfortabel ausgestattet, man hat viel Beinraum, verstellbare Sitze, und zwischen vier Sitzen steht ein Tisch, hier liegt sogar eine Tageszeitung aus Hamburg, die ist allerdings schon drei Tage alt. Wir halten nur in Ulm und Augsburg für jeweils 15 Minuten, diese Zeit wird benötigt, um die Güterwagons zu entladen. Die Landschaft fliegt nur so an uns vorbei. Wir können nur manchmal ein paar Häuser sehen, etwas weiter entfernt, ab und zu werden auch ein paar Straßen sichtbar. Auch als in Ulm und Augsburg einige Leute zusteigen, ist der Zug noch lange nicht voll besetzt. Der Zug fährt durch München, wir sehen ein wenig von der Stadt. Vor dem Eingang zum Bahnhof stehen ein paar Kutschen, sozusagen ein Taxi, wir bitten einen Fahrer, uns ins Hotel zu fahren.

Als wir ankommen, werden wir schon am Eingang freundlich empfangen. Das Hotel hat vier Etagen, mit ein paar Balkonen. Wir werden in unser Zimmer geführt, sehr schön und gemütlich eingerichtet, eigentlich ist es ein Schlaf- und Wohnzimmer, durch Schiebetüren voneinander getrennt. Dazu gehört ein großes Bad mit Dusche, Waschbecken und WC. Alles ist fast so wie in der alten Zeit, nur viel schöner und gemütlicher. Wir sind beide sehr angetan, packen unseren Koffer aus und setzen uns erst mal auf die bequeme Couch. »Ich habe noch eine Überraschung für dich«, sage ich. »Was denn noch? Ist eine Woche Urlaub denn nicht genug?«, fragt Manfred.

»Aber bevor du weiterredest, muss ich dir was gestehen. Es fällt mir nicht leicht, aber es muss sein, unterbrich mich bitte nicht, ja?« »Hast du jemanden umgebracht oder willst du mich verlassen? Mit allem anderen kann ich leben«, antworte ich. »Nein, nichts dergleichen ... ich habe ... eine Tochter ... sie ist verheiratet und hat ein Kind. Ich war mit der Mutter nie verheiratet, wir haben nicht einmal zusammengelebt. Es ist einfach passiert, verstehst du? Vielleicht willst du mich verlassen, weil ich dich angelogen habe ...« »So in etwa habe ich mir das schon vorgestellt, als du nur gesagt hast, dass du kein Kind hast, danach bist du ganz ruhig geworden. Du sollst wissen, dass ich damit absolut kein Problem habe, ich liebe dich doch, deine Tochter und dein Enkelkind sollen daran nichts ändern. Zwischen uns ändert sich deshalb gar nichts, mach dir darüber keine Sorgen«, sage ich ganz leise zu ihm und nehme ihn dabei in den Arm und küsse ihn zärtlich. »Du kannst jederzeit mit mir über alles reden, was auch immer es sein mag. Ich werde immer versuchen, dir zu helfen, wenn du das möchtest, oder auch nur zuhören, verstehst du?« »Mhm.« Er zieht mich langsam zu sich heran, küsst mich, und dann haben wir eine wunderschöne Liebesnacht.

Am nächsten Morgen werden wir wie gewünscht um 6 Uhr geweckt. Manfred fragt mich, warum wir so früh geweckt werden, im Urlaub. »Das ist meine Überraschung, wir werden zur Landwirtschaftsmesse gefahren, wenn du das möchtest. Ich dachte, es interessiert dich vielleicht, was es Neues gibt.« Unser Frühstück wird auf dem Zimmer serviert, wir genießen beide den tollen Service. Zusammen mit ein paar anderen Hotelgästen werden wir mit einem Bus abgeholt. Auf dem Messegelände gehen wir Arm in Arm von einem Stand zum anderen, ich fühle mich so wohl und geborgen an Manfreds Seite. Das meiste, was ich hier zu sehen kriege, verstehe ich nicht, aber die Hauptsache ist, Manfred versteht, worum es geht. Er bestellt ein paar Geräte und

Saatgut, »keine Sorge, wird alles geliefert«, sagt er mir. »Ich habe doch gar nichts gesagt«, sage ich. »Aber du hast geguckt, das reicht schon, ich habe den Blick schon verstanden«, verteidigt er sich. Er gibt mir einen Kuss und wir gehen zum Abendessen, anschließend fahren wir wieder ins Hotel.

Am anderen Morgen besuchen wir den Englischen Garten, er ist, wie fast alles in der neuen Welt, neu angelegt, es sieht alles so gepflegt aus. Am Donnerstag besuchen wir den Tierpark Hellabrunn, wir genießen unsere Zweisamkeit. Im Hotel essen wir zu Abend, ein zünftiges bayerisches Abendessen, mit leckerem Bier, das hatten wir schon lange nicht mehr. Manfred erzählt mir mehr von seiner Tochter, es ist eine sehr traurige Geschichte, finde ich. Es ist schlimm, wie ein Mensch eine ganze Familie zerstören kann, und so was nennt man dann Liebe. »Bitte, behalte das alles für dich, ja? Willst du das für mich tun?«, fragt er. »Ja, wenn du es so willst, sage mir einfach, wenn ich dir irgendwie helfen kann«, sage ich zu Manfred. Ich lege meinen Arm um ihn und versuche ihn zu trösten. Wir genießen noch zwei schöne Tage zu zweit.

Am Sonntag fahren wir wieder nach Hause, als wir in Ulm wieder eine Viertelstunde Aufenthalt haben, nimmt Manfred mich fest in den Arm, drückt mich an sich und sagt: »Jetzt wollen wir aber wieder zusammen in deiner großen liebevollen Familie leben, ja?« »Ja, ist gut, willst du, dass die Familie von deiner Tochter erfährt?«, frage ich ihn. »Was meinst du, wie sie reagieren werden?«, fragt er. »Ich denke, jeder wird Verständnis für dich aufbringen und dir helfen, wann immer möglich«, antworte ich. »Dann sage ich es am besten gleich, wenn wir wieder zu Hause sind, dann habe ich es hinter mir«, sagt er leise zu mir. Ich nehme seine Hand und halte sie fest. In Stuttgart angekommen müssen wir schnell aussteigen, der Bus in Richtung Sindelfingen wartet schon. Der Bus ist schon ziemlich voll, aber wir finden noch zwei freie Plätze nebeneinander. Ich kann Manfreds Anspannung spüren, »du musst dir keine Sorgen machen, es wird alles gut«, sage ich leise zu ihm. »Ja, ist gut«, flüstert er und küsst mich zärtlich. Marie und Lukas warten schon mit der kleinen Kutsche am Rathaus auf uns, somit können wir gleich heimfahren. »Woher wisst ihr, wann wir ankommen?«, frage ich die beiden. »Im Rathaus gibt's einen Fahrplan«, sagt Lukas. »Du kannst zweimal täglich zwischen Sindelfingen und Stuttgart hin und wieder zurück fahren.« »Ist zu Hause alles in Ordnung?«, frage ich. »Klar, alles paletti«, antwortet Marie.

Zu Hause werden wir herzlich empfangen, wie immer. Manfred bittet gleich alle zu einem Meeting ins Wohnzimmer, worüber sich alle wundern. »Ich muss euch allen was gestehen«, beginnt Manfred. Seine Mundwinkel zucken, er ist angespannt. Ich nehme seine Hand und schaue ihn ermutigend an. »Ich habe eine Tochter, sie ist verheiratet und hat ein Kind. Ich habe seit langem keinen Kontakt zu ihr, nicht, weil ich das so will. « »Ist das noch eine neue Tante?«, fragt Madison. »Ja, und eine neue Cousine«, antworte ich, »wenn sie hier sind, in der neuen Welt. Viele Menschen, die wir kennen, sind hier, aber eben nicht in Sindelfingen, manche wollen auch nicht hier wohnen, weil sie vielleicht anderswo Familie haben oder anderswo arbeiten.« »Vielleicht kommt die Tante ja mal zu Besuch«, meint Pietro, »dann können wir sie auch kennenlernen.« »Ja, vielleicht«, sagt MJ, »wie heißen die beiden denn?« »Meine Tochter heißt Patricia und meine Enkeltochter Ramona.« »Und, hast du sie schon gesucht? Du weißt schon, an den Pinnwänden der Rathäuser?«, fragt Tom. »Nein, sie sind nicht in der neuen Welt, es tut so sehr weh«, antwortet Manfred traurig. Ich lege meinen Arm um seine Schulter und versuche ihn ein wenig zu trösten.

»Ich glaube, es ist genug«, sagt Sarah entschlossen, »wollt ihr nicht erzählen, wie die Fahrt war und was ihr in München erlebt habt?« »Den Bus kennen wir auch schon alle, sind schon damit gefahren«, sagt MJ und grinst mich an. »Na gut, dann fange ich am Stuttgarter Bahnhof an«, sage ich und erzähle, wie der Zug ausgestattet ist, was wir unterwegs gesehen haben, Städte, Dörfer und Straßen. Als ich anfangen will, von dem Hotel zu berichten, erzählt Manfred endlich auch mal was, wie toll das Hotel war, sehr vornehm, alle sehr freundlich und zuvorkommend. Mit 150 000 Einwohnern ist die Stadt auch heute schon recht groß. Dann berichtet er von der Ausstellung, jetzt scheint er wieder in seinem Element zu sein, er ist wohl wieder angekommen. Trotzdem merke ich, dass er sich noch nicht wohl fühlt, ich glaube, dass ihn die Rede über seine Tochter doch sehr mitgenommen hat.

Abends im Bett fragt Manfred mich: »Meinst du, der Schmerz wird irgendwann aufhören?« »Das weiß ich nicht, ich denke nicht, aber er wird mit der Zeit immer weniger werden, ähnlich wie wenn du um jemanden trauerst«, flüstere ich. Manfred dreht sich zu mir um und nimmt mich ganz fest in die Arme: »Es tut so gut, dass du für mich da bist, ich konnte das noch niemandem erzählen, nur dir.« Er küsst mich ganz sanft, dann sind wir beide allmählich eingeschlafen.

Am anderen Morgen kommen Madison und Pietro, um uns zu wecken. Nach einem kurzen Familienkuscheln fragt Madison: »Fahren wir jetzt auch in Urlaub? Du hast es versprochen, Oma.« »Dürfen wir uns vorher noch anziehen und frühstücken?«, frage ich. »Fahren wir nach Italien?«, fragt Pietro. »Leider fährt noch kein Zug nach Italien, aber wir können nach Augsburg fahren. Da kann man viel unternehmen, viel angucken und es gibt eine Überraschung für alle«, sagt Manfred und wird dabei schon ganz aufgeregt. »Können wir gleich losfahren?«, fragt Madison. »Nein, erst morgen, der Zug ist schon weg, wir müssen viel früher aufstehen. Heute packen wir erst einmal alles ein, und einen Koffer oder so brauchen wir dann auch noch«, sage ich. Beim Frühstücken erzählen wir allen von unserem Vorhaben, Marie und Lukas jubeln regelrecht. »Endlich mal richtigen Urlaub machen, das wird toll«, sagt Marie und wuschelt durch Pietros Haar, auch wenn er es nicht mag. Am Nachmittag fahre ich mit Marie in die Stadt, um noch einen Koffer und eine Tasche zu kaufen, ich finde auch noch ein paar andere nette Kleinigkeiten, die mir für den Urlaub gefallen. Ich frage Sarah und die anderen, die zu Hause bleiben, ob sie das denn auch wirklich alles allein hinkriegen. »Klar, das schaffen wir, keine Sorge«, antworten alle fast gleichzeitig. Manfred versucht mich zu beruhigen: »Es sind doch nur die Tiere zu versorgen, das kann Sarah notfalls sogar allein, mach dir nicht immer so viele Sorgen. Wenn ich Bedenken hätte, würde ich nicht fahren, das musst du doch wissen, hm?« »Ja, ist gut«, antworte ich, drücke seine Hand und gebe ihm liebevoll einen Kuss.

Kapitel 17

Am Dienstagmorgen um 8 Uhr stehen wir wieder an der Bushaltestelle, der Bus ist wieder pünktlich, wir steigen alle ein, heute ist der
Bus schon fast voll besetzt. In Stuttgart müssen wir nahezu eine Stunde
auf den Zug warten, als ein altes Ehepaar auf uns zukommt und sagt:
»Wir hatten auch erst zwei Kinder und erst Jahre später noch mal zwei
Nachzügler.« Ich schaue die Frau fragend an, aber Madison hat schon
schneller verstanden, nimmt Pietro an die Hand und sagt zu den beiden: »Das ist doch unsere Oma!« »Ja, nämlich!«, pflichtet Pietro ihr
bei. Jetzt schaut sich das Ehepaar an, aber bevor sie was sagen können,
kommt Lukas ihnen zuvor: »Und wir sind auch nicht die Eltern der
beiden«, und umarmt die Kleinen. »Keine Sorge«, sagt Manfred, »es ist
alles in Ordnung mit uns.« Wir laufen wieder zum Bahnsteig, der Zug
fährt gerade ein, dieses Mal haben wir ein Abteil für uns reserviert.
Unsere vier Kinder werden ganz übermütig, aber als der Zug losfährt.
schauen sie alle aus dem Fenster und werden ruhiger. »Na, Mami von
vier Kindern, wie geht es dir denn auf der Urlaubsreise?«, fragt Lukas
und lacht mich fröhlich an. »Prima, ich habe sechs Kinder, eins ist mir
vorübergehend abhandengekommen, aber sonst ist alles okay. Ich freue
mich auf unseren gemeinsamen Urlaub.« »Wie viele Kinder hättest du
denn gern?«, fragt Manfred. »Am liebsten eine ganze Fußballmann-
schaft«, antworte ich lachend. Manfred: »Mhm.« In Ulm hält der Zug
wieder an, dieses Mal können wir am Bahnsteig Mittagessen kaufen,
jeder kriegt ein Essenspäckchen in die Hand gedrückt. Jetzt essen wir
in Ruhe in unserem Abteil zu Mittag: Kartoffelsalat, Würstchen, einen
Apfel und ein kleines Glas Apfelsaft. Kurz nach 14 Uhr erreichen wir
Augsburg, am Bahnhof können wir in eine Kutsche einsteigen, die
uns zu unserer Unterkunft fährt. Im Hotel angekommen beziehen
wir eine Suite, mit drei Schlafzimmern, die Mädels schlafen in einem

Zimmer, die Jungs im anderen, wir zwei haben ein riesiges Bett, ich freu mich schon auf heute Nacht.

Nachdem alles ausgepackt ist, gehen wir in die Stadt, bummeln, und am Abend gehen wir essen, in einem sehr netten rustikalen Lokal. Am nächsten Morgen dürfen wir uns an einem reichhaltigen Frühstücksbuffet bedienen. Anschließend gehen wir zur Überraschung, den Kindern kann's gar nicht schnell genug gehen. Wir laufen an einem Naturfreibad am Lech vorbei, Marie fragt: »Können wir da auch schwimmen gehen?« »Nein, es ist viel zu kalt«, sagt Manfred. Wir laufen ein Stückchen weiter. »Aber schaut mal da drüben, auf der anderen Straßenseite!«, rufe ich. Wir stehen vor dem Hallenbad, sie können es kaum glauben: »Das ist ja der Wahnsinn, ein Hallenbad, super«, sagt Lukas. »Aber ich habe keinen Badeanzug«, sagt Marie. »Kein Problem, kann man alles hier kaufen«, beruhige ich sie. Die kleinen hüpfen vor lauter Freude um uns herum und singen: »Wir gehen schwimmen, wir gehen schwimmen...« Nachdem wir alle unsere Badebekleidung haben, kann's losgehen. Die Kleinen bleiben mit einem von uns Großen im Kinderbecken, es ist 60 bis 120 Zentimeter tief, perfekt. Wir anderen schwimmen im großen Becken unsere Runden. Es sind nicht so viele Badegäste hier, letztendlich sind wir alle im Kinderbecken, spielen Wasserball, tauchen und vieles mehr. Wir können alle diesen Tag voll und ganz genießen.

Am späten Nachmittag gehen wir wieder zum Essen, abends gehen Manfred und ich ins Konzert. Es sind ja zwei Babysitter zu Hause, praktisch wie immer bei unserer Familie. Da die Kinder, groß und klein, jeden Tag zum Schwimmen wollen, steht der Tagesablauf schon fest. Am Abend können sich dann Marie und Lukas in einem Tanzcafé, vielleicht könnte man es auch Diskothek nennen, vergnügen, ist nur etwa fünf Minuten vom Hotel entfernt. Am späten Sonntagvormittag müssen wir leider schon wieder nach Hause fahren. Tom wartet schon mit dem Handwagen vor dem Rathaus. Die Koffer passen in den Wagen und die Kleinen setzen sich oben drauf, so laufen wir nach Hause.

Alle sind froh, dass wir wieder zu Hause sind, es gibt viel zu erzählen. Am Montag gehen alle wieder zur Arbeit und in die Schule, wir sind schon ganz gespannt, was es Neues gibt. Manfred fährt noch ein paarmal Dünger auf die Wiesen und Felder und erntet die letzten Futterrüben und Krautköpfe ab. Dann hat er Zeit, sich um den Wald zu kümmern, dieses Jahr brauchen wir nicht viel Brennholz, wir haben ja Fußbodenheizung, die wunderbar funktioniert, auch die Warmwasseraufbereitung ist perfekt. Im Dezember gehen Manfred und ich mit Pietro Schulkleidung einkaufen. Pietro ist ganz stolz, dass er jetzt auch zu den Großen gehört, er kann es kaum erwarten, dass er eingeschult wird. Er ist sehr groß für einen Schulanfänger, die üblichen Größen passen ihm nicht, wir müssen schon zu den Drittklässler-Größen. Ein paar Schulsachen können wir auch einkaufen, Rucksack und Sporttasche, der Rest steht dann am ersten Schultag auf einer Liste.

Im Schaufenster des Elektroladens stehen ein paar Radioapparate, die habe ich vorher noch nie gesehen. Manfred sagt ganz aufgeregt: »Lass uns mal fragen, ob es schon Radiosender gibt, dann kaufen wir gleich ein Radio.« Und tatsächlich, es gibt drei Sender mit Nachrichten, Musik und eine Art Landfunk. Wir kaufen uns ein Radio und das nötige Zubehör. Es funktioniert über WiFi, die Vorrichtungen sind schon verlegt.

Als wir heimkommen, zieht Pietro sich gleich um, macht Modenschau, stellt sich breitbeinig hin, die Hände in die Hüften gestemmt, und sagt: »So, jetzt kann's losgehen, jetzt gehöre ich auch dazu. Ich bin bereit.« Dann räumt er alles ganz ordentlich in den Kleiderschrank, ich muss mich kaum darum kümmern. Was Ordnung angeht, ist er so ganz anders als Madison. Er hat dafür gesorgt, dass der Kleiderschrank genau in Madisons und seine Seite getrennt wird, man sieht es auch sofort, sobald man ihn öffnet. Ich frage Madison und Pietro, ob sie nicht jeder ihr eigenes Zimmer wollen, sie stellen sich beide vor mich hin, nehmen sich gleichzeitig an die Hand und sagen: »Nein, wir bleiben zusammen, uns trennt keiner.« »Keine Sorge, keiner will euch trennen, manchmal will man halt allein sein, zum Nachdenken, zum Arbeiten, auch zum Lernen. Das ist nur ein Angebot, ihr müsst es ja noch nicht annehmen. Vielleicht wollt ihr es irgendwann selbst, dann könnt ihr es ja einfach sagen, das Angebot bleibt bestehen.« »Ist gut, Oma, wir denken dran, danke«, sagt Madison. Pietro: »So is es.« In der Zwischenzeit haben die Männer das Radio funktionsbereit gemacht. Wir können zum ersten Mal wieder Radio hören. Alle 30 Minuten kommen Nachrichten. Die Musik ist fast nur die gleiche, die wir auf dem Music-Player haben.

Im Dezember wird Jessika schon ein Jahr alt, sie kann schon fast allein laufen, nichts ist mehr sicher vor ihr. Die ganze Familie feiert einen schönen Kindergeburtstag. Pietro und Madison haben ihr aus buntem Papier ein schönes Haarkränzchen gebastelt, sie zieht es sich allerdings sehr schnell wieder vom Kopf, sie mag es so wenig wie eine Mütze. Pünktlich zu Jessikas Geburtstag kommt ein Päckchen mit einem Fotoapparat, wir dürfen ihn, wie vieles andere, ein Jahr lang testen und beurteilen. Wir bekommen auch einen Bilddrucker und eine Festplatte zum Speichern dazu, laut Anleitung müssen Tinte und Papier allerdings frühzeitig bestellt werden, die Lieferung kann bis zu vier Wochen dauern, ähnlich wie beim Kaffee und anderen Dingen. Wir machen zwei Familienaufnahmen, drucken sie aus und ich kann sie an Gisela schicken. Jetzt dauert die Post nur noch drei Tage bis Stuttgart, sie wird immer im Bus mitgenommen.

Sindelfingen hat auch endlich einen eigenen Bus bekommen, er fährt täglich nach Herrenberg, Leonberg, Böblingen und Holzgerlingen. Die Menschen sind froh, dass sie wieder etwas mobiler werden. Ich fahre auch mit Madison und Pietro nach Herrenberg zu Margit, wir haben uns gut unterhalten und einen schönen Spaziergang gemacht, den Kindern hat es auch gefallen. Margits Katze hat Junge, damit konnten sie schön spielen, ohne gebissen oder gekratzt zu werden, die Katzenmutter hatte nichts dagegen. »Wenn sie groß genug sind, nehme ich gern ein Weibchen, ich kann noch paar Katzen auf meinem Hof brauchen«, sage ich Margit. Mit dem Abendbus fahren wir wieder heim. Es wird schon dunkel, als wir auf den Hof kommen.

Manfred kommt ganz aufgeregt zu mir: »Wo wart ihr denn so lange? Ich habe mir Sorgen gemacht. Ist alles gut?« »Ja, prima, danke«, sage ich und gebe ihm einen Kuss. »Wir waren bei Margit in Herrenberg, habe ich dir doch gesagt, mein Schatz.« »Ja, aber so lang, es ist schon dunkel, ich hatte Angst um euch.« Dann nimmt er mich in den Arm, Madison an die Hand, ich habe Pietro an der Hand und wir gehen ins Haus. Beim Abendessen erzähle ich: »Wir waren im Kaffee am Sonnenplatz, Isolde, Irene und Ellen waren auch dabei. Wir hatten uns so viel zu erzählen. Isoldes Enkel und unsere beiden haben so schön auf dem Spielplatz gespielt.« »Ja, wir haben eine große Burg gebaut mit Straßen und Tunnel, und paar Autos hatten wir auch. Die Blätter waren die Bäume«, strahlt Pietro uns alle an. »War das denn nicht zu kalt, um im Sandkasten zu spielen?«, fragt Manfred besorgt. »Nein, der Sandkasten war doch im Haus«, sagt Madison. »Es ist ein Familientreffpunkt, für das leibliche Wohl und die Kinder wird gesorgt und zwar ausgezeichnet«, erkläre ich. »Gell, Oma«, sagt Madison, »das ist wie ein kleiner Indoorpark.« »Ja, so könnte man auch sagen.«

In Herrenberg wird die Bahnlinie weitergebaut, irgendwann kommen sie sicher in Italien an, dann kriegen wir auch wieder Ananas, Zitronen und vieles andere mehr. Ich freue mich schon wieder auf Weihnachten. Dieses Jahr wollen wir nicht nur mit Familie feiern, wir wollen alle Freunde einladen und eine richtige Party veranstalten. Wir haben genug zu essen und zu trinken und an Musik fehlt es auch nicht. Wir sind schon ziemlich gut geworden mit all unseren Instrumenten, wenn ich auch nicht immer zum Üben komme. MJ sagt, er komme sich manchmal vor wie einer der Kelly Family, uns fehlen nur das Hausboot und das Schloss. So ganz Unrecht hat er nicht. Manfred spielt Querflöte und Fagott, Fagott haben wir momentan noch keins, Yvonne spielt Gitarre, MJ spielt Klavier und Schlagzeug, Madison spielt Geige, Pietro übt noch mit dem Schlagzeug, ich spiele Klavier und Sarah und Tom singen. Sie singen auch sonntags im Kirchenchor mit, manchmal begleitet Manfred den Organisten mit seiner Querflöte. Bei unserer Hausmusik können wir alle gut abspannen, besonders im Sommer nach einem schweren Arbeitstag auf dem Feld. Manfred ist ganz begeistert von unserer kleinen Band, er versucht Pietro beizubringen, wann er mit der kleinen Triangel drankommt, klappt immer besser, vielleicht kann er ja an Weihnachten auch schon mitspielen, er will doch auch dazugehören, sagt er immer. Die Zwillinge und Jessika sind noch ein bisschen zu klein, vielleicht können sie in zwei Jahren oder so mitspielen, wenn sie denn ein passendes Instrument für sich gefunden haben. Manchmal versuchen sie auf unseren Instrumenten zu spielen, aber sie geben schnell wieder auf, klappt natürlich noch nicht. Leider bibt es noch nicht viele Notenblätter für alle Instrumente, die wenigsten gibt es für Schlagzeug.

Die Weihnachtslieder können wir alle auswendig, somit ist Weihnachten gerettet. Heiligabend ist an einem Sonntag, Margit, Isolde und Gisela kommen schon am Samstag mit ihren Familien. Wir haben im oberen Dachgeschoss die zwei Zimmer mit provisorischen Betten ausgestattet, ähnlich wie die alten Feldbetten, nur etwas bequemer. In den Wohnzimmern können auch vier Leute schlafen, die Jugendlichen werden mit Luftmatratzen in den Kinderzimmern verteilt, jeder ist zufrieden, alles klappt wunderbar. Bescherung machen wir dieses Jahr am Sonntagmorgen, zwischen Frühstück und Mittagessen, jetzt sind die Kinder zufrieden und die restlichen Gäste können kommen. Gegessen wird im Wohnzimmer und in der Küche, ist zwar nicht so vornehm, aber alle sind fröhlich und feiern gern mit uns. Sarah hat die Braten schon vorgekocht, den Rest schaffen wir Frauen alle gemeinsam ganz schnell. Das meiste ist eingefroren und muss nur kurz aufgekocht werden, alles klappt wunderbar. MJ und Manfred kümmern sich um die Getränke, die großen Kinder passen auf die kleinen auf, so habe ich mir das schon immer gewünscht. Daniel, Ellen und Raffael sind auch mit ihren Familien am Sonntag gekommen, ebenso Dirk mit Familie,

MJ hat sie eingeladen. Zusammen sind wir 40 Leute, das Haus ist voll. Wir haben eine tolle Party, die Kinder gehen zu Bett, wenn sie müde sind, nur Jessika wird früher zu Bett gebracht. Zwischendurch wird die Stallarbeit erledigt, Marie und Lukas haben Manfred und mir heute frei gegeben, dafür sind wir morgen früh dran, das passt allen wunderbar. Wir beide waschen noch bis 5 Uhr ab, dann gehen wir in den Stall, anschließend dürfen wir bis 10 Uhr schlafen.

Kapitel 18

Beim Frühstück, wir sind die letzten, die sich an den Tisch setzen, sind alle der gleichen Meinung, es war eine wunderbar gelungene Party. »Des mach mer bald mal wieder, gell, Oma«, sagt Pietro. Timmy und Tommy pflichten ihm bei, auch Madison nickt kräftig. »Ja«, sage ich, »aber vorher müssen wir anbauen, wir brauchen unbedingt mehr Platz.« »Wie wär' es denn mit einem Festzelt, möglichst beheizbar, die Gäste können dann auch da drin schlafen«, sagt MJ. »Auf dem Heuboden kann man auch gut und warm schlafen«, meint Manfred. »Ich denke da an ein Partyhaus, unten kann man kochen und feiern, oben kann man schlafen, Toiletten gibt es natürlich auch«, sage ich und schau in die Runde. Manfred fängt an zu lachen, nimmt meine Hand und küsst mich. »Ja, genau!«, sagt er dann und lacht wieder. Daraufhin MJ: »Ich glaube, das ist ernst gemeint, Manfred.« »Nein, oder?«, fragt Manfred entsetzt. »Klar meine ich das ernst. Überleg doch mal, die Kinder wollen bald jeder ihre eigene Party, jedes Wochenende ein anderer, Geburtstagsfeiern und alle möglichen anderen Feste. Willst du das immer im Wohnzimmer haben? Die Badezimmer sind dauernd von jemand besetzt, immer fremde Leute im Haus, immer aufräumen, die Sachen gehen kaputt und so weiter. Willst du das? Ich nicht!« Manfred schaut mich ganz entgeistert an. Jetzt nehme ich seine Hand, streichle ihn und erkläre: »Überleg doch mal, jeder macht eine Party, dazu Geburtstagsfeiern und einiges andere mehr. Hier wohnen 14 Menschen, also 14-mal Geburtstag, 14-mal eine Party wegen irgendwas anderem oder auch nur einfach so. das ist schon 28-mal Party, dazu kommen die Feste wie Ostern und Weihnachten, Sommerfest, das heißt, jedes zweite Wochenende ist Party im Wohnzimmer und in der Küche.«

»So habe ich das noch nie gesehen, aber vielleicht hast du Recht«, gibt

Manfred zu. »Glaub mir, sie hat Recht, Vicky und ich haben früher den Hobbykeller von Dad in einen Partykeller verwandelt, das war perfekt. Als Hobbykeller wurde er eh nicht mehr genutzt, weißt du? Da unten haben wir keinen gestört, da der Raum wegen der Maschinen Schalldämmung hatte. Wir mussten zwar immer aufräumen und putzen, aber dabei haben die meisten Freunde mitgeholfen und die Wohnung blieb immer sauber«, sagt MJ und schaut Manfred dabei ernst an.

»Ja, an den Partykeller kann ich mich noch erinnern, das war toll«, sagt jetzt Yvonne. »Einmal waren nur noch MJ und ich übrig, da kamst du runter, um nach dem Rechten zu sehen, wie schon öfters, dann hast du gesagt: ›Party zu zweit? Okay!‹ Dann hast du ein Schüsselchen mit bunten Plätzchen auf die Spüle gestellt, gute Nacht gesagt und bist gegangen.« »Es waren keine Plätzchen, das hat Yvonne dann später auch gesehen«, sagt MJ und lacht dabei. Manfred ist immer noch hin und weg von der Idee mit dem Partyhaus, aber im Moment sagt er nichts mehr dazu. »Na ja, Kinder halt, erst kleine, dann große, und alle haben ihre Bedürfnisse«, sage ich. »Mhm«, brummelt Manfred. Zumindest haben meine Kinder nicht ungewollt Kinder bekommen«, sag ich. »Oma, krieg ich auch mal so ein Schüsselchen bunte Kekse, die keine sind?«, fragt Pietro. »Ja, Pietro, kriegst du, wenn du größer bist«, erkläre ich ihm. »Mhm, immer bin ich zu klein für was.«

Manfred legt ihm seinen Arm um die Schultern und sagt zu ihm: »Komm, wir gehen reiten, dazu bist du nicht zu klein.« »Das kann ich noch nicht«, sagt Pietro. »Doch, mit mir zusammen kannst du das.« Und schwups, weg sind sie. Wir unterhalten uns noch über die Party und ein Partyhaus, dann machen wir einen ausgedehnten Spaziergang, auch in diesem Jahr hat es Weihnachten nicht geschneit, schade. Unterwegs treffen wir Manfred und Pietro auf Acapulco, Pietro hält sich am Sattelknauf fest und ruft uns allen fröhlich zu: »Ich kann reiten, guck mal, ich kann's, ich kann's!« Manfred hält Pietro fest umklammert und trabt lachend davon. Ich schau Sarah und Tom an: »Toll, wie

Manfred das immer mit den Kindern macht, gell?« »Ja, das macht er wirklich prima. Er kann überhaupt fast alles, was man so braucht, ein Allrounder eben«, sagt Tom. »Er hat ja auch eine Tochter, irgendwie ist sie ja auch groß geworden«, wendet Sarah ein. »Es geht nicht nur um das Materielle, auch die zwischenmenschlichen Beziehungen und das Sozialgefüge sind sehr wichtig. Ich finde, er ist ein toller Mann, in allen Beziehungen.«

»Mom, würdest du ihn heiraten?«, fragt MJ, so ganz ohne Vorwarnung. »Vielleicht will er mich ja gar nicht, weil ich ein Partyhaus will und auch noch einiges andere«, antworte ich und lache dabei. »Ich meine es ernst«, sagt MJ, »würdest du mit Ja antworten, wenn er dich fragt? Würdest du aus Liebe zu ihm auf ein Partyhaus verzichten?« »Ich verzichte auf gar nichts mehr«, antworte ich. »Ich habe in meinem Leben auf so vieles verzichtet, jetzt bin ich nicht mehr bereit dafür, ich bereue zwar nichts, aber jetzt will ich ein neues Leben, so ein schönes, wie ich es jetzt habe. Ich liebe Manfred, und ja, ich würde Ja sagen … glaube ich. Was würdest du denn sagen, wenn ich ihn heiraten würde, wärst du einverstanden?« »Na klar wär ich einverstanden, ich sehe doch, wie glücklich du bist, das ist alles, was ich für dich will«, antwortet er ohne Zögern. Als wir wieder nach Hause kommen, sind Manfred und Pietro schon dabei, Acapulco abzureiben, es scheint, Pietro hat keine Angst mehr vor Pferden, toll, ich bin begeistert.

Ich gehe zu Manfred und frage: »Ist alles in Ordnung?« »Ja, du hast uns doch gesehen, er hat keine Angst mehr vor Acapulco.« »Und, ist zwischen uns auch alles in Ordnung, oder bringt uns ein Partyhaus auseinander?«, frage ich und umarme ihn dabei, dass ich in seine schönen Augen sehen kann. »Nein, ein Partyhaus bringt uns sicher nicht auseinander, ich bringe Pietro ins Haus und dann gehen wir ein bisschen spazieren, okay?« Ich nicke nur, ich mache mir Sorgen, vielleicht bin ich damit doch zu weit gegangen. Ich hoffe, ich habe ihn nicht verletzt. Wir gehen Richtung See und dann den Berg hoch in den kleinen Wald, dort können wir uns auf eine Bank in die Sonne setzen, hier ist es schön warm. Ich nehme seine Hand und frage: »Was ist denn, habe ich was Falsches gesagt oder getan?« »Du hast gesagt, du meinst es ernst mit dem Partyhaus, weißt du, was das kostet? Du ruinierst deinen Besitz damit, du musst Felder verkaufen, hast dann kein Einkommen mehr vom Hof und kannst den Hof nicht mehr behalten.« Ich unterbreche ihn, küsse ihn einfach, aber das will er nicht. »Moment«, sage ich, »das würde ich nie tun, ich will doch nicht den Hof verlieren, so gut musst du mich doch jetzt kennen. Klar habe ich das ernst gemeint, aber selbstverständlich nur, wenn ich mir das auch leisten kann. Ich will nie Schulden haben, für gar nichts, auch nicht für ein Haus. Da musst du dir keine Sorgen machen. Ich würde nie etwas tun, was unsere Existenz bedroht.« Dass er meinen Kuss nicht will, tut mir sehr weh, er hat mich einfach von sich weggeschoben. Das ist noch nie passiert. Er sitzt nur da und schaut auf den Boden, ich trau mich nicht mal, ihn zu berühren, ich will nicht wieder abgewiesen werden. Ich habe Angst, dass ich ihn verlieren könnte, aber auch das traue ich mich nicht zu sagen.

»Mir wird kalt«, sage ich und warte auf seine Reaktion, aber er reagiert nicht. »Dann geh ich jetzt heim, ich friere, kommst du mit?« Ich will gerade aufstehen, da hält er mich fest, zieht mich an sich und küsst mich, er hält mich ganz fest in seinen Armen, mir wird wieder warm. Ich lasse es geschehen, was ich davon halten soll, weiß ich aber nicht. Als er mich wieder loslässt, schaue ich ihn an, dann gehe ich wieder in Richtung meines Hofes, er folgt mir wortlos. Auf einmal läuft er schneller, er nimmt meine Hand, dreht mich zu sich um, drückt mich an sich und sagt: »Verzeih mir, ich wollte dir nicht wehtun. Ich hatte das Gefühl, dass dir dein Hof egal ist, egal, ob ich dann keine Arbeit mehr habe, wenn du mich nicht mehr brauchst, kann ich gehen. Versteh mich nicht falsch, es geht mir nicht nur um den Hof, ich liebe dich und will dich nicht verlieren. Du bist das Beste, was mir in meinem Leben passiert ist.« »Der Hof ist mir nicht egal, ich bin glücklich auf dem Hof, glücklich mit allem, wie es ist. Ich liebe dich auch, auch ich will dich nicht verlieren, nicht mit und nicht ohne Hof.« Wir schauen uns in die Augen, küssen uns und versprechen uns gegenseitig, dass alles in Ordnung ist zwischen uns, dann nimmt er mich ganz sanft in den Arm, ich fühle, dass ich ihn liebe.

Wir gehen langsam nach Hause. Pietro kommt uns entgegengelaufen: »Oma, bist du böse, weil ich mit Manfred einfach weggeritten bin?« Er umklammert mich mit seinen Ärmchen. »Nein, mein Schatz, ich bin nicht böse, es ist alles in Ordnung. Ich habe gesehen, wie stolz du auf Acapulco geritten bist, das hast du toll gemacht. Jetzt hast du keine Angst mehr, oder? Das hat Manfred doch ganz toll gemacht, gell?«, antworte ich. »Ist Acapulco fertig gestriegelt, braucht er noch was?«, frage ich Manfred. »Nein, alles in Ordnung«, antwortet er, »lasst uns reingehen, es ist kalt.« Als wir ins Haus kommen, schaut MJ mich fragend an, er hat sich wohl Sorgen gemacht. Bevor er fragen kann, sage ich: »Es ist alles geregelt, keine Sorge, alles ist in Ordnung.« Manfred gibt mir einen Kuss, als ob er beweisen will, dass es stimmt, und wieder lasse ich es geschehen.

Beim Mittagessen erkläre ich allen, dass ich das Partyhaus natürlich nicht morgen bauen will, sondern erst, wenn ich genug Geld habe, und dass ich den Hof finanziell nicht in Gefahr bringen will. MJ schaut ganz entsetzt und sagt: »Das ist doch klar, so was hast du noch nie gemacht, uns alle irgendwie in Gefahr gebracht. Wer kommt denn auf so eine Idee?« In diesem Moment schaut er auf Manfred und merkt, was er gesagt hat. »Keine Sorge, aber so was würde Mom nie riskieren, glaub mir, sie hat manch verrückte Ideen durchgezogen, aber sie hätte niemals jemand in Gefahr gebracht.« »Ist ja gut«, sage ich, »wir haben alles geklärt, wirklich.« Nach dem Essen gehen Lukas, Manfred und ich die Tiere füttern, ich muss Lukas auch noch mal sagen, dass wirklich alles okay ist, auch er sagt, dass er sich Sorgen macht. Am Nachmittag spielen wir alle zusammen im Haus, vor allem die Kinder haben ihren Spaß, ich brauche die Ablenkung mit ihnen. Ich muss das alles erst mal verdauen.

Kapitel 19

Januar im Jahr 4

Heute ist endlich Pietros erster Schultag, er will besonders gut aussehen in seinem Schulanzug, er kämmt sich ziemlich lange die Haare und cremt sein Gesicht besonders sorgfältig ein. Endlich können wir losfahren, er hat sich gewünscht, mit der großen Kutsche gefahren zu werden. Manfred findet diese Idee nicht so gut, wegen der andern Kinder, wir erfüllen ihm aber den Wunsch. Die gesamte Familie ist bei der Einschulung dabei, wir dürfen zusammen ein Theaterstück, das die Schüler der vierten Klasse einstudiert haben, ansehen. MJ macht ein paar Fotos, es sind noch drei weitere Leute mit Fotoapparaten da. Dann werden ein paar Lieder gesungen, teilweise dürfen die Besucher mitsingen. Anschließend werden die Lehrer vorgestellt, Pietro ist schon gespannt, zu welchem Lehrer er denn kommt. Endlich dürfen die Kinder in ihr Klassenzimmer, jedes Kind hat ein Bildchen am Schrank und am Kleiderhaken, Pietro sucht sich einen Igel aus. Auch hiervon macht MJ einige Fotos.

Jetzt lassen wir die Kinder mit dem Lehrer allein, wir machen einen Spaziergang, bis die Kinder zum ersten Mal aus dem großen Tor gelaufen kommen. Wir haben zwei Klassenkameraden von ihm mit seinen Familien eingeladen, auch Herr Bauer ist mit seiner Familie gekommen, sein kleiner Sohn hat auch ersten Schultag. Wir essen zusammen zu Mittag, anschließend steht der Fototermin an, natürlich bei uns zu Hause, mit MJs Kamera, einen Fotografen gibt es noch nicht. Am Nachmittag kommt ein Clown auf den Hof, Happy bellt drauflos, aber der Clown kommt trotzdem rein. Ich schau Manfred an: »Wer ist das denn?« »Ist schon gut, habe ich bestellt, ich dachte mir, er könnte die Kinder schön unterhalten und vielleicht auch uns ein bisschen.« »Das ist ja eine tolle Überraschung«, ich drücke ihn und gebe ihm einen

Kuss, als Dankeschön. Alle sind begeistert von der Feier, besonders die Kinder. Am Abend gehen alle wieder heim, jetzt haben wir also vier Schulkinder, das gefällt mir, alle können lernen gehen.

Am nächsten Morgen im Büro empfängt Rebekka mich ganz aufgeregt: »Katharina, hast du schon von der Auszeichnung gehört?« »Nein, welche Auszeichnung denn, wir hatten gestern Einschulung von Pietro, da habe ich mich um nichts anderes gekümmert. Was gibt es denn?« »Unser Büro hat landesweit den ersten Preis mit dem ersten Wohnblock gewonnen und deine Einrichtungsvorschläge haben auch den ersten Preis gewonnen.« »Das ist ja toll, und, habt ihr meinen Preis schon eingerahmt?«, frage ich und schau mich im Büro um. »Nein, aber geh doch erst mal zu Herrn Schneider, der ist ja so was von stolz, so hab ich ihn noch nie gesehen.« Ich gehe zu Herrn Schneider, er strahlt wirklich über alle vier Backen. »Was höre ich da, wir haben den ersten Preis gewonnen, ich wusste ja gar nicht, dass es auch um einen Preis geht, herzlichen Glückwunsch zum ersten Architekten des Landes.« »Danke, ich darf Ihnen ebenfalls gratulieren, zur ersten Innenarchitektin des Landes.«

Ich bin nur noch sprachlos und muss mich erst mal setzen. Herr Schneider bietet mir einen Sekt an, den ich dankbar annehme, was Stärkeres wäre mir in diesem Fall allerdings lieber gewesen. »Am Samstagabend ist Preisverleihung. Wir kommen alle mit der ganzen Familie, Sie doch auch?« »Ja, wenn wir das so einrichten können, wo findet die Feier denn statt?«, frage ich, immer noch ganz verdattert. »Da viele Leute erwartet werden, müssen wir die Sporthalle benutzen, die Stadthalle ist ja noch nicht fertig und der Rathaussaal ist zu klein.« »Ich freu mich schon drauf«, sage ich und verabschiede mich fürs Erste. Dann mache ich mich im Büro an meine Arbeit, die Sozialstation ist fast fertig, es fehlen noch Küchenmöbel und Tische und Stühle. Dafür fahre ich in die Schreinerei, die ist jetzt auch größer geworden, es gibt auch mehr Maschinen, alles geht viel schneller. Auch hier fehlt es an Personal, selbst schnitzen können wir es leider nicht, hat mir mal einer der Schreiner gesagt ... Sie haben einen schönen Aufenthaltsraum mit kleiner Küche und einen Ruheraum. In der Zwischenzeit haben sie auch einen Erste-Hilfe-Kasten, wie ich es ihnen geraten hatte.

Bis Ende Januar wird in der Sozialstation auch alles fertig sein, versprechen sie mir. Eine zweite Apotheke steht noch im Rohbau, bis ich tätig werden kann, dauert es also noch etwa zwei Monate. Ein dritter Friseurladen ist in Planung, da kann ich noch nicht mal was ausmessen, geschweige denn bestellen. Die Schneiderei ist fertig, hat Rebekka gesagt, die Leute sind schon eingezogen, ich geh mir den Laden anschauen. Er ist sehr schön geworden, die Kunden können bequem auf kleinen Sofas sitzen und sich in aller Ruhe Kataloge anschauen. Auf der anderen Seite im Eingangsbereich stehen Tische und Stühle, von hier aus kann man Stoffe aussuchen, die teilweise an Rollen heruntergelassen werden können, man kann den Stoff gleich abmessen und abschneiden, sehr praktisch, wie ich finde. Der Schneider hat schöne Grünpflanzen aufgestellt, sehr dekorativ, »fehlt nur noch eine Kaffeemaschine«, sage ich halblaut vor mich hin. »Ist schon unterwegs«, sagt jemand hinter mir. Der Chef steht im Entrée und begrüßt mich herzlich. »Der Laden ist sehr schön geworden, die Pflanzen machen es richtig gemütlich«, sage ich. »Ja, die Kunden fühlen sich hier sehr wohl, habe ich jedenfalls schon öfter gehört«, sagt der Chef, »dank Ihrer Hilfe und Planung.« Ich bedanke mich für das Kompliment und muss wieder weiter. Ich gehe in den Stoffladen nebenan, auch dieser Laden ist sehr ansprechend geworden, jetzt, wo alles an seinem Platz ist. Es gibt neue Nähmaschinen und einiges neue Näh- und Strickzubehör, das freut mich, jetzt weiß ich, dass ich wieder normal einkaufen kann, wenn ich was benötige. Ich gehe auf die andere Straßenseite, in den Elektroladen, hier gibt es noch nicht wirklich viel, aber es wird jeden Tag mehr. Die meisten Angebote gibt es für die Hausfrauen. Die Werkstatt hat noch nicht genügend Stromzufuhr, das muss ich notieren und anmahnen.

Das Schulhaus hat noch keinen Außenanstrich, sieht hässlich aus, und das für Kinder, nein, denke ich, das geht gar nicht, muss ich mich als erstes drum kümmern. Die Schule bei uns ist viel schöner anzusehen, auch wenn sie nur innen neu ist, aber von außen sieht sie sehr schön aus, alt eben, mit Blumenkästen an den Fenstern und einem schönen bunten Spielplatz vor der Schule. Ich denke, wir haben ein sehr schönes Stadtbild, das Moderne ist mit dem Alten sehr schön kombiniert, gefällt mir sehr gut. Es gibt viele kleine und große Schaufenster, die zum Bummeln einladen, auch am Wochenende. Diagonal gegenüber dem Gasthaus wird ein Café gebaut, auch hier ist der Rohbau fast fertig. Bis zum nächsten Sommer, in ein paar Monaten, kann man hier bestimmt schon im Straßencafé sitzen und Kuchen essen. Ich gehe zurück ins Büro, mir ist kalt geworden, so lange draußen und nicht warm genug angezogen. Ich hatte nicht vor, so lange unterwegs zu sein, aber … Ich kann nur noch den Maler beauftragen, die Schule zu streichen, dann ist meine Arbeitszeit schon wieder zu Ende, der Rest muss bis morgen warten.

Auf dem Heimweg hole ich meine zwei kleinen Schulkinder und die Zwillinge ab, wieder haben sie alle viel zu erzählen. Pietro und Madison haben wieder eine Bestellliste mitbekommen. »Das gehen wir am Nachmittag einkaufen, vielleicht fehlt für Lukas und Marie ja auch noch einiges«, sage ich. »Ich brauch viele Tiere«, sagt Timmy. Tommy: »Ich auch.« »Wofür das denn?«, frage ich. »Die wollen Zoo spielen«, sagt Madison. »Na, einen kleinen Zoo haben wir ja schon zu Hause«, sage ich lachend. Dann erkläre ich es auch den Kindern, aber die meinen, das zählt nicht, ich gebe mich geschlagen. Auch beim Mittagessen gibt es viel zu erzählen, die Zwillinge erzählen vom Zoo, Pietro von seinem ersten richtigen Schultag und dass er einkaufen gehen muss, nur Madison sitzt still da und hört zu. Als ich sie frage, was es bei ihr in der Schule gab, meint sie: »Nichts, es wird langweilig, ich hör gar nichts Neues mehr, nur in Mathe.« Manfred ist ganz erstaunt, das könne er sich gar nicht vorstellen, meint er. Ich verspreche ihr, nachzufragen, was denn da los ist, jetzt ist sie etwas zufriedener, nach dem Essen machen alle ihre Hausaufgaben, ist noch nicht viel zu tun, anschließend fahren wir zum Einkaufen.

Im Spielwarenladen finden wir tatsächlich Zootiere aus Holz, die sie noch nicht haben, Pietro packt seine neuen Schulsachen in seine Schultasche und trägt sie ganz stolz heim. Madison braucht nicht viel Neues, aber sie darf sich ein Spielzeug aussuchen. Sie möchte den Physikbaukasten, der wird zwar erst ab zehn Jahren empfohlen, aber die paar Monate machen vielleicht nicht viel aus. Wir kaufen noch ein paar Kleider für die Kinder, auch ein paar Pullover für uns, dann geht's wieder nach Hause. Auf dem Heimweg fällt mir ein, dass ich vor lauter erstem Schultag meiner Familie noch gar nichts von dem ersten Preis erzählt habe, das will ich beim Abendessen nachholen, dann sitzen alle zusammen.

Manfred erzählt unterwegs von neuen Gemüsesorten, die er gern anpflanzen möchte, ich habe keine Einwände, vielleicht ist ja was dabei, das uns alle begeistert, etwas, was wir alle noch nicht kennen, kann interessant werden. Madison fragt: »Ist auch blaues Gemüse dabei, so wie die Kornblumen vielleicht?« »Warum denn blau?«, fragt Manfred. »Na, weil fast alles rot oder grün ist, blau fehlt noch, aber Blaukraut zählt nicht, das ist lila, nicht blau«, antwortet sie. »Das ist eine interessante Idee«, sagt Manfred, »blaues Gemüse.« Ich sehe förmlich, wie sein Gehirn rattert, er kriegt auch wieder diese Grübchen. »Weißt du, ein ganz neues Gemüse, nicht blau gefärbte Nudeln oder so«, sagt Madison. Aha, sie denken beide noch an das blaue Gemüse, toll, na ja, vielleicht wird es ja mal was. Beim Abendessen geht's nur noch um blaues Gemüse, komischerweise weiß jeder was dazu beizutragen, obwohl es das gar nicht gibt.

Kurz bevor wir die Tafel aufheben, erzähle ich von dem ersten Preis und dass wir am Samstag alle zur Preisverleihung gehen. Alles, was ich höre ist, schön, was gibt es zu essen, kann man auch tanzen, wann müssen wir da sein. Na ja, vielleicht haben sie ja Recht und es ist gar nichts Großes und es ist nur für mich wichtig. Vielleicht hätte ich sagen sollen, dass auch ich einen ersten Preis gewonnen habe, aber in erster Linie geht es ja um das Architekturbüro, nicht um mich. Jetzt ist es schon egal, sie werden es am Samstag hören, das reicht auch. Auf meine Bitte hin holt Yvonne am Mittwoch die Kinder von der Schule ab, dann kann ich in Ruhe zum Schneider. Er meint, dass er bis Donnerstagabend alles zur Anprobe fertig hat, am Freitagabend kann ich mein Kleid abholen. Ich bin gespannt, wie Manfred mein Cocktailkleid gefällt, ich führe es am Freitagabend vor dem Schlafengehen vor, er ist begeistert und fragt: »Meinst du, das wird doch was Größeres?« »Ich weiß es nicht, man kann ja nie wissen, ziehst du deinen Anzug an?« »Wenn du das möchtest, gerne«, antwortet er und hat schon wieder diese Grübchen. Als wir schon im Bett liegen, erzähle ich ihm, dass ich auch einen ersten Preis bekommen habe, als beste Innenarchitektin. Sofort sitzt er senkrecht im Bett und sagt: »Und das sagst du mir erst jetzt? Das ist ja toll.« Er zerdrückt ich fast und küsst mich, bis ich beinahe nicht mehr atmen kann. »Ich bin ja so stolz auf dich«, flüstert er mir ins Ohr. Wir haben eine besonders zärtliche Liebesnacht. »Vielleicht sollte ich öfters erste Preise gewinnen«, sage ich. »Ich durfte mir sogar ein Lied wünschen, auf das ich mit dir allein tanzen darf.« »Und was hast du dir gewünscht?« »Wird noch nicht verraten.«

Wir können beide kaum einschlafen, so aufgeregt sind wir. Manfred sorgt dafür, dass jeder seine beste Kleidung anzieht, ohne zu verraten, warum. Als wir am Abend mit zwei Kutschen losfahren, bin ich die Letzte, die einsteigt. »Wow, du siehst ja fantastisch aus, Mom«, sagt MJ und ist ganz begeistert. Ich habe meinen Rosenquarzschmuck angelegt, und das neue Kleid angezogen, auch Manfred ist hin und weg. Wir sehen alle toll aus, noch besser als an Weihnachten und Silvester. Die Sporthalle ist festlich geschmückt, meine Familie und Herr Schneider mit Familie haben große Ehrentische in der ersten Reihe. Die Halle ist bis auf den letzten Platz gefüllt. Herr Wagner, der Herr vom Rathausbalkon, stellt sich ans Pult, sein Haar sieht fast aus wie die Mähne von unserer Zottel, rötlich, leicht gewellt, ein sehr stattlicher Mann. Er hält eine sehr schöne Rede, dann bittet er Herrn Schneider und mich auf die Bühne. Ich kriege wieder weiche Knie, Madison schaut mich mit ganz großen Augen an und sagt, »Oma, du schaffst das.« Wir werden vorgestellt und geehrt, dann bekommen wir unsere ersten Preise: eine gerahmte Auszeichnung und einen Briefumschlag. Herr Schneider hält eine kurze Dankesrede, dann bin ich dran. Damit habe ich nicht gerechnet, ich muss improvisieren. Auch ich bedanke mich für die Auszeichnung und die Ehrung, ich sage in drei Sätzen, wie ich mir die weiteren Bauvorhaben vorstelle, was mich angeht, und erhalte dafür extra Beifall, besonders von den Geschäftsleuten, die ihre Läden am Marktplatz haben. Herr Wagner bittet uns, die Briefumschläge noch auf der Bühne zu öffnen. Herr Schneider und ich öffnen die Umschläge gleichzeitig, uns beiden verschlägt es fast die Sprache. Herr Wagner hat wohl damit gerechnet, er kommt auf uns beide zu und liest den Inhalt vor. Wir haben jeder genug Guthaben für ein Haus gewonnen. Im Saal wird es still, man könnte eine Stecknadel fallen hören. Ich schau zu Manfred, ich suche seine Hilfe, alle Zuschauer klatschen Beifall.

Dann fängt schon die Musik an zu spielen, Herr Schneider eröffnet mit mir den Tanz mit einem Walzer. Anschließend darf ich endlich mit Manfred tanzen, mein Wunschlied, »When a man loves a woman«, mit Saxofon. Manfred ist sprachlos; als mein Lied anfängt, sehe ich Tränen in seinen Augen. Wir weinen beide vor Glück, ich hoffe, es merkt niemand. Mein Sohn kommt auf die Bühne und bittet um den nächsten Tanz: »Die rote Sonne von Barbados«, auch wunderschön, danach muss ich mich erst einmal setzen. Ich bin noch ganz überwältigt, ich kann nur Manfreds Hand halten, kriege keinen Ton raus. Nach dem Essen kommen ein paar Kaufleute zu Herrn Schneider und zu mir, sie bedanken sich noch mal persönlich für die exzellente Baubetreuung und den gesamten Service. Nachdem ich noch mit ein paar Geschäftsleuten getanzt habe, kann ich mich jetzt endlich wieder meiner Familie widmen, besonders Manfred, er kommt heute Abend total zu kurz, denke ich. Sarah, Tom, Yvonne und Lukas fahren mit den Kindern heim, wir anderen bleiben noch bis nach Mitternacht. Manfred fährt uns heim, wir anderen haben nicht wenig Sekt und Wein getrunken, aber damit geht es mir zumindest wieder gut. Die anderen schlafen schon, als wir heimkommen, auch wir fallen nur noch müde ins Bett.

Am Sonntagmorgen machen Manfred und ich den Stall, dann bereiten wir Frühstück vor. Bei Tisch reden alle vom gestrigen Abend, es hat allen sehr gut gefallen, besonders die Jugend hat viel getanzt. »Und, wann baust du dein neues Haus und was für eins?«, fragt MJ ganz unvermittelt. »Weiß ich noch nicht, muss ich mir gut überlegen, so eine Gelegenheit kommt nicht so schnell wieder«, antworte ich. Dann gehen wir in die Kirche und anschließend zum Sonntagsmeeting, viele Menschen schauen mich an, manche wollen mit mir reden, meistens sind es Fragen zu einer Bautätigkeit. Die meisten Menschen kenne ich gar nicht, aber seit gestern scheinen mich viele Leute zu kennen.

Da das erste Wohnquartier fertig ist und schon viele Menschen eingezogen sind, frage ich in die Runde, meistens Leute vom Bau und von der Stadt, was sie von einer Umfrage bei den neuen Bewohnern halten. »Es könnten Kleinigkeiten sein, die wünschenswert wären zu ändern, aber vielleicht gibt es auch große Änderungswünsche, an die bisher niemand gedacht hat, vielleicht fällt es auch nur den Bewohnern selbst auf. Ich habe nicht vor, alle Änderungen durchzuführen, aber vielleicht kann man die Wünsche beim nächsten Wohnquartier bedenken und dann wenn möglich entsprechende Änderungen vornehmen«, sage ich. Mein Vorschlag wird unterschiedlich angenommen, Herr Schneider ist von meinem Vorschlag ganz angetan, das freut mich, er fragt mich, ob ich die Befragung vorbereiten und durchführen kann. »Ich werde mein Bestes geben«, versichere ich ihm.

Ein Arzt vom Krankenhaus meldet sich zu Wort: »Ich habe die neue Gebrauchsanleitung für Gesundheit durchgelesen, hatte sie bisher nur überflogen, ziemlich am Ende des letzten Kapitels steht, dass in dieser neuen Welt alle Menschen wieder gesünder werden, etwa wie wir mit 40 Jahren waren. Die Tabletten, die wir alle am ersten Tag bekommen haben, sollten bewirken, dass alle Zellen im Körper wieder besser den richtigen Platz finden. Sie wirken zusammen mit der Injektion vor unser aller Abreise. Die Zellen werden damit vom Ist- in den Soll-zustand gebracht.« »Blödsinn, das gibt es doch gar nicht, wie soll das denn gehen?«, fragt eine junge Frau. »Na ja, der Zahnarzt hat mir erzählt, dass älteren Menschen die Zähne ausfallen und neue Zähne nachwachsen, wie bei einem Kind. Der Gynäkologe hat erzählt, dass postmenopausale Frauen plötzlich wieder prämenopausal werden, ob sie schwanger werden können, weiß er noch nicht. Der Hautarzt sagt, dass bei den Patienten die Altersflecken zurückgehen.« »Das ist ja un-glaublich«, sage ich, »dann bin ich ja in 30 Jahren so jung wie meine Enkeltochter.« Ein Raunen geht durch den Saal. »Ja, so könnte es kommen«, sagt dann der Arzt, »dann sind wir wieder so gesund wie mit 40, ob wir allerdings länger leben, habe ich nirgends gelesen.«

»Wenn wir alle wieder gesund werden, einfach so, keine Arthrose mehr und so weiter, keine kaputten Zähne, das ist doch toll, dann brauchen wir gar kein Krankenhaus mehr«, sagt die junge Frau von vorhin. »In diesem Fall werde ich gerne arbeitslos«, sagt der Arzt und lacht. »Was sagen denn die anderen Ärzte dazu?«, frage ich, »halten sie das auch für möglich und wenn ja, warum?« »Wir haben hier eine total gesunde Umwelt, keine krankmachenden Einflüsse, weder phy-sisch noch psychisch, alles, was passieren kann, sind Unfälle, die sind allerdings in Relation zur Bevölkerung früher auch sehr viel seltener. Die bisherigen Geburten verliefen alle unkompliziert, bei der glei-chen Anzahl hätte es früher schon Komplikationen gegeben. Das alles verspricht sehr positive Auswirkungen auf uns zu haben. Ärzte aus Tübingen, Stuttgart und Heidelberg sind gleicher Meinung.« »Wenn das so ist, kann ich mein Leben noch mal ganz neu planen«, sagt ein älterer Herr. »Und ich gehe wieder zur Uni, was ganz anderes studieren, das wollte ich schon immer mal machen«, sagt ein anderer. Manfred meint: »Dann drücke ich auch noch mal die Schulbank.« »Ich helfe dir«, stimme ich ihm zu. Die anderen lachen, stimmen uns aber teilweise zu. Herr Schneider sagt an mich gerichtet: »Hoffentlich bleiben sie dem Baugewerbe treu.« Jetzt kann ich nachvollziehen, warum bis zum 25. Lebensjahr Schulpflicht besteht, wir haben ja alle viel mehr Zeit zum Lernen. Das wäre ja toll, dann geh ich noch mal studieren, entweder Medizin oder Bauingenieurwesen. »Wie das wohl ist, wenn wir so jung sind wie unsere Enkelkinder?«, frage ich Manfred. »Dann haben die Enkelkinder sehr junge Großeltern, das wär schon komisch«, sagt er, »immer vorausgesetzt, wir leben auch so lang.«

Ich habe genug gehört, ich will heim, das muss ich erst mal verdauen. Da nicht unsere ganze Familie beim Meeting war, erzählen wir von den Neuigkeiten, alle sind überrascht und erst einmal sprachlos. »Oma, gehst du dann mit mir zur Schule?«, fragt Pietro. »Wenn du auf die gleiche Uni gehst wie ich, dann schon«, antworte ich. »Ich geh mit meiner Oma zur Schule«, singt er, wir müssen alle lachen, aber so weit hergeholt ist das alles gar nicht, wenn die Aussage des Arztes stimmt. »Was meinst du«, frage ich Manfred, »werden wir auch wieder so fit wie mit 40?« »Vielleicht ja, wenn du noch ein bisschen abnimmst, könntest du gute Chancen haben«, sagt er. »Da hast du sicher Recht, aber ich esse für mein Leben gern, das macht es sehr schwierig für mich, abzunehmen«, muss ich gestehen. Marie fragt: »Feiern wir dann ab dem 40. Geburtstag wieder rückwärts oder zählen wir gar nicht mehr?« »Vielleicht ist das alles ja auch nur ein Fehler«, sagt MJ, »ich kann mir nicht vorstellen, wieder jünger zu werden, dann muss ich womöglich die gleichen Fehler noch mal machen und noch mal die ganzen Folgen ertragen, nein danke, ohne mich.« »Ich glaube nicht, dass wir eine Wahl haben, wir müssen es bestimmt so nehmen, wie es kommt, was anderes bleibt uns gar nicht übrig«, überlege ich laut. Jeder macht sich, mal laut, mal leise, so seine eigenen Gedanken dazu.

Kapitel 20

Februar bis Juni im Jahr 4

Am Donnerstagmorgen komme ich ins Rathaus, als mich die Dame am Empfang zu sich winkt und mir ein Telefon zeigt: »Schau mal, wir haben ein Telefon und es funktioniert auch schon, alle Rathäuser haben jetzt Telefon und ein paar andere Einrichtungen auch, ist das nicht toll?« »Oh ja, das ist wunderbar«, sage ich und gehe in mein Büro. Herr Schneider unterhält sich schon mit Rebekka, er will, dass wir alle Handys bekommen, er meint, das beschleunigt die Arbeit. Das bezweifle ich zwar, aber ich kann ja schlecht sagen, ich will kein Handy, und wen soll ich schon anrufen? In ein paar Tagen bekommen wir alle Computer, die sollen nach und nach mit den entsprechenden Programmen ausgestattet werden. Aus irgendeinem Grund kann ich mich darüber gar nicht freuen, ich befürchte, dann geht der ganze Stress wieder los, das brauche ich nicht, aber … Jetzt muss ich unsere Büros wieder neu einrichten, dass wir wieder mit Telefon und Computer arbeiten können, die Anschlüsse sind schon vorinstalliert. Als ich in die Schreinerei komme, herrscht hier volle Aufregung wegen der Telefone und der Computer, jeder freut sich schon darauf. Zum ersten Mal bin ich froh, dass es endlich 12 Uhr ist und ich heimgehen darf, ich bin gespannt, was MJ und Tom zu berichten haben. MJ freut sich bestimmt, endlich wieder Computer, Handy und Telefon zu haben, denke ich mir. Am Empfang frage ich, ob ich das Rathaus in Heidenheim anrufen darf, die junge Frau verbindet mich sofort und reicht mir den Hörer. Ich frage, ob meine Tochter dort mit ihrer Familie gemeldet ist, was aber leider nicht der Fall ist. Auf dem Heimweg hole ich Madison und Pietro von der Schule ab, sie warten schon auf mich. »Oma, der Lehrer hat gesagt, dass es bald Computer und Telefon gibt, kriegen wir dann auch wieder alles?«, fragt Madison. »Ja, wenn es schon so viele gibt, können wir auch eine Bestellung aufgeben«, antworte ich. Auf unserem Hof angekommen springt Happy uns entgegen und Manfred rennt hinterher, beide begrüßen uns, die Kinder spielen gleich im Hof, Manfred und ich nehmen ihre Schultaschen mit ins Haus.

»Es gibt Neuigkeiten« erzählt Manfred. »Erzähl schon«, sage ich ganz gespannt. »Heute Morgen haben wir eine große Lieferung erhalten, und weißt du was?« »Nein, aber sicher gleich.« »Zwei Telefone, zwei Radios, zwei Computer, ein Laptop, ein Tablet und vier Handys, die Telefone kann man auch als Handy benutzen. Na, was sagst du dazu?« »Ich bin sprachlos, dass es so schnell geht, hätte ich nicht gedacht, freust du dich? Hast du schon was ausprobiert? Wo ist alles?«, frage ich. »Es liegt alles im Schlafzimmer, dann kannst du alles in Ruhe begutachten und anschließend verteilen«, antwortet Manfred. Dann muss er ein paarmal niesen. Das kenne ich noch gar nicht von ihm. »Wirst du krank?«, frage ich. »Nein, ich doch nicht, wieso denn, wegen des bisschen Niesens?«, fragt er. »Na ja, manchmal ist das ein Erkältungsanzeichen«, erkläre ich, »aber wenn du meinst, dass es nicht so ist, soll's recht sein.« Sarah ruft zum Mittagessen, ich rufe die Kinder, dass sie zum Essen kommen sollen, Happy kommt auch mit, muss aber draußen bleiben. Beim Essen unterhalten wir uns auch über die neuen Geräte, die Kinder wollen gleich wissen, ob sie auch ein Handy kriegen. »Wir werden heute Abend über die Verteilung der Geräte diskutieren«, verspreche ich, »wenn die ganze Familie zusammen ist.« Lukas möchte heute Abend zum Tanz, er hat eine Freundin eingeladen, sie wollen ins Gasthaus, da gibt's Disco. »Oh, wie schön, was für Musik wird denn gespielt, gibt's schon was Neues?«, frage ich. »Keine Ahnung, Musik zum Tanzen halt, ich lass mich überraschen«, sagt Lukas. »Okay, brauchst du was, Geld, Taxi oder so?«, fragt Manfred. »Wo wohnt denn deine Freundin, willst du sie abholen?«, frage ich. »Ja, habe ich vor.« »Du kannst die Pferdekutsche ja nicht stundenlang vor dem Gasthaus stehen lassen, aber ich kann dich gern fahren und wieder abholen, wenn du das willst«, biete ich an. »Wir wollen mit den

Fahrrädern fahren, aber danke für das Angebot, vielleicht komm ich noch drauf zurück.« »Ja, spätestens wenn es in Strömen regnet«, lacht Manfred. »Brauchst du ein Schüsselchen Kekse?«, fragt Pietro, alle lachen. »Nein, du Schlaumeier«, antwortet Lukas. »Sicher?«, frage ich. Lukas wird rot bis über beide Ohren. »Ja, Mom, sicher.« Marie will heute Nachmittag mit einer Freundin zum Haus Der Familie, sie will sich näher informieren, was die alles anbieten. Finde ich eine gute Idee. Yvonne geht mit MJ Babykleidung einkaufen, von den Zwillingen gibt es ja hier nichts Kleines mehr, finde ich schade, aber …

»Und wer spielt mit uns?«, fragt Pietro. »Ich spiele mit euch«, sage ich. Manfred muss wieder niesen, ich schau ihn nur an und lächle. »Ich habe auch Zeit«, meint Sarah. Bevor Tom was sagen kann, meint Madison: »Das reicht schon, können wir auch raus, es ist auch gar nicht kalt.« Nachdem die Hausaufgaben fertig sind, mache ich mit Sarah und den Kindern einen langen Spaziergang, die Kinder finden wie immer alles Mögliche und Unmögliche, was sie unbedingt zu Hause brauchen. Am Ende schleppen Sarah und ich alles heim, Äste, Steine, Blätter und ein Schneckenhaus, Pietro meint, wenn es warm wird, kommt da eine Schnecke raus, Madison erklärt ihm, dass gar keine drin ist, ist ihm aber egal, im Sommer ist wieder eine drin, die dann raus kann, erklärt er. Zu Hause legen wir dann alles auf die Terrasse. »Wir sollten eine Kiste aufstellen, worin alles gesammelt werden kann, dann schleppt Happy auch nicht alles weg«, sage ich zu Sarah. »Vielleicht können die Männer was basteln«, meint Sarah. Die Kinder spielen noch mit Happy, während Sarah und ich das Abendessen vorbereiten. Jetzt gehen auch die Zwillinge raus, um zu spielen.

Ich bespreche mit Sarah, dass wir Thymiansirup brauchen könnten, weil ich denke, dass Manfred eine Erkältung bekommt. Wir kochen nebenbei Thymian, Zucker ist auch genug da. Beim Abendessen merke ich, dass Manfred heiße Hände hat, seine Augen sind auch glasig, er hat sich doch erkältet, denke ich, sage aber noch nichts. Sarah fragt, ob jemand eine Kinderspielkiste für die Terrasse bauen kann, erst nach genauer Erklärung verstehen die Männer, was sie meint. Tom will eine Kiste bauen, MJ will ihm helfen, die Kinder freuen sich schon drauf. Nach dem Abendessen sage ich zu Manfred, dass er sich fiebrig anfühlt, widerwillig folgt er mir ins Schlafzimmer, er hat Fieber, Schnupfen und er hustet. Ich frage Lukas, ob er die Stallarbeit machen kann oder ob er dann zu spät zu seiner Verabredung kommt. Er meint, er hat noch genug Zeit. Dann versorge ich Manfred mit Tee, Thymiansirup und Wadenwickel. Am Abend setzen wir uns alle ins Wohnzimmer und besprechen die Verteilung der neuen Geräte.

Da Tom, MJ und ich dienstliche Handys haben, können unsere Telefone in der Familie aufgeteilt werden, dann hat jeder eines für den Notfall, auch die Kinder kriegen pro Schule eins mit. Ein PC wird zum Arbeiten benötigt, dass man Abrechnung und so weiter zu Hause machen kann. Es bleiben also ein PC, ein Laptop und ein Tablet zum Spielen, wir müssen uns damit zwar abwechseln, aber das ist auch kein Problem, nicht mal für die Kinder. Es gibt ein paar Spiele für kleine Schulkinder fürs Handy, sie werden sich freuen, dass sie wenigstens zu zweit ein Handy bekommen. MJ installiert alles Nötige auf den Handys, die vorgegebenen Nummern können wir frei verteilen. Von Telefon auf Handy umschalten wird automatisiert, sobald man über 300 Meter vom Haus entfernt ist, schaltet es auf Handy um, sehr praktisch. Die Computer will MJ in den nächsten Tagen einrichten, so schnell geht das alles nicht. Es gibt nur ein soziales Netzwerk, in dem sich jeder anmelden kann, man muss seinen Fingerabdruck hinterlegen, dann erkennt das Handy und auch der Computer dich und somit dein Alter, entsprechend kannst du nur auf bestimmte Seiten zugreifen, geht alles automatisch. Das Betriebssystem ist auf allen Geräten gleich, scheint sehr gut zu funktionieren.

Als ich ins Bett gehe, ist Manfred schon eingeschlafen, ich mach ihm noch Wadenwickel, er fühlt sich immer noch heiß an, kann aber wohl ohne zu husten schlafen. In der Nacht wachen wir beide auf, ich versorge ihn mit Tee und Wadenwickel und Thymiansirup, er schläft auch gleich danach wieder ein, er fühlt sich nicht mehr so heiß an. Beim Frühstücken frage ich Lukas: »Na, hattet ihr einen schönen Abend? Was für Musik wurde denn gespielt?« »Ja, war ein toller Abend, erst hat eine Live-Band gespielt, man konnte sich auch Lieder wünschen. Später wurde dann Musik über die Anlage gespielt, war aber auch noch okay«, antwortet Lukas. Heute gehe ich ein Fieberthermometer kaufen. Auf dem Rückweg von der Apotheke gehe ich ins Büro. Ich sage Bescheid, dass ich nicht kommen kann, was anstandslos akzeptiert wird. Ich frage, ob ich kurzfristig behilflich sein kann, aber es ist alles geklärt, Herr Schneider gibt mir mein Handy und wünscht Manfred gute Besserung.

Als ich wieder zu Hause ankomme, sitzt Manfred am Küchentisch beim Frühstück, er meint, es gehe ihm schon viel besser, tatsächlich fühlt er sich nicht mehr so heiß an, das Fieberthermometer sagt noch 38 Grad, ist akzeptabel, denke ich. »Aber arbeiten kannst du so noch nicht, drei Tage fieberfrei, vorher geht gar nichts«, sage ich ihm. Sarah und ich machen die Stallarbeit allein, klappt sehr gut, im Winter ist ja sonst nichts zu tun, was man nicht verschieben könnte. Da ich noch nicht den großen Traktor fahren darf, muss ich die Milch mit dem Fuhrwerk wegbringen, das kann ich schon allein.

Vielleicht soll ich ja doch den Führerschein für die landwirtschaftlichen Maschinen und den Traktor machen, jetzt wäre es gerade hilfreich. Ich schicke Manfred wieder ins Bett, bringe ihm den Laptop, dann ist er beschäftigt. Ich erzähle ihm von meiner Idee mit dem Führerschein. »Na endlich, ich dachte schon, du siehst es nie ein, dir gehört der Hof und ausgerechnet du kannst die Maschinen nicht fahren. Du könntest dich gleich morgen anmelden, was meinst du?«, fragt er. »Willst du mir vorher nicht ein bisschen was beibringen?«, frage ich. »Wenn du willst, gern, aber ich denke, du schaffst das mit links«, antwortet er und lacht. Am Wochenende ist Manfred wieder gesund, er freut sich, dass er wieder alles machen kann. Ab jetzt mache ich in Vollzeit meinen Führerschein für den Traktor und große Landmaschinen. Als ich zum ersten Mal den Traktor fahren soll, bin ich ganz aufgeregt, aber es klappt alles wunderbar, jedenfalls ohne Anhänger, das Einparken mit Anhänger muss ich noch üben. Der Traktor fährt fast von selbst, ich muss gar nicht viel machen. Anfang März fährt Manfred wieder mit der Saatmaschine los, er ist kaum zu Hause anzutreffen, nur abends kann ich mit ihm für den Führerschein üben, auch Lukas hilft mir gern dabei, er hat seinen Führerschein ja erst letztes Jahr gemacht. Ende März habe ich es endlich geschafft, ich habe meinen Führerschein für landwirtschaftliche Maschinen, auch für die ganz großen.

Ich habe mich zum Studiengang Bauingenieurwesen ab dem Sommersemester eingetragen, ich kann sogar pünktlich zum 1. April beginnen. Ich fahre jeden Tag mit dem Bus um 8 Uhr nach Stuttgart zur Uni. Es macht Spaß, wieder zur Schule zu gehen, die meisten Studenten sind natürlich Schulabgänger, aber immerhin gibt es noch ein paar andere ältere Studenten, wie mich. Dieses Jahr ist schon Mitte April alles gesät, das Wetter hier ist etwas wärmer und regenärmer als auf der alten Erde, für die Landwirtschaft sehr von Vorteil. Endlich kann man sich auf einer Warteliste für ein Auto eintragen, wir bestellen einen Pick-up DoubleCab, den können wir alle fahren, die Ladefläche ist passend für die Fahrt zum Markt und um die Milch wegzubringen, kann aber auch privat genutzt werden zum Einkaufen und fünf Personen können mitfahren.

Für den Urlaub habe ich beschlossen, ein Wohnmobil zu bestellen, in dem mindestens sieben Personen sitzen und schlafen können, bis das geliefert wird, dauert es aber noch etwas länger, gibt es vorerst nur zum Testen. Manfred hat schon wieder Sorge, dass alles zu teuer wird, aber als ich mein Konto geprüft habe, hat es locker gereicht, selbst wenn wir noch neue Landmaschinen, Saatgut oder so bestellen müssen, also alles ganz easy. Trotz Studium bekomme ich das gleiche Gehalt, wenn man das überhaupt Gehalt nennen kann. Ich habe das Gehaltssystem immer noch nicht ganz verstanden. So langsam gewöhne ich mich daran, während des gesamten Unterrichts zu sitzen, während der Arbeit war ich immer mit dem Rad oder zu Fuß viel unterwegs. Wenn ich am Nachmittag heimkomme, freue ich mich, dass ich mit den Kindern rumtoben kann oder dass ich im Stall oder auf dem Feld helfen kann.

MJ arbeitet jetzt auch Vollzeit, jetzt gibt es ja genug Strom, also fällt er für die Stallarbeit aus. Anfang Juni wird unser Pick-up geliefert, mit der Gebrauchsanleitung kommt auch eine Karte mit Tankstellen, auf dem Navigationsgerät werden auch die kleinsten Tankstellen angezeigt. An einem Sonntag fahre ich mit Manfred, Madison und Pietro spazieren, um zu sehen, wie weit wir mit einer Tankfüllung kommen, hochgerechnet können wir über 600 Kilometer fahren. Wir haben einen schönen Autoausflug gemacht, auch den Kindern hat es gefallen, in Wiesloch haben wir einen tollen Spielplatz gefunden, der hat es den Kindern besonders angetan. Als wir an dem Schild Richtung Heidelberg vorbeifahren, schaue ich Manfred fragend an und lege meine Hand auf seine Schulter. Er schaut mich kurz an, sagt aber nichts und fährt wortlos weiter. Ich merke seine Anspannung, er fährt nicht in die Stadt, sondern vorbei nach Speyer. Außer dem Dom kann ich nichts Bekanntes erkennen, Manfred auch nicht. Am Hafen gibt es nur ein paar kleine Boote, keine großen Schiffe wie in der alten Welt.

Auf dem Heimweg sind die Kinder eingeschlafen, wir können uns in Ruhe unterhalten, das kommt nicht oft vor. Ich erzähle ihm von meinem Studium, die ersten zwei Semester sind Grundstudium, zurzeit haben wir die Module Mathematik und Mechanik und das Modul Betriebswirtschaftslehre. »Mir macht alles Spaß«, sage ich gerade zu Manfred, da wird Pietro wieder wach, er hat es wohl gehört, er sagt: »Wie kann Mathematik denn Spaß machen, ich bin immer froh, wenn die Stunde zu Ende ist.« »Das kann ich auch nicht verstehen, Pietro«, sagt Manfred. »Aber ob es nun Spaß macht oder nicht, man muss es lernen, man braucht es immer wieder«, sage ich, »sogar, wenn man schon Oma ist.« Manfred muss lachen, stimmt mir aber zu. Zu Hause angekommen gibt es wieder mal viel zu erzählen.

Am Montag erzählt Pietro in der Schule, dass seine Oma auch Matheunterricht hat, was dann ganz interessiert diskutiert wird. Am Samstag werde ich sogar auf unserem Marktstand darauf angesprochen, ob ich wieder zur Schule gehe; als ich erkläre, dass ich wieder studiere, schauen mich erstaunte Gesichter an.

In der vierten Maiwoche habe ich Pfingstferien, die verbringe ich die meiste Zeit mit Manfred bei der Arbeit, ich genieße die viele Zeit mit ihm. Außerdem kann ich wieder mal Traktor fahren, sonst komme ich aus der Übung, meint Manfred.

Kapitel 21

Juli bis Dezember im Jahr 4

MJ fährt mit seiner Frau, seinen Kindern und Schwiegereltern für zwei Wochen an die Ostsee. Sie fahren mit dem Zug, sie müssen nur einmal umsteigen. »Schade, dass wir kein großes Auto haben, dann könnte man alles einfacher einpacken, man braucht so viel für die Kinder«, sagt MJ. »Ja, jetzt wäre das Wohnmobil praktisch, wurde aber leider noch nicht geliefert, vielleicht klappt es ja bis zum nächsten Urlaub«, sage ich zu ihm. Den kleinen Kutschwagen und den Heuwagen haben wir bei einem Nachbarn in der Scheune untergestellt, Manfred will sie noch nicht verkaufen, man weiß ja nie, was noch wird, vielleicht braucht man es mal für einen Notfall. Ich hätte es verkauft, aber vielleicht hat er ja Recht, wie immer. Auf jeden Fall haben wir jetzt Platz für das Auto und das Wohnmobil, wenn es denn mal geliefert wird. MJ ruft immer mal wieder an, um zu berichten, dass sie gut angekommen sind, ein schönes Hotel mit sehr großen Zimmern haben. Alle haben ihren Spaß am Strand. Mit dem Kinderhüten wechseln sich Eltern und Großeltern täglich ab, alles ist wunderbar, sogar das Wetter macht mit.

Da nur sechs Leute zu Hause sind, muss auch weniger gekocht werden, ich wechsle mich mit Marie täglich ab, wir essen alle zusammen am Abend etwas Warmes, mittags gibt es nur Vesper. Da ich erst um 16 Uhr aus Stuttgart zurückkomme, bleibt wenig Zeit für die Familie und den Haushalt, aber da wir alle zusammenarbeiten und uns gegenseitig helfen, funktioniert trotzdem alles wunderbar. Manchmal lerne ich gerade denselben Stoff in Mathe wie Marie oder Lukas, dann können wir uns wunderbar austauschen, nur in meinem Studium muss alles etwas schneller abgehandelt werden. Wenn die Kinder alle im Bett sind, helfe ich Manfred meistens noch mit der Abrechnung für den Hof, ich kann nur aufschreiben, wie viel wir wovon verkauft haben, einen Preis dazu gibt es ja nicht. Eigentlich ist es dann auch keine richtige Abrechnung, aber so muss es nun mal gemacht werden. Manchmal bleibt sogar noch Zeit, um gemeinsam zu musizieren, das freut besonders Manfred und mich.

Am Samstag kommen unsere Urlauber wieder nach Hause, wir holen sie von der Bushaltestelle ab, wieder mit der Kutsche, da haben wenigstens alle genug Platz. Auch Happy freut sich, dass alle wieder da sind, er hat die fehlenden Familienmitglieder jeden Tag gesucht, hat sie wohl vermisst, wie ich auch. Es gibt wieder mal viel zu erzählen, MJ hat viele Bilder gemacht, die meisten von den Kindern, aber er hat auch Fotos von Städten und von der Landschaft gemacht, aus dem fahrenden Zug heraus. Sind alle prima geworden, jetzt können auch wir mal was von Deutschland in der neuen Welt sehen. Weiter als bis Mannheim und München haben wir es ja noch nicht geschafft. Es gibt sehr viel Industrie, aber keine Luftverschmutzung, kaum störenden Lärm. Da macht es nichts aus, nahe an einem Industriegebiet zu wohnen, man ist nicht beeinträchtigt, im Gegenteil, man hat es nur näher zum Arbeitsplatz. Die Autos sind wohl so ziemlich gleichmäßig über Deutschland verteilt, erst bekommt man die Fahrzeuge, die man für die Arbeit braucht, deshalb haben wir auch schon den Pick-up, der Rest kommt später, nach und nach. In vielen Städten fehlt es noch an Wohnraum, notdürftig sind alle Menschen untergebracht, aber es soll ja auch schön und gemütlich werden und ins Stadtbild passen. Ich glaube, die Kinder leiden am schlimmsten darunter, sie verstehen noch nicht wirklich, warum jetzt auf einmal alles so anders ist als in der alten Welt. Die Ostsee ist ganz anders als auf der alten Erde, die Halbinsel Dänemark existiert gar nicht. Jetzt ist Dänemark einfach ein Land an der Ostsee.

Während MJ so erzählt, überlege ich nebenher, wie man am schnellsten mit wenig Aufwand eine Stadt kinderfreundlich gestalten kann. Die Häuser brauchen eine kinderfreundliche Umgebung, Gärten,

Grünanlagen, Parks und Spielplätze, das kommt nicht nur den Kindern zugute. Der Wohnraum selbst muss immer in einer angemessenen Größe gebaut werden, so schwer kann das doch nicht sein, überlege ich. Vielleicht könnte man diese Aufgabe oder ähnliche Aufgaben als Projekt in den Universitäten anbieten. Auch im zweiten Semester haben wir viel Mathematik, ich warte so sehnsüchtig auf die nächsten Semester, wo es endlich losgehen soll mit konstruktivem Ingenieurbau, Verkehrswesen und Baumanagement.

In diesem Jahr fällt die gesamte Ernte noch viel besser aus als in den Vorjahren, das Einkommen vom Hof hat sich fast verdoppelt, der grüne Balken in der Abrechnung ist jedenfalls fast doppelt so lang wie am Anfang, also vergleichbar mit 60 000 €. Alle landwirtschaftlichen Fahrzeuge und -Maschinen sind bezahlt, also haben wir etwa das Guthaben für 50 % für ein neues Haus. Ich frage in der Uni meinen Professor nach Baufinanzierung, er meint, das ist heute alles anders, man nimmt keinen Kredit, man hat sich ein neues Haus verdient oder nicht. Ob ich schon ein Haus verdient habe, kann ich am Computer ablesen, wenn ich ein Haus bauen will und einen ausreichend langen grünen Balken angezeigt bekomme, je aufwändiger das Haus gebaut wird, also je mehr Extras ich eintrage, umso mehr nähere ich mich dem Ende des grünen Balkens. Zu Hause probiere ich es gleich aus, ich will das gleiche Haus, in dem ich jetzt wohne, noch mal auf meinem Grundstück bauen, wenn möglich etwas moderner, ich kann es kaum glauben, ich könnte mir theoretisch sofort ein zweites Zweifamilienhaus bauen. Wenn ich allerdings das Wohnmobil dazu eintrage, komme ich an den Rand des grünen Balkens, also wird es knapp. Da ich das neue Haus sozusagen geschenkt bekommen habe, brauche ich es ja nicht zu bezahlen, sondern wahrscheinlich nur die Extras. Ich behalte mein Vorhaben erst einmal für mich und lösche meine Kalkulationen wieder.

In den Herbstferien fährt Manfred mit Lukas und Marie an den Bodensee, dort können sie ein Bodenseeschifferpatent machen, mit einem kleinen Segelboot. Als sie wieder zurückkommen, sind sie alle drei ganz stolz, dass sie es geschafft haben. »Das ist ja toll, dann können wir im nächsten Urlaub an den Bodensee zum Segeln«, sage ich. »Hast du gewusst, dass man auch gegen den Wind segeln kann?«, fragt Marie. »Ja, hab ich«, antworte ich. Manfred schaut mich fragend an. Lukas fragt mich, ob ich auch weiß, wie das geht. »Ja, man fährt Zickzack, einmal Leeseite und einmal Luvseite in Abwechslung, auf der Leeseite herrscht Unterdruck, auf der Luvseite herrscht Überdruck, das Segel wird nach Lee gesaugt ...«, erkläre ich, bis Manfred mich unterbricht: »Kannst du segeln?« »Na ja, ich konnte es mal, ich hab mit sieben einen Kindersegelkurs gemacht und zwei Jahre später habe ich einen Opti-Segelkurs gemacht, mit 18 habe ich dann endlich mein Bodenseeschifferpatent im Segeln gemacht.« »Hast du noch mehr solcher Geheimnisse?«, fragt Manfred. »Du hast nie gesagt, dass du segeln kannst.« »Du hast nie gefragt, aber es ist doch gar kein Geheimnis«, versuche ich mich zu verteidigen. »Einen Segelschein zu haben ist doch etwas Besonderes, findest du nicht? Ich finde, so was könntest du mir ruhig sagen.« »Okay, weißt du, wenn man fast jedes Wochenende am See verbringt, ist es doch normal, dass man segeln geht, und dann will man doch auch einen Segelschein. Was zum Beispiel soll ich denn noch erzählen?«

MJ meldet sich zu Wort: »Na, zum Beispiel, dass du in Kalifornien Fallschirm gesprungen bist, dass du ein Jahr lang mit dem Rettungshubschrauber Einsatz geflogen bist, oder dass du Autorennen gefahren bist. Nur mal so zum Beispiel.« »Was? Das ist doch nicht dein Ernst ... oder doch?«, fragt Manfred und schaut mich erstaunt und entsetzt zugleich an. »Seht ihr, deshalb sage ich nichts. Ich kenne solche Reaktionen schon. Aber jetzt mal was anderes. Wundert ihr euch gar nicht, wo die Kleinen sind?« »Was hast du jetzt wieder für eine Überraschung?«, fragt Lukas. »Während ihr beim Segeln wart, haben wir ein Haus gebaut, ein Kinderhaus ganz aus Holz.« Wir gehen alle zusammen in den Garten und bestaunen das Haus. »Eigentlich wollte ich ein

Baumhaus bauen, aber ich glaube, die Bäume sind dafür alle ungeeignet.« Madison kommt uns entgegengerannt: »Kriegen wir Kakao und Kuchen? Wir wollen Kaffeetrinken spielen.« Sarah meint, sie können Kekse und Kakao holen, es gibt noch keinen Kuchen. »Oma, baust du uns auch noch einen Tisch, das fehlt uns noch?«, fragt Timmy. »Ja, aber heute nicht mehr«, antworte ich. »Das ist ja ein tolles Haus, so eins hätte ich auch gern als Kind gehabt«, sagt Marie freudig. »Ja, das ist sehr schön geworden. Wie viele Kinderhäuser hast du denn schon gebaut?«, fragt Manfred. »Das ist mein zweites Kinderhaus, und bevor du weiterfragst, sage ich gleich dazu, Vorpraktikum habe ich bei einem Fensterbauer gemacht, damals hat man Fenster noch aus Holz gebaut.« »Dein Sohn hat Recht, du bist immer für Überraschungen gut. Mit dir wird es nie langweilig, oder?«, fragt Manfred. »Langweilig kann es werden, wenn ich alt bin und daheim im Lehnstuhl sitze und nichts mehr unternehmen kann, aber jetzt noch nicht«, antworte ich lachend. Manfred nimmt mich in den Arm und küsst mich: »Dafür liebe ich dich.«

Am Abend, als wir im Bett liegen, fragt er mich: »Wie ist es denn so, vom Himmel zu fallen?« »Toll, du bist frei wie ein Vogel«, antworte ich, »für ein kurzes Weilchen gehört die Welt dir ganz allein. Musst du auch mal probieren, wenn es wieder Fallschirme gibt, macht dir bestimmt auch Spaß.« »Mhm«, grummelt er. »Und wann hast du deinen Pilotenschein für Hubschrauber gemacht?« »Habe ich gar nicht, ich bin nur als Krankenschwester mitgeflogen, wir haben Frühchen nach Tübingen geflogen, ich habe nur auf die Kinder aufgepasst, manchmal durfte ich auch bei erwachsenen Verletzten mitfliegen, nach Ludwigshafen ins Verbrennungszentrum. Das war alles sehr interessant.« »Dann kennst du Mannheim und Ludwigshafen?« »Nur aus der Luft, und von Ludwigshafen kenne ich nur den Landeplatz, von da wurden die Patienten immer gleich vom hauseigenen Personal abgeholt.« »Und was hat das mit den Autorennen auf sich? Bist du schon auf dem Nürburgring gefahren?« »Nein, natürlich nicht. In Kalifornien gab es eine Rennstrecke, da kannst du mit einem Rennauto nach einer Einweisung allein auf der Strecke Autorennen fahren. Du kriegst Helm, Handschuhe und Weste angezogen, wirst ins Rennauto gesetzt, das ist gar nicht so einfach mit so wenig Platz, und dann kannst du loslegen, macht Spaß. Einfach losrasen, ohne andere Autofahrer, ohne Hindernisse, na ja, die Kurven halt, aber sonst, ist echt cool.« »Wie schnell bist du denn gefahren?« »Am Ende kriegt man einen Zettel ausgedruckt, so wie ein Kassenbon, auf dem stehen deine Höchstgeschwindigkeit, deine Mindestgeschwindigkeit und deine Kurvenlage. 170 war das Schnellste, was ich geschafft habe, mehr habe ich mich nicht getraut bei all den Kurven. Es fühlt sich an wie das Training beim ADAC, nur ein bisschen schneller.« Manfred grummelt wieder: »Nur 170, das fährt man ja auf der normalen Autobahn.« »Das sind 170 mph, nicht km/h, also etwa 280 km/h. Aber ... können wir die Fragestunde morgen fortsetzen? Ich bin müde.« Ich kuschele mich ganz nah an Manfred und schlafe auch schnell ein.

Am anderen Morgen müssen wir wieder alle zur Arbeit, in die Schule und ich in die Uni. Ich freue mich so, dass ich wieder studieren darf. Ich glaube, lernen hält jung, aber das Alter spielt ja in der neuen Welt wohl keine Rolle mehr, jedenfalls, wenn man dann mal erwachsen ist. Auf der Fahrt nach Stuttgart bekomme ich Zahnschmerzen, gleich am Nachmittag gehe ich zum Zahnarzt, vielleicht kriege ich ja auch neue Zähne, das wär ja toll, denke ich. »In etwa 18 Monaten haben Sie ein komplett gesundes Gebiss, die alten Zähne werden extrahiert und Sie erhalten ein Provisorium, das nach Bedarf immer wieder verändert werden kann.« Ich mache einen OP-Termin, auch wenn ich Angst habe, wie immer vor dem Zahnarztbesuch, aber es muss ja sein, leider. Am Abend erzähle ich von meinem Zahnarztbesuch, die anderen haben das Problem noch nicht. An meinem OP-Tag fährt Manfred mit mir ins Krankenhaus, er bleibt so lange bei mir, bis ich im OP bin, als ich wieder aufwache, sitzt er neben meinem Bett und hält meine Hand. »Hallo, mein Schatz, es ist alles gut, alles vorbei, wie fühlst du dich?«, fragt er. Ich traue mich kaum zu sprechen, aber es geht ganz einfach, ich habe keine Schmerzen, keine Schwellungen, alles scheint gut zu sein. »Gut, glaube ich. Ich habe auch schon Zähne im Mund, fühlt sich gut an.« »Sieht auch gut aus, als wäre nichts gewesen. »Ich bin so müde, ich will schlafen«, sage ich und schlafe auch schon wieder ein. Ich höre noch wie aus der Ferne, wie Manfred sagt: »Dann schlaf gut, ich komme morgen wieder.« In der Nacht werde ich wach, als eine Krankenschwester meine Infusion wechselt, aber dann bin ich auch schon wieder eingeschlafen. Jeden Nachmittag bekomme ich Besuch von meiner Familie, bis sie alle einmal bei mir waren. Ich bleibe eine Woche im Krankenhaus und kriege nur Flüssigkost, dann werden die Wunden inspiziert, alles ist gut, ich darf wieder heim. Das Provisorium muss ich jetzt so lange tragen, bis alle Zähne wieder nachgewachsen sind, scheint aber kein Problem zu werden. Manfred und Madison holen mich vom Krankenhaus ab.

Nächste Woche ist erster Advent und die Weihnachtsvorbereitungen laufen schon auf Hochtouren. Ich gehe auch wieder zur Uni, keiner scheint was von meinen Zähnen zu bemerken, gut so. Ich kann erst einmal nur weiche Kost essen, aber im Hinblick auf neue Zähne kann ich es leichter ertragen. Die Weihnachtsdekoration aus Tannenzweigen und Schleifen haben wir bisher jedes Jahr beibehalten, obwohl es auch anderen Schmuck zu kaufen gibt, Madison und ich schmücken das Haus, wie im ersten Jahr. Am zweiten Weihnachtsfeiertag haben wir ein paar Gäste eingeladen, wir sind wieder mal über 20 Leute. Ich bin immer noch der Meinung, dass wir unbedingt ein Partyhaus brauchen, in dem zu jeder Jahreszeit gefeiert werden kann.

In Sindelfingen wird eine große Silvesterparty gefeiert, auch unsere gesamte Familie kann daran teilnehmen, die Tiere sind versorgt, auch mein kleinstes Enkelkind, Jessika, ist schon zwei Jahre und kann an der Party teilnehmen. Für Kinder bis zum zwölften Lebensjahr findet in einem Extragebäude, direkt neben der großen Halle, eine Kinderparty statt, mit geschultem Personal. Ein paar Kinder schlafen schon um 22 Uhr ein, ist eben doch zu lang für sie, aber es gibt genug Matratzen und Decken, alles kein Problem. Da wir mit dem Auto hier sind, ein paar andere Familien auch, können wir unsere schlafenden Kinder einfach nach Hause fahren und zu Bett bringen. Manfred und ich machen die morgendliche Stallarbeit, bringen die Milch weg und können dann bis zum Mittag schlafen.

Jahr 5
Bis zum 7. Januar haben wir noch ein paar ruhige Tage, Marie und Lukas verbringen viel Zeit mit ihren Freunden, Sarah und Tom besuchen Freunde in Weinstadt, geht ja jetzt wieder schnell mit dem Auto. Ich verbringe viel Zeit mit Manfred und meinen Enkeln, wir haben viel Spaß zusammen, zwei Tage fahre ich mit Manfred allein nach München. Wir gehen ins Theater und anschließend in ein tolles Restaurant, das Essen schmeckt fantastisch. In einem schönen Hotel verbringen wir eine schöne Liebesnacht. Ab Dienstag gehen wir alle wieder zur Arbeit und zur Schule, ich freue mich schon auf die Uni. Noch drei Monate, dann sind endlich meine Lieblingsfächer an der Reihe. Ich kann einen Professor davon überzeugen, dass angemessener Wohnraum, schnell und solide gebaut, ein gutes Projekt ist, wenn die Pläne in jedem Ort zum Einsatz kommen können. Er meint, ich könne das Projekt auch gleich mit ein paar Kommilitonen in Angriff nehmen. Ich freue mich schon auf mein Projekt, jetzt nur noch die richtige Crew zusammenstellen und los geht es.

Zu Hause komme ich ins Schwärmen, als ich von meinem Projektvorhaben berichte, Marie und Lukas sind begeistert und meinen: »Toll, dann hast du ein Stück Stadt gebaut, oder zumindest geplant«, sagt MJ. »Hast du nicht gesagt, praktische Projekte können auch als Abschlussarbeit genommen werden?«, fragt Manfred. »Ja, das ist richtig, das finde ich ja gerade das Gute daran, ich habe ganz viel Zeit für meine Arbeit. Ich nehme ja nicht das ganze Projekt als Arbeit, nur einen bestimmten Teil davon, welchen, weiß ich noch nicht«, versuche ich zu erklären. »Aber erst mal steht in ein paar Wochen die Semesterarbeit an, danach kann ich mich an mein Projekt machen«, sage ich. Am 21. März ist es endlich so weit, unsere Semesterarbeiten sind bewertet, die Klausuren geschrieben und jetzt habe ich eine Woche Urlaub, da ich in keine mündliche Prüfung muss. Zu Hause erzähle ich Manfred: »Ich habe eine Woche Urlaub, was können wir unternehmen, oder brauchst du noch Hilfe bei der Aussaat?« »Nein, die Felder sind so weit bestellt, im Garten fehlt noch einiges, wenn du willst, kannst du dabei helfen. Aber warum hast du jetzt Urlaub, ich dachte, du hast Prüfung?« »Die Prüfung ist vorbei, ich muss in keine mündliche Prüfung mehr, im April geht es wieder weiter.« »Das heißt, du hast alle Fächer mit einer Eins abgeschlossen und hast deshalb keine mündliche Prüfung mehr?« »Ja, hab ich.« »Gott sei Dank«, sagt MJ, »sonst hättest du wieder stundenlang geheult, weißt du noch, nach deiner letzten Zwischenprüfung?« »Ja, klar, erinnere mich bloß nicht daran.« Manfred schüttelt nur den Kopf und brummelt: »Mhm, diese Familie, Madison lernt gern Mathematik, meine Frau heult, wenn sie keine Eins hat, MJ freut sich darauf, scheinbar unlösbare Probleme zu lösen.« »Und was ist daran falsch?«, frage ich. »Nichts, ihr seid nur einfach nicht normal.« »Normal ist ja auch langweilig, ich brauch Action«, sage ich.

»Wie lange brauchen wir noch, dass im Garten auch alles gesät und gepflanzt ist, wenn ich voll mithelfe?«, frage ich Manfred. »Schätzungsweise bis Mittwoch«, antwortet er. »Kann ich dann mit dir zum Segeln? Ich möchte so gern wenigstens einen kurzen Urlaub mit dir allein.« »Und die Kinder?« »Die haben doch Schule. Und den Hof kann Sarah doch sicher so lange allein machen, oder?« »Ja, ich denke schon. Wie kommen wir denn zum Bodensee, mit dem Zug?« »Ja, das Auto wird ja hier gebraucht.« Wir sprechen unseren Kurzurlaub mit der Familie ab und ich kann Bahntickets und Hotel und Segelboot buchen, da wir Telefon haben, wie die meisten Leute, ist das Buchen kein Problem mehr. Am Donnerstagmorgen fahren wir mit dem Bus nach Stuttgart, von hier geht es mit dem Zug nach Singen, da müssen wir umsteigen, nach 30 Minuten geht es weiter nach Konstanz. Am Nachmittag beziehen wir endlich unser Hotelzimmer, nur etwa 500 Meter vom Yachthafen entfernt, wo schon unser Segelboot auf uns wartet. Wir können noch zwei Stunden segeln, genau richtig für uns beide, zum Ausprobieren, Manfred ist der Steuermann. »Ich glaube, ich muss die Kommandos noch ein wenig üben, so sicher bin ich doch nicht mehr. Hilfst du mir dabei?«, frage ich. »Na klar«, kommt die prompte Antwort. »Wir haben die ganze Nacht Zeit.« »Die Nacht ist nicht zum Lernen da, nicht für mich«, kontere ich. Er lacht und nimmt mich in den Arm. Da wir nur zu zweit sind, haben wir nur ein kleines Segelboot, sonst bräuchten wir ja eine ganze Crew, also mindestens vier Leute. Wir können schöne Bilder machen. Ab Samstagmorgen klappt endlich alles, wie ich mir das vorgestellt habe, da der Wind günstig ist, können wir bis Überlingen segeln, dort legen wir an und gehen in einem Café an der Strandpromenade ein Eis essen. Eis ist immer noch nicht selbstverständlich, da eine Gefriertruhe benötigt wird, wofür nicht jeder ausreichend Strom zur Verfügung hat. Am Samstagabend laufen wir gerade rechtzeitig vor einem kleinen Sturm in den Hafen ein, andere Segelschiffe müssen teilweise abgeschleppt werden, sie sind noch zu weit draußen. Nach einer wunderschönen Liebesnacht können wir am Sonntagmorgen noch ein wenig den Strand genießen, dann müssen wir uns leider schon wieder auf die Rückfahrt machen. Mit dem letzten Bus fahren wir von Stuttgart nach Sindelfingen, Lukas wartet schon auf uns, dieses Mal mit dem Pick-up. Das ist das erste Mal, dass wir nicht mit einer Kutsche abgeholt werden. Wir haben wieder mal viel zu erzählen und können viele Bilder zeigen, ausgedruckt werden sie allerdings nicht. Als die Kinder das Bild von der Strandpromenade sehen, sind sie ganz entsetzt, dass wir ohne sie Eis gegessen haben.

Am Montag beginnt endlich mein drittes Semester, auf das ich mich schon so gefreut habe. Jetzt kann ich mit meinem Projekt anfangen,

auch die anderen Kommilitonen freuen sich schon darauf. Es gibt auch
ein paar Studenten, die keine Lust zu haben scheinen auf ihr Projekt,
oder die noch nicht anfangen, weil sie keine Idee haben. Das könnte
mir nicht passieren, denke ich. Ich plane mit meiner Projektgruppe
nur Einfamilienhäuser mit 120 Quadratmetern Wohnfläche mit vier
Schlafzimmern auf sieben Ar Grundstück, die Zweifamilienhäuser
und die Generationenhäuser sollen 180 bis 200 Quadratmeter Wohnfläche haben und zehn Ar Grundstücksgröße. Da die Oberfläche in
der neuen Welt viermal so groß ist wie die alte Erde, sind diese Grund-
stücksflächen durchaus vertretbar. Wir brauchen auch keine Hoch-
häuser, mehr als vier Etagen gibt es bis jetzt nirgendwo. Die Häuser
haben eine und zwei Etagen und ein Dachgeschoss. Alle Häuser haben
einen Vorratsraum und genügend Abstellraum unter dem Dach, daher
kann auf einen Keller verzichtet werden, was die Bauzeit wesentlich
verkürzt. Alle Häuser werden als Massivfertighäuser geplant, vor ein
paar Wochen haben einige Firmen eröffnet, die Fertighäuser bauen.
Die Gärten hinter den Häusern grenzen jeweils an die Nachbargärten.
Damit sich eine vierköpfige Familie mit Salat, Gemüse und Obst über-
wiegend selbst versorgen kann, reichen vier bis fünf Ar Gartenfläche.
Ohne Kartoffel- und Weizenanbau müsste das ausreichen, denke ich.
Für Familien, die mehr anbauen wollen, werden kleinere Felder weiter
außerhalb der Stadt geplant. Die Straßen sind in der gesamten Stadt
alle gleich breit und mit Parkplätzen und Gehwegen ausgestattet. Bis
ein Haus schlüsselfertig übergeben werden kann, vergehen je nach
Größe zwei bis drei Monate. Es macht richtig Spaß, so intensiv an
meinem Projekt zu arbeiten, manchmal vergesse ich alles um mich herum, zum Leidwesen meiner Familie. Während ich an meinem Projekt
arbeite, wird mein Wunsch nach einem neuen Haus immer größer.
Manchmal sitze ich da und überlege mir, wie mein neues Haus denn
aussehen soll. Mein Traumhaus nimmt immer mehr Gestalt an, bis
ich nicht mehr anders kann, ich plane mein neues Haus. Es soll fünf
Schlafzimmer haben, ein großes Wohn-/Esszimmer, eine große Ess-

küche und drei Bäder. Eine Speisekammer, einen Abstellraum und einen Wirtschaftsraum muss ich auch noch integrieren. Letztendlich hat mein neues Haus eine Grundfläche von 120 Quadratmetern, auf zwei Etagen verteilt. Ich möchte ein Haus für Manfred und mich, Madison und Pietro sollen auch bei uns wohnen, bis ihre Eltern in der neuen Welt ankommen, das hoffe ich zumindest immer noch. Marie und Lukas werden hoffentlich auch noch eine Weile bei uns wohnen, bis sie auch eine Familie gründen. Dann können Sarah und Tom im Bauernhaus unten wohnen und MJ mit seiner Familie hat die obere Etage. In der oberen Etage fehlt noch eine Küche, unten muss noch ein Bad eingebaut werden. Ich hoffe immer noch, dass meine Tochter mit ihrem Mann und vielleicht mit ihrer Schwiegermutter in die neue Welt gereist kommen. Dann könnte ich mein neues Haus verlängern, dass es einem Doppelhaus gleich kommt. Dann hätte Vicky auch mit ihrer Familie ihr eigenes Reich, ja, so könnte ich mir das vorstellen. Oder es gibt noch ein Zweifamilienhaus, wie das Bauernhaus, kommt ja auch ganz darauf an, wer hier wohnen bleiben will.

Im Juli und August sind für alle Kinder Schulferien. Da wir wegen der Ernte nicht gleich in Urlaub fahren können, habe ich den Kindern versprochen, dass sie einen Wunsch frei haben. Marie und Lukas wollen in den Schwarzwald zum Wandern, sie haben sich eine geführte Wanderung für Jugendliche ausgesucht. Sie fahren für zwei Wochen an den Schluchsee, von dort geht die Wanderung los. Sie sind alt genug, um allein in Urlaub zu fahren, ich mach mir trotzdem Sorgen, Gott sei Dank nehmen sie ein Handy mit, dann können wir jederzeit miteinander kommunizieren. Madison und Pietro haben sich ein Zelt gewünscht, sie wollen Camping spielen. Da wir im Garten genug Platz haben, um das Zelt aufzustellen, habe ich auch keine Einwände. Am ersten Ferientag gehen Manfred und ich mit ihnen ein Zelt kaufen, als Zubehör gibt es noch Luftmatratzen und Schlafsäcke dazu. Sie freuen sich beide riesig und können es kaum erwarten, bis das Zelt aufgebaut wird.

Für Marie und Lukas haben wir Wanderausrüstung gekauft, Wanderschuhe, Rucksack und einiges mehr. Das Zelt ist groß genug für vier Personen, Pietro und Madison wollen in der ersten Nacht im Zelt schlafen, ich bin zwar skeptisch, ob sie nicht Angst bekommen, aber Lukas und Marie gehen auch mit zelten, dann funktioniert es ganz gut. In der zweiten Juliwoche fahren Manfred und ich die beiden Großen an den Schluchsee, es ist schon später Abend, als wir wieder zurückkommen. Madison und Pietro schlafen schon in ihrem Zelt, heute zum ersten Mal allein. Ich bin gespannt, wie lange sie es aushalten, Happy hält Wache, er sitzt direkt vor dem Zelteingang und spitzt die Ohren, als wir in den Hof gefahren kommen. Als Manfred und ich gerade ins Bett wollen, klingelt das Telefon, ich schaue Manfred fragend an, er zuckt nur mit den Schultern. Madison ist am Telefon: »Oma, da ist jemand auf den Hof gekommen, ich glaube, es sind Einbrecher, komm schnell!« »Ich komme schon, keine Sorge«, versuche ich sie zu beruhigen und gehe mit Manfred in den Garten zum Zelt. »Wir stehen vor dem Zelt, wollt ihr rauskommen, hier sind keine Einbrecher«, sagt Manfred. Der Reißverschluss öffnet sich und beide kommen rausgekrabbelt: »Wir wollen wieder mit ins Haus, es ist so unheimlich hier draußen, wenn es dunkel ist«, sagt Pietro und hält Madisons Hand ganz fest. »Na, dann kommt, wir gehen zusammen rein und dann könnt ihr in euren Betten weiterschlafen«, sage ich leise. Happy bleibt trotzdem vor dem Zelt sitzen. »Ich glaube, sie haben uns gehört, als wir nach ihnen gesehen haben, wir waren die Einbrecher«, sage ich zu Manfred, als wir zu Bett gehen. »Ja!«, lacht er, »das glaube ich auch.«

Am anderen Morgen liegt Happy schlafend im Zelt. Die Kinder spielen tagsüber im Zelt, aber schlafen wollen sie nachts nicht mehr allein darin. Marie und Lukas melden sich fast täglich, sie haben viel Spaß alle zusammen. Nach einer Woche, am Montagmorgen, kommt ein Lieferwagen vorgefahren, er will ein Fernsehgerät abliefern. Ich lasse ihn auf den Hof fahren, zwei Männer tragen das Gerät ins untere

Wohnzimmer und schließen es an. Die Programme sind über Kabel und Satellit zu empfangen. Es gibt bis jetzt fünf deutschsprachige Programme, ich bitte die zwei Herren, auch die englisch-, französisch- und italienischsprachigen Programme einzustellen. Das meiste, was gezeigt wird, sind Nachrichten und Informationssendungen, zum Beispiel über Kochen, Backen, Haushalt, Gartenarbeit und vieles mehr. Es gibt auch Lektionen über Babys und Kindererziehung, kann für viele Leute sicher sehr hilfreich sein. Es wurde ein extra Kinderkanal in allen Sprachen eingerichtet, wenn man will, kann man Schulunterricht anschauen für die ersten sechs Klassen. Es scheint, dass wir alle Nachholbedarf an TV haben, wer Zeit hat, setzt sich vor den Apparat und schaut, ob er was Interessantes findet. Nach zwei Wochen holen wir Lukas und Marie wieder ab, ich bin ja so froh, dass wir ein Auto haben, damit kann man wieder größere Entfernungen zurücklegen, beinahe wie wir es in der alten Welt gewohnt waren, manchmal lassen die Straßen noch etwas zu wünschen übrig. Marie und Lukas berichten von ihren Wanderungen, was sie alles erlebt und gesehen haben. Sie sagen, dass die Berge im Schwarzwald höher sind als in der alten Welt, der Wald sieht nicht richtig nach Schwarzwald aus. In dieser Welt sind vielleicht wirklich Berge versetzt, nichts ist unmöglich. Wir haben den beiden nicht erzählt, dass wir ein Fernsehgerät haben, jetzt sind wir gespannt, wann sie es bemerken.

Die Kleinen sind schon alle im Bett, als wir am späten Abend auf den Hof fahren. Nachdem die Rucksäcke geleert und aufgeräumt sind, setzen sie sich ins Wohnzimmer, um die Urlaubsbilder anzuschauen. Marie kommt als erste wieder aus dem Wohnzimmer herausgerannt: »Wir haben ja ein TV gekriegt, das ist ja fantastisch.« »Was?« Lukas läuft ins Wohnzimmer, schaut sich um. Er setzt sich mit der Fernbedienung auf einen Sessel und schaltet gleich ein: »Was gibt es denn alles?«, fragt er. Eigentlich wollten wir Urlaubsbilder anschauen, aber jetzt ist erst mal TV-Time. Der Sommer ist herrlich, immer schönes Wetter, nie unter 25 Grad, wir sind froh, wenn es in der Nacht auf 20

Grad abkühlt, dann kann man besser schlafen. Wenn ich am frühen Morgen aus dem Haus komme, riecht es nach Sommer, nach Wärme, manchmal hat es in der Nacht geregnet, das riecht wunderbar. Jeder, der Zeit hat, hilft bei der Ernte mit, wir können viel Obst und Gemüse auf dem Markt verkaufen, aber es kommen auch viele Leute, die auf unseren Feldern selbst ernten. Jetzt scheint das Sicherheitssystem zu funktionieren, auf den Feldern und auf dem Markt. Manfred meint, die Ernte wird von Jahr zu Jahr besser, wir haben die Erträge mehr als verdoppelt, und das ganz ohne Kunstdünger. Wenn wir das Gemüse nicht alles auf dem Markt verkaufen können oder selbst verwenden, verkaufen wir es nach Stuttgart in die Markthalle, dort finden sich wohl immer Abnehmer.

In der letzten Woche im Juli sind Lukas und ich an der Reihe, auf dem Markt unsere Waren zu verkaufen. Manchmal ist das ganz nützlich, man kann allein miteinander reden, zumindest wenn keine Kunden bedient werden müssen. Lukas erzählt mir vom Urlaub und von seiner Freundin: »Weißt du, Mom, Alexandra ist furchtbar eifersüchtig, wenn wir mal einen Abend nicht zusammen sind, fragt sie gleich am anderen Morgen in der Schule, wo ich war, was ich gemacht habe oder mit wem ich zusammen war. Wenn ich mit einem anderen Mädchen in der Schule spreche, schaut sie mich ganz böse an, wie wenn ich mit einer anderen ausgehen will oder so. Ich mag sie doch, ich will doch gar keine andere. Warum ist sie so eifersüchtig?« »Vielleicht liebt sie dich wirklich und hat Angst, dich zu verlieren. Wenn du sie lieben würdest, würde dich ihr Verhalten vermutlich nicht stören. Weißt du, jeder Mensch hat Stärken und Schwächen, wenn man jemanden liebt, muss man seine Schwächen mitlieben. Wenn es ein Muss ist, ist es keine wahre Liebe, höchstens eine Verliebtheit. Ihr seid jung, ihr habt noch viel Zeit, das zu lernen.« »Du hast sicher Recht, du hast mir viel zum Nachdenken gegeben, vielleicht hilft es ja ein bisschen bei meiner Entscheidungsfindung«, meint Lukas, dann kommt auch schon wieder Kundschaft und wir müssen unser Gespräch beenden.

Kapitel 22

Im August kommt ein Anruf aus Heilbronn, wir können unser Wohnmobil abholen. Ich kann es kaum glauben, dass es noch in diesem Urlaub geklappt hat. Manfred, Tom und ich fahren zusammen nach Heilbronn. Hier bekommen wir etwa zwei Stunden lang alles Wissenswerte erklärt, ich schaue mir alles so genau wie möglich an. Was ich bestellt habe, ist alles vorhanden und wurde auch perfekt eingebaut. Ich setze mich in die Sitzecke, sie ist sehr gemütlich, ich will gar nicht mehr aufstehen und freue mich so über das Wohnmobil, am liebsten möchte ich gleich in den Urlaub fahren. Manfred setzt sich zu mir, nimmt mich in den Arm und sagt: »Jetzt habe ICH noch eine Überraschung für dich, bist du bereit?« »Ja, was ist es denn?«, frage ich. Er nimmt mich an die Hand und zieht mich hinter sich her durch die Firma. Vor einem Zelt bleiben wir stehen, er sagt: »Das ist unser Vorzelt, kann auch allein stehen bleiben. Komm mal mit rein.« Im Inneren stehen ein großer Esstisch, zwei Klappsitzbänke und zwei Klappstühle. Das Vorzelt ist mit einem schönen graublauen Zeltteppich ausgelegt. Ich bin begeistert und absolut platt. Ich umarme Manfred, dann kullern schon wieder mal Tränen. Ich kann kaum sprechen und sage nur leise: »Danke, mein Schatz, das ist wunderschön, du bist unglaublich.« Ich schaue ihm tief in seine umwerfenden Augen und küsse ihn. In der Wohnmobilfirma gibt es ein kleines Restaurant, wir gehen alle drei zum Essen, zwei andere Paare sitzen schon da. Es gibt täglich immer zwei Gerichte zur Auswahl, wir entscheiden uns für Hamburger und Bratkartoffeln, dazu gibt es grünen Salat. Die anderen Paare sind aus Freiburg und aus Göttingen. Wir können uns gut mit ihnen unterhalten. Es ist immer wieder interessant zu hören, wie es in einer anderen Stadt vorwärts geht, oder eben auch nicht.

Dann können wir endlich wieder heimfahren. Tom fährt den

Pick-up zurück und Manfred fährt mit mir als Copilot das Wohnmobil heim. Das Navigationsgerät ist noch ziemlich leer, meistens
sehen wir nur eine Straße, so viele gibt es noch nicht. Wenn man ein
festes Ziel eingibt und die vorgegebene Strecke fährt, viele andere
Möglichkeiten hat man ja noch nicht, wird man vorgewarnt, dass
500 Meter voraus ein langsames Hindernis auf der Straße ist, zum
Beispiel ein Fuhrwerk oder ein Fahrradfahrer. Da es noch sehr wenig Fahrzeuge gibt, rechnet man gar nicht mit einem anderen Auto
oder mit Gegenverkehr, da ist dieses Warnsystem schon sehr sinnvoll.
Auch ein Autopilot ist vorhanden, aber den probieren wir noch nicht
aus. Es ist auch ein Radio mit Music-Player eingebaut, wir hören die
ganze Fahrt über Radio, das konnten wir schon lange nicht mehr. Am
frühen Nachmittag sind wir wieder zu Hause. Wieder mal kommen
alle angelaufen, dieses Mal, um das Wohnmobil anzuschauen. Es ist
3,15 Meter hoch und 8,50 Meter lang und 2,30 Meter breit, passt
also locker in die Garage. Timmy nennt das Wohnmobil Wombi,
eine gute Kombination, finde ich. Es bietet Platz für sieben Personen zum Schlafen und im Fahrbetrieb. Der Eingang und die Fenster
sind mit Fliegengittern ausgestattet. Gegenüber dem Eingang ist die
Sitzecke platziert, sie ist mit strapazierfähigem blauem Stoff bezogen,
hier können vier Personen während der Fahrt sitzen. Im Heck sind
zwei Einzelbetten untergebracht, zwischen beiden Betten kann man
einen Lattenrost herausziehen und eine Matratze drauflegen, dann
haben auch drei Personen auf dem großen Doppelbett Platz. Davor
befindet sich ein Toilettenraum mit Waschbecken und einem extra
Raum als Dusche, wenn man beide Türen zum Wohnraum und zum
Doppelbett hin schließt, hat man ein kleines Bad. Neben der Dusche
sind Stockbetten eingebaut. Gegenüber ist die Küche, mit Kühl-Ge-
frierschrank, Herd und Spüle. Über den Sitzen in der Fahrerkabine
kann man ein Hubbett herunterlassen, ebenfalls für zwei Personen
ausreichend. Die Sitzecke lässt sich in einen Schlafplatz verwandeln.
Wo immer möglich, sind Schränke und Fächer eingebaut, die nur

mit einem Magnet zu öffnen sind, so können sie während der Fahrt nicht allein aufgehen. In der Heckgarage unter dem Doppelbett ist viel Stauraum, ausreichend für zwei Fahrräder, Vorzelt, Gartenmöbel, Grill und vieles mehr. Die Steuerungselemente für Heizung, Wasser und Elektrik sind einfach zu bedienen. Der Frischwassertank fasst 200 Liter, ist einfach nachzufüllen und zu reinigen. Ich liebe unser neues Wombi, die Familie will am liebsten gleich in den Urlaub fahren, genau wie ich auch. Nachdem jeder das Wombi von innen und außen angeschaut hat, gehen wir ins Haus und planen unsere nächsten Urlaube. Bis jetzt sieht es im Inneren noch ziemlich aufgeräumt aus, fast steril, ich will in den nächsten Tagen Bettsachen und Geschirr einkaufen gehen, vielleicht finde ich ja noch ein paar bunte Kissen oder so, dann wird es doch gleich wohnlicher. Auf dem Tisch fehlen noch Becherhalter, damit während der Fahrt nichts umkippen kann. Ich rufe in der Firma in Heilbronn an und bestelle noch vier Becherhalter, mir wird gesagt, dass es ein Kinderpaket damit gibt, was ich auch gleich bestelle.

Mitte August ist die Ernte eingebracht und ich kann endlich mit Manfred, Madison, Pietro, Marie und Lukas zusammen in Urlaub fahren. Zwei Wochen Italien, Strand, Wind, Sonne, in der neuen Welt sind es etwa 1200 Kilometer, die wir erst einmal zurücklegen müssen, was wir in zwei Tagen schaffen wollen. In Innsbruck wollen wir übernachten und am nächsten Tag soll es bis Venetien gehen. Jetzt heißt es erst einmal packen, wir sind schon alle ganz aufgeregt. Seit etwa zwei Jahren gibt es in ganz Europa genügend Lebensmittel, wir müssen nichts extra einpacken. Wir nehmen genug für drei Tage mit für unterwegs, dann sind wir unabhängig von Restaurants. Am Sonntagmorgen fahren wir los, Manfred und Lukas haben die Strecke so gut wie möglich geplant. Die beiden sitzen vorn, wir vier sitzen am Tisch, auch sehr bequem, anfangs schauen wir noch viel aus dem Fenster, aber dann fangen wir an zu spielen. Wir haben die Spielesammlung mitgenommen. In Memmingen halten wir an und essen zu Mittag, in mir werden Erinnerungen von früher wach, als wir campen waren. Irgendwie riecht alles anders, wie immer, wenn man draußen isst, einfach wunderbar. Wir haben nur Schnitzel gebraten, Soße und Kartoffelsalat haben wir schon fertig mitgenommen. Unter der Markise können wir bequem im Schatten sitzen und in Ruhe essen, anschließend mache ich mit den Kleinen einen kurzen Spaziergang, Manfred hält Mittagschlaf, er ist schon um 5 Uhr aufgestanden. Marie und Lukas räumen auf. Jetzt fahren Marie und ich weiter, die Männer setzen sich nach hinten. Wir sehen gar keine Grenzstation, nur ein Schild mit der Aufschrift »Sie verlassen Deutschland«, kurz danach kommt ein Schild »Willkommen in Österreich«. Um 18 Uhr kommen wir in Innsbruck auf dem Campingplatz an, es sind kaum Gäste hier, wir sind die einzigen mit Wombi, die anderen haben alle Zelte. Ich rufe MJ an und sage, dass wir gut angekommen sind und wie schön es hier ist.

An einem großen Grill können wir Kartoffeln und Würstchen braten, was wir zu viel haben, verschenken wir. Ein junges Ehepaar kommt an den Grill und fragt, wer sich an einem Fass Bier beteiligen will, es sind nur fünf Liter, aber für sie allein zu viel. Wir haben mit ein paar anderen einen schönen Campingabend, können uns gut unterhalten und Musik machen. Es wird barfuß getanzt, die Kinder bleiben auch länger auf, sie sind ausgelassen und tanzen alle mit. Manfred und ich kümmern uns gegen 23 Uhr um die Betten, alles klappt wunderbar, wie geübt. Die Mädchen schlafen vorn, die Jungs in der Mitte, Manfred und ich hinten, ich freue mich schon auf mein Bett, endlich lang ausstrecken. Manfred öffnet die Dusche, damit ist unser Schlafzimmer zu. Ich kuschle mich an Manfred. »Bist du glücklich?«, fragt er ganz leise. »Ja, sehr«, antworte ich, »und du?« »Auch.« Ich küsse ihn ganz zärtlich, wir wünschen uns allen eine gute Nacht, dann schlafen wir ein.

Am anderen Morgen erwache ich als erste, gehe ins Bad und ziehe mich an. Dann gehe ich hinter unser Wombi, vor mir der Natterer See kurz nach Sonnenaufgang, dahinter grüne Wiesen und etwas weiter entfernt ein gigantisches Bergpanorama, die Gipfel sind schneebedeckt. Alles spiegelt sich im See wider, einfach toll. Ich bin ganz überwältigt, als Manfred sich hinter mich stellt und mich umarmt, er ist auch ganz hin und weg. Wir genießen die wunderbare Aussicht und die Stille. Er fragt:»Bist du sicher, dass wir noch nach Italien wollen?« »Ja, klar, wir müssen unbedingt nach Italien!«, ruft Madison ganz aufgeregt und kommt barfuß in ihrem Nachthemd angelaufen. »Ja, das machen wir ja auch«, versuche ich sie zu beruhigen. »Deine Eltern und Oma Alessia sind nicht in der neuen Welt, wir haben schon wo immer möglich angerufen und nachgefragt, es tut mir leid, mein Schatz.« Später erkläre ich Manfred, warum Madison unbedingt nach Italien will, und wir hoffen beide, dass die Enttäuschung für sie nicht zu groß wird, weil sie ja immer noch hofft. In der Zwischenzeit ist die restliche Familie auch aufgestanden, ich bereite mit Manfred das Frühstück zu, es ist so schön und warm, wir können wieder unter unserer Markise frühstücken. Danach packen wir alles zusammen und fahren weiter, jetzt fahren wieder die Männer, Manfred meint, ist vielleicht etwas schwieriger, hier in den Bergen zu fahren, die Straßen sind teilweise doch sehr schmal und nicht fertig ausgebaut. Heute liegen noch etwa 650 Kilometer vor uns.

In Trient gehen wir mittagessen, italienische Pizza, zum Nachtisch gibt es italienisches Eis, alles sehr lecker. Lukas fährt uns noch bis Castelfranco Veneto, hier machen wir Kaffeepause, dann fahren Marie und ich weiter. Manfred meint, dass ich mich hier vielleicht etwas auskenne, was sich aber als falsch erweist, alles ist anders als in der alten Welt. Erst als ich den Leuchtturm von Jesolo sehe, kriege ich das Gefühl, hier war ich schon mal. Auch hier existieren die kleineren Orte nicht, wie bei uns daheim. Ich hoffe, wir bekommen hier ausreichend Lebensmittel. Madison will unbedingt zum Haus von Oma Alessia, aber jetzt wird es schon dunkel, ich verspreche ihr, dass wir gleich nach dem Frühstück nach Omas Haus suchen gehen. Gott sei Dank ist sie damit einverstanden. Als alle im Bett sind, gehen Manfred und ich noch am Meer spazieren, es ist wunderschön, das Wasser umspielt unsere Füße, warm, ruhig, und wir können uns in Ruhe allein unterhalten. Dann haben wir am Strand eine wunderschöne Liebesnacht, es ist schon fast 3 Uhr, als wir zu Bett gehen.

Kurz nach 6 Uhr kommt Madison zu uns ins Bett gekrabbelt. »Können wir jetzt zu Oma Alessias Haus gehen?«, fragt sie. »Sobald wir aufgestanden sind und gefrühstückt haben, können wir losfahren«, versichere ich ihr. »Fahren?« »Ja, wir nehmen die Fahrräder, dann kommen wir schneller vorwärts.« Als erstes fahren wir zum Rathaus, nur ein kleines Haus zum Zweck der Verwaltung, dort finden wir tatsächlich noch unsere Suchanzeige an einem Holzbrett, aber leider ohne Antwort. Ich schreibe noch unsere Telefonnummer von zu Hause dazu, dann fahren wir durch den Ort, es sind nur ein paar Häuser an einer Hauptstraße, von der noch ein paar kleine Wege abgehen. Aber wo vorher Oma Alessias Haus stand, soweit das erkennbar ist, ist nur Wiese mit ein paar Apfelbäumen. Ich sehe, wie traurig Madison ist, wir halten an und ich nehme sie in den Arm. »Sei nicht traurig, mein Schatz, jetzt haben wir sogar noch unsere Telefonnummern aufgeschrieben, dann können deine Eltern und deine Oma gleich anrufen, wenn sie hier ankommen. Du siehst ja, hier stehen nur ein paar Häuser, es ist nur ein kleines Dorf mit etwa 2 000 Einwohnern. Ich hoffe ja auch, dass deine Eltern bald nachkommen, du bist nicht allein, die ganze Familie steht zu dir, und sobald sie sich melden, holen wir sie baldmöglichst ab, das verspreche ich dir.« »Ja, ist gut, danke, Oma«, schluchzt sie, dann fahren wir zu dem kleinen Laden, den wir während unserer Suche entdeckt haben, und kaufen Essen ein, anschließend geht's wieder heim, zu unserem Wombi.

Zwischenzeitlich wurde das Vorzelt aufgebaut, jetzt haben wir ein großes Wohnzimmer, in dem wir bequem essen können. Auch zwei Liegestühle sind aufgestellt, mit sehr bequemen Polstern, das gefällt mir alles sehr gut, richtig wohnlich und gemütlich. »Und?«, fragt Pietro, »ist Omas Haus hier?« »Nein, aber jetzt weiß ich es ganz sicher. Vielleicht kommt Mama ja noch irgendwann nachgereist.« Marie hat inzwischen unsere mitgebrachten Lebensmittel aufgeräumt, sie fängt auch gleich an zu kochen, Tomatensoße mit ganz vielen frischen Tomaten und viel Basilikum, dazu Spaghetti, typisch italienisch, dazu gibt es Blattsalat. Madison spielt mit Pietro und Lukas, ganz allmählich verliert sie ihre Traurigkeit wieder, es tut mir weh, sie so zu sehen, leider kann ich nicht viel helfen. Am Nachmittag gehen wir alle an den Strand, auf der alten Erde standen hier blaue und gelbe Sonnenschirme und viele Liegestühle, heute ist hier der Strand leer, fast könnte man sagen, unberührt. Die Kleinen spielen im Sand und ein bisschen auch im Wasser, wir Großen gehen auch zum Schwimmen, es ist herrlich erfrischend. Manfred und ich setzen uns nach dem Schwimmen auf ein großes Badetuch und schauen den Kleinen beim Plantschen zu. Jemand ruft: »Madison!« Wir schauen uns alle um, wer da gerufen hat. Es ist Francesca, die Enkeltochter von Oma Alessias Nachbarin. Sie ist so alt wie Madison, hat lange schwarze Zöpfe, große braune Augen und trägt einen bunten Badeanzug. »Ciao Francesca«, rufe ich ihr zu. Dann rufe ich Madison, sie kommt auch gleich angerannt und Pietro hinterher. Die drei Kinder begrüßen sich herzlich. »Come stai?«, frage ich. »Bene«, antwortet sie und lacht, dann laufen sie alle drei Richtung Wasser und spielen zusammen. Manfred schaut mich an und schüttelt den Kopf. »Was ist denn?«, frage ich. »Mit deiner Familie kann man irgendwo auf der Welt sein und es kommt immer irgendjemand, der euch kennt, sogar in Italien.« »Si, a volte« (ja, manchmal), antworte ich ihm. »Weißt du, mein Schwiegersohn ist mindestens zweimal im Jahr hier mit seiner Familie, da kennt man sich halt, ich fahre nur manchmal mit.« »Aha«, brummelt Manfred und streckt sich in der Sonne aus. Am Abend gehen wir zusammen zum Kirchplatz, viele Leute sitzen hier, machen Musik, tanzen, trinken Wein und unterhalten sich, auch die kleineren Kinder sind noch auf, ganz anders als in Deutschland. Manfred ist der Meinung, dass wir Italienisch lernen müssen, wenn wir hier öfters Urlaub machen wollen, damit hat er wieder mal Recht. Wir gehen fast jeden Abend auf den Kirchplatz, es macht so viel Spaß zu sehen, wie fröhlich die Leute alle miteinander sind, auch wenn wir nicht viel verstehen können.

Marie lernt einen jungen Mann kennen, mit dem sie immer wieder tanzt und sich auch irgendwie unterhält. Er kann ein wenig Englisch, das reicht anscheinend aus, um sich näherzukommen. Eines Mittags beim Kochen schaue ich sie eindringlich an, da sagt sie: »Nein, ich brauch kein Schüsselchen mit bunten Keksen.« »Woher weißt du?«, frage ich. »Du hast geguckt, das reicht schon«, antwortet sie lachend. Am zweitletzten Urlaubstag fahren wir mit unserem Wombi noch nach Venedig. Auch in der neuen Welt ist es eine große Stadt. Hier gehen wir alles einkaufen, was es nur in Italien gibt, Kleidung, Schmuck, feine Gläser, italienischen Wein, eine Nudelmaschine und ein paar Geschenke für die Daheimgebliebenen. Auch genug Lebensmittel für die nächsten zwei Tage kaufen wir ein, dass es für die lange Heimfahrt auf jeden Fall reicht. Wir erkennen die Rialtobrücke, den Markusplatz und den Markusdom wieder. Der Rest ist mir unbekannt, na ja, so oft war ich nicht in Venedig. Unser Wombi ist voll bepackt, auch in Venedig können wir übernachten, sogar mit Wasser- und Stromanschluss. Am Freitag machen wir uns wieder auf den Heimweg, in Innsbruck übernachten wir auf dem gleichen Campingplatz wie auf der Hinfahrt. Wir bleiben einen Tag hier, um eine schöne Bergwanderung zu machen. Auf einer Alm werden wir zum Mittagessen eingeladen, es gibt Knödel und Pilzgemüse, sehr lecker. Am Abend kommen wir nach einer langen Wanderung todmüde auf dem Campingplatz an und fallen nur noch in unsere Betten.

Am Samstagmorgen fahren wir wieder nach Deutschland, jetzt lacht Madison auch wieder, sie kann wieder fröhlich sein, Gott sei Dank. Nach ein paar Fahrpausen, auch mit Tanken und Fahrerwechseln, kommen wir kurz nach fünf am Nachmittag zu Hause an. Happy kommt angerannt und weiß vor lauter Freude gar nicht, wen er zuerst begrüßen soll. Alle sind froh, dass wir wieder zu Hause sind. Madison erzählt ganz aufgeregt, dass ihre Eltern und Oma Alessia auch nicht in Italien sind und dass nicht einmal Omas Haus da steht und dass sie Francesca getroffen hat. Nach dem Abendessen wird das Wombi ausgepackt, anschließend verteilen wir die Geschenke.

Am Sonntag haben wir alle Zeit zum Erzählen und wir haben viel zu erzählen, trotz der Anrufe zwischendurch. Manfred ist begeistert, wie gut der Hof während unserer Abwesenheit geführt wurde, er freut sich, dass er jetzt wieder an die Arbeit kann. Am Montag wird das Wombi geputzt und für die nächsten Familienmitglieder vorbereitet. MJ fährt mit Familie und Schwiegereltern nach Frankreich, ans Mittelmeer, nach St. Tropez. In der neuen Welt sind das 2000 Kilometer. Am Dienstagmorgen fahren sie los, drei Tage hin, eine Woche am Meer und drei Tage zurück.

Ich genieße es, mit Marie zusammen auszureiten. Der Hof hat mir gefehlt, obwohl der Urlaub sehr schön war. Nach getaner Arbeit gehen wir am Abend an unseren See zum Schwimmen, es ist wunderschön, auch wenn es nicht das Meer ist. Lukas und Marie sind öfters mit ihren Freunden unterwegs, auch Madison und Pietro laden ihre Freunde aus der Schule ein. In unserem Haus ist immer viel los, mir gefällt das, es lebt. Ich merke, dass all die Besucher Manfred manchmal zu viel werden, manchmal will er gern seine Ruhe haben.

An einem Abend nutze ich die Gunst der Stunde und erzähle ihm, dass ich gern ein neues Haus bauen will, für uns beide, meine zwei großen Enkel und Marie und Lukas. »Hast du auch einen Partykeller eingeplant?«, fragt Manfred. »Noch nicht, ist aber machbar«, sage ich, während ich so vor mich hinträume. Ich weiß auch schon genau, wie das Haus aussehen soll. Ich frage Manfred, ob wir das Haus gemeinsam planen wollen. »Oh ja, gern, womit fangen wir denn an? Was kommt als erstes?«, fragt er. »Was ist dir denn wichtig, was auf keinen Fall fehlen darf?« »Ein großes Arbeitszimmer, in dem ich ungestört arbeiten kann, und ein Schlafzimmer nur für uns ganz allein, ohne

Kinder, Katzen oder Hund.« »Wird berücksichtigt und in den Plan mit aufgenommen«, sage ich und gebe ihm einen Kuss. Wir diskutieren eine Weile, das Haus soll zwei Etagen haben, voll unterkellert sein, ein ausbaufähiges Dachgeschoss bekommen und Raumreserve auf dem Dachboden. Die Familie wächst doch fortlaufend. Manfred fragt: »Wann können wir umziehen?« »Hm, wenn alles funktioniert, wie ich es plane, dann könnte es noch vor Weihnachten klappen, ich veranschlage fünf bis sechs Monate, mit Keller etwas länger«, habe ich kurz durchgerechnet. »Steht uns genug Guthaben zur Verfügung für neue Möbel, wenigstens für Küche, Schlafzimmer, Wohnzimmer und TV?«, frage ich. »Ja, ich denke schon, wir könnten zwei Autos kaufen, das sollte ausreichend sein, oder?«, antwortet Manfred und lacht mich an. »Sehr gut! Steht von landwirtschaftlicher Seite ein höherer Energiebedarf an als im Vorjahr?« »Wenn dir keine neuen Geräte einfallen, die du kaufen willst, dann nicht.« Da wir momentan mehr Energie abgeben, als wir selbst brauchen, können wir problemlos noch einen Haushalt versorgen, selbst dann haben wir noch einen großen Puffer. Ohne Energie werden wir also auf keinen Fall dastehen, selbst bei schlechtem Wetter mit vielen Wolken, was es hier bisher noch nicht gab. »Wunderbar, dann können wir ja loslegen«, freue ich mich und kuschele mich an Manfred.

Mein Bauplan ist fertig, die Grundfläche beträgt 300 Quadratmeter. Keller und Erdgeschoss werden vollständig fertiggestellt, in den anderen Etagen fehlen die Bodenbeläge, die Fliesen und die Bäder. Die Fenster sind bereits alle eingebaut, alles, was oberhalb vom Erdgeschoss ist, muss ich selbst bezahlen, außer dem Dach. Mein grüner Balken hat stark abgenommen, aber selbst Manfred ist noch zufrieden damit, das will was heißen.

Als MJ mit Familie aus dem Urlaub zurückkommt, sehen wir uns wieder Bilder an, dieses Mal aus Frankreich. Tom meint, nirgends sei das Bauen so weit vorangeschritten wie in Deutschland. Das ist mir in Italien auch so vorgekommen. In Österreich war es ähnlich wie in Deutschland. Am Abend besprechen wir das Bauvorhaben, somit sind unsere nächsten Abende ausgefüllt. Das Haus soll näher am See gebaut werden, dann ist es weit genug entfernt vom alten Wohnhaus, wenn keine Familie, sondern irgendwann Fremde einziehen wollen. Zwischen dem oberen und unteren See ist immer noch genug Platz für ein Einfamilienhaus.

Im Oktober wird der Bauplatz vermessen und der Keller ausgehoben, Ende November ist er fertig gebaut. Bis Weihnachten wird fast das Erdgeschoss fertiggestellt, dann ist Baupause bis Januar. Wenn ich am Nachmittag von der Uni heimkomme, kümmere ich mich immer als erstes um die Baustelle, jetzt ist es meine eigene, keine Bäckerei oder so, ein tolles Gefühl.

Da wir an Weihnachten noch nicht umziehen können, feiern wir wie immer all die Jahre zuvor. Am Samstag, den 27. Dezember, fahren Manfred und ich mit unseren vier Kindern mit dem Wombi nach Bayern, wo wir in den Bergen genug Schnee haben zum Schlittenfahren. Wir genießen ein paar Tage und können uns gut erholen. An Silvester fahren wir wieder nach Hause, schließlich wollen wir gemeinsam ins neue Jahr feiern.

Kapitel 23

Jahr 6

Vom 1. bis 6. Januar fährt MJ mit seiner Familie wieder nach Frankreich, sie wollen ihren Kindern die Heimat der Großeltern zeigen. Am 2. Januar fahren wir alle nach Stuttgart, um Möbel für das neue Haus auszusuchen, hier ist die Auswahl immer noch größer als in Sindelfingen. Im März kann alles zusammen geliefert werden, ich hoffe, dass wir dann schon den Keller als Möbellager nutzen können. Jetzt sind auch Madison und Pietro bereit für eigene Zimmer.

Am 7. Januar kommen die Zwillinge in die Schule, wir bereiten alles für ein großes Fest vor, teilweise nach Wunsch von Yvonne und MJ, wir haben aber auch eigene Ideen eingebaut. Am 6. Januar kommen die Urlauber am späten Nachmittag wieder heim, sie sind alle gut erholt. Die Zwillinge sind schon ganz aufgeregt, weil sie morgen in die Schule kommen. Yvonne kann Jessika in den Kindergarten mitnehmen, sie freut sich, dass sie wieder arbeiten kann. Da die Schule bis zur 6. Klasse nur einen halben Kilometer vom Hof entfernt ist, können alle zu Fuß gehen. In dieser Schule sind etwa 80 Schüler, also etwa 12 Schüler pro Klasse. Marie und Lukas fahren mit den Fahrrädern zur Schule, ihr Weg beträgt etwa zwei Kilometer, quer durch die Stadt. In dieser Schule gibt es etwa 250 Schüler, also etwa 10 Schüler pro Klasse, da es immer zwei Klassen gibt. Da viele Fächer gewählt werden können, variiert die Anzahl der Schüler von Fach zu Fach.

In der ersten Woche im März gehe ich zum Zahnarzt und werde mein letztes Provisorium los. Wieder ein fremdes Gefühl, aber schön, endlich wieder eigene gesunde Zähne, das hätte ich mir nie träumen lassen in der alten Welt. Manfred ist immer noch auf den Feldern beschäftigt, als ich am Nachmittag heimkomme, dabei wollte ich ihm die Neuigkeit als erstes erzählen. Madison und ich satteln Action

Lady und Acapulco und reiten aus, vielleicht finden wir Manfred ja irgendwo. Als wir in der Ferne den Traktor sehen, ist er schon wieder auf dem Heimweg, wir reiten jetzt auch wieder heim, es war ein schöner Ausflug. Madison und ich lieben es, zusammen auszureiten, wir können jetzt beide viel besser reiten.

Am 17. März ist mein Projekt fertig, meine Gruppe hat zwei Semester lang daran gearbeitet. Es war eine sehr gute Zusammenarbeit, hat uns allen auch viel Spaß gemacht. Wir sind sehr zufrieden mit unserer Arbeit, unser Professor auch. Einige Studenten, so auch ich, können das Semester wieder vorzeitig beenden, ich komme überglücklich nach Hause. Noch ein Semester Uni, ein Semester Praktikum, dann bin ich fertig. Erfreut erzähle ich beim Abendessen, dass ich zwei Wochen Urlaub habe, bis das nächste Semester beginnt. Ich kann also zwei Wochen lang am Nachmittag mit den Kindern spielen und Hausaufgaben machen, neue Möbel einkaufen und das neue Haus einrichten, das ist toll. Ich kaufe neues Geschirr, Kochtöpfe und sonstige Küchenutensilien, ich kann mir sogar eine neue Waschmaschine aussuchen, außer Kaffee kochen kann sie alles. Sie hat Behälter für zweierlei Waschmittel, Weichspüler und Entkalker, da die Maschine das Wäschegewicht abliest, kann die entsprechende Menge Waschmittel und so weiter automatisch erfolgen. Es ist noch einfacher als früher. Der Verkäufer sagt mir, dass ich einen Wäschetrockner zum Testen mitnehmen könne, zu kaufen gibt es noch keine. Ich beschließe, den Wäschetrockner zu testen. Leider hat Manfred noch so gar keine Zeit, nur am Abend können wir was gemeinsam unternehmen und besprechen.

Am 30. April ist unser Haus fertig, wir können einziehen. Die Möbel sind ja neu, sie wurden geliefert und bereits aufgebaut, also müssen wir nur Wäsche und ein paar Kleinigkeiten einpacken und umziehen. Die Kinder freuen sich auf ihre neuen Zimmer, wir auch. Am Abend sagt Manfred mir, dass er Zahnschmerzen hat. Ich schaue ihn ganz ernst an und frage: »Kann es sein, dass du jetzt dran bist mit neuen Zähnen?« »Schon möglich«, antwortet er zögernd, »aber ich will keine Operation, wie du es gemacht hast, lieber verliere ich die Zähne einzeln.« »Das kann jeder machen, wie er will, du musst es so machen, wie es für dich gut ist«, antworte ich und nehme ihn in den Arm.

Ich habe noch nicht sehr viele Lebensmittel im Keller, nur ein paar in der Küche, aber es reicht für ein erstes Abendessen im neuen Haus. Nach dem Essen gehen die Kinder in ihre Zimmer und räumen ein und immer wieder um. Manchmal beratschlagen sie auch zusammen, wo man wohl was am besten verstauen kann. Manfred schaut nach den Tieren und spricht sich mit Sarah ab, wer wann was im Stall zu tun hat. Wir setzen uns noch ins Wohnzimmer und unterhalten uns eine Weile, dann gehen wir alle zu Bett und wünschen einander eine gute erste Nacht im neuen Haus. Jetzt lese ich zwei Gutenachtgeschichten, da Madison und Pietro ja jeder ein eigenes Zimmer haben. Ab jetzt haben auch die beiden jeder einen Wecker, sie sind von allein aufgestanden und ins Bad gegangen. Alle erscheinen pünktlich beim Frühstück, als Manfred schon wieder vom Stall zurückkommt. Die Kinder fahren mit den Rädern zur Schule und Manfred und ich gehen zur Garage, die anderen kommen auch gerade aus dem Haus. In Zukunft wollen wir uns immer an der Garage treffen, dass Manfred uns gemeinsam zum Rathaus fahren kann. Von hier aus werden wir abgeholt oder fahren mit dem Bus weiter.

Manfred kommt am Freitag vom Zahnarzt und hat zwei Zähne weniger, auch er bekommt jetzt neue Zähne. Er erzählt, dass schon viele Leute deshalb beim Zahnarzt waren.

Sonntag, eine Woche später, ist wieder mal Muttertag, wir sitzen alle am Frühstückstisch, heute im alten Haus, als Manfred zu mir sagt: »Ich habe hier eine Kleinigkeit für dich.« Ich öffne ein kleines Päckchen, eine Tasse kommt zum Vorschein. »Ist schon abgewaschen, darf ich dir gleich einen Kaffee einschenken?« »Ja, gern, danke schön«, antworte ich. MJ und Sarah schauen ganz gespannt auf mich. Ich schaue auf die Tasse, erst war sie dunkel, jetzt wird sie immer heller. Auf einmal erscheinen Buchstaben. »Ich liebe dich.« Dann drehe ich die

Tasse in die andere Hand, hier erscheinen zwei Eheringe mit der Frage: »Willst du mich heiraten?« Jetzt kommt Manfred wieder zu mir, er nimmt meine Hände, ich stehe auf, ich habe wieder mal Tränen in den Augen. Er macht mir eine wunderschöne Liebeserklärung und fragt mich dann: »Willst du meine Frau werden? Wollen wir die nächsten 100 Jahre zusammen verbringen?« Alle Augen sind auf uns gerichtet. »Ja, das will ich«, antworte ich leise, fast versagt meine Stimme. Wir küssen uns, ich bin überwältigt, mir wird kalt und wieder heiß, meine Gefühle machen gerade, was sie wollen. Ich habe keine Kontrolle mehr darüber. Manfred setzt sich neben mich und hält mich ganz fest. Ich schau in die Runde: »Habt ihr das alle gewusst?« MJ und Sarah lächeln uns an und nicken beide. Dann sagt MJ: »Ja, haben wir, wir müssen doch aufpassen, dass du deinem Glück nicht davonläufst.« Manfred steckt mir einen Verlobungsring an. »Der ist wunderschön«, sage ich und bedanke mich mit einem hingebungsvollen Kuss. Die ganze Familie gratuliert uns, wir stoßen mit Sekt an und feiern. Sarah und MJ haben alles so schön vorbereitet, und ich habe nichts davon mitbekommen. Am Abend feiern wir wieder mal im Garten, es kommen ein paar Nachbarn, auch Gisela, Margit und Ellen sind mit Familien gekommen. Wir tanzen alle bis in die tiefe Nacht hinein. Als alle Gäste nach Hause gefahren sind, falle ich todmüde, aber überglücklich in mein Bett. Neben mir liegt mein zukünftiger Mann, das ist ein tolles Gefühl. Irgendwie fühlt es sich anders an als vorher, obwohl sich nicht wirklich was geändert hat, oder doch?

Ab Montag gehen wir alle wieder zur Arbeit, an die Uni und zur Schule. Wann immer ich Zeit habe, bin ich mit meiner Hochzeitsplanung beschäftigt. Am Mittwoch habe ich Termin beim Schneider, ich will mir ein Hochzeitskleid nähen lassen. Der Schneider soll auch Stoff bestellen für Gisela und Paul, unsere Trauzeugen, außerdem brauchen wir noch Kleidung für meine Enkelkinder, sie sollen die Blumen streuen. Am Sonntag wollen wir immer alle zusammen zu Mittag essen, abwechselnd mal im alten, mal im neuen Haus.

In MJs Wohnung wird endlich die Küche eingebaut, im Erdgeschoss wird das Zimmer neben der Küche zum Bad umgebaut. Sarah und Tom nehmen jetzt das Zimmer neben der Treppe als Schlafzimmer, das Schlafzimmer neben dem Wohnzimmer wird zum Esszimmer, die Wand dazwischen wird abgerissen. Bis alle Bauarbeiten abgeschlossen sind, wird nur noch bei uns gekocht und gegessen, die Bauarbeiten machen einfach zu viel Dreck. Der gesamte Umbau dauert zwei Wochen, dann ist endlich alles fertig. Jetzt haben auch Sarah und Tom eine eigene Wohnung.

Wir haben uns alle gut eingelebt, auch Pietro und Madison haben sich daran gewöhnt, allein im Zimmer zu schlafen. Meistens lesen Manfred und ich ihnen Gutenachtgeschichten vor, sie haben dann immer noch einiges zu erzählen. Wenn sie am Nachmittag von der Schule kommen und bei uns im Haus noch niemand zu Hause ist, gehen sie alle zu Sarah. Auf dem Hof kann man es immer so einrichten, dass mindestens einer daheim ist, wenn die Kinder von der Schule heimkommen, das ist sehr praktisch.

Ich bekomme immer mehr das Gefühl, dass ich in einer friedlichen, perfekten Welt leben darf, so glücklich wie jetzt war ich noch nie im Leben, ich muss mir um nichts Sorgen machen, alles funktioniert perfekt, es gibt keine Konflikte oder Kriege zwischen den einzelnen Ländern, einfach toll. Warum konnte das in der alten Welt nicht funktionieren? Liegt es nur am Geld, das jetzt nicht mehr vorhanden ist? Ich glaube nicht. Die meisten Menschen sind zufrieden, sie haben Arbeit, eine schöne Wohnung oder ein schönes Haus, es scheint alles perfekt zu sein. Es gibt allerdings auch Menschen, die noch viel lernen müssen, wieder andere Menschen wollen nicht wirklich arbeiten, man kriegt das Gefühl, sie arbeiten nur, dass es ihnen besser geht als ohne Arbeit, es sieht nicht so aus, als hätten sie Spaß bei der Arbeit. Auch meine Arbeit macht mir nicht immer Spaß, aber meistens schon. Die Arbeit darf kein Muss sein, man muss es wollen, dann macht man es auch gern. Vielleicht fehlt manchen Menschen noch der richtige Beruf, die richtige Einstellung zur Arbeit oder ein gutes Vorbild. Ich nehme mir vor, den Menschen in meinem Umfeld Vorbild zu sein, vielleicht kann ich ja dem einen oder anderen helfen.

In der Stadt werden immer mehr Ein- und Zweifamilienhäuser gebaut, teilweise sogar schon nach meinem Vorschlag. Die bebaute Fläche wird immer größer, die Stadt weitet sich aus, wir bauen auch mehr Bäckereien und kleine Lebensmittelläden südlich des Zentrums. Es wird auch eine zweite Grundschule mit Kindergarten im Süden der Stadt gebaut, dass all die kleinen Kinder keinen weiten Schulweg haben. Lehrer und Erzieher sind in ausreichender Anzahl ausgebildet, auch Menschen mit anderen Berufen haben ihre Ausbildung erfolgreich abgeschlossen. In Sindelfingen wird eine technische Berufsschule gebaut, der Rohbau ist bereits fertiggestellt, als ich im September wieder in meinem angestammten Büro mein letztes Praktikum mache. Meine Aufgaben als Architektin sind andere als die einer Innenarchitektin, jetzt darf ich Aufgaben übernehmen, die ich früher immer abgeben musste. Rebekka ist nach wie vor meine Sekretärin, sie berichtet mir über alles, was Herr Schneider mir noch nicht gesagt hat.

Während ich in Stuttgart studiert habe, wurden zwei Dienstfahrzeuge für das Architekturbüro gekauft, die Wege werden länger und die Baustellen werden immer mehr. Auch die Bäckereien, Metzgereien und so weiter wurden mit wasserstoffbetriebenen Fahrzeugen ausgestattet, was ihre Arbeit sehr viel effizienter macht. Herr Schneider nimmt mich mit zu einer Baustelle, die südlichste vom Zentrum aus gesehen. Hier entsteht eine neue Siedlung, mit Ein- und Zweifamilienhäusern, auch hier reichen die Gärten hinter den Häusern an das nächste Grundstück, ganz nach meinem Plan. Herr Schneider schaut mich eindringlich an und sagt: »So, dann zeigen Sie mal, was Sie gelernt haben, das ist Ihr eigenes Projekt, aber dieses Mal als Architektin.« »Oh, wie freue ich mich darauf, das ist ganz wunderbar. Etwas Besseres kann mir nicht passieren, nicht wahr?« Ich werde ganz aufgeregt, am liebsten möchte ich Herrn Schneider dafür umarmen, aber das ziemt sich nicht. Jedes Grundstück ist mindestens sieben Ar groß, genau wie ich es geplant habe, dass es für einen Gemüsegarten ausreicht. Die Straßenanschlüsse sind bereits vorgefertigt, alles scheint ganz leicht zu sein. Zurück im Büro will ich Rebekka von meinem neuen Projekt erzählen, als sie bereits mit den Projektunterlagen an meinen Tisch kommt. Sie weiß schon Bescheid. Ich schreibe in eine Liste, welche Arbeiten von wem wann erledigt werden müssen. Rebekka hilft mir bei der Terminierung, viel kann ich heute nicht mehr erledigen, pünktlich um 15 Uhr gehe ich an meinem ersten Arbeitstag nach Hause.

Der lange Fußweg tut mir gut, ich habe genug Zeit, um abschalten zu können. Zu Hause kann ich endlich von meiner neuen Aufgabe berichten. Manfred sagt: »Man kann sehen, dass du unendlich glücklich mit deiner Arbeit bist, noch mehr als zuvor, jetzt bist du in deinem Element, du kannst voll darin aufgehen. Ich freue mich so für dich.« Dann küsst er mich zärtlich. Am Wochenende beim Mittagessen fragt Timmy mich: »Kannst du jetzt richtige Häuser bauen? Baust du mir auch eins?« »Ja, das mache ich gern, aber erst werden die Spätzle aufgegessen, dass du groß und stark wirst.« Die Kinder essen schnell weiter, wir Großen müssen lachen.

»Ich brauche noch einen guten Polier, Tom, hast du Zeit?«, frage ich. »Leider habe ich ein volles Auftragsbuch, aber ich kenne einen Polier, der freut sich bestimmt auf deinen Auftrag, er wohnt etwas weiter weg von Sindelfingen, hat einen Hof, auf dem er aber unglücklich ist, weil er die Farmarbeiten so gar nicht mag.« Gleich nach dem Mittagessen fahre ich mit Tom und Manfred auf den Hof, um mein Angebot zu machen. Herr Rettig, ein großer stattlicher Mann, braunes Haar, rehbraune Augen, freut sich über mein Angebot: »Aber wer arbeitet dann auf meinem Hof? Ich kann ihn doch nicht einfach so verlassen.« Sein Hof ist nicht sehr groß, aber doch zu groß, als dass man ihn so nebenher bearbeiten könnte. Herr Rettig hat eine Stellenausschreibung für seinen Hof im Rathaus abgegeben, nach einer Woche hat sich jemand gemeldet, der mit seiner Familie dort einziehen würde und den Hof zusammen mit seiner Frau bewirtschaften will. Das wäre ja prima, wir brauchen nur noch ein Haus für Herrn Rettig und seine Familie. Mitte Oktober ist es endlich so weit, Herr Rettig zieht mit seiner Familie in die Stadt und ich habe endlich einen Polier.

Der Aushub für meinen Wohnblock ist fertig, die Leitungen können vom Grundstück zur Straße verlegt werden, dann geht alles ganz schnell, die Fundamente werden gegossen. Herr Rettig will eine Lagerhalle bei den Baustellen bauen, dass wir genug Fläche haben, auf der die Materialien abgeliefert werden können. Ich bestelle erst einmal vier große Container, die müssen vorerst mal ausreichen. Im November können wir endlich mit den eigentlichen Bauarbeiten beginnen, ich bin ganz stolz, dass ich jetzt als Architektin auf den Baustellen arbeiten darf. Da ich noch kein Diplom habe, muss Herr Schneider alles Nötige unterschreiben, aber nicht mehr lang. Rebekka hat, wie die anderen Sekretärinnen auch, eine fleißige Hilfe zur Unterstützung bekommen.

Kapitel 24

Als ich am Montagmorgen, es ist der 16. November, ins Büro komme, laufen alle ganz aufgeregt durcheinander und reden miteinander. Ich suche Rebekka und frage sie, was denn los ist. »Nächstes Jahr kommen viele Menschen von der Erde zu uns, bis wir doppelt so viele Menschen sind wie bisher, der Rest der Bevölkerung soll etwas später nachkommen. Wir müssen schnell für ausreichend Essen sorgen«, sagt sie ganz nervös. Mir wird abwechselnd heiß und kalt, ich weiß gar nicht, was ich zuerst denken soll. Kommt jetzt endlich meine Tochter, was werden Pietro und Madison dazu sagen? Um 10 Uhr sollen sich alle im großen Rathaussaal einfinden, dort gibt es einen Vortrag, was hier alles in Zukunft geplant werden soll, wir sind alle sehr gespannt, was auf uns zukommt. Was Manfred wohl dazu sagen wird? Bestimmt kommt auch auf ihn mehr Arbeit zu. Pünktlich um 10 Uhr sind alle Mitarbeiter der Stadt im Rathaussaal versammelt. Herr Wagner, man könnte ihn als Bürgermeister der Stadt Sindelfingen bezeichnen, geht zum Stehpult, es wird ganz still im Saal. »Ich heiße Sie alle herzlich willkommen zum ersten großen gemeinsamen Meeting. Es ist eine neue Situation eingetreten, in jede Stadt und in jedem Ort werden Menschen von der Erde in unsere neue Welt kommen, so viele, bis sich die Bevölkerung etwa verdoppelt hat. Diese Menschen brauchen zunächst separate Unterkünfte, bis sie sich an die neue Welt gewöhnt haben. Die jetzige Bevölkerung wird gebeten, allen Neuankömmlingen bei der Eingewöhnung zu helfen. Es müssen neue Unterkünfte gebaut werden, wir müssen doppelt so viel Gemüse, Getreide und so weiter anbauen, wir benötigen doppelt so viel Energie wie bisher und überhaupt muss alles verdoppelt werden. Wir haben genügend Land, um Häuser zu bauen, um mehr Gemüse anzubauen, es müssen nur noch mehr Leute arbeiten. Wir haben auch genügend Ressourcen, jeder wird neue Anweisungen per E-Mail bekommen, Rückfragen bitte ich ebenfalls per E-Mail zu senden. Wer keinen E-Mail-Account hat, bekommt schriftliche Anweisungen, also bitte auch schriftlich Rückfragen stellen. Über alle TV- und Radio-Sender und via Internet werden die Menschen den ganzen Monat lang informiert werden, wir bitten alle, diese Informationen schnellstmöglich weiterzugeben. Weiterhin müssen wir in jeder Stadt eine demokratische Regierung bilden, mit Direktwahlen. Es dürfen nur Leute aus der ersten Generation gewählt werden, momentan sind alle aus der ersten Generation, die mindestens 25 Jahre alt sind, wählbar. So muss ein Stadtrat für Bauwesen einen Beruf aus dem Bauwesen haben, zum Beispiel Architekt oder Maurer. Ein Stadtrat für Schule muss beispielsweise Lehrer oder Erzieher sein. Was alles gewählt werden muss, wer sich zur Wahl aufstellen kann und wie der Wahlablauf funktioniert, steht im Internet, es gibt auch schriftliches Material, das im Rathaus abgeholt werden kann. Ich selbst werde nach erfolgreicher Wahl für diese Stadt nicht mehr zur Verfügung stehen, da für mich andere Aufgaben vorgesehen sind. Ich wünsche Ihnen allen alles Liebe und Gute und weiterhin einen erfolgreichen Stadtaufbau.« Herr Wagner erhebt die Hände zum Abschiedsgruß und verlässt das Podium, er bekommt minutenlangen Beifall.

Wir sitzen alle da und reden miteinander, manche sind wie versteinert, sie wissen nicht, was sie machen sollen. Ich frage Herrn Schneider und Rebekka, ob wir wieder ins Büro zurückgehen sollen, sie stimmen mir zu. Herr Schneider erhebt sich und sagt laut in den Saal hinein: »Wir gehen wieder an die Arbeit und besprechen unsere neue Situation. Unsere Ideen können wir immer noch im Rathaus abgeben und an die Pinnwand anbringen.« Wir gehen alle geschlossen in unsere Büros, ein paar Leute verlassen mit uns den Saal.

In Sindelfingen wurde bisher fleißig gebaut, es stehen zurzeit Wohnungen für etwa 1500 Neuankömmlinge zur Verfügung, was allerdings bei Weitem nicht ausreicht. Den gleichen Wohnblock zu bauen dauert bestenfalls neun Monate, wird also knapp. Zweifamilienhäuser können in kürzerer Zeit gebaut werden, nach dem Vorbild der bisher errichteten Ein- und Zweifamilienhäuser. Mein begonnener Wohnblock reicht etwa für 110 Menschen, für weitere 2800 Menschen können wir in der kurzen Zeit nur Wohnheime bauen.

Wir beschließen, die Wohnheime in allen Quadranten von Sindelfingen zu bauen, das müsste das Einleben der »Neuen« etwas erleichtern, damit kein Ghetto entsteht. Die noch im Bau befindliche neue Grundschule muss gleich größer geplant und gebaut werden, was im momentanen Bauabschnitt noch möglich ist. Eine neue Schule für die Großen muss neu geplant werden. Die Berufsschule ist in 18 Monaten fertig, das muss ausreichen. Wir brauchen ein zusätzliches Kraftwerk, das bestehende kann zwar erweitert werden, stößt aber an seine Grenzen. Wir müssen eine große Markthalle bauen, ein Lager für all die Lebensmittel, die gekühlt und eingefroren werden müssen. Die Schreinerwerkstatt muss unbedingt erweitert werden, so auch die anderen Handwerksbetriebe. Hoffentlich finden sich dann auch genug Meister und Gesellen, die hier arbeiten können. Als erstes müssen wir uns um mehr Strom und um mehr Wasserstoff für die Baustellen und die Baufahrzeuge bemühen. Wir bestellen mehr Solarzellen und Windkrafträder, in der Hoffnung, dass ausreichend auf Lager sind und geliefert werden können. Wir erhalten die sofortige Zusage für die Solarzellen, leider wurden die Windkrafträder nach Norddeutschland versprochen. Da ist es wieder, unser Energieproblem, na ja, wahrscheinlich wird es im Frühjahr zum Problem, wenn wir viel Baustrom benötigen.

Die Zeit vergeht so schnell, es ist schon wieder 15 Uhr, ich darf nach Hause gehen, ich bin schon ganz gespannt, was meine Familie sagt, ob sie schon die Neuigkeiten gehört haben. Unterwegs überlege ich mir, ob wohl meine Tochter mit Alessandro und seiner Mutter jetzt auch endlich in die neue Welt kommen wird. Wie werden Pietro und Madison reagieren? Wird Patricia auch hier ankommen, wie wird Manfred darauf reagieren? All diese Fragen gehen durch meinen Kopf, ich laufe ohne zu denken auf den Hof und ins Haus. Manfred sitzt mit den Kindern am Küchentisch, Lukas ist früher von der Uni heimgekommen. Sie schauen mich alle ganz erwartungsvoll an. Manfred: »Hallo, mein Schatz, hast du schon Mittag gegessen?« »Nein, hab aber auch keinen Hunger, ich bin ganz durcheinander.« Manfred nimmt mich in den Arm, setzt mich auf einen Stuhl und sagt: »Iss trotzdem was und dann erzähl, was los ist, was weißt du alles über die Neuigkeiten?« »Was meinst du denn für Neuigkeiten? Es gibt so viele«, frage ich. »Aber Oma«, sagt Madison entsetzt, »es kommen doch neue Menschen von der Erde zu uns, die ganz viele Dinge brauchen, auch neue Häuser, Gott sei Dank kannst du jetzt auch bauen, gerade rechtzeitig, gell? Vielleicht kommt Mama ja auch zu uns, wär das nicht toll?« Pietro ergänzt: »Ja, und die neue Tante kommt vielleicht auch mit Ramona, dann ist wieder jemand Neues da zum Spielen.«

»Das habt ihr euch schon alles überlegt?«, frage ich. »Ja, und wir werden alle bei den Vorbereitungen für die ›Neuen‹ , wie sie genannt werden, mithelfen«, sagt Lukas und schaut dabei Marie und Manfred ganz ernst an. Ich habe gerade das Gefühl, dass sich sämtliche Knoten in mir lösen, ich mache mir Gedanken, wie ich es Madison und Pietro sage und wie ich Manfred auf Patricia anspreche, und kaum bin ich im Haus, schon haben sich all die Fragen von selbst beantwortet. »Woher wisst ihr denn von den Neuigkeiten?«, frage ich in die Runde. Manfred erklärt es mir: »Plötzlich lief ein Banner über den Bildschirm am PC, dass man die Nachrichten anschauen soll, es gibt wichtige Neuigkeiten. Das haben dann auch gleich alle befolgt.« »Und der Lehrer hat die Situation gleich mit uns besprochen, dass vielleicht Freunde und Verwandte von der Erde kommen, dass es viel Arbeit gibt, bis es so weit ist, und dass wir keine Angst haben müssen«, erklärt Pietro mir ganz stolz. »Kriegt Mama auch eine Wohnung bei dir, wenn sie kommt, dass wir wieder eine richtige Familie sein können?« Ich schaue auf Manfred, er lächelt mich nur an. »Na klar, sobald das möglich ist.« »Patricia könnte die Wohnung über MJ haben, nicht wahr?«, fragt Lukas. Ich antworte zögerlich, da ich Manfreds Meinung dazu noch nicht kenne: »Von mir aus gern, wenn alle damit einverstanden sind.« Ich schaue Manfred wieder fragend an, ich weiß ja, dass er ein Problem mit Patricia hat. »Über Patricia will ich mir noch keine Gedanken machen, wenn es so weit ist, werden wir weitersehen«, bringt Manfred mit Mühe heraus. Mir fällt ein Stein vom Herzen, Manfreds Problem ist angesprochen und kein Tabuthema mehr, vielleicht kann ich heute Abend in Ruhe mit ihm darüber reden.

Jetzt habe ich endlich Appetit und kann zu Mittag essen. Ich versuche allen ein wenig zu erklären, was meine neuen Aufgaben sein werden, mehr Arbeit, mehr Baustellen und neue Leute einarbeiten. Ich frage Manfred: »Und was sind deine neuen Aufgaben, hast du schon was in Erfahrung gebracht?« »Na klar, ich habe schon alles durchgelesen, genauere Anweisungen folgen noch. Die Landwirte müssen so viel Zeit wie möglich erübrigen, um extra Gemüse anzubauen und teilweise auch zu ernten. Wir können nur hoffen, dass die Neuen ihr eigenes Gemüse ernten können. Irgendein Architekt hatte die Idee, Häuser mit genügend Platz für einen Gemüse- und Obstgarten zu bauen, aber jetzt sind noch keine Leute hier, die Gemüse anpflanzen können, das müssen alle Landwirte und Gärtner für sie übernehmen.« Ich muss lachen, dann lachen alle anderen auch mit.

Manfred erklärt weiter: »Unser Besitz wird verdoppelt, wir haben jetzt 20 Hektar Felder und acht Hektar Wald zu bewirtschaften. Unser Hühnerstall ist groß genug, dass wir die Anzahl Hühner verdoppeln können, was ich auch sofort in Angriff nehmen will, bisher war immer nur geplant, so viele Hühner zu züchten, wie wir brauchen, jetzt werden es einfach doppelt so viele. Das heißt für uns, dass es in naher Zukunft noch mehr Hähnchen auf dem Speiseplan gibt, da ja nicht aus jedem Ei ein Hühnchen schlüpft. Der Boden muss erst noch gerodet werden, was ohne Frost auch in den Wintermonaten erfolgen kann, dass im Frühjahr gleich ausgesät werden kann. Ich habe schon Winterweizensaatgut bestellt, ist aber leider nicht so viel auf Lager, wie ich wollte, andere Landwirte wollen auch noch was abhaben, sobald das Saatgut ankommt, kann ich aussäen.

Ob es im Sommer genug Gefriertruhen für Gemüse und so weiter zu kaufen gibt? So viel Vorrat hat die Stadt noch nie gebraucht. Ich brauche dringend Hilfskräfte zum Roden, Säen und später für die Ernte. Vielleicht kann ich noch mehr Erntemaschinen kaufen, wenn es überhaupt so viele gibt. Ach, es gibt so viel zu bedenken und zu organisieren.« Ich antworte ihm: »Also zu deiner Frage mit den Gefriertruhen kann ich dich beruhigen, wir werden ein großes Lagerhaus bauen mit Kühl- und Gefrierräumen. Und zu deinem Hilfspersonal kann ich dir sagen, das Rathaus fordert alle Leute auf, sich zumindest stundenweise zur Verfügung zu stellen, auch ohne Beruf.« »Na ja, vielleicht haben wir Glück und finden die richtigen Leute«, sagt Manfred.

Für die Kleidung brauchen wir Baumwolle und Garn, das wir in der Türkei oder in Griechenland abholen können. Mit anderen Städten und Firmen haben wir uns geeinigt, den Transport immer anteilig zu übernehmen, das wird für alle billiger und effizienter. In Sindelfingen gibt es zwar nur eine kleine Weberei, aber wenn sie voll besetzt ist, sind wir in der Lage, ausreichend Stoffe für Blusen und Kleider selbst herzustellen. Wir bestellen noch im Dezember die benötigten Kleidungsstücke für die Neuen, was wir selbst herstellen können, ist leider nur ein geringer Anteil am Benötigten. Auch Bettwäsche und Handtücher werden in Sindelfingen hergestellt, wir müssen allerdings auch Ware in andere Städte liefern.

Mit den landwirtschaftlichen Erzeugnissen wird es schon etwas schwieriger, Manfred hat zwei ehemalige Erntehelfer gefunden, die ihm gern nach Anleitung helfen wollen. Da sie keine landwirtschaftliche Ausbildung haben, kommen die beiden oft am Abend zu uns nach Hause, wo wir gemeinsam essen, und anschließend geht Manfred mit ihnen ins Büro, um ihnen das Nötigste beizubringen. Lukas ist mit seinem Studium leider noch nicht fertig, aber er kann am Wochenende aushelfen. Sarah hat jetzt alle Hände voll zu tun, es gibt mehr zu ernten und einzufrieren. Was wir nicht für uns selbst brauchen, wird alles verkauft, auch für die Lagerhaltung. Manfred ist jede freie Minute mit Planen beschäftigt, was er wo anbauen kann, es macht ihm enorm Spaß, er geht voll in seiner neuen Aufgabe auf. Ich freue mich für ihn, mir geht es genauso, obwohl ich mein Diplom noch nicht in der Tasche habe. Wir müssen alle ein wenig mehr arbeiten und Leute in unsere Arbeit einweisen, wenigstens als Hilfskräfte.

Bis Weihnachten sind die Pläne für den großen Bau fertig. Es friert nicht, also kann auch mit dem Aushub begonnen werden. In der Zwischenzeit muss ich mich nicht nur um meine Baustelle kümmern, sondern auch um Material für die Wohnheime. Das Holzlager nimmt schnell ab, wir müssen es unbedingt wieder auffüllen, selbst wenn man es von weiter her transportieren muss.

Der Schneider hat sich gemeldet, er habe alle von mir gewünschten Stoffe bekommen, er sagt, dass er noch dieses Jahr mit dem Auftrag anfangen muss, sonst hat er nächstes Jahr nicht genug Zeit. In der Woche vor Weihnachten gehen wir alle zum Maßnehmen, Ende Dezember hat er schon fast alles fertig zugeschnitten. Ich hoffe, dass er bis zur Hochzeit trotz der angespannten Auftragslage alles rechtzeitig fertig bekommt. Die Kleidung für die Kinder muss noch warten, weil sie ja noch schnell wachsen.

Da schon Schulferien sind, können die Kinder in Ruhe Plätzchen backen, die Häuser dekorieren und ihre Geschenke einkaufen gehen. Auch in diesem Jahr wird im alten Haus gefeiert, da unser neues Wohnzimmer doch noch ziemlich leer ist. Ab Donnerstag, es ist Heiligabend, sind wir alle zu Hause. Ich gehe mit Marie und Lukas auf den Markt, wir haben noch recht viel anzubieten, trotzdem ist alle Ware sehr schnell ausverkauft. Wie immer unterhalte ich mich noch mit ein paar Leuten auf dem Markt, die meisten freuen sich auf die Feiertage, aber ich höre auch, dass sich die Menschen vor der Zukunft fürchten, weil so viele Menschen in die neue Welt kommen. Auch ich mache mir Gedanken, was passiert, wenn aggressive Leute dabei sind, Menschen, die rebellieren wegen irgendwas. Bis jetzt haben wir eine friedliche neue Welt, kein Land hat über Unruhen oder Demonstrationen oder so berichtet, ich denke, es ist auch noch alles unter Kontrolle, und ich hoffe, dass bei den Neuen keine Unruhestifter dabei sein werden.

Am Ende des Markttages laden wir alle Kisten und Körbe auf die Ladefläche unseres Pick-ups und fahren nach Hause. Ich will jetzt nur noch an Weihnachten denken und mir keine Sorgen um die Zukunft machen. In beiden Häusern wurde ein Tannenbaum aufgestellt und geschmückt, es riecht wie jedes Jahr herrlich nach Tanne und Plätzchen. Nachdem alle Marktsachen aufgeräumt sind, gehe ich zu Sarah in die Küche. Sie hat schon eine Ente und einen großen Braten im Backofen, auch das duftet durchs ganze Haus. MJ und Yvonne sind noch unterwegs, einkaufen. Timmy, Tommy und Jessika sitzen an einem kleinen Kindertisch in der Küche und basteln Weihnachtssterne, damit sind sie gut beschäftigt. Ich setze mich dazu und helfe hier und da ein wenig, während ich mich auch mit Sarah unterhalte. Ich frage sie: »Was meinst du zu der neuen Situation? Meinst du, dass der Rest deiner Familie auch noch in die neue Welt kommen will?« »Ja, das denke ich schon, wir wollten ja eigentlich geschlossen hier in der neuen Welt ankommen, also ich hoffe, dass es dieses Mal klappt«, sagt sie traurig. Ich gehe zu ihr, nehme sie in den Arm und sage: »Das hoffe ich auch, es ist genau wie bei meiner Familie, aber wir dürfen die Hoffnung nicht aufgeben.« »Wie geht es Manfred in Bezug auf Patricia?«, fragt Sarah. »Er macht sich wohl immer Gedanken, was er machen will und kann, es bedrückt ihn sehr. Ich will versuchen, in Ruhe und allein mit ihm darüber zu reden, vielleicht kann ich seine Gedanken etwas voranbringen, was meinst du?« »Einen Versuch ist es wert, wenn er gleich abblockt, muss man ihn wohl in Ruhe lassen mit dem Thema.« »Wo sind eigentlich Manfred und die Kinder? Zu Hause ist niemand.« »Die sind alle in der Stadt, wahrscheinlich beim Einkaufen, Tom ist auch noch unterwegs.« Ich schlage Sahne, Sarah will

Eiscreme zum Dessert, das letzte Mal hat das Eis sehr gut geschmeckt. »Oma, guck mal, es schneit«, ruft Tommy. Tatsächlich, und es bleibt auch ein wenig Schnee auf der Terrasse liegen. Sie wollen gleich alle rausrennen, aber Sarah ruft: »Halt, erst anziehen.« Ich helfe Jessika mit ihren Stiefelchen, die Jacke kann sie schon ganz allein anziehen, dann rennen alle drei los. »Ich habe noch zwei Kuchen, kannst du sie in deinen Backofen schieben? Hier sind schon alle besetzt«, fragt Sarah. »Na klar«, sage ich, nehme die beiden Kuchenformen und gehe nach Hause. »Tschüss, bis später.«

Die Kinder toben mit Happy im Schnee, wenn auch noch nicht viel liegengeblieben ist. Ich mache Weihnachtsmusik an und kümmere mich um die beiden Kuchen. Marie und Lukas machen die Stallarbeiten, dass wir nachher alle feiern können. Endlich ruft Manfred an und fragt, ob ich sie alle am großen Kaufhaus abholen kann. Da der Kuchen gerade fertig ist, kann ich gleich losfahren.

Da stehen sie alle, voll bepackt mit Taschen und Päckchen, wir verstauen alles auf der Ladefläche und fahren heim. Auch ich habe mich recht schnell daran gewöhnt, wieder Auto und Handy zu haben, jetzt ist alles nützlich, weil alles schneller gehen muss, für die Neuen. Pietro ruft von der Rückbank: »Oma, es schneit wieder, jetzt kann Weihnachten kommen, ich hab auch schon alles eingekauft und schön eingepackt.« »Sei ruhig, Pietro«, sagt Madison, »nichts mehr verraten.« »Is ja schon gut, ich verrate nichts«, antwortet Pietro beleidigt. »Er hat doch nichts verraten«, sage ich. »Aber wenn er noch weiterschwätzt, verrät er alles, ich weiß es, Oma!«, verteidigt Madison sich entsetzt. Zu Hause werden gerade noch alle Päckchen verstaut, als das Telefon klingelt, Tom, MJ und Yvonne wollen abgeholt werden, sie warten am Rathaus. Ich fahre also noch einmal los. Am Rathaus stehen sie um den Tannenbaum herum und unterhalten sich mit anderen Leuten. Ich öffne das Seitenfenster und rufe: »Sie haben ein Taxi bestellt?« Die drei verstauen den Einkauf auf der Ladefläche und steigen ein, MJ sagt: »Home please!« Die umstehenden Leute, mit denen sie zuvor geredet haben, lachen fröhlich und winken. Endlich ist die gesamte Familie zu Hause.

Jessika kommt angerannt und fragt ihren Papa ganz aufgeregt: »Warum haben wir denn schon einen Weihnachtsbaum, das Christkind war doch noch gar nicht da, oder?« »Nein, es war noch nicht da, weißt du, das Christkind hat sehr viel zu tun, da muss man ein wenig helfen, sonst wird es nicht rechtzeitig fertig an Heiligabend«, antwortet MJ mit sicherer Stimme. Jessika überlegt kurz und sagt dann: »Ach so, wie Oma Sarah, die muss manchmal auch schon nach dem Frühstück für unser Mittagessen vorarbeiten, weil sie mittags nicht genug Zeit hat, alles klar.« Dann läuft sie wieder zu ihren Brüdern zum Spielen. Yvonne klopft MJ auf die Schulter: »Gut gemacht.« Der antwortet: »Ja, und ich bin nur Papa, und kein Pädagoge.« Alle, die bei den Weihnachtsvorbereitungen helfen, treffen sich bei Sarah, die anderen sind mit den Kindern in unserem Haus zugange.

Zum Abendessen gibt es wieder Würstchen und Kartoffelsalat und einen gemischten Salat. Die Kinder können es kaum mehr erwarten, bis sie endlich ihre Päckchen auspacken dürfen. MJ, Yvonne und Manfred spielen auf ihren Instrumenten nebenher Weihnachtslieder, manchmal können die Kinder auch mitsingen, aber sie können noch nicht alle Lieder. Es ist schon fast Mitternacht, als Yvonne ihre Kinder zu Bett bringt, auch ich gehe mit Madison und Pietro heim. Die Männer trinken noch Glühwein zusammen.

Am nächsten Morgen schneit es wieder, es liegen schon etwa 20 Zentimeter Schnee auf der Wiese, jetzt sieht es wirklich wie Winter aus. Wir spazieren alle zusammen zur Kirche, es ist nicht sehr kalt, aber der Schnee knirscht unter den Stiefeln. Der Heimweg dauert wieder mal länger, es macht uns allen Spaß, im Schnee zu spielen. Wir haben an den Weihnachtstagen wieder ein paar Gäste zum Abendessen, es ist ein gelungenes Weihnachtsfest, wir haben alle viel Spaß.

In diesem Jahr müssen wir alle am Montag wieder zur Arbeit, Schule und Uni sind noch geschlossen. Mit den Baustellen kommen wir gut voran, nicht einmal der Schnee hindert uns am Bauen. Da die Wohnheime alle aus Fertigbauteilen bestehen, können pro Woche zwei Wohnheime gebaut werden. In einem Wohnheim können etwa 100 Menschen untergebracht werden. In jedem Viertel wird ein Wohnheimblock gebaut, in dem 1900 Menschen untergebracht werden können. Die neuen Wohnheime sind etwas größer, pro Etage wurden zwei Module Zweizimmerwohnungen angehängt. Die Bauplätze sind groß genug.

Kapitel 25

Jahr 7

Im Januar müssen wir zur Wahl, ich kenne ein paar der Leute, die zur Wahl aufgestellt sind, da fällt es mir leicht, mich zu entscheiden. Der Wahlzettel ist recht unkompliziert gehalten, für jeden Stadtrat gibt es vier Leute zur Auswahl, für jeweils einen muss ich mich entscheiden. Auch Herr Schneider ist aufgestellt, ich denke, er wäre gut als Stadtrat, allerdings würde ich ihn dann als Chef verlieren, ich wähle ihn schweren Herzens trotzdem. Auch als Bürgermeister stehen vier Leute zur Auswahl, die ich nicht persönlich kenne, in diesem Fall kann ich mich nur an die Flyer halten. Als ich fertig bin, warte ich mit MJ und Tom vor dem Rathaus auf den Rest der Familie, anschließend gehen wir heim und unterhalten uns übers Wählen.

Im Februar bekommen Manfred und ich unsere lang ersehnten Wohn-/Esszimmermöbel, es fehlen zwar immer noch Vorhänge und sonstige Kleinigkeiten, aber so langsam wird es wohnlich bei uns. Mitte März ist der erste Wohnheimblock fertig, sogar teilweise schon eingerichtet, mit den Möbeln geht es nicht schnell genug voran, aber wir versuchen, alles wieder aufzuholen.

Am 19. März ist mein letzter Tag der mündlichen Prüfung, dieses Mal bin ich aufgeregt, aber es läuft alles prima, ich bin glücklich, dass ich diese Prüfung mit Bravour geschafft habe. Auch die Zusatzqualifikation Stadtplanung ist abgeschlossen, das hat mir am meisten Spaß gemacht, wird ja auch aktuell gebraucht. Am Wochenende gebe ich eine große Party, ich lade alle ein, die ich kenne. Das Wetter lässt es wieder zu, dass wir die Party im Garten feiern können, dieses Mal haben wir Musik von MJs großer Anlage, der Sound ist noch viel besser als früher. Gisela sagt immer wieder, dass sie es nicht glauben kann, dass sie eine Freundin hat, die Architektin ist. Gisela arbeitet jetzt als Hauswirtschaftslehrerin für Kinder und für Erwachsene. Raffael ist sehr erstaunt über meine Berufswahl, da ich in der Schule in Mathematik nicht die Beste war. »Na ja, ich wachse halt mit meinen Aufgaben«, sage ich lachend zu ihm.

Manfred kommt immer wieder zu mir, nimmt mich in den Arm und küsst mich, er sagt mir immer wieder, wie stolz er auf mich ist. Ich genieße diesen Abend, viel schöner kann es nicht werden, denke ich. Wir feiern bis spät in die Nacht. Manfred und ich haben wieder mal eine wunderschöne Liebesnacht, aber was sage ich, jede Minute mit Manfred ist wunderschön.

Am Montag kann ich endlich als Architektin arbeiten. Herr Schneider hat sogar schon ein neues Schild für meine Bürotür bestellt, es wird auch schon montiert, als ich das Büro betreten will. Petra und Rebekka sitzen in meinem Büro und unterhalten sich. »Guten Morgen zusammen.« »Guten Morgen, Frau Architektin, willkommen in Ihrem neuen alten Büro«, sagt Rebekka und überreicht mir einen bunten Blumenstrauß. Petra will gerade in ihr Büro. »Bleib doch«, sage ich. »Habt ihr was über den Wahlausgang gehört? Ich habe am Empfang nachgefragt, da hieß es, ist noch nicht vollständig ausgezählt.« »Nein, wir wissen auch nicht mehr, aber lang kann es ja nicht mehr dauern, oder?«, antwortet Petra. »Wenn er die Wahl gewinnt, arbeitet er nicht mehr hier und ich bin arbeitslos«, sagt sie traurig. »Dann kommt sicher ein anderer Architekt, für den du arbeiten kannst, oder du gehst mit Herrn Schneider, als Vorzimmerdame oder so.« »Was steht denn heute an, gibt es einen besonderen Auftrag oder kann ich mit meiner Arbeit einfach fortfahren?« Keiner weiß von neuen Aufgaben, ich schau in den Terminkalender, letzte Bauabnahme vom Wohnheim.

Da ich zurzeit die einzige Architektin im Büro bin, machen wir uns zu dritt auf den Weg. Rebekka packt alle Unterlagen und den Laptop ein und los geht's. Wir sind den ganzen Vormittag mit der Abnahme beschäftigt, es ist doch nicht so einfach wie an der Uni. Die Liste mit Baumängeln ist kurz, es fehlen nur die Balkongeländer und die Schilder mit den Hausnummern. Sogar mit Sanitär- und Heizungsanlage einschließlich des Kamins ist alles in Ordnung. Da die Geländer heute Nachmittag geliefert und montiert werden sollen, mache ich für morgen Nachmittag einen neuen Termin. Ich habe alles ordnungsgemäß dokumentiert, genau, wie ich es an der Uni gelernt habe. Auf dem Heimweg sagt Rebekka: »Hast du den Schornsteinfeger gehört? Er hat gesagt, die nimmt's aber genau, die lässt nichts durchgehen.« »Nein, hab ich nicht gehört, aber das ist doch meine Aufgabe. Ich will doch nicht, dass Menschen zu Schaden kommen, weil ich Fehler übersehen habe. Davon habe ich auf der alten Erde genug gehört, das brauch ich hier nicht, ist für mich ein absolutes No-Go. Herr Schneider hätte die Abnahme so auch nicht unterschrieben, ohne Hausnummern vielleicht, aber nicht ohne Balkongeländer, das ist gefährlich.« Als wir ins Rathaus zurückkommen, wird dort schon lautstark gefeiert. Herr Schneider ist Stadtrat fürs Bauamt. Auch ich gratuliere ihm, mit einem weinenden und einem lachenden Auge. Nach dem Mittagessen zeige ich ihm meine Abnahme, er ist zufrieden, hätte es genauso gemacht. Das beruhigt mich, ich habe mir schon überlegt, ob ich vielleicht doch zu streng bin.

Zu Hause berichte ich von meiner ersten Bauabnahme. »Und, wie oft hast du den Rotstift gebraucht?«, fragt Manfred. »Nur zweimal, morgen gehe ich wieder hin, dann klappt es bestimmt«, antworte ich. Tom sagt: »Ich habe von deiner Abnahme gehört, du sollst sehr streng sein, aber perfekt und fair, das ist gut.« »Warum hast du das gehört und von wem?«, frage ich. »Na ja, so eine große Baustelle ist nicht alltäglich, das ist schon was Besonderes, ganz Sindelfingen weiß, dass der Wohnheimblock fertig ist.«

Jessika fragt mich: »Bist du jetzt fertig, kannst du jetzt mit mir spielen?« »Ja, ich komm gern mit dir spielen, aber morgen muss ich wieder zur Arbeit.« Sie ist zufrieden und ich gehe mit ihr Puppen spielen, ich zeige ihr, wie man Windeln anzieht und die Puppe schön warm einpackt. Das macht uns beiden Spaß. Am Abend unterhalte ich mich mit Manfred, er hat es doch tatsächlich geschafft, das neue Land zu roden, jetzt können die neuen Felder bestellt werden. Am Donnerstag müssen wir wieder mal nach Mannheim, neue Geräte und Fahrzeuge kaufen und mieten. »Ist das ein Aprilscherz?«, frage ich. »Nein, du musst mitkommen, es ist dein Hof und dein Guthaben, ich habe schon alles bestellt, soweit ich es kann, aber du musst wie immer den Kauf bestätigen, das geht nur vor Ort. »Na gut, dann muss ich das im Büro regeln, wann und wie fahren wir und wann sind wir wieder zurück?« »Wir fahren mit dem Zug und brauchen den ganzen Tag. Die Maschinen werden dann nächste Woche geliefert.«

Am 30. März gehe ich wieder auf die Baustelle, heute kann ich den Bau endgültig abnehmen. Am Nachmittag kann ich die Baustelle im nächsten Viertel Sindelfingens besichtigen, der Aushub ist fertig, die Fundamente werden gegossen. Laut Protokoll sind die Rohre mit 1,2 % Gefälle verlegt, das ist perfekt, auch die Kontrollschächte und Rückstauventile sind in Ordnung. Ich hätte meine Gummistiefel mitnehmen sollen, die stehen aber noch im Büro, das nächste Mal lasse ich sie im Auto, dann habe ich sie immer griffbereit. Fragt sich nur noch, wann ich sie sauber mache. Für den Innenausbau wird am meisten Zeit benötigt, wir brauchen unbedingt mehr Leute. In der kurzen Zeit kann ich nicht vorarbeiten, der Donnerstag fehlt einfach im Büro. Für Rebekka und Petra, sie arbeiten jetzt zusammen, habe ich eine lange To-do-Liste erstellt. Bei Rückfragen können sie mich ja anrufen, das müsste funktionieren.

Jetzt kann ich mich auf einen Tag mit Manfred freuen, er beginnt schon mit einem gemeinsamen Frühstück, meistens ist er bei der Stallarbeit, wenn ich frühstücke. Wir fahren mit dem Bus nach Stuttgart und dann mit dem Zug nach Mannheim. Bis Heidelberg sitzen wir allein im Abteil und können uns in Ruhe unterhalten. Wir besprechen unsere Hochzeit, Marie kümmert sich um den Blumenschmuck, Gisela und Sarah planen das Essen, MJ und Yvonne üben mit den Kindern den Gang in der Kirche, sie dürfen Blumen streuen. Lukas und Tom planen den Hochzeitszug zur Kirche. Ich weiß noch nicht, ob ich mit dem Auto oder mit der Kutsche zur Kirche fahren will, Manfred überlässt die Entscheidung mir. Wir diskutieren die Vor- und Nachteile von beiden Fahrzeugen, meine erste Wahl fällt auf ein Kabriolett, wenn das nicht machbar ist, nehme ich die Kutsche. Manfred fragt, was ich denn für ein Brautkleid habe, aber das wird natürlich nicht verraten, nur so viel, es ist ein langes Kleid. Er meint, der Schneider hätte ihm zu einem Anzug geraten, der zu meinem Kleid passen würde. Er hat sich überlegt, ob er sich die Haare schneiden lassen solle, ich wende ein, aber nicht kürzer als Schulterlänge, sonst kann ich nicht mehr durch seine Haare wuscheln. Er lacht und nimmt mich in den Arm.

Ein altes Ehepaar betritt unser Abteil, als wir uns liebevoll küssen. Der Mann schaut verschmitzt und die Frau lächelt uns an, dann setzen sie sich und halten Händchen, süß, finde ich. »Schau mal, noch ein Liebespaar«, sage ich zu Manfred. »Ja, Alter schützt vor Torheit nicht«, sagt man, das ist wohl so. Wir sind auf Hochzeitsreise. Und wann heiratet ihr zwei?«, fragt der Mann. Manfred und ich schauen uns fragend an, Manfred antwortet: »Im Juni, Mittsommer haben wir geplant.« »Wohin geht Ihre Hochzeitsreise denn?«, frage ich. »Wir fahren nach Hamburg, zum Hafen, von dort aus geht es mit dem Schiff weiter bis Rom. Es ist unsere erste Kreuzfahrt, wir freuen uns so darauf«, erklärt er. »Dann gibt es schon wieder Kreuzfahrten?«, frage ich. »Ja, schaut mal im Internet nach«, sagt die Frau.

Entlang der Bahnlinie ist fast nur Wald zu sehen, manchmal sehen wir auch wilden Wein oder Obstbäume. In Mannheim verabschieden wir uns und nehmen den Bus ins Industriegebiet.

Wir müssen noch ein Stück laufen bis zur Firma, wo wir wieder mal einen Termin haben. Wir werden zum Mittagessen eingeladen, anschließend wird das Geschäftliche erledigt. Und wieder läuft alles reibungslos. Nach getaner Arbeit fährt uns ein Taxi zum Luisenpark, eine wunderschöne Anlage, am Neckar kann man entlangspazieren, dort gibt es ein kleines Restaurant, wo wir einen Kaffee trinken und einen leckeren Kuchen essen können. Manfred bestellt ein Taxi, das uns zum Bahnhof fährt. Um 19 Uhr können wir wieder heimfahren, im Speisewagen essen wir zu Abend. Es ist ein wunderschöner Tag, Manfred kann das Geschäft immer schön verbinden mit Privatem. Ich bin so müde, dass ich im Bus nach Sindelfingen einschlafe. Manfred ruft Tom an, dass er uns am Rathaus abholen kommt. Eigentlich wollten wir noch viel erzählen, vom Park und der Kreuzfahrt, aber ich muss gleich ins Bett, ich bin fix und fertig, morgen muss ich wieder ins Büro.

Am Freitagmorgen plane ich endlich den neuen Ankunftsplatz, als wir damals ankamen, war es so ein Gedränge, das muss doch besser gehen. Ich will auch Toiletten, Wickeltische und wenigstens ein paar Sitzgelegenheiten, ich weiß noch, wie mir die Beine und der Rücken wehtaten vom langen Stehen. Der Marktplatz ist zu klein dafür, also muss ich den Platz am Rand von Sindelfingen bauen. Etwa einen Kilometer vom Rathaus entfernt Richtung KFZ-Werk ist freie Fläche, da ist der Weg für Strom, Wasser und Abwasser nicht weit, das könnte was werden. Ich brauche erst einmal einen groben Plan, bevor ich bei Herrn Schneider und beim Bürgermeister nachfrage.

Auf dem Platz müssen 6000 Menschen bequem Platz haben, 350 Meter lang und 150 Meter breit, das müsste ausreichen, in der Mitte muss der Ankunftsplatz sein, je 50 Meter lang und breit, rechts und links daneben je sechs weitere Plätze mit 30 Meter Abstand als Mittelpfad. An den beiden Kopfenden werden Erste-Hilfe-Stationen gebaut. Auf jedem Platz müssen für 500 Menschen am äußeren Rand 20 Toilettenhäuschen stehen mit Waschbecken, am besten mit Schwingtüren, dann muss man nicht die Hände benutzen, ist hygienischer. Am Anfang und Ende des Gebäudes müssen sich eine Wickelstation und eine Behindertentoilette anschließen. Hinter dem Ankunftsplatz kann man ein Zelt oder einen Pavillon aufbauen für die Kinder, die vom Kindergarten und der Schule kommen. Gleich daneben soll noch ein kleines Rotkreuzzelt stehen. Auf jedem Platz können zehn Schreibtische mit Computern für die Anmeldung und Registrierung aufgestellt werden, direkt am Mittelweg, davor soll jeweils eine Bank für die Neuen stehen, die oft schon lange dastehen und warten. Jeder der zwölf Plätze soll eine andere Farbe haben, dann gibt es auch in Sindelfingen einen roten Platz. Laufwege müssen markiert und freigehalten werden. Alles muss mit farblichen und übersichtlichen Schildern markiert sein. Wenn die Zelte und Schreibtische weg sind, hat man später mal einen tollen Platz für Open-Air-Festivals.

Es kostet sehr viel Überredung, bis ich Herrn Schneider von meinem Plan überzeugen kann. Aber letztendlich überzeugt er mit mir zusammen den Bürgermeister. Heute nach der Arbeit gehe ich für Sarah ein Geburtstagsgeschenk kaufen, ich komme etwas später nach Hause. »Oma, wo bleibst du denn, dein Essen wird kalt«, ruft Jessika und kommt mir entgegengerannt. Ich erkläre, dass ich noch was einkaufen war, dann esse ich eine Nudelsuppe bei Sarah und frage sie, wie sie ihren Geburtstag feiern will, ob es eine Party gibt. Wir besprechen alles, vor allem, was ich bei den Vorbereitungen helfen kann, dann spiele ich noch ein paar Minuten mit Jessika, ihr Teddy ist verletzt und muss dringend verbunden werden.

Jetzt gehe ich nach Hause, da warten auch schon fünf Leute auf mich. Sie haben schon alle gegessen, Manfred ist in die Unterlagen der neuen Geräte vertieft, Marie und Madison machen sich fertig zum Ausreiten und Lukas wartet am Küchentisch sitzend auf mich. Er will unbedingt allein mit mir reden. »Katharina, du weißt doch, ich habe eine Freundin, und …« »Ja, ich habe sie ja auch schon ein paarmal gesehen. Willst du sie uns mal vorstellen, du könntest sie doch mal mitbringen, vielleicht, bevor ihr zum Tanzen geht oder so?«, frage ich ihn. Er schaut mich ganz überrascht an: »Das wollte ich dich gerade fragen, woher weißt du?« »Ach, weißt du, ich war auch mal jung und MJ und Vicky haben ja auch manchmal Freunde mitgebracht. Irgendwann war es dann mehr als nur ein Freund oder eine Freundin. Wenn ihr das wollt, könnt ihr auch hier zusammen übernachten, solange du nicht jedes Wochenende eine andere mitbringst.« Manfred kommt gerade in die Küche: »Wer hat jedes Wochenende eine andere?« »Niemand«, sage ich, »ich habe Lukas vorgeschlagen, uns seine Freundin vorzustellen, und habe ihm erlaubt, hier zusammen zu übernachten, wenn er nicht jedes Wochenende eine andere mitbringt.« »Ja, und wenn er das Keksschüsselchen nicht vergisst«, sagt Manfred lachend und klopft Lukas auf die Schulter. Jetzt müssen wir alle lachen. Lukas ist sichtlich erleichtert: »Und ich hatte so Angst, euch das zu fragen, und jetzt geht alles ganz einfach. Darf ich Anja am Samstagabend mitbringen?« »Ja«, sagen Manfred und ich gemeinsam. »Wir sind doch zu Hause, oder haben wir was vor?«, frage ich.

Jetzt kommt Pietro in die Küche, auch er hat den letzten Satz gehört: »Doch, wir haben was vor, ich habe morgen ein Fußballspiel und ihr müsst alle zugucken kommen, dass wir nicht verlieren.« »Vielleicht kommt Anja mit auf den Fußballplatz, und anschließend gibt es Abendessen, was meint ihr?«, frage ich. Manfred antwortet: »Ich habe am Nachmittag noch keine Zeit, ich muss mit Tom den Schweinestall umbauen, nach dem Melken habe ich wieder frei.« »Warum musst du denn den Stall umbauen?«, frage ich skeptisch. »Wenn wir mehr Nahrung brauchen, will ich selbst schlachten lassen, um sicherzustellen, dass unsere Familien immer genügend zu essen haben, wenn die ›Neuen‹ kommen, wird wieder alles rationiert, auch das Essen, es geht sicher auch dieses Mal nicht anders, da will ich Vorkehrungen treffen, und Schlachten und Wursten gehört dazu.« »Na gut, dann geht es wohl nicht ohne Schlachten, ist zwar schade, aber du hast sicher Recht mit deinen Vorkehrungen«, sage ich, dann koche ich Kaffee und decke den Tisch, Sarah hat uns frischen Hefezopf gebracht.

Vor dem Schlafengehen kommt Timmy, um zu fragen, ob wir ihn morgen zum Fußballspiel mitnehmen, er will doch auch mal spielen, dann kann er jetzt schon mal zugucken. Ich verspreche, ihn pünktlich abzuholen. Er freut sich, gibt mir einen Schmatz, bedankt sich und rennt fröhlich nach Hause. Pietro erzählt, dass Timmy ihn schon die ganze Woche fragt, ob er mitfahren darf, und dass er gesagt hat, dass er Oma Kati fragen muss. »Warum hast du mich dann nicht gleich gefragt? Dann hättest du ihm sagen können, was ich geantwortet habe«, frage ich Pietro. »Wenn er was will, soll er selbst fragen«, antwortet er. »Wer hat dir das denn so gesagt?« »Na, die Kinder in der Schule, die sagen das immer so.« »Findest du das gut so? Wenn du jemanden was fragen willst, der nicht anwesend ist, aber dein Freund wohnt nebenan, wär es da nicht nett, wenn dein Freund für dich nachfragen geht?« »Ja, du hast ja Recht, aber manchmal muss man das auch alleine machen und das muss man lernen«, sagt er kleinlaut. »Ja, manchmal, aber nicht immer. So, und jetzt will ich den Film über die Ostsee anschauen gehen, ich freue mich schon lange darauf.« Madison und Pietro sind jetzt groß genug, allein ins Bett zu gehen, ich gehe zwar noch gute Nacht wünschen, aber eine Gutenachtgeschichte lesen sie jetzt selbst, wenn überhaupt. Ich freue mich, dass sie beide gern lesen und dass sie in der Schule sehr erfolgreich sind.

Am Samstag fahre ich mit Sarah auf den Markt, wie immer. Die Menschen freuen sich, dass es warm wird und dass man wieder viel in der Natur unternehmen kann. Auf dem Marktplatz haben wir in der Mitte ein paar Stühle und Tische aufgestellt, es werden Kaffee, Tee und Kuchen serviert, von den Leuten aus den Marktständen, auch wir haben Kuchen dafür gebacken. Immer mehr Leute genießen es, nach dem Einkaufen bei Kaffee und Kuchen eine Pause einzulegen. Ich erzähle Sarah von Anja, sie freut sich, dass Lukas endlich eine nette Freundin gefunden hat. Lukas sieht, seit er sie kennt, richtig glücklich aus. Marie hat noch keinen Freund gefunden, sie sagt immer, die Männer meinen es nicht ehrlich mit ihr. Gegen Mittag packen wir zusammen und fahren wieder nach Hause, Marie und Yvonne haben schon gekocht und wir können pünktlich zu Mittag essen.

Um 14 Uhr fahre ich mit unseren Fußballern zum Sportplatz, Pietro und Timmy sind ganz aufgeregt. Pietro geht in die Umkleideräume und ich hole mit Timmy ein Eis, dann setzen wir uns auf eine Zuschauerbank und warten auf den Anpfiff. Wir schauen beide ganz gespannt zu und feuern Pietros Mannschaft an. Sie verlieren nur knapp, aber Pietro tröstet sich damit, dass es immer wieder Spiele gibt. »Irgendwann werden wir gewinnen, ich weiß es genau«, sagt Pietro zu Timmy. Wir fahren wieder nach Hause, dabei versucht Pietro zu erklären, warum sie verloren haben und was sie falsch gemacht haben. Zu Hause will er mit Timmy üben, dass die Fehler weniger werden und dass er mehr Übung bekommt, damit fangen sie auch gleich an, kaum, dass wir auf den Hof gefahren sind. Sie wollen, dass Madison und Tommy mitspielen, aber die haben keine Lust auf Fußball. Ich decke den Kaffeetisch, Madison will helfen und ihn besonders schön machen, weil Anja doch nachher kommt. Sie pflückt ein paar Blumen von der Wiese und stellt dann drei kleine Sträußchen auf den Tisch. Ich gebe ihr einen Kuss: »Das hast du aber schön gemacht. Komm, wir schauen mal, wie weit die Männer im Schweinestall sind.« Tom und Manfred sind fast fertig, nur noch aufräumen, dann haben sie es geschafft.

Lukas kommt mit Anja, als wir gerade wieder ins Haus wollen. Madison geht auf Anja zu, reicht ihr die Hand und sagt: »Hallo, Anja, ich bin Madison und das ist meine Oma Kati.« Auch Anja begrüßt sie, dann rennt Madison ins Haus. »Willkommen auf Hof Sommerhofen, Anja, ich freue mich, dass wir uns näher kennenlernen können. Kommt rein, es gibt Kaffee und Kuchen, wenn ihr wollt. Manfred und Marie sind noch im Stall, sie kommen aber später auch zu uns.« Ich rufe in den Garten: »Kaffee trinken kommen.« Vier Kinder kommen an den Kaffeetisch, und wir können gemütlich Kuchen essen und plaudern. »Madison, warum hast du dich denn umgezogen?«, frage ich. Sie sagt nur: »Because ...« Die Jungs sind schnell fertig, sie wollen wieder Fußball spielen, da wir Großen auch nur noch dasitzen und uns unterhalten, dürfen sie wieder in den Garten. Nachdem wir zusammen den Tisch abgeräumt haben, frage ich Anja, ob ich ihr das Haus zeigen darf. »Ja, gerne.« Lukas nimmt ihre Hand und wir gehen durchs Haus.

Die Waschmaschine ist fertig, ich räume die Wäsche in den Trockner, Lukas ist mit Anja schon weitergegangen, in sein Zimmer. »So, ihr zwei, ihr braucht ja kein Kindermädchen, dann schau ich mal, ob es für mich noch was im Stall zu tun gibt. Spätestens um 8 Uhr gibt's Abendessen.« »Okay, ruf mich, wenn du Hilfe brauchst«, sagt Lukas. Manfred und Tom wollen gerade den Stall verlassen, als ich in den Garten komme: »Na, seid ihr fertig geworden? Darf ich mir den Stall mal anschauen?«, frage ich die beiden, ohne eine Antwort abzuwarten, schau ich mir den neuen Schweinestall an: »Der ist wirklich schön geworden.« Ich nehme Manfred in den Arm und gebe ihm einen Kuss: »Das habt ihr toll gemacht. Wann kommen die neuen Schweine?« »Nächste Woche«, antwortet Manfred. »Gibt's noch Kaffee für uns?« »Na klar, ich mach euch frischen Kaffee zum Kuchen.«

Nachdem sie sich gewaschen haben, kommen beide zu mir in die Küche zum Kaffeetrinken, ich berichte kurz vom Fußballspiel und von Anja, dann geht Tom nach Hause und ich unterhalte mich noch eine Weile mit Manfred. »Wenn Anja heute hierbleibt, kann ich ihr morgen den Stall und die Tiere zeigen, was meinst du?«, fragt er. »Ja, wenn sie sich dafür interessiert.« »Wenn sie es mit Lukas ernst meint, muss sie sich dafür interessieren, sonst klappt das mit den beiden nicht, wenn er mal den Hof leiten will.« »Ich glaube, so weit sind die beiden noch lange nicht.« »Ich mein ja nur, wenn …« Manfred schaut mich ganz verliebt an und küsst mich. »Ich wünsche Lukas, dass er mal so glücklich wird, wie ich es mit dir bin, ich liebe dich.« »Ich liebe dich auch, mein Schatz.« »Wie sieht es im Hühnerstall aus?«, fragt er. »Voll, ich glaube, wir müssen morgen wieder Hähnchen essen«, antworte ich. »Okay, komm, wir schauen mal nach.« Er nimmt mich an die Hand und wir gehen in den Garten und dann in den Hühnerstall. »Ja, du hast Recht, morgen gibt es Hähnchen für alle, komm, wir sagen Sarah Bescheid, dann kann sie das Essen für morgen planen«, sagt Manfred, er legt seinen Arm um mich und wir gehen zu Sarah. Im ganzen Haus gibt es Musik, Yvonne tanzt mit MJ eng umschlungen im Wohnzimmer, Tom tanzt mit Sarah in der Küche, neben dem Abendessen-Vorbereiten, Manfred und ich tanzen gleich mit. Dann berichte ich Sarah von den Hähnchen, die es morgen geben soll, MJ hat Hähnchen gehört: »Wo gibt es Hähnchen?« »Morgen zum Mittagessen«, sagt Sarah. Wir beschließen, zusammen zu Abend zu essen, ich helfe Sarah beim Zubereiten, Yvonne und MJ holen den Rest der Familie aus unserem Haus, dann essen wir alle zusammen Abendbrot. Danach tanzen wir wieder im Wohnzimmer, es wird ein gemütlicher Abend, wir haben alle Spaß an der neuen alten Musik.

Anja meint, sie müsse um 22 Uhr wieder heim, was ich sehr bedaure. Lukas fragt sie, ob sie anrufen und fragen kann, ob sie hierbleiben darf. »Ich glaube nicht, dass meine Eltern das erlauben«, sagt sie etwas traurig. Sie ruft trotzdem an und bekommt Verlängerung bis Mitternacht. Yvonne und ich bringen die Kinder zu Bett. Wir genießen die schöne Musik und tanzen wieder mal bis spät in die Nacht hinein. Lukas fährt Anja pünktlich nach Hause, alle anderen gehen schon ins Bett. »Das war ein schöner Abend, gell?«, sage ich zu Manfred, als wie im Bett liegen. »Ja, und jetzt habe ich dich endlich für mich allein.« Er nimmt mich in den Arm und wir lieben uns ganz zärtlich.

Am Sonntagmorgen gehen wir alle zusammen wieder zur Kirche, dort treffen wir Anja und ihre Eltern nach dem Gottesdienst. Wir unterhalten uns ein Weilchen, dann lädt Manfred Anja mit ihren Eltern zum Kaffee ein. »Ich freue mich auf heute Nachmittag«, sage ich zu Marianne, Anjas Mutter, zum Abschied. Wir vier Großeltern und Marie fahren heim, die restliche Familie spaziert hinterher. Wir Frauen kochen das Mittagessen und backen noch einen Kuchen. Manfred und Tom füttern die Tiere. Wir essen heute alle wieder mal bei Sarah, zum Kaffee kommen dann alle zu uns rüber, die Kinder können draußen spielen, es ist schön warm, schon 17 Grad, in der Sonne ist es noch wärmer. Im Garten wächst und blüht alles ganz wunderbar. Bald können wir wieder Erdbeeren ernten, ich freu mich schon drauf. Marie will heute Nachmittag einen Familienfilm im Fernsehen gucken, das muss sie dann hier im Haus mit jemandem absprechen, bei uns gibt es heute Nachmittag nur Kaffee, Kuchen und Musik. Der Apfelkuchen kommt gerade aus dem Ofen, als die Familie heimkommt, das Mittagessen steht auch schon auf dem Tisch.

Manfred fragt mich, ob ich nachher was Bestimmtes vorhabe. »Nein«, antworte ich, »ich will nur Marianne und Markus kennenlernen. Ich muss doch wissen, wo unser Sohn sich so oft aufhält. Marianne und ihr Mann wollen doch auch wissen, wer wir sind, meinst du nicht auch?« »Damit könntest du Recht haben, ich habe damit keine Erfahrung, aber ich vertraue dir, du machst das sicher richtig«, sagt Manfred. Tom meldet sich zu Wort: »Ja, wir haben uns auch erst einmal beschnuppert, danach konnten wir unsere Kinder in Ruhe ziehen lassen. Nicht wahr, Sarah, das war ganz gut so.« Sarah nickt nur dazu. Jessika scheint müde zu sein, Yvonne bringt sie ins Bett, sie schläft auch gleich ein.

Nach dem Essen gehen Marie und ich rüber, den großen Kaffeetisch vorbereiten, Manfred und Tom halten Mittagschlaf, wie fast jeden Sonntag, und die Kinder spielen im Garten. Happy ist immer dabei, auch wenn er nicht schaukeln kann. Pünktlich um 15 Uhr kommen Marianne, Markus und Anja mit ihrem Kleinwagen. Marianne ist ganz entzückt von dem großen Grundstück und dem Garten. Markus fragt: »Habt ihr einen großen Hof? Macht bestimmt viel Arbeit.« Er schaut Manfred dabei an. Manfred weiß nicht, was er sagen soll, glaube ich, er scheint verlegen und will nichts Falsches sagen. Ich antworte: »Ja, es ist viel Arbeit, und seit diesem Jahr ist es doppelt so viel, weil man wegen der Neuen doppelt so viel anpflanzen muss, aber Manfred und Sarah haben alles im Griff. Manfred kann das besser erklären und euch alles zeigen, wenn ihr wollt, aber erst einmal wollen wir doch Kaffee trinken, oder?« Wir gehen ins Haus, dort haben wir einen Kindertisch und einen großen Tisch vorbereitet, dass auch alle Platz haben. Es wird ein fröhlicher Nachmittag, die Kinder gehen bald wieder in ein Kinderzimmer und in den Garten und wir Großen können uns unterhalten.

Markus ist wirklich am Hof interessiert, Manfred zeigt und erklärt ihm alles bereitwillig. Dann macht er mit Marie die abendliche Stallarbeit, er kommt ins Wohnzimmer und fragt, ob Lukas mit Anja die Milch wegfahren will. Die beiden sind begeistert und ziehen los. Ich schaue auf Marianne und Markus: »Keine Sorge, die beiden sind gleich wieder zurück.« Als ich Markus frage was er beruflich macht, erzählt er, dass er bei der Bahn Weichen baut, er sei oft wochenlang unterwegs, also wenig zu Hause, aber er liebe seine Arbeit. Als er so beim Erzählen ist, werden seine Gesichtszüge weicher und seine Stimme klingt liebevoller als noch vorhin. Ich höre den Pick-up, Lukas fährt zurück auf den Hof, die beiden kommen aber nicht ins Haus. Ich glaube, sie gehen noch in den Stall. Nach einer Weile gehe ich mit Marianne hinaus in den Pferdestall, wo ich die beiden vermute. Lukas steht mit Anja bei Zottel, er erklärt ihr gerade, wie man eine Trense anlegt. Anja dreht sich zu uns rüber und sagt: »Schau mal, Mama, ist sie nicht schön? Sie ist so kuschelig und ganz lieb.« Marianne fürchtet sich vor den großen Pferden, wie ich am Anfang auch.

Ich nehme sie am Arm: »Komm, wir gehen wieder rein, und ihr beide kommt auch bald nach, ja?« Lukas antwortet: »Ja, ist gut.« Wir beide gehen ins Haus zurück, in der Küche unterhalte ich mich noch kurz mit Marianne, dann kommen Lukas und Anja auch schon wieder und wir kehren zusammen ins Wohnzimmer zurück. Markus reagiert ziemlich ungehalten, weil Anja so lange weg war, in der Hoffnung, dass die Sache nicht eskaliert, sage ich an ihn gerichtet: »Weißt du, wenn man mit Tieren arbeitet, geht nicht alles nach Plan, und wir Menschen müssen uns dann den Tieren anpassen. Manchmal ist ein Zaumzeug in zehn Minuten angelegt, manchmal dauert es etwas länger, besonders dann, wenn man was zeigen will, kommt was dazwischen, das kennst du doch sicher auch.« MJ will beginnen, Markus zu kritisieren, wieder mische ich mich schnell ein, ich schaue ihn mit strengem Blick an: »MJ, lass gut sein, bitte!« MJ senkt seinen Blick: »Yes, Ma'am.« Manfred schaut mit fragendem Blick auf mich und unterbricht das

Ganze: »Ich will noch nach den Feldern sehen, hat jemand Lust auf einen Spaziergang?« Er schaut in die Runde, Markus steht auf und sagt: »Ja, ich komme gern mit, ein bisschen frische Luft wird guttun.« Die beiden ziehen los. Ich höre wieder den Pick-up und hoffe, dass der Spaziergang Markus etwas beruhigen kann. Marie und Madison räumen den Tisch ab und ich gehe mit Marianne in den Garten spazieren. Ich frage sie: »Was ist denn passiert, warum reagiert dein Mann so streng, wenn es um Anja geht?« »Weißt du, bevor ich Markus kennengelernt habe, hatte ich ein schlimmes Erlebnis, da hat er mich rausgeholt, man könnte sagen, gerettet. Das hat er immer vor Augen und will es Anja ersparen, er ist ständig besorgt um Anja und mich. Er ist nicht böse oder so, er hat nur eine wahnsinnige Angst um uns.« »Wenn ich irgendwie helfen kann, und sei es nur reden, dann lass es mich wissen.« Wir sind am Gemüsegarten am Zaun angekommen, Marianne gefällt, was sie sieht: »So einen Garten hätte ich auch gern, muss ja nicht der eigene Garten sein, Hauptsache, ich habe eigenes Gemüse. Könntest du mir zeigen, wie das geht, einen Gemüsegarten anzulegen, wenn ich eine Wohnung mit Garten finde?« »Ich bin da nicht so gut drin, ich kann nur nach Anleitung arbeiten, aber Sarah und Manfred kennen sich aus, die helfen dir sicher auch gern. Was, meinst du, würde dein Mann zu einem Haus mit Garten sagen?« »Oh, wenn wir uns das leisten könnten, wäre er überglücklich, er liebt einen schönen Rasen und frisches Obst und Gemüse, er bedauert immer, dass er keinen Rasen zu mähen hat wie viele Nachbarn, das würde ihm Spaß machen.« »Vielleicht könnt ihr in ein kleines Einfamilienhaus oder in ein Reihenhaus umziehen, was meinst du? Besprich das doch mal mit Markus, vielleicht würde er sich auch darüber freuen, ein Haus, Garten und Obst und Gemüse.«

Wir sind so in unsere Unterhaltung vertieft, dass wir gar nicht bemerken, dass Manfred und Markus schon fast neben uns stehen. »Ja«, sagt Markus, »ihr habt einen schönen großen Garten mit Obst und Gemüse.« »Oh, ihr seid schon zurück«, sage ich etwas verlegen, weil ich nicht weiß, was sie alles gehört haben. »Ja, das Gemüse brauchen wir auch, es ernährt unsere gesamte Familie. Weißt du, wenn die Neuen ankommen, ist es sinnvoll, eigenes Gemüse zu haben, dass man nicht nur auf die Rationen angewiesen ist. Gemüse ist zwar nicht alles, aber man muss nicht verhungern.« »Da hast du Recht, ich hätte auch gern einen Garten, auch zum Raussetzen, wir haben nicht mal einen Balkon.« »Dann fragt doch mal, ob ihr in ein Einfamilienhaus oder in ein Reihenhaus mit Garten umziehen könnt, es stehen bestimmt noch leere Häuser in einem Viertel zur Verfügung, oder, mein Schatz?«, fragt Manfred und schaut mich dabei liebevoll an. »Ich denke schon, dass noch welche frei sind, aber wenn nicht, kann man sich auf einer Liste vormerken lassen, der nächste Wohnblock kommt bestimmt«, antworte ich siegessicher. Markus schaut mich ganz verdutzt an: »Woher willst du das wissen? Sie bauen doch gerade nur so Wohnheime für die Neuen.« Um ihm ein bisschen den scharfen Wind aus den Segeln zu nehmen, sage ich: »Ganz einfach, weil ich an der Stadtplanung und am Bau der Häuser beteiligt bin, ich baue die Häuser.« Markus ist sprachlos, auch Marianne schaut mich verdutzt an und sagt: »Ich dachte, du hast einen Bauernhof.« »Ja, habe ich, aber den regiert Manfred, das kann nur er. Ich baue Häuser.« »Dann bist du die Frau Klein, die den Architekturpreis gewonnen hat?«, fragt Markus, noch ganz verblüfft. »Ja, das ist sie, meine Frau«, sagt Manfred ganz stolz, nimmt mich in den Arm und küsst mich.

Dann gehen wir gemeinsam ins Haus zurück. Marianne und Markus verabschieden sich und ich verspreche, mich wegen des Hauses zu melden. Anja darf noch bis 22 Uhr bleiben, ich hoffe, dass sich Anjas Besuche allmählich einspielen werden, ohne größere Nachfragen.

In Sindelfingen werden die Familien, die in Wohnungen wohnen, aufgefordert, in die Ein- und Zweifamilienhäuser mit Garten umzuziehen, auf diese Weise können die Gärten gleich von den Hausbewohnern versorgt werden, nicht erst im September von den Neuen. Mitte Mai ist auch der zweite Wohnheimwohnblock fertig, hier kann mit dem Innenausbau begonnen werden. Dank unserer Lagerhalle geht auch das wegen der kurzen Transportwege recht zügig voran. Endlich wird auch mit dem Ankunftsplatz für die Neuen begonnen, ich freue mich, es ist mein Projekt. Wir beginnen mit dem Bau des dritten Wohnblocks, der bis Ende August fertiggestellt werden soll. Bis jetzt sind wir sehr gut in der Zeit, hoffentlich kommt es nicht zu Verzögerungen wegen Materialmangels.

Kapitel 26

Unsere Hochzeitsvorbereitungen sind in vollem Gange. Am 14. Juni bauen ein paar Leute von der Zimmerei eine Tanzfläche und den Boden für den Festpavillon auf. Am 17. Juni finden die letzten Anproben statt, der Schneider ist heute nur mit uns beschäftigt, heute kommen auch Gisela und Paul, wir haben uns schon länger nicht mehr gesehen, sie können übers Wochenende bei uns bleiben, auch Martina und Peter freuen sich, wieder mal auf unserem Hof sein zu können. Am Freitag kommt Herr Bauer zu uns, dass Manfred ihn in unseren Hof einweisen kann, er wird an unserem Hochzeitstag alle Hof- und Stallarbeiten übernehmen. Wir Frauen gehen alle zum Friseur, dass wir am Samstag rechtzeitig fertig werden. Heute schmücken Marie und Madison die Kirche für unsere Trauung. Lukas und Tom gehen nach dem Mittagessen in die Garage, um die Kutsche und den Kutschwagen vorzubereiten, die Blumen dafür und für alles andere werden am Samstag geliefert. Ich sehe zum ersten Mal die langen dunkelblauen Kleider für die Brautjungfern und die Blumenmädchen. Die Jungs tragen passend dazu entsprechende Anzüge. Ich kriege Tränen in die Augen, als ich alles sehen darf, es sieht alles so schön aus.

Am Freitagabend können Manfred und ich kaum einschlafen, so aufgeregt sind wir. Am frühen Samstagmorgen, am 19. Juni, es ist unser Hochzeitstag, kommen die Leute vom Cateringservice, um das Zelt, die Tische, Stühle und vieles mehr aufzubauen. Nach dem Frühstück gehen die Frauen noch mal zum Friseur, dann essen wir heute schon um 11 Uhr zu Mittag, ich bin nicht die Einzige, die aufgeregt ist. Um 12 Uhr kommt der Friseur zu uns ins Haus, um mich zu frisieren, zu schminken und den Schleier zu befestigen. Gisela hilft mir beim Anziehen. Manfred geht zu Sarah rüber, um sich umzuziehen. Pünktlich um 13 Uhr fährt Manfred mit ein paar Gästen mit dem kleinen Kutschwagen los. Wir haben uns nicht mehr in Hochzeitskleidung gesehen, dann steige ich mit meinen Brautjungfern in die Kutsche und wir fahren hinterher. Die restliche Familie folgt in ebenfalls festlich geschmückten Autos. Vor der Kirche treffen wir uns alle, Manfred und ich sehen uns vor der Kirche, wir sind beide überwältigt, ich gehe ihm langsam entgegen, wir sind beide sprachlos. Er trägt einen Smoking, dunkelblaue Weste, weiße Fliege und am Revers Blumenschmuck. Er sieht so toll aus. Da stehe ich nun in meinem langen weißen Brautkleid in A-Linie, mit abnehmbarer Schleppe und Diadem mit langem Schleier. Wir beide sind verzaubert. Der Fotograf macht ein paar Bilder von uns vor dem Kirchentor.

Die Musik beginnt, »Halleluja«, eine Sängerin aus dem Kirchenchor singt solo dazu, wunderschön, wir schreiten langsam zum Altar. Manfred geht rechts neben mir, die Blumenkinder gehen langsam voran in die Kirche und streuen Rosenblütenblätter. Jessika schaut immer hinter sich, ob wir auf die Blättchen treten, läuft dann aber tapfer weiter. Die Kirche ist schön geschmückt, an jeder Bank sind weiße und rote Rosen mit weißen und roten Schleifen angebracht. Rechts und links vom Altar stehen rote und weiße Rosenbäumchen. Die Kirche ist bis auf den letzten Platz belegt, alle Augen sind auf uns gerichtet. Nachdem wir uns das Jawort gegeben und die Ringe angesteckt haben, kommt unser Versprechen, von Manfred und mir im Wechsel: »Ich will dich trösten, wenn du traurig bist, ich will dich führen, wenn du nicht sehen kannst, ich will dich stützen, wenn du nicht gehen kannst, ich will dich erinnern, wenn du etwas vergisst, ich will dir zu trinken geben, wenn du durstig bist, ich will vorangehen, wenn du zögerst, ich will stark sein, wenn du schwach bist, ich werde immer für dich da sein, wenn du mich brauchst, ein Leben lang.« Den letzten Satz sagen wir gemeinsam. Während der gesamten Zeremonie schaue ich auf Manfred, ich bin so glücklich, ich kann es noch gar nicht glauben, was hier passiert. Einige Gäste haben Tränen in den Augen.

Bevor wir die Kirche wieder verlassen, gibt Yvonne mir meinen

Brautstrauß, rote und weiße Rosen mit Efeu, in Wasserfallform gebunden, wieder. Obwohl ich immer noch aufgeregt bin, vergesse ich nicht, an die rechte Seite von Manfred zu treten, wenn wir aus der Kirche gehen. Beim Auszug aus der Kirche wird »Oh Happy Day« gespielt, wieder mit Gesang. Der Fotograf macht wieder Bilder. Vor der Kirche werden wir zuerst von der Familie beglückwünscht und dann noch von vielen anderen. Es werden viele Bilder gemacht, nicht nur von unserem bestellten Fotografen. Dann steigen Manfred und ich in die blaue, sehr schön geschmückte Kutsche und werden von Lukas nach Hause gefahren. Unsere Gäste folgen uns in den geschmückten Autos. Es steht ein Bus bereit, um die Gäste ohne eigenes Auto zu uns zu fahren. Die Leute stehen am Straßenrand und winken uns fröhlich zu. Auf dem Heimweg nimmt Manfred meine Hand, schaut mich zärtlich an und sagt: »Jetzt sind wir verheiratet, ich bin ja so glücklich.« Ich antworte: »Ja, jetzt bist du mein Mann und ich bin deine Frau. Was für einen tollen Mann hat der Himmel mir geschenkt. Ich danke Gott, dass wir zusammensein dürfen.« Wir küssen uns hingebungsvoll.

Wir fahren auf unseren Hof, wo jetzt der Pavillon aufgebaut ist, mit weiß eingedeckten Tischen, die Stühle sind mit weißen Stuhlhussen bezogen und mit einer roten Schleife gebunden. Jeder Tisch ist mit roten und weißen Rosen geschmückt, am Buffet stehen die Kuchen und Torten bereit. Die Familie und die Gäste treffen ein, Manfred und ich heißen alle herzlich willkommen und bitten sie, an den runden Tischen mit jeweils acht Stühlen Platz zu nehmen. Statt Platzkärtchen haben wir kleine Kästchen mit einem Muffin, wie die Hochzeitstorte, aufgestellt. Ein Bild von uns beiden steht daneben, auf der Rückseite steht der Name des Gastes. Manfred steht auf und hält eine kurze Hochzeitsrede: »Wir heißen alle nochmals aufs Herzlichste willkommen, wir freuen uns sehr, dass ihr alle am schönsten Tag unseres Lebens teilhabt. Besonderer Dank geht an alle, die unsere Hochzeit vorbereitet haben, die uns auf die eine oder andere Weise geholfen haben. Wir freuen uns, dass wir alle zusammen unsere Hochzeit feiern können, wir wünschen allen viel Spaß und einen guten Appetit.«

Manfred und ich gehen die Hochzeitstorte anschneiden. Sie besteht aus vier Erdbeertorten, im Quadrat aufgestellt, in der Mitte eine größere Himbeertorte, auf vier kleinen Säulen darüber steht eine Mokkatorte, die vier Erdbeertorten sind mit der großen Torte in der Mitte mit kleinen Zuckergussbrücken verbunden. Wir schneiden aus jeder Torte ein Stück, legen sie auf Teller und überlassen den Rest den Leuten vom Service. »Das Buffet ist eröffnet«, rufe ich. Wir setzen uns und essen unsere Torte. Dann warten wir ab, bis der Fotograf gegessen hat, und bitten ihn, mit uns ein paar persönliche Hochzeitsfotos zu machen, MJ sorgt in der Zwischenzeit für die Unterhaltung der Gäste. Ich bin froh, dass wir schönes Wetter haben, die Sonne scheint, es hat fast 30 Grad und kaum Wind, alles ist perfekt, wie fast immer in dieser neuen Welt. Als wir zurückkommen, wird gerade das Kuchenbuffet abgeräumt, einen Kaffee können wir aber noch trinken.

In einem Käfig vor dem Haus warten ein paar weiße Tauben darauf, freigelassen zu werden, die Kinder sind schon ganz gespannt. Wir bitten unsere Gäste, zu diesem Zweck mit auf die Wiese zu kommen, wo wir die Tauben fliegen lassen. Madison schreitet in ihrem hübschen blauen Kleid den Weg am Stall entlang. »Was machst du denn da, wo willst du denn hin?«, frage ich sie. Madison antwortet: »Ich will doch in dem schönen Kleid auch rumlaufen, sonst sieht man es ja gar nicht.« Ich schaue auf Jessika. »Ich auch«, antwortet sie ungefragt. Ich muss lachen und frage Madison, ob sie trotzdem wieder mitkommt ins Zelt. »Warum denn?« »Weil ich dich gleich brauche, wir machen was Schönes zusammen.« »Darf ich auch laufen?« »Ja, darfst du.« »Komm ich auch mit?«, fragt Jessika. »Na klar, du kommst auch mit«, antworte ich, dann schreiten wir zusammen zurück ins Zelt.

Manfred und ich stehen an unserem Tisch und bitten Marie, Madison, MJ, Lukas und Pietro zu uns. Manfred nimmt meine Hand und hält wieder eine kleine Rede: »Nun sind wir verheiratet, aber zu unserer

Familie gehören auch unsere Kinder. Marie und Lukas, wir haben euch beide adoptiert, wir hoffen, dass ihr der Adoption zustimmt, damit habt ihr dann die gleichen Rechte, aber auch Pflichten, wie MJ und Vicky, wenn sie denn mal in die neue Welt kommt.« Wir überreichen beiden die Urkunden und ein kleines Kettchen mit Gravur. Die beiden sind sprachlos, Marie kommen die Tränen. »MJ, auch dich will ich als meinen Sohn anerkennen, wenn du damit einverstanden bist«, sagt Manfred. Auch MJ bekommt eine Urkunde und ein Kettchen mit Gravur von uns. »Und nun zu euch beiden, Madison und Pietro, auch euch haben wir adoptiert, nur etwas anders. Eure Adoption ist solange gültig, bis eure Eltern wieder für euch sorgen können, je nachdem, wann das der Fall ist, vielleicht ja schon bald.« Auch die beiden bekommen jeder eine Urkunde und ein Kettchen mit Gravur. Wir freuen uns und umarmen einander. Ich hätte Kleenex-Boxen aufstellen sollen, manchen unserer Gäste kommen, wie mir auch, die Tränen vor Rührung, alle Gäste klatschen Beifall.

»Unsere Musikanten warten schon, hiermit eröffnen wir die Tanzfläche«, sage ich so laut, dass es hoffentlich alle hören können. »Will ich auch«, ruft Jessika und will losrennen, aber Tommy hält sie zurück: »Moment noch, erst darf Manfred mit Oma Kati tanzen, dann darfst du auch.« »Okay«, sagt Jessika kleinlaut und bleibt geduldig bei ihrem Bruder stehen. Manfred und ich betreten die Tanzfläche und die Musik beginnt, »A Natural Woman« von Aretha Franklin. Wir tanzen zusammen, eng umschlungen, als nächstes Lied kommt »My First, My Last, My Everything« von Barry White. Jetzt habe auch ich wieder Tränen in den Augen. Endlich dürfen auch Gäste auf die Tanzfläche und Jessika freut sich, dass sie jetzt auch tanzen darf. Ich sehe immer wieder mal den Fotografen, er ist sehr aktiv. Beim dritten Lied tanzt MJ mit mir, Yvonne fordert Manfred zum Tanz auf, unsere beiden Eltern sind ja nicht da. So ziemlich jeder ist mal auf der Tanzfläche zu sehen. Wir tanzen eine Weile, auch mit den kleinen Kindern, die scheinen besonderen Spaß daran zu finden. In der Zwischenzeit wurde das Buffet fürs Abendessen aufgebaut und Gläser und Besteck auf jedem Tisch verteilt. Manfred geht zu den Musikanten und bittet sie, nach diesem Lied Pause zu machen, er nimmt das Mikrofon: »Liebe Gäste, ich habe Hunger, daher erkläre ich das Buffet für eröffnet, guten Appetit.« Es wird leise klassische Musik vom Music-Player gespielt.

Am Buffet wird von vier Leuten unser Leibgericht aufgetan: Schweinemedaillons mit Käsespätzle, Rahmsoße und Champignons, der Salat steht schon auf kleinen Tellern portioniert bereit, dass jeder mit zwei Tellern an seinen Platz zurückgehen kann. Wer das nicht mag, kann auch Sauerbraten, Knödel und Rotkohl essen.

Gisela und Paul stehen auf, sie bitten um Aufmerksamkeit und halten beide zusammen eine Hochzeitsrede: »Liebes Brautpaar, liebe Gäste, vor einigen Monaten seid ihr, Katharina und Manfred, zu uns gekommen, um uns die freudige Nachricht zu überbringen, dass ihr heiraten wollt. Als ihr uns dann auch noch gebeten habt, eure Trauzeugen zu werden, war unsere Freude noch größer. Ich sehe noch das Strahlen in euren Gesichtern, als ihr mit dieser frohen Botschaft zu uns kamt. Heute vor dem Altar haben wir dieses Strahlen zum zweiten Mal gesehen, wir freuen uns, dass wir euch bei diesem großen Schritt begleiten dürfen. Ihr beide passt zueinander, ihr seid einfach für eine gute Partnerschaft bestimmt. Eure Liebe ist echt. Eine Ehe ist aber mehr als nur Liebe. Sie bedeutet Respekt, Gleichberechtigung, Rücksicht, Achtung und Verantwortung. Das und vieles mehr macht eine gute Ehe aus. Ihr müsst in Zukunft sicher viele Entscheidungen treffen, die ihr beide, da sind wir sicher, sehr gut, wenn auch nicht immer einfach, meistern werdet. Wir wünschen euch einen wundervollen Tag. Möge es der erste schönste Tag in eurer Ehe sein. Erhebt alle euer Glas und lasst uns auf das glückliche Brautpaar anstoßen! Auf euer Wohl!« Wir gehen zu unseren Trauzeugen und bedanken uns herzlich für die Rede. Unter Tränen nehme ich Gisela in den Arm, dann Paul. Auch Manfred umarmt beide.

Das Essen schmeckt vorzüglich, wir unterhalten uns immer wieder mal mit den Gästen, bis jetzt habe ich allerdings noch nicht mit jedem sprechen können, es sind einfach zu viele Leute. Nach dem Essen machen wir ein paar Spiele. Das Buffet wird wieder abgeräumt und wir können alle wieder auf die Tanzfläche. Kurz nach Mitternacht wird für zwischendurch Fingerfood angeboten: Lachscanapés, Trauben-Käse-Spieße und kleine Frikadellen und Brot.

MJ bittet um Aufmerksamkeit und die Musik hört auf, auch er hält eine kurze Rede: »Liebes Brautpaar, ich bin immer wieder beeindruckt, wie problemlos ihr eine gute Ehe vorlebt. Eure Beziehung ist von Liebe, Verständnis und Fürsorge geprägt. Ihr seid wirklich zwei Menschen, die eins geworden sind. Daher war es nur eine Frage der Zeit, bis ihr den Bund der Ehe eingehen möchtet. Wenn ein Paar für die Ehe gemacht ist, dann ihr beide. Ich wünsche euch, dass ihr weiterhin so liebevoll leben könnt. Ihr habt es geschafft, eine großartige, liebevolle Beziehung aufzubauen. Allein an dieser Feier sieht man, dass euch eure Familie und Freunde sehr wichtig sind und ihr sie an eurer Freude teilhaben lassen wollt. Ich wage einfach einmal für alle zu sprechen, wenn ich sage: Eure Familie und Freunde werden immer für euch da sein.« Mir kommen schon wieder die Tränen, Manfred nimmt mich in den Arm und küsst mich liebevoll, dann gehen wir zu MJ, umarmen ihn und danken für seine Rede.

Die kleinen Kinder sind mittlerweile alle in den Betten verschwunden, sehr praktisch, dass wir genug Platz haben. Wir feiern noch bis etwa 3 Uhr weiter und haben viel Spaß bei Spielen und Tanz. Dann bedanken wir beide uns bei allen Gästen mit einer kurzen Rede, und die Musikanten spielen als letztes Lied »When A Man Loves A Woman«. Dann bringt der Bus unsere Gäste in das einzige Gasthaus mit Gästezimmern in Sindelfingen, es ist nur mit unseren Gästen belegt, Gott sei Dank haben wir rechtzeitig gebucht, wir benötigen alle Zimmer. Wir bedanken uns bei den Leuten vom Catering und bei den Musikanten, wünschen der Familie eine gute Nacht und gehen Hand in Hand die paar Schritte nach Hause. Wir beide haben eine wundervolle Hochzeitsnacht, wenn sie auch kurz ist, aber um halb neun stehen wir auf.

Marie und ich bereiten das Frühstück zu. Beim Frühstück unterhalten wir uns über die Adoptionen, alle sind einverstanden und glücklich damit. Pietro fragt, ob er dann zwei Mamas hat, wenn seine Mama in die neue Welt kommt. »Nein, mein Schatz, ich bleibe deine Oma und deine Mama bleibt deine Mama, keiner kann und will sie je ersetzen. Das gleiche gilt natürlich für dich, Madison«, sage ich. Pietro fragt Manfred: »Darf ich jetzt Opa zu dir sagen?« Ich schaue Manfred an und lächle. Er antwortet: »Wenn ihr zwei das wollt, könnt ihr das gern tun.« Die beiden nicken zufrieden und trinken ihren Kakao. »Was ist mit euch beiden?«, frage ich Marie und Lukas. »Wollt ihr weiterhin Katharina und Manfred sagen?« Sie schauen mich beide ganz verlegen an. »Eigentlich will ich schon lange Mom zu dir sagen, Katharina, aber ich habe mich nie getraut, vielleicht will MJ das nicht, ich will ihm nicht wehtun oder so«, antwortet Marie. »Mir geht es ähnlich, manchmal ist es mir ja schon rausgerutscht«, sagt Lukas. »Wollt ihr denn beide gerne Mom sagen?«, frage ich und schaue Manfred an, ich habe ihn vorher nicht gefragt, hoffe aber, dass es okay ist. »Wenn ihr wollt, könnt ihr gern beide Mom und Dad sagen«, sagt Manfred dazu. Marie und Lukas schauen sich einen Augenblick lang an und sagen dann fast gemeinsam: »Ja, das wollen wir.« Marie kommt zu mir und umarmt mich: »Du weißt gar nicht, wie viel mir das bedeutet.« Manfred schaut mich an: »Nicht weinen, bitte.« Mir kommen trotzdem die Tränen. Auch Lukas kommt zu uns beiden, umarmt uns und sagt: »Ich freue mich ja so, jetzt können wir eine richtige Familie sein. Und Mom, ich wünsche uns allen, dass Vicky auch bald hier ist.« Marie und ich sitzen da und heulen vor Freude. Die Männer schauen sich an und versuchen uns zu trösten, dann essen wir alle weiter.

Anschließend fahren wir beide mit unseren Kindern und zwei Enkelkindern in die Kirche. MJ und Lukas setzen sich auf die Ladefläche, momentan ist das noch erlaubt, irgendwann sollten wir uns einen

Familienbus anschaffen, oder einen großen Van oder so. Ich will schon länger ein großes Familienauto, aber die Hochzeit hat einfach sehr viel gekostet, das neue Auto muss noch warten. Ich kann vor Beginn des Gottesdienstes den Pfarrer fragen, ob wir das restliche Essen von gestern nach dem Gottesdienst hier verteilen dürfen, da ich ja weiß, dass es viele Bedürftige gibt. Er ist einverstanden und wird es am Ende des Gottesdienstes bekanntgeben. Ich sage Lukas Bescheid, er fährt nach Hause und organisiert alles. Nach dem Gottesdienst sprechen wir noch einmal mit dem Pfarrer, er freut sich mit uns, dass die Adoptionen akzeptiert wurden, und wünscht uns alles Gute. Dann spreche ich mit MJ. Ich erzähle ihm, was wir heute am Frühstückstisch besprochen haben, und bin gespannt, wie er reagiert. »Gut, dann bist du nur noch Mom und Oma und Manfred ist Dad und Opa. Ich habe nichts dagegen. Aber ich werde, zumindest vorerst, Manfred sagen. Vielleicht kommt Dad ja auch noch, und dann? Ich hoffe, du bist mir nicht böse deswegen.« »Nein, ich bin dir nicht böse«, sage ich, »du hast ja deinen Dad, wenn er auch sehr weit weg ist. Das ist in Ordnung, keine Sorge.« In der Zwischenzeit sind Tom und Lukas mit dem Essen zurück, viele Leute freuen sich, dass so viel gutes Essen verteilt wird.

Zu Hause wartet schon das Mittagessen auf uns. Heute essen wir alle bei Sarah, auch hier gibt es Reste, immer noch sehr lecker. Beim Essen frage ich Manfred, warum er unsere Hochzeitsreise verschoben hat und ob er mir jetzt endlich verrät, wo die Reise hingeht. Er sagt nur, dass man die Reise erst ab August buchen kann, sonst hätte er sie gleich anschließend an die Hochzeit geplant, aber das wäre nicht gegangen. Wohin es geht, verrät er mir nicht, außer ihm weiß es niemand. Er will wohl auf Nummer sicher gehen, dass es niemand verraten kann. »Jetzt habe ich ein Geheimnis, ganz allein«, sagt er und lächelt mich liebevoll an. Dann muss ich mich wohl noch gedulden, was mir sehr schwerfällt. Wir unterhalten uns alle über unsere Hochzeit, teilweise ganz durcheinander, ich kann gar nicht alles verstehen. Na ja, wenn 13 Leute am Tisch sitzen, ist das halt manchmal so. Madison sagt dazu: »Ich will auch mal so eine schöne Braut sein mit einem langen Kleid und einer Schleppe, die man beim Laufen halten muss.« »Ja, das darfst du, aber lass dir noch ein paar Jahre Zeit damit«, sagt Manfred und lacht. »Kann ich dein Kleid reservieren, so schöne zarte Seide?«, fragt mich Madison. »Ja«, antworte ich, »wenn du es in ein paar Jahren immer noch willst, gerne. Aber vielleicht gibt es dann noch schönere Kleider.« »Nein, das geht gar nicht«, sagt Madison.

Nach dem Essen geht Manfred die Tiere füttern, Madison und Marie gehen ausreiten, MJ widmet sich seiner Familie und ich kümmere mich mit Sarah um die Küchenarbeiten. Lukas und Tom gehen in den Garten, nachsehen, was alles reif ist, die Kinder gehen auch mit. »Aber esst nicht gleich alles auf«, ruft Sarah ihnen hinterher. Ich erzähle Sarah, wie die Kinder auf die Adoptionen reagiert haben. »Schön, dass sie es alle so gut angenommen haben. Hast du Marie beobachtet, als Madison mit deinem Brautkleid anfing?«, fragt sie mich. »Nein, was war denn?«, frage ich verdutzt. »Sie hat so sehnsüchtig geschaut, ich glaube, sie wollte am liebsten auch was dazu sagen, aber sie hat sich nicht getraut, wie immer halt.« »Dann werde ich in ihrem Beisein mit Manfred darüber sprechen, vielleicht kann man ja ein Familienbrautkleid daraus machen, wenigstens so lange, bis man es nicht mehr ändern kann. Was meinst du?« »Ja, das ist eine gute Idee. Meine Schwester und ich, wir hatten auch Mutters Brautkleid an, viel zu ändern gab es nicht.

Ich will noch Biskuit backen, dann gibt es heute Nachmittag Erdbeerkuchen, und vielleicht gibt es noch genug Himbeeren.« »Gibt's denn keine Kuchenreste mehr?«, frage ich. »Nein, alles weg«, antwortet Sarah. Ich schaue in den Garten hinaus: »Dann gehe ich mal Obst holen, so lange es noch welches gibt. Da sind schon so viele Hände am Ernten. Na ja, ganz frisch gepflückt schmeckt es halt am besten.«

Wir können einen gemütlichen Sonntagnachmittag im Garten verbringen, der Kuchen schmeckt herrlich. Wir alle haben uns schon an frisches, selbstgeerntetes Essen gewöhnt. Ich kann mir gar nicht mehr vorstellen, Fertigessen zu kochen. Früher habe ich oft mal eine Tiefkühlpizza gebacken, Fertigsoße verwendet oder Kuchen vom Bäcker geholt, heute täte mir das im Traum nicht mehr einfallen. Ich nehme Manfreds Hand und sage: »Wir sitzen zum ersten Mal alle im Garten, seit wir verheiratet sind, das ist schön.« »Du hast was vergessen«, sagt Manfred, »das erste verheiratete Mittagessen haben wir auch schon hinter uns.« Er hat Recht, das habe ich vergessen. »Was für Kleidung kann ich denn für den Urlaub vorbereiten?«, frage ich ihn. »Du brauchst nichts Spezielles, es ist doch Sommer, oder?«, antwortet er mit einem Lächeln. »Du kannst mich nicht dazu bringen, etwas zu verraten, egal, wie oft du es versuchst.« »Schade, nicht wenigstens ein ganz kleines bisschen?«, frage ich und schmiege mich an ihn. »Nein«, sagt er, »egal, was du versuchst, ich verrate nichts, niemandem.« Mit diesen Worten lässt er uns hier alle sitzen und geht in den Stall zum Melken, Sarah geht hinterher zum Füttern und wir anderen räumen alles wieder auf und ich gehe nach Hause.

Am Montagmorgen fällt es mir schwer, pünktlich aufzustehen, warum auch immer, die Kinder sind schon in der Küche beim Frühstücken. Da alle Kinder mit ihrem Rad zur Schule fahren, können Lukas, Tom, MJ und ich mit dem Pick-up an unsere Arbeitsplätze fahren, Lukas fährt dann mit dem Bus nach Stuttgart in die Uni. Yvonne nimmt Jessika auf dem Fahrrad mit in den Kindergarten. Alles funktioniert bestens, aber wir brauchen trotzdem noch ein Auto. Am Dienstag und Donnerstag muss Manfred oder Sarah uns fahren, da wird der Pick-up für den Markt gebraucht.

Im Büro werde ich ganz herzlich begrüßt, obwohl alle vom Architekturbüro auf meiner Hochzeit waren, werde ich von allen nochmals beglückwünscht. Jetzt sitze ich an meinem Schreibtisch als verheiratete Frau, ein schönes Gefühl. Es wartet viel Arbeit auf mich, ich muss mich um die nächste Baustelle für einen Wohnheimblock kümmern. Sobald die Bagger wieder frei sind, kann mit dem Aushub begonnen werden. Das dauert noch etwa zwei bis drei Wochen, dann kann ich die Baustelle noch vor dem Urlaub beginnen, vielleicht reicht es ja zeitlich, bis die Neuen kommen.

Am Freitagvormittag findet wieder mal ein Meeting statt, jetzt erfahren wir, dieses Mal von Herrn Schneider als Stadtrat, dass jeder Neubau für die Neuen gesondert abgesteckt werden muss. Um Strom- und Wasserzufuhr für die gesamte Bevölkerung zu gewährleisten, ist Sparsamkeit die wichtigste Voraussetzung. Die jetzige Bevölkerung soll so wenige Einschränkungen haben wie möglich. Das bedeutet, dass die Neuen sparen müssen, wie wir es auch bei unserer Ankunft mussten, die Heizungen werden auf maximal 22 Grad Celsius Zimmertemperatur eingestellt, jeder darf nur einmal in der Woche duschen, um den Stromverbrauch einzuschränken, dürfen nur minimal Beleuchtungskörper eingebaut werden. Das Minimum an Mobiliar soll überall vorhanden sein, erst wenn das gewährleistet ist, darf es auch mehr sein. Die Neuen müssen sich, wie wir zuvor, etwa ein Jahr lang alles selbst erarbeiten.

Nach dem Meeting mache ich mir eine To-do-Liste, das Wichtigste ist die Umprogrammierung von Strom- und Wasserzufuhr. Um die Möbel kann ich mich jetzt schon kümmern. Es gibt bereits ausreichend Betten und Schränkchen, es fehlen aber noch ein paar Kleiderschränke und Nachttische. Auch Tische und Stühle sind in ausreichender Anzahl vorhanden, was schwierig wird, sind die Küchenmöbel, da muss mir ein Ausweg einfallen. Nach langen Überlegungen komme ich zu dem Schluss, dass es am einfachsten und schnellsten geht, wenn aus dem Gemeinschafts-Wohnzimmer am Ende des Flurs in jedem Stockwerk eine Wohn-/Ess-Küche wird. Die Küche wird nur provisorisch eingebaut, dann kann man sie nachher leichter wieder entfernen. Für die ersten drei Wohnheimblocks sind Gott sei Dank noch genügend Küchenmöbel vorhanden. Die ganze Woche über bin ich mit der Planung des vierten Wohnheimblocks beschäftigt.

Für die Baustellenbesuche muss ich Überstunden einlegen. Manfred meint, mit der Nahrungsreserve kommen wir locker hin, es reicht sogar für 8 000 Neue, was bedeutet, dass wir in Sindelfingen nicht knapp kalkulieren müssen, das ist sehr gut. Viele Landwirte haben Hanf angepflanzt, dann sind wir nicht nur auf Baumwolle angewiesen. Am 15. Juli kann bereits mit dem Aushub für den vierten Wohnheimblock begonnen werden, wir hoffen alle, dass bei den Neuen auch viele Leute mit Bauberufen dabei sind, denn die Wohnheimblocks sollen nur eine Übergangslösung sein. Manfred möchte den Hof erweitern, er will mehr Land bewirtschaften und hat vor, mehrere Sorten Getreide und mehr Raps anzupflanzen. Auch mehr Kartoffelfelder werden benötigt, da es heute wieder Saat- und Erntemaschinen dafür gibt, ist es eine sehr produktive Nahrungsquelle, abgesehen von all den Gemüsefeldern.

Als wir auf dem Rathaus nachfragen, erfahren wir, dass wir gar nicht so viel Ackerland kaufen dürfen, wie Manfred es geplant hat, wir können die jetzigen 20 Hektar allerhöchstens nochmals verdoppeln, das beantragen wir dann auch gleich. Dieses Jahr kann auf dem neuen Ackerland leider nichts mehr angebaut werden, Manfred will aber mit dem Roden baldmöglichst beginnen. Das neue Ackerland ist etwas weiter von unserem Hof entfernt, zunächst muss die Bodenbeschaffenheit geprüft werden, dann erst kann Manfred entscheiden, was er anbauen will und kann. In diesem Jahr ist witterungsbedingt Ende Juli schon Erntezeit für Weizen, Gerste und Hafer. Jeder, der Zeit hat, hilft bei der Ernte mit, das ist auf allen Höfen so, die Silos, Gefrier- und Kühlhallen füllen sich rasch. Am 12. August ist der gesamte Rohbau vom vierten Wohnheimblock fertig, damit es schneller geht, haben sich alle Architekten unseres Büros an der Abnahme beteiligt. Der Innenausbau kann beginnen, hoffentlich ist im September alles fertig, dass die Neuen einziehen können. Ich habe mit Absprache der Stadtverwaltung große Zelte bestellt, nur für den Fall, dass das Wohnheim nicht rechtzeitig fertig werden sollte, was wir nicht hoffen. Am Nachmittag fahre ich mit Rebekka zum Ankunftsplatz, um mich zu überzeugen, dass auch alles fertig ist. Die Schreibtische, Computer und alles, was am Ankunftstag unter freiem Himmel stehen soll, sind in den Zelten untergestellt. Auch Wasser und Strom müssen nur angestellt werden, es ist alles perfekt, ich hoffe, dass auch alles klappt wie geplant.

Am nächsten Morgen ist Generalprobe auf dem Ankunftsplatz, alle Beteiligten haben ihre Anweisungen schon ein paarmal geübt. Wir haben zwei Stunden Zeit, um die restlichen Aufbauten am Ankunftsplatz zu vervollständigen, da zwei Stunden vor der Ankunft der Neuen ein elektronisches Signal von der Erde gesendet wird. MJ, Tom, Manfred und ich stehen erst in zweiter Reihe, falls jemand ausfällt oder falls doch mehr Personal benötigt wird. In diesem Fall werden die Sirenen ein zweites Mal heulen. Die Generalprobe kann erfolgreich abgeschlossen werden.

Direkt hinter der rechten Erste-Hilfe-Station sind fünf mobile Wohnanlagen für jeweils 60 Personen aufgebaut. In jeder Anlage gibt es zwei große Gemeinschaftsküchen, zwei große Speise- und Aufenthaltsräume, sowie geschlechtlich getrennt jeweils sechs Toiletten, Waschbecken und Duschen. Eine Wohnanlage ist 14 mal 34 Meter groß. Die Eingänge sind jeweils an den schmalen Seiten, zwei Meter breite Türen, aus den mittig angelegten Aufenthaltsräumen führen ebenfalls zwei Meter breite Türen nach außen, dass im Notfall ein schneller Fluchtweg gewährleistet ist. Ein Schlafraum ist jeweils mit zwei Etagenbetten ausgestattet, kann man auch einzeln aufstellen. Notfalls kann man noch mehr Etagenbetten dazustellen, wird zwar eng, aber für den Notfall geht es. Über jedem Bett hängt ein kleines Bücherbrett mit Leseleuchte, es gibt auch vier abschließbare Kleiderschränke. In den Küchen stehen jeweils vier Herde, Spülbecken und Kühlschränke, die abschließbare Fächer haben. Auch in den Küchenschränken sind abschließbare Fächer. Im Wäscheraum gibt es sechs große Waschbecken, mit integriertem Waschbrett. Zwischen zwei Wohnanlagen ist ein Abstand von zehn Metern, hier kann Wäsche aufgehängt werden. Der Aufbau dieser mobilen Wohnanlagen hat drei Monate in Anspruch genommen. Auch hier funktioniert alles, Strom, Zu- und Abwasser und das Telefon, das im Flur etwa in der Mitte an die Wand montiert ist. Bettwäsche und Geschirr stehen noch verpackt in den Küchen und Aufenthaltsräumen, ich hoffe inständig, dass wir die mobilen Wohnanlagen nie brauchen. Andererseits bin ich froh, dass wir sie gebaut haben, man kann sie auch bei einer Evakuierung oder dergleichen benutzen.

Um 19 Uhr sitzen wir alle zu Hause beim Abendessen und erzählen, wie die Generalprobe verlief. Yvonne meint, dass Schilder an den Bushaltestellen fehlen mit der Aufschrift »Quartier 1«, »2«, »3« und »4«, die Busfahrer, wissen wohin sie fahren, aber die Neuen nicht, außerdem muss das Kinderzelt besser markiert werden, dass es von Weitem besser sichtbar ist, mit einem höheren Schild oder so. Manfred sagt, der Weg, auf dem die Ankommenden zu ihren farbigen Plätzen laufen sollen, müsse besser ersichtlich markiert und abgesperrt sein. MJ bemängelt, es gibt zu wenig Sonnenschutz, man müsse mehr Sonnensegel oder so was Ähnliches aufbauen. Tom sagt: »Es fehlen Absperrungen um den gesamten Ankunftsplatz und Schilder mit der Aufschrift, dass der Platz ohne Registrierung nicht verlassen werden darf. Ohne Anmeldung kann man nicht einkaufen, kein Haus aufschließen und so weiter.« »Schilder und Absperrungen sind kein Problem, das ist schnell machbar, Sonnensegel brauchen einen betonierten Ständer ab einer bestimmten Größe, so große Sonnensegel haben wir auch nicht. Ich befürchte, Sonnenschutz wird zum Problem, andererseits ist es nicht mehr so heiß wie im Hochsommer, die Sonne scheint auch nicht mehr so stark«, sage ich.

Ich schreibe eine E-Mail an mein Büro, in der ich darum bitte, unsere Bedenken, die ich kurz beschreibe, doch möglichst noch zu berücksichtigen.

Mit dem Bau des neuen Kraftwerkes kommen wir nicht so schnell voran, es wird noch ein Jahr dauern, bis es in Betrieb genommen werden kann, bis dahin heißt es durchhalten und sparen.

Jetzt kann ich endlich anfangen, meinen Urlaubskoffer zu packen, obwohl ich immer noch nicht weiß, wohin die Reise geht. Auch das

Wohnmobil wird für die Reise vorbereitet; da jedes Land Vorbereitungen für die Neuen treffen muss, nehmen wir wieder mal ausreichend Lebensmittel für eine Woche mit, größtenteils tiefgefroren. Wir nehmen sogar Mehl und Hefe mit für Brot, nur falls es knapp wird. »Sagst du mir jetzt, wohin unsere Hochzeitsreise geht?«, frage ich Manfred. »Erst einmal nach Venedig«, antwortet er mit einem breiten Grinsen. »Und dann?«, frage ich erwartungsvoll weiter. »Wird immer noch nicht verraten, nur so viel, du brauchst keine Winterkleidung.« Ich muss mich wohl mit dieser Antwort zufriedengeben, mehr erfahre ich nicht mehr, Manfred bleibt eisern. Also packe ich alles ein, was für den Sommer bestimmt ist, auch Badekleidung, sogar mein Abendkleid nehme ich mit, man weiß ja nie.

Am Samstag, pünktlich um 7 Uhr, verabschieden wir uns von allen, dieses Mal ohne Tränen, dann fahren wir endlich los. Unser Etappenziel heißt wie immer Innsbruck, Camping am Natterer See. Wir machen ganz brav alle zwei Stunden Pause, wie vom Navi vorgegeben, da wir nur zu zweit fahren, tun die Pausen wirklich gut. »Eigentlich würde für uns beide doch ein kleineres Auto ausreichen, oder?«, frage ich beiläufig. »Ja, haben wir aber nicht«, ist die Antwort. Wir führen eine harmonische Unterhaltung, keiner da, der sich einmischt oder sonst irgendwie stören könnte, das können wir beide genießen. Am späten Nachmittag fahren wir auf den uns bekannten Campingplatz. Wir können Wasser und Strom uneingeschränkt nutzen, in dem kleinen Restaurant kriegen wir sogar noch eine warme Mahlzeit. Heute Nacht dürfen wir zum ersten Mal ganz alleine sein, in unserem Wombi. Am anderen Morgen frühstücken wir im Restaurant, das spart eigene Lebensmittel, dann geht die Fahrt weiter bis Venedig. Ich bin schon gespannt, wie es weitergeht, wir fahren nicht zum Campingplatz, sondern durch die halbe Stadt, am Hafen halten wir an. »Was hast du vor? Was machen wir hier?«, frage ich meinen Ehemann. Er strahlt mich an: »Wir machen eine Kreuzfahrt, im Mittelmeer. Freust du dich?« »Ja, und wie.« Ich falle ihm um den Hals und küsse ihn.

»Etwas Schöneres kann es gar nicht geben, ich liebe dich«, sage ich, dass alle Leute um uns herum es hören können. Manfred gibt unser Wombi in Obhut an die Hafenmeisterei.

Wir nehmen unsere Koffer und begeben uns direkt zum Kreuzfahrtschiff und werden herzlich empfangen und zu unserer Kabine geführt, eine wunderschöne Außenkabine, mit Sitzecke und Bad, alles ist wunderschön. Ich bin begeistert, wir packen kurz unsere Koffer aus und gehen dann das Schiff besichtigen, es gibt einige Restaurants, ein Theater, einen Indoor- und einen Outdoor-Pool und vieles mehr. Ganze neun Tage sind wir unterwegs.

Von Venedig fahren wir nach Dubrovnik, hier haben wir Landgang, schauen uns die Stadt an und gehen einkaufen, wenn man das so nennen kann. Auch hier ist das Zahlungssystem das gleiche wie in Deutschland, Italien und so weiter. Wir kaufen uns Strohhüte, es ist noch heißer als zu Hause. Auch diese Stadt ist im Aufbau, überall wird gebaut. Am liebsten würde ich ein paar Baustellen anschauen, aber ich begnüge mich mit einer Baustelle, wir haben ja schließlich Urlaub. Abends gehen wir beide am Strand spazieren, es ist angenehm, das Wasser kühlt unsere Füße, wir sind beide überglücklich. Um 21 Uhr müssen wir wieder auf dem Schiff sein, wo uns ein tolles Dinner erwartet. Anschließend ist Tanz, ganz vornehm, in Abendgarderobe. Gut, dass wir die auch eingepackt haben.

Als ich auf dem Schiff nach dem Zahlungssystem frage, erfahre ich, dass auf dem ganzen Planeten das gleiche System angewendet wird. Es gibt sozusagen nur eine Währung, eigentlich ist es keine Währung. Über Nacht fahren wir weiter nach Griechenland. Der fünfte Tag unserer Kreuzfahrt bricht an, wir werden hier alle verwöhnt, wie wir es noch nie erlebt haben, Service wird ganz großgeschrieben. Selbstverständlich sind alle Städte auch hier neu aufgebaut, leider, ich hätte mir ganz gern die alten Städte auf der Erde angesehen, aber … Im Umland von Athen schaut Manfred sich ein wenig die Felder an, er unterhält sich auch mit ein paar Bauern, auf Englisch, wir werden sogar zum Essen eingeladen. Anschließend lernen wir ein bisschen Sirtaki tanzen. Beim Abschied bekommen wir ein großes Glas eingelegte Oliven geschenkt.

Am Tag sieben sind wir auf Mykonos, eine sehr schöne Insel, auch hier sieht noch alles naturbelassen aus. Am Fischereihafen gehen wir in ein kleines Fischlokal, in dem wir sehr lecker essen können, auch der Wein schmeckt. Leider müssen wir uns schon wieder auf den Rückweg machen, nach Sizilien. Auch hier können wir an einem wundervollen Landausflug in Palermo teilnehmen, natürlich stehen hier nur neue Häuser, die alten Gebäude gibt es leider nicht mehr.

Am Dienstag kommen wir am späten Nachmittag wieder in Venedig an. Ab heute kommen überall die Neuen in der neuen Welt an, wird uns beim Auschecken gesagt. In einem kleinen Laden kaufen wir Brot, Butter, Wurst, Eier und Milch ein, dann haben wir Frühstück und Abendessen. Jetzt müssen wir wieder selbst kochen. Wir holen unser Wombi und fahren wieder nach Jesolo. Auch auf der Fähre sind keine Neuen zu sehen. Manfred nimmt mich in den Arm: »Du hoffst, dass du deine Tochter siehst, oder? Heute ist erst der erste Tag, es gibt noch viele Tage, an denen sie ankommen können. Vielleicht kommen sie auch in Deutschland an.« Ich versuche zu Hause anzurufen, es ist aber immer schon nach der Vorwahl belegt. Manfred fragt am Hafen von Jesolo nach den Neuen, hier bekommen wir die Auskunft, dass noch niemand angekommen ist. Wir fahren weiter an unseren angestammten Campingplatz. Auf dem Weg kommen wir an der Kirche vorbei, hier sind Zeltunterkünfte aufgeschlagen für die Neuen, wie ich sie auch für Sindelfingen bestellt habe, es ist aber noch niemand angekommen. Auf dem Campingplatz richten wir zunächst unser Wombi ein, schließen Strom und Wasser an, dann gehen wir am Strand spazieren, bis es dunkel wird. Als wir uns zum Schlafen hinlegen, sage ich: »Weißt du, jetzt bin ich auch hier im Wombi wieder zu Hause angekommen. Vielen Dank für die wunderschöne Reise, ich werde sie nie vergessen. Immer, wenn ich denke, schöner kann es nicht werden, dann wartest du mit einer neuen Überraschung auf, wenn ich auch lange drauf warten musste, bis du mir gesagt hast, wohin es geht. Ich liebe dich dafür und für alles andere.« Am Mittwoch genießen wir ganz allein einen Tag Strandurlaub, der Abschluss unserer Hochzeitsreise.

Am anderen Morgen, Donnerstag, dem 2. September, gehen wir zuerst eine Runde schwimmen, das Wasser ist herrlich, es hat mindestens 20 Grad, unser Wombi zeigt an, dass es schon 25 Grad Lufttemperatur hat, es wird wieder ein heißer Tag, genau wie gestern, da waren es fast 30 Grad. Wir wollen draußen frühstücken, Manfred holt Tisch und Stühle raus und fährt das Sonnendach aus, während ich Kaffee koche und Eier brate. Beim Frühstücken schaue ich dauernd auf den Weg, der vom Campingplatz zur Stadt führt, aber meine Tochter kommt nicht. Ich räume den Tisch wieder ab, bis auf den Kaffee.

Als wir unseren letzten Kaffee trinken, nimmt Manfred meine Hand: »Komm mal her, mein Schatz.« Ich stehe auf, schau in seine Augen, er nimmt mich ganz fest in den Arm und sagt: »Schau mal hinter dich.« Ich drehe mich um und schau aufs Meer hinaus.

www.ingramcontent.com/pod-product-compliance
Lightning Source LLC
Chambersburg PA
CBHW060557030726

47498CB00005B/1424